ALIDA LEIMBACH

Ostfriesenkind

DUNKLE GEHEIMNISSE Ostfriesland, 1952. Die junge Leni wird von ihren Eltern gezwungen, in einer Zigarrenfabrik zu arbeiten. Dort muss sie sechs Tage pro Woche elf Stunden im Akkord Zigarren wickeln. Eines Tages begegnet sie Marga, der Tochter des Fabrikanten, und deren Bruder Richard und freundet sich mit ihnen an. Richard, der die Malerei liebt und Kunst studieren möchte, widersetzt sich seit Langem der Forderung seines Vaters, in das Unternehmen einzusteigen. Alle Hoffnungen ruhen deshalb auf Marga. Um die Fabrik zu retten, die in finanziellen Schwierigkeiten steckt, wird sie in eine Ehe mit dem Industriellensohn Erich Kruskopp gedrängt, der sich schon bald als brutaler Despot offenbart. Als Leni sich in Richard verliebt, ahnt sie, dass auch ihre Liebe unter keinem guten Stern steht. Und sie soll recht behalten: Die unglücklichen Beziehungen beschwören eine Katastrophe herauf, die das Leben von Leni, Marga, Richard und Erich für immer verändern wird.

Alida Leimbach, Jahrgang 1964, ist in Lüneburg geboren und in Osnabrück aufgewachsen. Nach ihrer Buchhandelslehre studierte sie Sprachen und war einige Jahre als Übersetzerin in Frankfurt am Main tätig. Dann entschloss sie sich, noch einmal zu studieren: Evangelische Theologie, Germanistik und Englisch auf Lehramt. Heute lebt sie mit ihrer Familie in der Nähe von Frankfurt und schreibt erfolgreiche Krimis und Romane.

ALIDA LEIMBACH

Ostfriesenkind

ROMAN

GMEINER

Personen und Handlung sind frei erfunden.
Ähnlichkeiten mit lebenden oder toten Personen
sind rein zufällig und nicht beabsichtigt.

Immer informiert

Spannung pur – mit unserem Newsletter informieren wir Sie
regelmäßig über Wissenswertes aus unserer Bücherwelt.

Gefällt mir!

Facebook: @Gmeiner.Verlag
Instagram: @gmeinerverlag
Twitter: @GmeinerVerlag

Besuchen Sie uns im Internet:
www.gmeiner-verlag.de

© 2016 – Gmeiner-Verlag GmbH
Im Ehnried 5, 88605 Meßkirch
Telefon 0 75 75 / 20 95 - 0
info@gmeiner-verlag.de
Alle Rechte vorbehalten
4. Auflage 2023

Lektorat: Katja Ernst
Herstellung: Mirjam Hecht
Umschlaggestaltung: U.O.R.G. Lutz Eberle, Stuttgart
unter Verwendung eines Fotos von: © Riekes Vater / photocase.de,
© LianeM / Fotolia.com
Druck: Custom Printing Warschau
Printed in Poland
ISBN 978-3-8392-1951-5

In 20 Jahren wirst du die Dinge, die du nicht getan hast, mehr bedauern als deine Taten.

Also, mach die Leinen los, verlasse den sicheren Hafen.

Fang den Wind in deinen Segeln, erforsche, träume, entdecke.

Mark Twain

Für meine ostfriesischen Verwandten

EINS

August 2012

»Ist das Bild neu?«

Leni fuhr zusammen und ließ die Blechdose mit dem Ostfriesentee fallen. Von der offenen Küche aus konnte sie ihre Tochter sehen. Kirstin hatte ihren Sofaplatz verlassen und stand nun direkt vor dem Gemälde, das Leni erst vor wenigen Tagen aufgehängt hatte. Sie hatte es beim Entrümpeln auf dem Dachboden entdeckt und probeweise gegen das Aquarell mit den Sonnenblumen ausgetauscht, das sonst an der Stelle gehangen hatte. Und dann hatte Kirstin plötzlich vor der Tür gestanden, unangemeldet, mit einem Blumenstrauß in der Hand. Sie habe beruflich in der Gegend zu tun und wolle nur kurz vorbeischauen.

Mit zittrigen Händen hob sie die Dose auf, füllte den Teekessel mit Wasser und stellte den Herd an. »Ach, die ›Frau auf rosa Diwan‹«, sagte sie beiläufig. »Ein Maler hat es mir mal geschenkt. Ist lange her.«

»Warum kenne ich es nicht?« Kirstin trat einen Schritt zurück, um das Bild besser begutachten zu können.

Eine junge Frau lag auf einem rosafarbenen Sofa. Ihre Körperhaltung war entspannt, ein Bein angewinkelt. Sie trug ein hellblaues, leicht durchscheinendes Unterkleid mit schmalen Trägern und Spitzenbesatz, das ihr bis zu den Oberschenkeln reichte. Die Frau war barfuß. Die langen, braunen Haare fielen ihr seidig glänzend über die Schultern.

»Das hängt schon ewig da«, behauptete Leni. »Vermutlich ist es dir einfach nicht aufgefallen.«

»Das kann nicht sein. So ein Bild? In dieser Umgebung? Das hätte ich nicht übersehen!«

Leni wand sich. »Ich irre mich auch manchmal.«

»Mir gefällt es übrigens. Die Frau wirkt stark und zugleich geheimnisvoll. Sie zeigt sich, gibt aber nicht alles von sich preis. Das ist genau die subtile Erotik, die ich mag. Eine Frau, die weiß, was sie will.« Sie verlor sich für einen Moment in dem Frauenbildnis. »Sie ist klug und stolz. Dabei ist sie noch so jung. Die Frau brennt für etwas.« Nach einer kleinen Pause fügte sie hinzu: »Ich glaube, sie ist verliebt. Sie will es aber auf keinen Fall zeigen.«

»Wie kommst du darauf?«

»Ich kenne diesen Ausdruck. Sie himmelt den Maler an, ist total verknallt in ihn. Wer ist er?«

»Den Namen habe ich vergessen. Spielt auch keine Rolle. Ich glaube nicht, dass er bekannt ist.«

»R. B. oder R. P.? B. B.?« Kirstin ging näher an das Bild heran und kniff die Augen zusammen.

In der Küche pfiff der Teekessel. Leni Tamminga floh erleichtert aus der Situation. Sie gab fünf gehäufte Löffel Tee in eine vorgewärmte Kanne und übergoss die Blätter mit kochendem Wasser, bis sie gerade so bedeckt waren. Dann stellte sie die Eieruhr auf fünf Minuten.

»Übrigens schön, dass du da bist«, rief sie, so munter wie möglich. »Möchtest du einen Schuss Rum in den Tee? Dann hole ich welchen aus dem Keller. Ich habe keinen mehr in der Speisekammer.«

»Nein, danke, keinen Alkohol. Ich freue mich auf die Teestunde mit dir. Hatte schon lange keinen echten Ostfriesentee mehr.« Kirstin saß inzwischen wieder auf dem Sofa und blätterte in einem Werbeprospekt.

»Kommt gleich«, rief Leni. Sie lief aufgeregt hin und her und öffnete diverse Schranktüren und Schubladen. »Habe ich dir schon gesagt, wie gut du aussiehst?« Leni hoffte inständig, das Thema Bild hätte sich damit erledigt.

Kirstin bemerkte einen leisen Anflug von Müdigkeit. Sie kam gerade von einem Kundentermin und trug noch immer ihren dunkelgrauen Hosenanzug mit cremeweißer Seidenbluse, dazu hochhackige Pumps. Ihre dunklen Haare hatte sie hochgesteckt. Sie war lange nicht mehr in ihrem Elternhaus, einem ehemaligen Fischerhaus am Hafen, gewesen und brauchte daher eine Weile, um anzukommen. Es würde ihr nie mehr gelingen, sich dort so wohlzufühlen wie in ihrer Kindheit. Damals hatte sie in diesem Haus überaus glückliche Jahre verbracht. Ihr Leben war einfach, geordnet und übersichtlich gewesen. In manchen Momenten wünschte sie sich, etwas von dem Gefühl von einst zurückzubekommen.

Kirstin Tamminga führte in Osnabrück ein völlig anderes Leben als ihre Mutter, die niemals aus Ostfriesland herausgekommen war. Sie besaß eine schicke Wohnung in einem ruhigen, stadtnahen Viertel, die sie bis vor Kurzem mit ihrem Freund geteilt hatte. Nun war sie allein. Der Trennung war ein monatelanges Auf und Ab vorausgegangen.

Kein Magnus mehr, der seine Socken, Schuhe und Sportzeitungen herumliegen ließ und seine leeren Bierflaschen nicht wegräumte. Aber auch kein Magnus mehr, der sie wärmte, wenn sie am Abend mit kalten Füßen zu ihm ins Bett stieg.

Kirstin seufzte. Sie wollte das Gefühl nicht wieder hochkommen lassen, dass sie ihn vermisste. Sogar schmerzlich vermisste. Die Vorstellung machte ihr Angst, allein in ihre große, leere Wohnung zurückkehren zu müssen. Trotzdem würde sie es hier nicht länger als zwei Tage aushalten. Sie verstand nicht, wie ihre Mutter sich in dieser Enge wohlfühlen konnte. Leicht genervt sah sie sich um.

Das winzige Wohnzimmer mit den wuchtigen Eichenmöbeln war völlig überhitzt. Es roch nach abgestandenen Küchendünsten. Sie tippte auf Grünkohl mit Pinkel, eins von Lenis Leibgerichten. Kirstin kippte das kleine Fenster hinter sich. Sofort begann der Fensterladen zu klappern. Ein kalter Luftzug wehte herein. In Ostfriesland war es selten windstill.

Auf den morschen Holzdielen lagen, teilweise überlappend, mehrere in dunklen Rottönen gemusterte Teppiche. Wenn die Sonne nicht vom Himmel brannte, war stets eine Lampe eingeschaltet.

Wahrscheinlich um der Dunkelheit etwas Buntes entgegenzusetzen, hatte ihre Mutter eine Vorliebe für Kunstblumen entwickelt, die sie jeden Tag hingebungsvoll abstaubte. Überall standen und hingen sie herum – Alpenveilchen, Rosen, Nelken, Azaleen und Orchideen in Vasen, Töpfen und Blumenampeln. Kirstin fand sie grauenhaft und widerstand dem Impuls, sie einzusammeln und in einen Müllsack zu befördern. Überdies hatte ihre Mutter seit dem Tod von Kirstins Vater eine Sammelleidenschaft für Puppen entwickelt. Sie saßen auf dem Sofa und Sessel und machten sogar vor dem Kachelofen nicht halt. Jeder Quadratmeter des ohnehin beengten Wohnzimmers war ausgefüllt. Auf dem Tisch, der Kommode und der Truhe lagen selbstgehäkelte weiße Deckchen. Kirstin zog die Stirn kraus und seufzte tief.

»Schön, dass du dir mal wieder Zeit genommen hast, deine alte Mutter zu besuchen«, rief Leni fröhlich, schloss das Fenster und setzte sich neben Kirstin auf das durchgesessene dunkelrote Sofa. »Nur schade, dass du nicht früher Bescheid gesagt hast. Dann hätte ich mich besser auf deinen Besuch vorbereiten können.«

»Dann hättest du das Bild abhängen können?«, fragte Kirstin schmunzelnd.

Als Leni nichts darauf erwiderte, fuhr sie fort: »Es hat sich kurzfristig ergeben, Mama. Ein Zufall. Sonst hätte ich dich vorgewarnt, ganz sicher.« Kirstin dachte daran, wie sie vor einigen Tagen einen Anruf erhalten hatte, dass eine Villa in Ostfriesland zum Verkauf stand, ganz in Lenis Nähe. Der Kunde hatte aus London angerufen und ihr erzählt, er habe lange mit sich gerungen und sich endlich entschlossen, sein Anwesen in Weener zu verkaufen. Seine Stimme hatte sympathisch geklungen, mit einem leichten englischen Akzent. Der Anruf war gerade zur rechten Zeit gekommen und war ein Lichtblick in ihrem oft frustrierenden Alltag als Maklerin. In den letzten Monaten hatte es viele Anfragen, aber nur wenige Angebote gegeben, von Abschlüssen ganz zu schweigen. Villen waren auf dem Immobilienmarkt begehrt, aber äußerst selten im Angebot. In Osnabrück betreute sie Kunden, die im nahe gelegenen Ostfriesland einen repräsentativen Zweitwohnsitz suchten, den sie in ein Luxusferiendomizil verwandeln konnten.

»Ich bin hauptsächlich beruflich hier. Eine Villa steht zum Verkauf.«

»Ach? Wo denn?«

»In der Norderstraße. Fußläufig, ich hätte den BMW gar nicht gebraucht.«

Leni Tamminga runzelte die Stirn. »Da soll eine Villa verkauft werden? Davon weiß ich ja gar nichts!«

»Ich habe vorhin erst das Schild aufgestellt. Ja, sogar eine hochherrschaftliche. Zwanzig Zimmer auf fünf Etagen, Kiesauffahrt, Freitreppe, Erker und Rundbögen, ein traumhaft schöner Garten mit weißem Pavillon. Einfach großartig, Mama! Du musst es kennen. Das Haus kennt doch jeder in Weener!«

Die Eieruhr klingelte. Leni erhob sich abrupt. Sie schien auf dem Weg in die Küche leichte Gleichgewichtsprobleme zu haben.

»Kann ich dir helfen?«, rief ihr Kirstin hinterher.

Leni winkte ab. »Das hast du doch früher auch nie getan.«

Stimmt, dachte Kirstin resigniert, aber ihre Mutter hatte auch nie darum gebeten, im Gegenteil, sie hatte nicht gewollt, dass man ihr im Wege stand. Die Küche war ihr Reich; am liebsten werkelte sie allein darin herum. Kirstins Eltern hatten lange auf ihr erstes und einziges Kind warten müssen, und sie hatten ihr alles bieten wollen, was sie selbst in ihrer Jugend entbehrt hatten. Vielleicht hatten sie sie deshalb so verwöhnt. Kirstin war es als Kind gar nicht bewusst gewesen; sie hatte es erst gemerkt, als sie ihr erstes eigenes Zuhause bezog und nicht wusste, wie sie die Waschmaschine bedienen oder ein Spiegelei braten sollte.

Dadurch, dass die Küche in die kleine Wohnstube überging – früher waren die Räume durch eine Schiebetür getrennt gewesen –, konnte sie ihre Mutter werkeln sehen. Kirstin betrachtete sie mit einem Anflug von Wehmut – ihre kleine, stets emsige, mittlerweile ziemlich in die Jahre gekommene Mutter. In der geblümten Küchenschürze, dem kurzärmligen gelben Polyesterpullover, den Gesundheitslatschen und der ältlichen Dauerwelle wirkte sie geradezu rührend altmodisch.

In der Wohnküche hatte sie immer die meiste Zeit des Tages verbracht. Leni und ihre Küche – das gehörte untrennbar zusammen. Der quadratische Raum war fast so groß wie das Wohnzimmer und liebevoll mit alten, weißen Schränken eingerichtet. Delfter Kacheln an den Wänden machten ihn zu einem heimeligen Ort. Besonders praktisch war der direkte Zugang zum Hof. So konnte Leni ihre Kräuter und ihren Salat jederzeit in dem kleinen Bauerngarten frisch ernten.

Leni füllte die Kanne bis zum oberen Rand mit heißem Wasser und stellte die Eieruhr noch einmal auf drei Minuten. Als sie zurückkam und sich wieder setzte, war sie grau im Gesicht. »Sag mal, ist das so eine schneeweiße Villa?«, fragte sie mit belegter Stimme.

»Na ja, schneeweiß …«, sagte Kirstin achselzuckend, »vielleicht war sie das mal. Sie könnte einen frischen Anstrich gebrauchen. Aber auch so wirkt sie beeindruckend. Sie ist definitiv keins der üblichen Backsteinhäuser.«

»Warst du schon drin?«, fragte Leni zögerlich.

»Natürlich, ich komme gerade von da. Der Besitzer hat mich durch die Villa geführt. Ein sehr netter Mann übrigens. Fein und gebildet. Ein Deutscher, der seit Jahrzehnten in England lebt und offensichtlich einen englischen Lebensstil pflegt. ›Old School‹ aufs Allerfeinste. Die Villa ist ein Traum. Ich bin so froh, dass ich die Verkaufsleitung dafür habe und nicht Magnus. Bei der Gelegenheit muss ich dir sagen, dass wir uns vor Kurzem getrennt haben.« Sie zuckte bei ihren eigenen Worten zusammen. Sie waren so schnell aus ihr herausgesprudelt, als hätten sie keinerlei Bedeutung.

Leni starrte sie an und schüttelte traurig den Kopf. »Wie schnell man sich heutzutage trennt! Das tut mir leid. Ich hatte so gehofft, dass du und Magnus … dass es diesmal endlich von Dauer sein würde. Du bist schließlich nicht mehr die Jüngste!«

Kirstin wischte ihren Kommentar mit einer Handbewegung weg. »Das musste ja wieder kommen! Ich kann mir einen Ehemann nicht aus den Rippen schneiden. Wenn es nicht passt, dann eben nicht. Unsere Lebensauffassungen waren zu unterschiedlich. Ihm scheint es ohnehin egal zu sein. Er hat sich schon mit einer anderen getröstet, einer Kundin. Sehr einfallsreich. Und ich tröste mich mit meiner Arbeit. Die lenkt mich ab.« Sie wagte nicht, ihre Mutter anzusehen. Leni kannte sie besser als jeder andere Mensch, und Kirstin wusste, ihre Mutter würde spüren, dass das nicht der Wahrheit entsprach.

»Nächste Woche findet in der Villa ein professionelles Fotoshooting statt«, fuhr Kirstin etwas munterer fort. »Ich kenne die Fotografin, sie macht hervorragende Arbeit, hat ihr Atelier in Osnabrück. Dann bin ich wieder hier. Die Fotos müssen perfekt werden; es geht schließlich um einen Haufen Geld. Wenn das Exposé fertig ist, beginnt der Run auf das Objekt. Ich werde also in Zukunft öfter in Ostfriesland sein.«

»Schön!«, sagte Leni mit einem zufriedenen Lächeln.

»Wenn ich das Geld hätte, würde ich das Haus selbst kaufen. Es ist eins der Objekte, die man nicht gerne loslässt. Wenn ich Erfahrung im Gastronomiebereich hätte … Ich könnte es mir als kleines, feines Hotel vorstellen. 20 schön geschnittene Zimmer mit Atmosphäre. Fast alle Wohnräume haben Stuck, gut erhaltene Parkettböden, weiße Kassettentüren und romantische T-Sprossenfenster. Die Flure und Bäder sind gefliest, teilweise im blau-schwarzen Schachbrettmuster. Von allen Fenstern aus hat man übrigens einen Blick in den malerischen Garten, denn das Haus steht mitten im Park. In so einem Hotel würde ich gerne ein paar Tage ausspannen. Genau die richtige Atmosphäre, um zur Ruhe zu kommen, sein inneres Gleichgewicht wiederherzustellen und Inspirationen zu bekommen.«

»Wie lange steht die Villa schon leer?«

»Anscheinend seit Jahren, aber ein Verwalter sieht nach dem Rechten, heizt und lüftet regelmäßig, damit sie nicht verfällt. Einige Male im Jahr kommen Gärtner.«

»Wie heißt der Eigentümer?«, fragte Leni. Sie räusperte sich. »Also, der aus England.«

»Das ist ein Mister D. Warte mal, er hat mir seine Visitenkarte gegeben.« Kirstin kramte in ihrer schwarzen Aktentasche.

Die Eieruhr klingelte. Leni stützte sich beim Aufstehen am Couchtisch ab und ging mit unsicheren kleinen Schritten in die Küche. Für einige Sekunden stand sie unschlüssig vor dem Herd herum, als wisse sie nicht mehr, was sie dort wollte. Mit einer fahrigen Handbewegung griff sie schließlich nach einer zweiten, auf einem Stövchen vorgewärmten Kanne und füllte den Tee um. Anschließend steckte sie das Tüllensieb in den Kannenausguss, um die Teeblätter in der Kanne zurückzuhalten. Sie holte das Ostfriesenteegeschirr mit dem Pfingstrosenmotiv aus dem Küchenschrank – zwei zierliche Tassen mit Untertassen und Löffeln, ein Sahnekännchen mit verschnörkeltem Sahnelöffel sowie eine Zuckerdose mit Kandis und silberner Zuckerzange. Sie richtete alles auf einem Messingtablett an.

Als sie zurückkam, lag eine Visitenkarte auf dem Couchtisch. »Augenblick«, sagte Leni und stellte das Tablett so heftig ab, dass der Tee in der Kanne überschwappte, »muss mal eben meine Lesebrille holen.«

Eine Weile suchte sie nach ihrer Brille und fand sie schließlich im Nähkorb, nachdem ihr eingefallen war, dass sie am Morgen Strümpfe gestopft hatte. Kirstin hatte in der Zwischenzeit das Malheur weggewischt.

»Richard Deimann«, las Leni stockend. »Deimann Gallery, Oxfordstreet 100, London.« Sie sprach die

Worte deutsch aus, weil sie in der Schule kein Englisch gelernt hatte. Röte schoss ihr ins Gesicht.

»Ist etwas, Mama?«, fragte Kirstin. »Du siehst gerade ganz verstört aus!«

Leni schüttelte stumm den Kopf.

Kirstin wartete. Leicht verunsichert betrachtete sie ihre Mutter, die sich mit ihrer Küchenschürze über die Stirn wischte.

Leni griff mit zittriger Hand nach den Streichhölzern, die auf dem Tisch lagen, und versuchte, das Teelicht im Stövchen anzuzünden. Doch das Streichholz brach entzwei. Drei Mal musste sie ansetzen, bis es ihr gelang. »Zwei Kluntjes wie immer?«, fragte sie nervös und griff nach der Zuckerzange.

Kirstin nickte. Es zischte und knisterte, als die Kandisstücke mit dem heißen Tee in Berührung kamen. Ein aromatischer Duft stieg auf. Die Zeremonie hatte immer schon beruhigend auf Kirstin gewirkt. Ausnahmsweise griff sie sogar nach dem Sahnelöffel und tunkte ihn in das Sahnekännchen, was sie aus Rücksicht auf ihre Figur lange nicht mehr getan hatte. Sie ließ die Sahne langsam in die Tasse fließen. Wölkchen bildeten sich auf der Oberfläche des Tees, zogen Muster und verteilten sich rasch auf der Oberfläche.

Leni murmelte eine Entschuldigung und beeilte sich, wieder in die Küche zu kommen. Dort klapperte sie übertrieben mit Geschirr und Töpfen herum. Sie hatte das dringende Bedürfnis, sich zu bewegen, etwas zu tun. Hausarbeit hatte ihr immer gutgetan, wenn ihr etwas auf der Seele lag. Kochen, Backen, das Haus blitzblank halten, das waren Tätigkeiten, die sie zutiefst befriedigten. Gut, dass sie das abgetrocknete Geschirr noch nicht in den Schrank geräumt hatte.

Leni überlegte fieberhaft. Ob sie es erzählen sollte? Die Sache mit Erich? Was damals passiert war? Leni hatte sich oft ausgemalt, wie es wäre, wenn sie sich jemandem anvertrauen würde. Vielleicht tat es gut, die Erinnerung an jenen Winterabend zu teilen, die sie bis heute belastete und wie ein Schatten verfolgte. Gerade in den letzten Wochen war es wieder heftig geworden, wollten sich die Bilder von damals mit aller Macht an die Oberfläche drängen. 60 Jahre, dachte sie, es waren nun genau 60 Jahre her. Der Jahrestag war schuld daran, dass es sie immer öfter auf den Dachboden zog, wo sie ihre Erinnerungsstücke aufbewahrte, wie zum Beispiel das Bild mit dem Mädchen auf dem Diwan. Kirstin hatte es ohnehin schon gesehen – es war ein Teil ihrer Geschichte. Dass ausgerechnet die Villa Deimann zum Verkauf stand! Und Kirstin war als Immobilienmaklerin involviert. Das konnte doch kein Zufall sein! Vielleicht war es ein Zeichen. Vielleicht war wirklich der Moment gekommen, um mit der Vergangenheit abzuschließen!

Leni sehnte sich danach, ihr Gewissen zu erleichtern. Vielleicht könnte sie endlich ruhig schlafen, wenn sie sich nur dazu überwinden könnte, sich der alten Geschichte zu stellen. Sie war eine Frau, die nicht mehr viel vom Leben zu erwarten hatte. Sie hatte nichts zu verlieren. Niemand würde sie zur Rechenschaft ziehen für das, was sie getan hatte, denn es war lange her. Niemand würde sie für ein Verbrechen verurteilen, für das sie nichts konnte. War es nicht ohnehin verjährt? Egal, ihr Geheimnis wollte sie nicht mit ins Grab nehmen, so viel stand fest. Kirstin war alt genug, um es zu verstehen. Sollte sie es wagen? Heute? Erzählen, was damals vorgefallen war? Ihr wurde plötzlich eiskalt. Sie zerrte am Kragen ihres Pullovers, weil sie das Gefühl hatte, keine Luft mehr zu bekommen.

Völlig durcheinander räumte sie die Küche auf und holte mit fahrigen Handbewegungen Gebäck aus der Speisekammer. Sie könnte es ja auf einen Versuch ankommen lassen. Den Anfang machen, sehen, wie Kirstin reagierte. Ob sie sich überhaupt für ihre Geschichte interessierte. Sie könnte an jedem Punkt aufhören.

Wenig später betrat sie das Wohnzimmer mit einer Schale, auf der sie Honigkuchenstücke und Butterplätzchen arrangiert hatte.

Als Kirstin die Gebäckschale bemerkte, hielt sie sich demonstrativ den Bauch. Aber über ihr Gesicht huschte ein Lächeln. »Danke, Mama, das ist lieb von dir. Dass du immer noch so viel backst, obwohl du mich gar nicht erwartet hast!«

»Ich hatte Lust dazu. Backen lenkt mich ab.«

»Wovon?«

»Von allem Möglichen«, sagte Leni vage. »Wenn du nicht gekommen wärst, hätte ich Frau Struthmann von nebenan eingeladen. Das hatte ich schon länger vor.«

»Die Schrulle mit dem Kissen auf dem Fensterbrett und der fetten Katze?« Kirstin nahm ein Stück Honigkuchen und schnupperte genussvoll daran. Honigkuchen und Ostfriesentee – sie liebte die Teezeremonie ihrer Mutter seit ihrer Kindheit, auch wenn ihre Mutter im Moment einen etwas zerstreuten Eindruck machte.

Aber das musste nichts bedeuten; Leni war schließlich nicht mehr die Jüngste. Und sie lebte in ihrer eigenen Welt, war viel zu oft und zu lange allein.

Das Zentrum ihrer kleinen Welt war das einfache Backsteinhaus direkt am Weeneraner Hafen. Vom Wohnzimmerfenster aus konnten sie die Schiffe sehen, Fischer-, Segel- und Hausboote. Auf den traditionellen Wohnschiffen lebten ganze Familien. So gut wie nichts hatte sich seit Kirstins Kindheit verändert. Sie hätte sich in dem Haus blind orientieren können. Die Wohnstube wurde beherrscht von einer Brandtruhe aus dunkler, verschnörkelter Eiche. Sie hatte immer schon am gleichen Fleck gestanden. In früheren Zeiten hatten Töchter bei ihrer Heirat eine solche Truhe als Mitgift bekommen. Darin hatten sie Wertsachen und auch Wäsche sowie Kleidungsstücke aufbewahrt, um sie im Falle eines Brandes rasch aus dem Haus schaffen zu können. Die Truhe hatte an den Querseiten Griffe aus Messing und war unglaublich schwer. Kirstin fragte sich, ob man sie im Notfall tatsächlich tragen könnte, aber wahrscheinlich wurde dann im Körper so viel Adrenalin ausgeschüttet, dass das möglich war.

Kirstin wusste, dass ihre Mutter an der Truhe hing wie auch an allen anderen Gegenständen im Haus. Sie mochte keine Veränderungen. Aus Reisen hatte sie sich nie etwas gemacht. Ein Tagesausflug auf eine ostfriesische Insel – das war alles, was sie sich leistete. Aber auch der letzte lag lange zurück. Sie war auch noch nie bei Kirstin in Osnabrück gewesen.

Alles hatte seit Jahrzehnten seinen angestammten Platz – die Möbel, selbst die Bilder mit Sommerblumen, Sonnenuntergängen, Kuttern und Windmühlen. Nur die »Frau auf rosa Diwan« passte nicht in das spießige Ambiente. Kirstin war sich in diesem Moment noch sicherer als zuvor, das Bild nie zuvor gesehen zu haben.

Sie suchte den Blick ihrer Mutter, die mehrmals hintereinander seufzte und nervös ihre Hände knetete. »Du reagierst so eigenartig, Mama! Ist etwas mit Herrn Deimann? Kennst du ihn?«

Leni starrte aus dem Fenster. Ein Radfahrer kam gerade vorbei und lüpfte seine Schiffermütze, als er Leni erblickte. Sie winkte ihm mit einer steifen Geste zu. Plötzlich huschte ein Lächeln über ihr Gesicht. »Ja, ich kenne ihn.« Sie griff nach ihrer Teetasse. Ihre Hand zitterte so sehr, dass sie Mühe hatte, sie zum Mund zu führen.

»Woher?«

»Er war der Sohn des Zigarrenfabrikanten«, sagte Leni zögernd. »Richard. Richard Deimann.« Ausdruckslos blickte sie vor sich hin, schien weit weg zu ein. Dann stellte sie mit einer ruckartigen Bewegung die Tasse ab.

Kirstin betrachtete sie irritiert. »Ja, er hat erzählt, dass sich früher nebenan eine Zigarrenfabrik befand.«

Leni ließ den Tee in ihrer Tasse hin und her schwappen. »Das mit der Zigarrenfabrik ist lange her. Wir haben alle da gearbeitet.«

»Auch du, Mama? Du hast in einer Zigarrenfabrik gearbeitet?«

Leni nickte. »Meine Eltern brauchten uns als Mitverdiener, obwohl uns das gar nicht recht war. Acht Jahre Volksschule mussten genügen. In den Kleinstädten und auf dem Lande gab es nun mal am meisten Arbeit in den Zigarrenfabriken. Die schossen um 1900 überall wie Pilze aus dem Boden.«

»Davon hast du mir nie etwas erzählt.«

»Du weißt so manches nicht.«

»Du hast überhaupt nie viel erzählt. Hast dich immer für andere interessiert, warst aber selbst verschlossen.«

»Was willst du denn hören?«, fragte Leni seufzend und machte eine Pause, bevor sie weitersprach: »Also gut, dann erzähle ich dir die Geschichte unserer Familie und die Geschichte der Familie Deimann. Ich habe die beiden Kinder der Deimanns gut gekannt. Das Mädchen hieß Marga. Sie hat mir viel erzählt. Über sie weiß ich fast alles, was sich in ihrer Familie damals zugetragen hat.« Sie fröstelte und rieb sich die Arme. Es war nicht leicht. Dunkle Bilder tauchten vor ihrem inneren Auge auf. »Wie sieht er jetzt eigentlich aus … der … der Richard Deimann?«, fragte sie nervös.

»Gut. Er sieht gut aus. Groß und schlank, volle, graue Haare, blaue Augen, moderne Brille, Falten, die ihn interessant machen, markantes Profil. Ein schöner, älterer Mann.«

Leni lächelte. »Genau so habe ich ihn mir vorgestellt.«

»Er ist übrigens nicht alleine gekommen. Sein Sohn war mit dabei – Ole. Ole Deimann. Die Ähnlichkeit ist unübersehbar. Und weißt du was? Er wohnt in Osnabrück. Sogar ganz in meiner Nähe, im Katharinenviertel. Seltsamer Zufall, oder?«

»Sind die beiden noch hier? Ich meine, bleiben sie über Nacht oder sind sie gleich wieder abgereist?«

»Sie wohnen im Hotel zum Weinberge, soviel ich weiß, und fahren morgen weiter nach Osnabrück. Richard Deimann will noch nach Hause zu seinem Sohn, bevor er nach London zurückfliegt.«

»Das ist schön«, sagte Leni.

Kirstin räusperte sich. »Darf ich dir eine Frage stellen? Du hast vorhin gesagt, du wolltest nicht in die Zigarrenfabrik. Was hättest du denn gemacht, wenn du die Wahl gehabt hättest?«

Leni Tamminga knetete mit den Fingern die Handknöchel, bis sie weiß wurden. »Wir hatten keine Wahl. Hatten wir alle nicht. Das waren andere Zeiten. Aber wenn du mich so fragst ... da muss ich nicht lange überlegen«, sagte sie.

ZWEI

Mai 1952

»Am Montag gehst du in die Zigarrenfabrik.«

Leni starrte ihre Mutter entgeistert an. »Nein!«, war alles, was sie hervorbrachte.

Gerda Harmsen legte ihr Nähzeug beiseite. Sie saßen im engen Wohnzimmer beisammen, dessen Einrichtung aus dunklen Schränken, einer Holztruhe und einer Anrichte bestand. Vor dem Fenster mit Ausblick auf den Hafen stand eine Tischgruppe mit einem weinroten Sofa und vier Holzstühlen. Gerda hatte darauf gewartet, mit ihrer zweitältesten Tochter allein zu sein, um ihr diese Nachricht beizubringen. »Leni, es geht nicht anders. Du bist alt genug, um mitzuverdienen.«

»Ich bin erst 14, Mama.«

»Du bist genau im richtigen Alter. Da habe ich auch begonnen, und heute mache ich Heimarbeit, wenn ihr längst im Bett liegt. Für euch tue ich das. Wir sind froh, dass wir die Zigarrenfabrik in Weener haben. Sonst müssten immer noch viele Menschen hungern. Und wir haben mehr als genug zu essen. Ohne die Fabrik hätten wir immer noch unsere Vorkriegskleider an. Wir müssten sieben Tage pro Woche diesen grässlichen Kaffeeersatz trinken. Außerdem ist das für dich längst kein Neuland mehr. Ihr habt schon tüchtig mitgeholfen, als ihr noch klein wart.«

»Eben«, sagte Leni bockig, »stundenlang blöde Blätter entrippt und sortiert. Ich hasse diese langweilige Arbeit. Nur damit die Männer sonntags nach dem Essen eine paffen können. Zigarrenqualm stinkt und verpestet die Luft. Ich mag das nicht.« Sie stellte sich ans Fenster und entdeckte ihre jüngeren Geschwister Irma und Harri, die auf der Straße mit anderen Kindern Himmel und Hölle spielten. Sie warfen Steine in Kreidekästchen und sprangen hinein, mal auf einem, mal auf beiden Beinen. Der zweijährige Bruno saß daneben und spielte völlig versunken mit Murmeln, die er der Größe nach sortierte. Zwei Kinder mit Milchkannen näherten sich hopsend und blieben stehen, um den anderen beim Spiel zuzuschauen. Es war ihnen anzusehen, dass sie gerne mitgemacht hätten. Aber Irma und Harri blieben stur und wollten sie anscheinend nicht mit einbeziehen. Leni beneidete die Kleinen um ihre Unbeschwertheit. Gerne wäre auch sie wieder Kind – ohne Bedingungen und Pflichten.

»Recht hat sie«, rief ihre Großmutter Frida aus der Küche, die durch eine offene Schiebetür von der Wohnstube getrennt war. Frida bereitete das Abendessen zu. Es roch nach Kartoffelpfannkuchen und Apfelmus. Die fertigen Pfannkuchen wurden zum Warmhalten auf die Umrandung des dunkelgrünen Kachelofens gestellt.

Leni drehte sich nach ihr um und warf ihr einen dankbaren Blick zu. Sie war froh, ihre Großmutter zu sehen. Sie war überhaupt froh darüber, dass die Großfamilie unter einem Dach lebte, auch wenn es manchmal sehr eng und laut war – mit den Eltern, Großeltern und ihren sechs Geschwistern waren sie immerhin elf Personen.

Aber wenn es darauf ankam, war immer jemand da, der zu ihr hielt.

»Wenn du bei Deimann arbeitest, brauchst du keine Blätter mehr zu entrippen. Nach kurzer Zeit darfst du wickeln und später sogar rollen. Dann bist du etwas und verdienst gutes Geld«, fuhr ihre Mutter Gerda unbeirrt fort.

»Du weißt genau, was ich werden will«, rief Leni aufgebracht. In ihrer Hilflosigkeit begann sie zu weinen. »Dass du immer so tust, als wüsstest du es nicht! Ich habe es dir erst letzte Woche gesagt!« Sie stampfte mit dem Fuß auf.

Frida kam zu ihr und nahm sie in den Arm. Sie führte sie zum Sofa und setzte sich neben sie. »Na, na, nun weine man nicht. Für jedes Problem findet sich eine Lösung. Erinnerst du dich daran, wie in den letzten Kriegstagen der Landrat bei uns auftauchte und unser Hausschwein konfiszieren wollte? Ich habe ihn mit der Bratpfanne in die Flucht geschlagen. Dieses Aas, für unsere Rechte ist er nie eingetreten, und plötzlich meinte er, er wäre der Kaiser von China. Ich koche dir gleich einen feinen Vanillepudding mit einer ordentlichen Portion Sahne. Extra für dich. Und du darfst dir ein Einmachglas aus der Speisekammer holen. Pflaumen, Himbeeren, Erdbeeren, was du magst.«

»Lass uns bitte fertig reden«, unterbrach Gerda Harmsen ihre Mutter. »Das ist ein Gespräch zwischen Leni und mir.« Sie sah ihre Tochter ernst an. »Leni, du möchtest Friseuse werden, ich weiß. Jeder hat seine Träume, das ist völlig normal. Aber nicht alle gehen in Erfüllung, das musst du noch lernen. Wir hätten nicht einmal die Mittel, um dir das Fahrtgeld nach Leer zu bezahlen. Und in Weener bildet niemand mehr aus.«

Frida Harmsen zog sich beleidigt zurück. »Wenn ich nicht mehr gebraucht werde …«, schmollte sie und holte Rahm aus dem Keller für den Pudding.

*

Ludwig Deimann saß an seinem englischen Schreibtisch und zündete sich eine Zigarre an. Er trug einen dunklen Anzug mit passender Weste und goldener Uhrkette. Zu seinem weißen, gestärkten Hemd hatte er eine goldblau gestreifte Seidenkrawatte gewählt, die er mit einer diamantbesetzten Krawattennadel betonte.

»Setz dich, Marga, ich habe etwas mit dir zu besprechen«, sagte er, als er seine Tochter im Türrahmen stehen sah.

Marga nahm ihm gegenüber auf einem mit dunklem Leder bezogenen Bürostuhl Platz und musterte ihren Vater misstrauisch. »Warum machst du es so spannend, Papa? Wohin willst du mich diesmal schicken? Nach Lugano? Nach Basel? Zu Verwandten nach London?« Sie bemühte sich darum, ihrer Stimme einen munteren Klang zu geben.

Ludwig Deimann räusperte sich. »Nun, es ist so«, begann er und machte sogleich eine Pause. Er faltete seine Hände und fixierte das Gemälde an der gegenüberliegenden Wand, ein Porträt von seiner Frau in Öl, das sie zeigte, als sie etwa im gleichen Alter war wie seine Tochter jetzt. »Du bist fast 18, im heiratsfähigen Alter sozusagen. Deine Mutter und ich haben Unsummen in deine Ausbildung investiert, in die höhere Töchterschule, die vielen Reisen, die Privatlehrerin, die Englischdozentin.«

»Ich weiß, Papa. Dafür bin ich euch sehr dankbar.«

»Wir haben es gern getan, Marga. Nun ist es jedoch an der Zeit, mehr an mich zu denken. Und natürlich an deine Mutter. Irgendwann wollen wir uns zur Ruhe setzen, mehr reisen. Mit der Zigarrenfabrik sieht es nicht so rosig aus. Kaum einer nimmt sich noch die Zeit, eine Zigarre zu genießen. Jeder will plötzlich Zigaretten. Die gelten zurzeit als todschick und elegant. Alle Welt raucht, immer und überall, nur leider kaum noch Zigarren. Ich weiß nicht, wohin das noch führen soll. Hoffentlich ist es nur eine neumodische Erscheinung, die bald vorübergeht. Aber darauf können wir uns nicht verlassen. Wir werden uns umstellen müssen. Und Richard – du kennst deinen Bruder. Er ist … nun ja, dieser Aufgabe nicht gewachsen. Du bist ein Mädchen, Margarethe«, er winkte ab. »Das soll um Himmels willen kein Vorwurf sein, doch es ist nun einmal so. Ich brauche einen Nachfolger für die Firma, und um es auf den Punkt zu bringen: Keiner von euch eignet sich dafür. Weder Richard noch du. Der Nachfolger muss eine gefestigte Persönlichkeit sein mit sicherer Hand, jemand, der etwas von diesem Handwerk versteht, Führungsgeschick hat und in der Lage ist, unsere Zigarrenfabrik aus den roten Zahlen zu führen. Er sollte unternehmerisch denken, modern und vorausschauend. Und gleichzeitig sollte er unsere Firmengeschichte im Blick behalten und im rechten Maße konservativ sein. Nicht so einfach, wie du dir denken kannst. Nun, zufällig kenne ich genau so einen Mann.« Er hielt inne, rauchte und warf Marga einen herausfordernden Blick zu. Ihre verschlossene Miene verhieß nichts Gutes. Das beunruhigte ihn, sodass er es vorzog, an ihr vorbei zu sehen. »Ein gestandener Mann«, fuhr er fort, »aus bestem Hause, ebenfalls aus der Tabakindustrie. Die Zigarrenmanufaktur der Familie ist in Leer angesiedelt. Er ist der Zweitälteste; sein Bruder wird eines Tages die Firma übernehmen. Er könnte mein Nachfolger sein. Er hätte das Zeug dazu.«

»Was habe ich damit zu tun?«, fragte Marga trotzig.

»Nun, er mag dich, Margarethe.« Er beobachtete seine Tochter genau. »Er ist vermögend, im besten Alter und … nun ja, ich will nicht lange um den heißen Brei herumreden: Er hat um deine Hand angehalten.« Er nahm einen tiefen Zug von seiner Zigarre und blies den Rauch genussvoll aus.

Marga war rot geworden. »Du willst mich verheiraten? In welcher Zeit leben wir denn! Doch wohl nicht mehr im 19. Jahrhundert. Habe ich vielleicht auch noch ein Wörtchen mitzureden? Ich möchte selbst entscheiden, wen ich heirate, wann ich heirate und ob ich überhaupt heirate. Vielleicht bleibe ich ledig und entscheide mich für einen ganz anderen Weg. Und woher willst du wissen, dass ich nicht an dem Betrieb interessiert bin? Natürlich bin ich das! Natürlich will ich da einsteigen und alles lernen, was ich wissen muss! Warum sollte ich das nicht können?«

»Darüber müssen wir noch reden. Aber ein andermal. Allein ist das zu schwierig, Margarethe, aber an der Seite eines fähigen Mannes, warum nicht …«

Marga zupfte an ihren schmalen, sorgfältig manikürten Fingernägeln. »Woher weißt du überhaupt, dass er mich mag?«

»Er hat eine Fotografie von dir gesehen.«

Sie fuhr herum. »Das hässliche Bild da etwa?«, fragte sie und wies auf ein Foto in einem Silberrahmen, das hinter ihr auf einer Kommode stand und sie im Alter von etwa 14 Jahren zeigte.

»Es ist ein hübsches Porträt von dir, Marga. Es zeigt dich, wie du bist. Geknipst vom teuersten Fotografen Ostfrieslands.«

»Da sehe ich aus wie eine dämliche Porzellanpuppe!«

Es entstand eine Pause. Das Ticken der altenglischen Wanduhr wirkte überlaut. Marga lief wie ein aufgescheuchtes Tier im Raum umher. Unvermittelt blieb sie vor dem Schreibtisch ihres Vaters stehen. »Was heißt eigentlich ›im besten Alter‹?«

Ludwig Deimann kratzte sich am Kopf. »Er feiert demnächst seinen 40. Geburtstag.«

Sie lachte hell auf und verdrehte die Augen. »Oh Gott, er ist uralt, Papa! Im besten Alter für dich und Mama, aber nicht für mich.«

»Alter ist nebensächlich. Wer fragt schon danach. Auf andere Werte kommt es an, und darauf, dass man gut miteinander auskommt.«

»Pah! Andere Werte … Und … was hast du geantwortet?« Sie wurde blass.

»Ich habe gesagt, es sei eine Überlegung wert und ich wolle mit dir reden. Mama ist übrigens auch dafür.«

Sie stützte sich mit den Händen auf dem Schreibtisch

ab. »Mama ist auch dafür? Ich kenne diesen Mann überhaupt nicht!«, schrie sie heraus.

»Beruhige dich, Margarethe! Dann wirst du ihn kennenlernen!«

»Ich will ihn nicht kennenlernen, Papa, er ist steinalt und könnte mein Vater sein!«

»Vielen Dank auch«, sagte Ludwig Deimann. Versöhnlich fügte er hinzu: »Liebling, beruhige dich doch! Wir meinen es nur gut mit dir. Ein jüngerer Mann kann dir nichts bieten. Dafür hast du viel zu hohe Ansprüche. Du brauchst einen Mann, der dir weiterhin den Lebensstil garantieren kann, den du gewohnt bist. Er wird dich auf Händen tragen, mein Schatz. Er wird dich genauso verwöhnen, wie es Mama und ich immer getan haben. Und wenn nicht, dann wird er es mit mir zu tun bekommen, darauf hast du mein Wort!« Er hob warnend seinen Zeigefinger.

»Geld ist nicht alles! Ich muss ihn doch lieben! Und ich kann keinen Fremden lieben, noch dazu, wenn er fast im Greisenalter ist.« Verzweifelt sank sie auf ihren Stuhl. Sie wollte auf keinen Fall vor ihrem Vater weinen.

»Er wird ja nicht immer ein Fremder sein. Schon bald wirst du ihn in dein Herz schließen, davon bin ich fest überzeugt. Versuch es doch wenigstens, Liebes. Uns zuliebe.« Ludwig rauchte nervös, verschluckte sich und hustete.

»Und wenn ich nicht will, was macht ihr dann? Wollt ihr mich in Handschellen zum Traualtar führen? Ihr könnt doch nicht einfach über mich bestimmen!«

»Marga …« Ludwig Deimann klopfte seine Zigarre im Aschenbecher aus. »Niemand wird dich drängen, sofort eine Entscheidung zu treffen. Du kannst dir die Zeit nehmen, die du brauchst. Die Hochzeit ist nicht für nächste Woche angesetzt, keine Bange. Und wenn du ihn wirklich nicht magst, bin ich der Letzte, der dich drängen wird. Du musst nichts tun, was dir nicht behagt. Aber ich wünsche mir, dass du es wenigstens probierst. Deine Mutter kennt und mag ihn. Sie findet, dass er zu dir passen würde, trotz des Altersunterschieds. Denn wenn man gewillt ist, es miteinander zu versuchen und gemeinsame Interessen hat, spielt das Alter keine Rolle. Ein alter Mensch kann jung im Herzen sein und umgekehrt. Heute Nachmittag wirst du ihn bei uns zu Hause empfangen. Ihr habt ausreichend Zeit, euch zu beschnuppern. Er wird dir gefallen, mein Liebling. Du wirst sehen, er ist ein stattlicher Mann, gutaussehend, mit Charakter, Ansehen, guter Herkunft und Stil. Er ist Ostfriese wie wir. Durch seine Adern fließt das gleiche Blut. Er wird dir die Liebe geben, die du brauchst, und dir ein angenehmes, komfortables Leben bieten. Nimm dir die notwendige Zeit, mit ihm vertraut zu werden. Ihr könnt spazieren gehen oder eine Ruderpartie auf der Ems unternehmen.«

»Wie heißt er überhaupt?«, fragte Marga schwach.

»Kruskopp. Erich Kruskopp. Er wird um 15.30 Uhr hier sein. Du hast also ausreichend Zeit, dich umzuziehen und ein bisschen herzurichten.«

»Kann ich nicht so bleiben?« Sie sah an sich herunter. Der dunkelblaue Faltenrock reichte ihr bis zu den Waden. Die braunen Schuhe waren ausgetreten und schmutzig, da sie gerade aus dem Reitstall kam. Ihre weiße Bluse war zerknittert, die Haare waren aufgelöst.

So sollte er sie sehen, wenn schon, denn schon. Diesen kleinen Triumph, sich für ihn nicht schön zu machen, wollte sie sich nicht nehmen lassen.

Ludwig Deimann zog die Stirn kraus. »Meinetwegen. Aber lass dir von Anne wenigstens die Haare frisieren. Sie sehen aus, als hättest du einen Dauerlauf hinter dir.« Dann glitt ein Lächeln über sein Gesicht. »Aber hübsch bist du trotzdem, gerade jetzt, mit den roten Bäckchen und den wilden Locken siehst du zauberhaft aus.«

»Kann ich jetzt gehen?«, fragte Marga mit abgewandtem Kopf.

»Natürlich. Dann geh halt, mein Kind.« Ludwig Deimann entließ sie mit einer knappen Handbewegung.

Marga zog die Tür etwas zu heftig hinter sich zu. Draußen presste sie sich gegen die Wand. Sie spürte, wie Tränen in ihr aufstiegen und sie nicht in der Lage war, sie zurückzuhalten. Nachdem sie sich etwas gefangen hatte, rannte sie schluchzend die geschwungene Flügeltreppe zur Galerie hoch, über die langen Flure mit Marmorböden, Bogengewölbe und Säulen, bis sie endlich ihr Zimmer erreicht hatte, die Tür hinter sich verriegelte und sich auf ihr Bett warf.

*

»Wie hat sie es aufgefasst?« Regine Deimann saß mit einer Stickerei auf dem Sofa des Salons und lauschte Mozarts Klarinettenkonzert aus dem Radio. Sie fertigte gerade ein Taschentuch mit Hohlsaumrand. Neben ihr hatte sich ihr apricotfarbener Zwergpudel namens Daisy schlafend zusammengerollt. Im Kamin loderte ein Feuer, das an diesem kühlen, regnerischen Maitag für angenehme Wärme sorgte.

»Ich mache mir Sorgen, Ludwig. Ich habe versucht mit Marga zu reden, aber sie öffnet mir nicht die Tür.«

Ludwig, der ihr gegenüber auf einem Sessel saß, räusperte sich und faltete die Zeitung zusammen, in der er gerade gelesen hatte. »Es wird sich zeigen. Margarethe wird zur Vernunft kommen – sie muss. Und das weiß sie. So haben wir sie erzogen: Disziplin und Anstand sind nun einmal die wichtigsten Tugenden. Leider hat unsere Erziehung bei Richard nicht so gefruchtet. Aber was nicht ist, kann ja noch werden. Ich werde ihn trotzdem demnächst ins Unternehmen einführen. Er ist fast 20, genau das richtige Alter, um an die Firmengeschicke herangeführt zu werden. Ich werde ihm zunächst einfache Aufgaben übertragen. Vielleicht kommt er ja doch noch auf den Geschmack. Und Marga ist 17. Ihre Jugend liegt hinter ihr. Auch sie ist fast erwachsen. Es ist an der Zeit, dass sie einen Mann findet, der sie ernähren kann und ihr einen angenehmen Lebensstil bietet.«

»Du hast recht, Ludwig. Vielleicht hätten wir Marga nicht so verwöhnen sollen. Dann wäre sie jetzt dankbarer.«

»Lass ihr Zeit, Regine, wenn sie Erich erst einmal gesehen hat, wird sie erkennen, dass er der Richtige für sie ist.«

»Und wenn sie sich weigert?« Regine sah zweifelnd zu ihrem Mann auf.

»Ich vertraue darauf, dass sie es nicht tut. Marga weiß, was sie uns zu verdanken hat. Und im Grunde weiß sie auch, was sie braucht, um ein glückliches Leben zu führen. Sie wird sich fügen, Regine, sei unbesorgt.«

»Ich glaube, ich werde heute meinen Bridgeabend fallen lassen«, sagte sie resigniert. »Meine Tochter braucht mich. Ich muss für sie da sein, wenn sie mir ihr Herz ausschütten möchte.«

»Sie hat doch Anne«, erwiderte Ludwig. »Das Dienstmädchen wird dafür bezahlt, dass es Marga zuhört.«

»Ich glaube, du hast recht, Ludwig.« Regine Deimann seufzte und nahm ihr Stickzeug wieder auf.

*

Marga lag erschöpft auf ihrem Bett, den Kopf in die Kissen vergraben, als jemand an die Tür klopfte. »Ja bitte?«, fragte sie mit brüchiger Stimme.

Die Tür wurde leise geöffnet. »Ich bin's nur«, sagte Anne. »Ich soll dir die Haare machen.«

»Ist es schon so spät?«

»Der Besuch wird bald da sein.«

»Wann?«

»In einer Stunde.«

»Dann ist ja noch Zeit.« Marga blieb ermattet liegen. »Komm später wieder, Anne. In einer halben Stunde. Das wird reichen.«

»Bist du sicher? Deine Mutter hat mir aufgetragen, ich soll mir Mühe geben, es sei ein wichtiger Besuch.«

»So wichtig kann er gar nicht sein, wenn ich den Kerl noch nicht einmal kenne«, sagte sie trotzig.

»Ich habe dir nur ausgerichtet, was deine Mutter gesagt hat«, erwiderte die Dienstbotin geduldig.

»Dann ist Mama also der gleichen Meinung wie Papa. Freut mich zu hören!« Marga setzte sich im Bett auf. Ihre Haare waren zerzaust und sie war blass im Gesicht. »Schon gut, Anne. Ist ja auch nicht deine Schuld. Du kannst nichts dafür. Trotzdem, bitte komm später wieder, ich möchte allein sein.«

»Ich kann dich verstehen«, sagte das Mädchen beklommen und zog sich zurück.

Marga wartete, bis sie verschwunden war, und schlich sich aus ihrem Zimmer. Leise verließ sie das Haus über die Dienstbotentreppe und durch den Hintereingang.

Sie traf Thies, den Stallburschen, im Pferdestall, wo er damit beschäftigt war, die Box von Contesse auszumisten, ihrer Lieblingsstute. »Marga«, rief er erschrocken, als er ihren Gesichtsausdruck bemerkte. »Wie siehst du aus, was ist passiert?«

Sie warf sich in seine Arme. »Ich soll verheiratet werden«, brachte sie mühsam hervor. Sie presste sich dicht an ihn und schlang ihre Arme um seinen Hals. Thies war einen halben Kopf größer als sie. Die Wärme seines Körpers tat ihr gut. Er roch nach einem würzigen Rasierwasser und nach Pferdestall.

»Wie bitte?«, fragte er und streichelte ihr über die langen, blonden Locken, die sie mit einer Spange gebändigt hatte. »Wer sagt das?«

»Papa. Und Mama ist auf seiner Seite. Wir dürfen uns nicht mehr sehen, Thies. Der Mann ist steinalt. Ich soll ihn heiraten, damit Papa einen Nachfolger für seine Fabrik hat. Die Zigarrenfabrik. Immer nur die öde Fabrik. Seit ich denken kann, geht es in unserer Familie immer nur ums Geschäft.«

Thies Henningsen streichelte ihr über den Kopf. Er studierte Jura und verdingte sich als Stallbursche für die Familie Deimann, um sich das Studium zu finanzieren.

»Wer ist er überhaupt? Kenne ich ihn?«

»Erich … Keine Ahnung, wie er mit Nachnamen heißt. Irgendwas mit Kopp. Seine Eltern besitzen auch eine Zigarrenfabrik, ich glaube, in Leer.«

»Warum bleibt er nicht einfach dort, wo er herkommt?«

Marga zuckte traurig mit den Achseln.

»Ach, Marga«, sagte er seufzend. »Kleine Marga, was machen wir nur?« Er küsste ihr Haar, atmete ihren Duft ein und hielt sie umschlungen, bis sie langsam ruhiger wurde.

*

Als die Türglocke in der Villa Deimann ertönte, war Johanna, das erste Hausmädchen, sofort zur Stelle. Mit festen Schritten durchquerte sie die luxuriöse Eingangshalle mit den Ölgemälden, Säulen und Kronleuchtern, um dem Besucher die schwere, verschnörkelte Eichentür zu öffnen. Die Bodenvase mit dem herrlich duftenden Flieder in den Farben elfenbein und violett hatte sie gerade erst arrangiert. »Sie wünschen, mein Herr?«, fragte sie kokett und rückte ihre gestärkte Haube zurecht.

Der hochgewachsene Gast lupfte seinen Hut. »Mein Name ist Erich Kruskopp«, sagte er steif. »Ich werde von Herrn und Frau Deimann erwartet. Und von dem Fräulein Tochter.« Dabei zog er eine Augenbraue hoch.

Die Bedienstete machte einen Knicks. »Ich gebe den Herrschaften Bescheid«, sagte sie. »Bitte warten Sie einen Moment, der Herr.« Sie verschwand in einem angrenzenden Raum.

Erich Kruskopp nutzte die kurze Zeit des Alleinseins, um seinen Blick über die Bildergalerie schweifen zu lassen. Auf einem großen Ölgemälde erkannte er Marga, seine Marga, und leckte sich über die Lippen. Er betrachtete wohlwollend ihre langen, blonden Locken, die blauen Augen, die feine gerade Nase, die niedlichen Grübchen, die ihm schon auf der Fotografie ins Auge gefallen waren. Auf dem Bild trug Marga ein weißes Kleid und hatte eine Margerite im Haar. Die Blume passte zu ihr, passte zu ihrem schönen Namen. Er blieb fasziniert vor dem Gemälde stehen und betrachtete es eingehend. Als sein Blick auf die Wölbung ihres Busens fiel, wurde ihm heiß.

»Erich!«

Der Angesprochene zuckte zusammen und fuhr herum. Regine Deimann stand hinter ihm und berührte ihn sanft am Oberarm. Er sah sie erschrocken an, als fühle er sich ertappt. Sie lächelte und reichte ihm galant ihre Hand. Er deutete einen Handkuss an.

»Regine«, sagte er sanft, »am liebsten würde ich dich in den Arm nehmen, aber ich fürchte, das wäre unpassend.« Er lachte unsicher.

»Das wäre es.« Sie hakte sich bei ihm unter und führte ihn in den Salon. »Erich, ich möchte dir meinen Gemahl Ludwig Deimann vorstellen«, sagte sie in offiziellem Ton und wandte sich ihrem Mann zu. »Ludwig, das ist Erich Kruskopp.« Sie blieb mit dem Besucher direkt vor ihrem Mann stehen.

»Hoch erfreut«, sagte Ludwig Deimann und erhob sich. Im Stehen knöpfte er sich das Jackett zu.

Beide Männer gaben sich die Hand. »Wie ist das werte Befinden?«, fragte der Jüngere.

»Danke, ich kann nicht klagen. Ich bin übrigens gespannt darauf, Sie kennenzulernen. Was darf ich Ihnen zu trinken anbieten, Herr Kruskopp? Meine Tochter wird gleich da sein.« Ludwig wandte sich an seine Frau. »Liebes, würdest du unserer Prinzessin bitte Bescheid sagen, dass sie sich ein wenig beeilen möge?«

»Natürlich, ich bin gleich wieder da«, sagte Regine Deimann und verließ mit einem Lächeln den Raum.

Ludwig Deimann war nun ganz in der Rolle des Gastgebers. »Französischer Cognac genehm? Oder gleich etwas Härteres? Ein Asbach oder ein Scotch mit Eis vielleicht?« Er nutzte die Gelegenheit, sein Gegenüber zu mustern. Seine Frau hatte nicht zu viel versprochen. Ihm gefiel, was er sah. Er registrierte Kruskopps teuren Maßanzug, die goldene Uhr am Handgelenk und den sorgfältig gescheitelten Haarschnitt. Sogar die Fingernägel waren penibel maniküurt. Erich Kruskopp war hochgewachsen und von schlanker Gestalt. Eine elegante Erscheinung.

»Einem Cognac wäre ich nicht abgeneigt«, antwortete Kruskopp lächelnd und kam der Aufforderung des Hausherrn nach, auf einem der beigefarbenen Sofas Platz zu nehmen. Der Zigarrenfabrikant begab sich an die Hausbar, um nach kurzer Zeit mit zwei Cognacschwenkern zurückzukehren.

Die Männer prosteten sich zu. Ludwig nahm das Gespräch auf. »Meine Gattin erzählte mir, Sie stammen aus einer Zigarrendynastie?«

Kruskopp nippte an dem hochprozentigen Getränk und nickte anerkennend.

»Darf ich die Zigarrenmarke wissen? ›Kruskopp‹ sagt mir leider nichts.«

»Der Name ›Degroote‹ sagt Ihnen aber etwas, nehme ich an?«

Ludwig Deimann nickte und zog erstaunt die Augenbrauen hoch. »Allerdings.«

»Meine Großeltern mütterlicherseits haben das Unternehmen gegründet. Meine Mutter ist eine geborene Degroote. Es gibt mittlerweile einige Tochterunternehmen. Die Zigarrenfabrik Kruskopp ist nur eine davon. Ein aufstrebendes Unternehmen. Mein Bruder wird es demnächst führen. Ich lebe gut von meinen Anteilen.«

»Das freut mich zu hören. Warum wollen Sie nicht in Ihrem eigenen Unternehmen einsteigen?« Ludwig Deimann nahm einen großen Schluck. »Das tut Gaumen und Seele gut«, sagte er und atmete geräuschvoll aus.

»Das hat einen einfachen Grund«, antwortete der Gast. »Mein Bruder und ich verstehen uns nicht besonders gut. Wir sind vermutlich zu ähnlich. Keiner von uns gibt gerne Macht oder Kontrolle ab. Wir sind beide sehr ehrgeizig.«

Deimann nickte. »Das muss nicht unbedingt schlecht sein. Verzeihen Sie. Meine Frau hat natürlich von Ihnen erzählt. Aber ich möchte mir selbst ein Bild machen. Woher kennen Sie eigentlich meine Frau?«

Kruskopp räusperte sich. »Nun, ich kenne sie schon recht lange. Wir sind ja im gleichen Alter. Ich vermute, wir haben schon zusammen im Sandkasten gespielt.« Er lachte verlegen und drehte an seinem Siegelring.

»Sie vermuten?« Ludwig sah seinem Gegenüber prüfend ins Gesicht.

Kruskopp machte eine entschuldigende Geste. »Ich habe leider ein ausgesprochen schlechtes Gedächtnis. Ihre Frau hat mir gesagt, wir seien einst Schulkameraden gewesen. Wir waren viele Kinder in der Klasse, über 40, glaube ich. Die Mädchen saßen links, die Jungen rechts. Es kann auch anders herum gewesen sein. Ich kann mich beim besten Willen nicht an eine Regine Grothuis erinnern. Haben Sie vielleicht eine Fotografie von ihr, als sie jung war?«

»Meine Gattin ist immer noch jung, sie wird von Jahr zu Jahr jünger, zumindest lasse ich sie in dem Glauben. Und wenn ich mir die Rechnungen so ansehe, die ich bezahlen darf, für die Friseuse, den Schönheitssalon, die Apotheke und die Schneiderin, dann weiß ich, wo die Quelle dieses Jungbrunnens ist. Aber ich will mich nicht beklagen. Es gibt Frauen, die mit 40 nichts mehr aus sich machen. Da ist es mir allemal lieber, eine Frau zu haben, die auf sich achtet.« Er lachte etwas angestrengt und erhob sich, um im Bücherregal nach etwas zu suchen.

»Das stimmt. Regine ... entschuldigen Sie, Ihre Frau ...«, er hüstelte, »ist sehr attraktiv.«

Ludwig Deimann überreichte ihm ein Fotoalbum. »Das gehört meiner Regine. Es gibt nur das eine. Bitte scheuen Sie sich nicht, es durchzublättern.«

Erich Kruskopp nahm es entgegen. Peinlich berührt schlug er die Seiten mit den Baby- und Kinderbildern um, bis er zu den Fotos vorgedrungen war, die Regine im Backfischalter zeigten. »Sie sieht aus wie Ihre Tochter«, sagte er anerkennend. »Soweit ich das beurteilen kann, ohne Marga persönlich begegnet zu sein.«

»Gleich werden Sie sie kennenlernen. Sie ist entzückend.«

»Das glaube ich sofort.« Kruskopps Miene verdüsterte sich. Auf einem Schwarz-Weiß-Foto waren zwei junge Leute abgebildet, die sich gut zu verstehen schienen. Beide waren jung und schön. Es lag etwas Besonderes in ihrem Blick, was man selbst auf der grobkörnigen, am Rand gezackten Abbildung erkennen konnte. Als er sich beobachtet fühlte, blätterte er ungeschickt die Seite um.

»Haben Sie gefunden, wonach Sie gesucht haben?«, fragte Ludwig Deimann beiläufig und öffnete eine Kiste aus Zedernholz. »Zigarre gefällig?«

Kruskopp nickte dankbar. »Sehr liebenswürdig.«

Deimann reichte ihm eine Zigarre sowie einen silbernen Abschneider und gab ihm Feuer.

Wenige Minuten später waren beide Männer in Zigarrendunst gehüllt und in ein Gespräch über die Manufaktur vertieft. So bemerkten sie zunächst nicht, dass sie nicht mehr allein waren.

»Ah, da ist sie ja!«, rief plötzlich Ludwig Deimann aus, als er seine Frau und Tochter an der Türschwelle stehen sah. Er ging ihr mit ausgestreckten Armen entgegen. Erich Kruskopp erhob sich ebenfalls und knöpfte dabei räuspernd und mit steifen Fingern sein Jackett zu. Ludwig führte seine Tochter direkt zu dem Gast. »Das ist sie«, sagte er stolz, »das ist meine Margarethe.« Er nahm ihre Hand und reichte sie Kruskopp, der sie ohne zu zögern ergriff.

»Hocherfreut«, sagte der Gast, deutete einen Handkuss an und hielt dann Margas Hand mit beiden Händen fest. »Wie ist das werte Befinden des jungen Fräuleins?«

»Es geht so«, erwiderte Marga spitz. »Ich wünsche auch Ihnen einen guten Tag.« Ruckartig entzog sie ihm ihre Hand und würdigte ihn keines weiteren Blickes. Sie war sich ihrer rotgeräderten Augen durchaus bewusst.

»Setzen wir uns doch«, sagte Regine Deimann und bezog ihren angestammten Platz vor dem Kamin. Sie konnte ihre Aufregung kaum verbergen. Marga kauerte sich neben sie. Erich Kruskopp schien verstanden zu haben. Er setzte sich auf einen der Sessel und lächelte verstohlen in Margas Richtung. Marga hingegen wich seinem Blick aus.

»Sie ist etwas schüchtern«, entschuldigte Regine Deimann das Verhalten ihrer Tochter. »Nun ja, sie ist erst 17. In ihrem Alter war ich auch so.«

Erich Kruskopp machte eine lässige Handbewegung. »Das weiß ich doch. Überhaupt kein Problem. Ich verstehe das durchaus. Vielleicht ergibt sich ja die Möglichkeit, nach Tisch einen Spaziergang zu unternehmen? Oftmals lösen sich bei so einer Gelegenheit die Blockaden.« Schnell schob er nach: »Sie dürfen uns selbstverständlich begleiten.«

»Eine gute Idee«, sagte Ludwig, »aber geht ihr ruhig allein. Regine und ich werden uns nach dem Essen ein wenig ausruhen. Nicht wahr, Liebes? Frag doch bitte mal in der Küche nach, wie weit sie sind und wann wir essen können. Ich möchte euch keine Minute länger mit meinem Magenknurren behelligen.«

Regine klingelte nach dem Personal. Bei Hunger oder Müdigkeit verstand Ludwig keinen Spaß. Beides zusammen verwandelte den sonst gemütlichen, in sich ruhenden Genussmenschen zu einem unleidlichen Zeitgenossen. Wenig später erschien Johanna in ihrem grauen Dienstbotenkleid und ihrer weißen, gestärkten Haube. »Sie wünschen, bitte?«

»Wir möchten bitte gleich dinieren«, sagte Regine. »Wie weit sind Sie? Kann der erste Gang serviert werden?«

»Wir könnten mit der Suppe beginnen. Im Esszimmer ist bereits eingedeckt. Welchen Wein darf ich bringen lassen?«

»Zum Seeteufel den Chardonnay aus dem letzten Jahr und zum Kasslerbraten mit Sauerkraut den halbtrockenen Riesling aus der Pfalz«, wies Regine an.

Ludwig rieb sich die Hände. »Na, das höre ich doch gerne. Gute Speisefolge, dazu eine erlesene Weinauswahl. Meine Herrschaften«, sagte er gut gelaunt, »Essen und Trinken hält Leib und Seele zusammen. Dann wollen wir mal.«

*

Leni ließ sich geduldig ihre taillenlangen Zöpfe flechten.

»Ich habe dir das veilchenblaue Sommerkleid mit den Streublumen noch einmal aufgebügelt«, sagte Gerda. »Du siehst zuckersüß darin aus.«

»Ich will nicht zuckersüß aussehen. Lieber schick und modern, wie die Mannequins in den Illustrierten.«

»Was tragen sie denn so, die Mannequins in den Illustrierten?«, fragte Gerda belustigt.

»Na, zum Beispiel einen weit ausgestellten, bunten Rock mit Gürtel. Und dazu einen schmalen, kurzärmligen Pulli mit Ausschnitt. Oder mit Rollkragen. Und ich will mir die Haare abschneiden lassen. Lange Haare sind altmodisch. Ich möchte eine moderne Frisur, kurz und aufgebauscht, mit Pony, im Nacken lockig, weißt du?«

Gerda schlug die Hände zusammen. »Du liebe Güte! Was für Hirngespinste! Was sollen bloß die Nachbarn von uns denken? Familie Harmsen mit ihren Modepüppchen, werden sie sagen, die lachen doch über uns! Wie kommst du überhaupt an die Illustrierten?«

»Rieke bringt die manchmal von der Arbeit mit. Auch Romanheftchen. Ich habe sie alle verschlungen.«

»Ihr habt euren Spaß und ich kann zusehen, wie ich neben der Heimarbeit mit Oma zusammen den Haushalt schaffe und die Kleinen beschäftige.« Sie hatte den ersten Zopf fertig und band ihn mit einem braunen Zopfhalter zusammen. »Wenn ihr beiden Großen aus dem Haus seid, geht es erst richtig los«, sagte sie und teilte die zweite Haarpartie in drei Teile ab, die sie geschickt miteinander verflocht. »Irma und Harri wecken, damit sie pünktlich zur Schule kommen. Dann Bruno und die Zwillinge beschäftigen, während ich die Zigarrenwickel drehe. Onno und Udo sind kaum zu bändigen, wie du weißt. Und Bruno ist auch nur ein Jahr älter und hat nur Unsinn im Kopf. Drei Kleinkinder, die halten mich auf Trab! Dann noch Vater und Großvater, die jeden Mittag um zwölf ein warmes Essen auf dem Tisch erwarten. Bisher habe ich das zusammen mit Oma noch immer geschafft. Aber manchmal beneide ich meine beiden Großen. Dir und Rieke steht die Welt offen. So, fertig!« Sie gab Leni einen freundlich gemeinten Klaps auf den Po. Die streng geflochtene Zopffrisur saß.

»Von meinem ersten Geld kaufe ich mir solche Kleider bei Jan Ernst«, sagte Leni versonnen und lockerte etwas die Haarklemmen. »Und gehe zum Friseur. Wirst schon sehen!«

Gerda Harmsen lachte. »Das sagen sie alle. Du kannst froh sein, wenn du am Ende der Woche genug Geld in der Tasche hast, um dir sonnabends bei Klocker eine Erdbeermilch zu leisten.«

»Und wenn nicht, dann bekommt sie eine Mark von mir«, rief Oma Frida, die gerade vom Hühnerfüttern kam. »Wir hatten auch unseren Spaß, jetzt sind eben die Kinder dran. Ich habe euch Apfelpfannkuchen gebacken. Damit ihr euch die Mittagspause versüßen könnt!«

»Danke, Oma, du bist die Beste«, sagte Leni und drückte ihrer geliebten Frida einen Kuss auf die Wange.

»Kaum zu glauben, dass meine Leni nun auch flügge wird«, meinte Frida. »Lass dich nicht unterwegs von einem Kerl aufhalten. Wisst ihr noch, was ich mit dem Knecht gemacht hab, der unserer Gerda einen Kuss aufzwingen wollte?«

Gerda klatschte in die Hände. »Rieke und du müsst los, wenn ihr um 6.45 Uhr in der Fabrik sein wollt.«

»Ich will es aber wissen«, sagte Leni.

»Gepackt habe ich ihn und in die Jauchegrube geworfen. Mit Schmackes«, fügte sie hinzu. »Er hat danach stundenlang gekotzt und noch Tage später gestunken wie ein Misthaufen. Die Lektion hat er bestimmt nicht vergessen.«

»Mutter!« Gerda rollte mit den Augen. Sie versuchte den Jüngsten, Onno, zu beruhigen, der sich an ihrem Bein hochziehen wollte, es aber nicht schaffte und laut zu heulen begann. Sein ein Jahr älterer Bruder Bruno war schon etwas weiter. Er flitzte auf seinen Stummelbeinchen durch die Küche und hatte gerade einen Kerzenleuchter entdeckt, den er von der Kommode angeln wollte. »Bruno«, schimpfte sie, »lass das und komm her!«

»Können wir gehen?«, fragte Rieke, die die schmalen, steilen Stiegen heruntergestiegen war. Sie hatte sich den stolzierenden Gang eines Mannequins angewöhnt. Ihr Kleid hatte sie eigenhändig auf Knielänge gekürzt.

»Habt ihr eure Weißwäsche zum Einweichen in den Bottich gelegt?«, fragte Gerda. »Morgen ist Waschtag.«

»Längst drin«, erwiderte Rieke, und Leni bestätigte es kopfnickend.

»Dann macht, dass ihr aus der Tür kommt«, sagte Gerda lachend und warf ihren beiden Großen eine Kusshand zu.

Leni griff nach ihrer Tasche aus derbem Rindsleder, die sie für die Schule bekommen hatte, und packte ihr Pausenbrot und einen Apfelpfannkuchen ein. Eine andere Tasche besaß sie nicht.

Draußen war um die frühe Uhrzeit schon viel Betrieb. Männer mit Schirmmützen zogen Handkarren mit Milchkannen, frischem Fisch oder Kohle hinter sich her, Radfahrer kreuzten ihren Weg, Mütter fuhren ihre schreienden Kleinkinder in Korbwagen spazieren, damit deren Väter, die von der Nachtschicht kamen, schlafen konnten. Zahlreiche Menschen strömten zur

Arbeit, und Dienstmädchen waren mit Weidenkör-
ben unterwegs.

*

Die Zigarrenfabrik Deimann lag in der Norderstraße,
auf dem gleichen Gelände wie die Fabrikantenvilla.
Durch ein riesiges, verschnörkeltes Eisentor gelangte
man in den gepflasterten Hof. Dort standen zwei Lieferwagen und ein größerer LKW, die frische Tabakware
in Ballen vom Hamburger Hafen brachten und fertige
Zigarren zum Zwischenhändler transportierten. Rechts
davon befanden sich die beiden Fabrikhallen aus dun-
kelrotem Backstein. In der einen wurden Tabakblätter
verarbeitet und Zigarren gerollt, in der anderen lager-
ten Paletten mit Tabakballen. Die Kontorräume befanden sich auf der linken Seite, zur Villa hin. Eine Feuer-
tür schuf einen direkten Zugang zur Fabrikhalle. Von
den hinteren Fenstern, die zum Büro des Werkmeis-
ters gehörten, sah man auf den gepflegten, weitläufi-
gen Park, der Villa und Fabrik umgab, mit hohen Bäumen und einem verschnörkelten weißen Teepavillon.
 »Du kannst dich da hinsetzen«, sagte Beeke Gerstema, die Werkmeisterin. »Wie war noch mal dein
Name?«
 »Leni«, kam die Antwort schüchtern. »Leni Harmsen.« Sie blickte um sich. In der Fabrikhalle waren etwa
80 Zigarrenarbeiterinnen beschäftigt, die kurz die Köpfe
hoben, um die Neue zu begutachten.
 »Leni. Nimm es mir nicht übel, wenn ich dich noch
ein paar Mal fragen muss. Mit den Neuen habe ich es

nicht so. Das ist ein ständiges Kommen und Gehen in letzter Zeit. Da kann man schon mal den Überblick verlieren.« Beeke war eine der wenigen Frauen in der Zigarrenfabrik, die einen der angesagten Kurzhaarschnitte trug. Mit weißem Haarband darin sah das richtig apart aus. Sie war eine Naturschönheit, kein bisschen geschminkt. Leni sah bewundernd zu ihr auf.

»Wohin soll ich mich setzen? Auf diese Kiste?«, fragte Leni schüchtern.

»Na, so etwas wie Polstersessel haben wir nicht«, erwiderte Beeke lachend. »Ich hole dir einen Kittel und eine Haube. Bin gleich wieder da!«

Leni ließ sich zögernd auf der unbequemen Holzkiste nieder.

»Da drin findest du die Einlage«, erklärte eine Kollegin, die in der Reihe vor ihr saß und sich mit dem Namen Marie vorgestellt hatte. Sie kümmerte sich gern um die Neuen und war froh, wenn ihre Erfahrung gefragt war.

»Was für eine Einlage?«

»Na, das Zeug, das du zum Wickeln brauchst. Den trockenen, zerbröselten Tabak, Filling genannt. Es ist das Innere der Zigarre und besteht aus einer strenggehüteten Mischung. Aber was erzähle ich dir. Du kommst ja aus einer Arbeiterfamilie und hast schon öfter entrippt, wie ich gehört habe. Dann kannst du dir das schenken, darfst sofort wickeln. Sei froh, die meisten müssen ganz unten anfangen. Und Entrippen ist ja nicht gerade die beliebteste Aufgabe. Kann ich verstehen, die dummen Blätter pieken und stauben so, wenn man sie auseinanderzieht.« Sie gestikulierte lebendig, während sie erzählte. »Du siehst hier das Umblatt. Das musst du um das Filling wickeln. Nicht besonders schwer, erfordert nur ein bisschen Übung und Fingerfertigkeit. Dann legst du die Rohlinge in ein Formbrett. Wenn es voll ist, bringst du es zu einem der Roller.«

Leni zog die Stirn kraus. »Hoffentlich kann ich mir das alles merken! Wo ist eigentlich Rieke? Sie war doch eben noch da.«

»Wer ist Rieke?«

»Meine Schwester.«

»Ach die!« Sie schlug sich mit der Hand gegen die Stirn. »Rieke Harmsen ist deine Schwester? Jetzt sehe ich die Ähnlichkeit. Schau, da hinten steckt sie!«

Leni sah sich um. Sie entdeckte ihre Schwester im hinteren Bereich des Saals und winkte ihr zögerlich zu. Rieke bemerkte sie, lachte und winkte fröhlich zurück.

Die junge Frau rechts neben Leni reichte ihr freundlich die Hand. »Ich bin Sophie. Ich bin vielleicht nicht mehr lange hier. Beeke hat gesagt, wenn ich meine Sache weiterhin so gut mache, darf ich bald rollen. Dann muss ich diese Drecksarbeit hier nicht mehr machen.«

»Ist das was Besseres?«

Sophie nickte und riss die Augen auf. »Viel besser. Es staubt nicht, ist sauberer, weil man das edle, feuchte Deckblatt bearbeitet. Es fühlt sich gut an, samtig und weich. Der Roller macht die Zigarre fertig, nicht der Wickler. Der bereitet nur vor. Wenn ich endlich rollen darf, dann habe ich es geschafft. Dann musst du mir zuarbeiten. Und ich verdiene mehr. Wesentlich mehr. Dann kann ich mir endlich schicke Kleider kaufen.«

Beeke kam zurück. »Ich habe dir deine Arbeitskleidung mitgebracht, Leni. Zieh den Kittel an und setz dir die Haube auf, damit deine Haare nicht in den Tabak fallen. Das finden die Kunden nicht so lustig.« Sie reichte ihr die Kleidungsstücke. Alle Arbeiterinnen trugen die hier. »Ich erkläre dir kurz den Ablauf. Die Zigarrenproduktion besteht aus drei Arbeitsschritten: dem Herstellen des Wickels aus Füllung und Umblatt, dem Einrollen des Wickels in das Deckblatt und dem Fertigmachen der Zigarre mit der Bauchbinde. Es werden Tabake aus Brasilien, Kuba und Deutschland verwendet. Die Pfalz ist auch Anbaugebiet. Jetzt erkläre ich dir deine Aufgabe. Du wirst in den nächsten zwei Wochen nur zusehen und ein bisschen selbst mit Ausschussmaterial arbeiten, bis du die Arbeitsabläufe begriffen hast. Erst dann bekommst du gutes Material und wirst nach Stückzahl bezahlt. Wie das mit dem Wickeln geht, zeige ich dir gleich. Wer schon entrippt hat, fängt hier an. Wenn du die Arbeitsschritte sicher beherrschst, kannst du aufsteigen zur nächsten Stufe: der Rollerin. Hast du dazu noch Fragen?«

»Wie sind die Arbeitszeiten?«

»Von morgens um 7 Uhr bis abends um 18 Uhr. Mittags ist eine Stunde lang Pause zwischen 12 und 13 Uhr. Und sonnabends arbeiten wir nur von 7 Uhr bis 12 Uhr. Dann beginnt das Wochenende und du kannst machen, was du willst.«

»Das ist aber lange.«

»Das ist lange? Frag mal meinen Vater. Damals musste im Sommer von 6 Uhr bis 18 Uhr und im Winter von 7 Uhr bis 19 Uhr gearbeitet werden, jeweils mit Pause. Zwölfstundenschichten. Und sonnabends bis 16 Uhr. Du kannst also froh sein, dass du es heute so gut hast!«

Leni sah sie erschrocken an.

Beeke zeigte ihr, wie das Wickeln funktionierte. Sie machte es vor und ermahnte Leni immer wieder, richtig hinzusehen und sich alles zu merken. Beeke wickelte die Tabakeinlage in ein Umblatt und brachte Leni bei, wie sie den Tabak im Wickel verteilen musste, damit er eine gleichmäßige Form bekam. »Am Ende legst du den Wickel in diese Holzform, in der er gepresst wird. Schau her, wie es gemacht wird. Hier zeigt sich, ob du gut gewickelt hast, denn jede Ungleichheit in der Verteilung führt zu Unebenheiten in der Zigarre. Das bemerken die Raucher sofort. Sie würden unser Produkt nie mehr kaufen. Schau, an dieser Stelle war ich nicht sorgfältig genug. Deshalb muss ich den Wickel wieder aufmachen. Man muss also wirklich genau arbeiten. Die Roller merken sich, wer gute Wickel macht. Wenn du schlecht bist, spricht sich das herum und keiner nimmt dir mehr die Wickel ab. Sprich, du bekommst kein Geld dafür. Vergiss nicht, du wirst von den Rollern bezahlt. Die geben dir einen Teils ihres Lohnes ab.«

Leni nickte ängstlich und schluckte. Sie hatte Durst. Die Luft war trocken und staubig.

»So, und jetzt probierst du's selbst«, sagte Beeke. »Ich werde dahinten gebraucht. Die Paula ruft mich. Ich muss mal hingehen und sehen, was sie will.«

Leni holte die Einlage aus ihrer Kiste und begann mit dem Wickeln. Sie versuchte es genauso zu machen, wie Beeke es ihr gezeigt hatte, aber das war schwerer, als sie erwartet hatte. Immer wieder brach der Wickel entzwei und sie musste von vorn beginnen. Es kam ihr vor, als habe sie zwei linke Hände. Wenn es ihr einigermaßen geglückt war, sah der Wickel aus wie eine unförmige Wurst. Er erinnerte nicht im Geringsten an eine Zigarre.

Leni fühlte sich erschöpft, dabei hatte sie gerade erst eine Stunde auf der Kiste gesessen. Aber schon jetzt meldete sich ihr Rücken, der durch die ungewohnte Bewegung zu schmerzen begann. Ihr Nacken wurde steif und Kopfschmerzen kündigten sich an. Sie stöhnte und rieb sich die verspannten Muskeln.

»Soll ich dir helfen?«, fragte Bärbel, ein Mädchen ungefähr in ihrem Alter, das links neben ihr saß. Bärbel trug eine dicke Hornbrille, hatte fettige Haare, die zu straffen Zöpfen gebunden waren, und Pickel im Gesicht.

»Nein, danke, es geht schon.«

»Frag mich ruhig, wenn du nicht weiterweißt. Ich bin noch nicht lange hier, aber vielleicht kann ich dich unterstützen.«

»Danke für dein Angebot.« Fast verzweifelt griff sie zum Umblatt und streute Tabakbrösel hinein. Das trockne Blatt rieb an ihren Händen, die dadurch rissig und rau wurden. Sie versuchte es erneut, aber wieder brach der Wickel entzwei.

»Na, Schwesterchen, klappt's?«, fragte Rieke, die von hinten an sie herangetreten war.

»Ich will das hier nicht, ich will Friseuse werden«, sagte Leni mit Tränen in den Augen. Sie pfefferte voller Wut den Wickel auf den Boden.

*

»Ich habe gehört, du willst immer noch Friseuse werden?«, fragte einige Stunden später Frida beim Abendessen. Sie hatte geschwollene, stark gerötete Hände und rieb sich das schmerzende Kreuz. Hinter ihr lag ein langer, anstrengender Waschtag. Jedes einzelne Wäschestück musste nach dem Einweichen im Holzzuber mit Bürste und Kernseife auf dem Waschbrett geschrubbt werden. Danach wurden die Kleidungsstücke in einen anderen Zuber mit kochend heißem Wasser und Soda gelegt, um sie mit Wäschestampfern zu bearbeiten, bis alle Flecken verschwunden waren. Die dabei entstehenden Dämpfe blieben nicht in der Waschküche, sondern zogen durchs ganze Haus.

Der unbeliebteste Teil der Prozedur war das Auswringen der heißen, nassen Wäschestücke. Aber danach war es geschafft. An drei langen Leinen, die quer über den Gemüsegarten gespannt waren, hing die Weißwäsche der Familie, darunter unzählige Stoffwindeln.

Frida beobachtete ihre Enkelin, wie sie missmutig in ihrer Erbsensuppe herumrührte.

Lenis Augen füllten sich mit Tränen. »Mein Leben ist vorbei«, brachte sie mit erstickter Stimme hervor.

Frida legte ihre runzlige Hand auf Lenis Unterarm. »Ach wo«, sagte sie. »Es fängt gerade erst an.«

»Sechs Tage in der Woche diese doofen Zigarren drehen? Immer nur Zigarren? Bis ans Ende meiner Tage? Was ist das denn für ein Leben? Nichts als harte Arbeit in Staub, Dreck und Gestank!« Sie ließ ihren Löffel fallen, der in dem tiefen Teller mit Erbsensuppe versank.

»Jammere nicht, du lebst! Denk dran, min Deern, wir haben den Krieg überlebt. Uns kann nichts mehr passieren. Blick nach vorne! Da hinten, hinter dem

Horizont, da geht's weiter! Wer weiß, was das Leben noch an schönen Dingen bereithält!«

»Für mich bestimmt nichts. Ich bin doch jetzt schon lebendig begraben in der Zigarrenfabrik. Schlimmer kann es nicht werden.«

Frida seufzte. »Kopf hoch, Lütte. Lass uns nur an das Gute glauben. Die meisten Probleme erledigen sich von selbst. Wir müssen nur Geduld haben.« Sie stand auf, um den Herd abzustellen.

DREI

Juni 1952

»Sag, wie ist es mit deinem Verlobten?«, wollte Margas Freundin Ilse wissen, als sie im Gartenpavillon der Deimanns bei Tee mit Kluntjes beisammensaßen.

Marga bekam vor Aufregung rote Wangen. »Eigentlich nicht schlecht«, sagte sie. »Dass er mich mag, ist nicht zu übersehen. Ich glaube, er ist sogar ein bisschen verliebt in mich.«

»Erzähl!« Ilse rückte näher an sie heran, obwohl niemand da war, der sie hätte hören können. Sie griff nach ihrer zierlichen Teetasse mit Pfingstrosenmotiv darauf.

»Wenn wir uns sehen, schmachtet er mich die ganze Zeit an«, sagte Marga und stützte ihr Kinn auf. »So ungefähr.« Sie versuchte es nachzuahmen, woraufhin Ilse lachte. »Herrlich, nicht? Wie verrückt man die Männer machen kann! Und das mit wenig Aufwand.«

»Stimmt, Ilse, vor allem erwachsene Männer. Thies ist dagegen richtig langweilig.«

»Verstehe, und dieser Erich hat dich also angeschmachtet.«

»Und wie! Fast ausgezogen hat er mich mit seinen Blicken. Erst war es mir peinlich, aber dann hat es mir gefallen. Erich ist eben schon ein richtiger Mann, nicht so ein Milchbubi wie Thies. Bei den letzten Malen habe ich ihm angesehen, dass er mich gerne angefasst hätte.

Dass er mir am liebsten die Kleider vom Leib gerissen hätte und über mich hergefallen wäre.«

Ilse sah sie bewundernd an. »Habt ihr euch geküsst?«

»Leider nicht. Außer Händchenhalten war bisher nichts. Aber das fühlte sich großartig an. Er hat schöne, große, gepflegte Hände. Männerhände eben.«

»Wann war das? Gleich bei eurer ersten Begegnung?«

»Ja, als ich mit ihm allein war und wir an der Ems spazieren gegangen sind. Da hat er zum ersten Mal meine Hand genommen. Keine zwei Wochen später waren wir verlobt. Und jetzt sind wir schon mitten in den Hochzeitsvorbereitungen.«

»Hach, wie aufregend! Wie sieht er aus?«

»Gut«, sagte Marga und grinste von einem Ohr zum anderen. »Er ist riesengroß. Gigantisch. Mehr als einen Kopf größer als ich, und ich bin ja nicht gerade winzig. Ich habe mir seither oft vorgestellt, wie es wäre, wenn ich mich an ihn anlehnen würde. Ich würde mich gewiss geborgen bei ihm fühlen. Du, er sieht übrigens aus wie ein feuriger Südländer. Er hat pechschwarze Haare und dunkle Augen, wie ein Italiener. Und einen schwarzen Schnurrbart hat er auch. Damit wirkt er richtig verwegen. Ein Bild von einem Mann.«

»Du schwärmst ja regelrecht. Bist du verliebt in ihn?«

Marga nippte an ihrem Tee. »Ich weiß nicht. Vielleicht ein wenig. Aber das werde ich Mama und Papa gegenüber natürlich nicht zugeben. Schöner wäre es, wenn ich ihm von allein begegnet wäre. Ich mag das Gefühl nicht, von meinen Eltern verheiratet zu werden. Aber das ist jetzt auch egal. Ich finde ihn einfach toll.«

»Was ist mit Thies? Ich denke, du liebst ihn?«

Marga spielte mit ihrem Armband, an dem unzählige Glücksbringer baumelten. »Das dachte ich auch. Aber eigentlich ist er zu jung und kann mir nichts bieten. Er hat sich sowieso in letzter Zeit zurückgezogen. Kommt nicht mehr so oft in den Reitstall. Er ist mir ein Rätsel. Wer weiß, vielleicht hat er inzwischen eine andere Freundin.«

»Vielleicht hat er mehr zu tun als vorher. Er studiert doch.«

»Ja, schon. Aber ich habe das Gefühl, ich bin ihm nicht mehr wichtig. Bei Erich ist das anders. Er himmelt mich an. Er hat Geld, kann mir viel mehr bieten als Thies: ein großes Haus, Dienstboten, ein tolles Auto, schöne Kleider, Reisen, Bälle, all das, was ich jetzt schon habe, und noch viel, viel mehr. Ich will ja auch, dass Mama und Papa sehen, dass ich es genauso geschafft habe wie sie. Bis Thies mal so weit ist, dauert es noch Jahre. So lange kann ich nicht warten. Und für die Fabrik wäre es gut, wenn jemand direkt anfangen könnte. Erich ist vom gleichen Schlag wie Papa, er versteht eine Menge von Zigarren und kann ihn bald ablösen. Papa kann sich dann zur Ruhe setzen und endlich mit Mama sein Leben genießen. Ich finde, das haben sie sich redlich verdient«, sagte sie gönnerhaft.

»Hm«, machte Ilse und führte gedankenverloren ihre Teetasse zum Mund. Dabei spreizte sie graziös den kleinen Finger ab, wie sie es bei ihrer Mutter gesehen hatte. Auf einmal fiel ihr etwas ein und sie stellte die Tasse abrupt ab. »Wie ist das eigentlich, zu heiraten? All die Hochzeitsvorbereitungen – ich stelle es mir himmlisch vor. Du weißt ja, dass ich meinen Kurt auch bald so weit habe. Er muss nur noch um meine Hand anhalten. Aber er hat Angst vor meinem Vater, der dumme Junge. Er fürchtet, ausgelacht zu werden. Jetzt erzähl doch mal von der Hochzeit, ich bin schon gespannt wie ein Flitzbogen!«

Marga lehnte sich vor. »Also ...«, begann sie und lächelte ihre Freundin verschwörerisch an. Ausführlich und detailverliebt beschrieb sie die Hochzeitsvorbereitungen, die Kutsche mit dem Viergespann, die sie sich vorstellte, die Gästeliste, die noch nicht vollständig war, die Villa, in die sie eines Tages einziehen würden und dann natürlich das Brautkleid, das sie in der Constanze entdeckt hatte und eine Schneiderin für sie anfertigen würde.

»Du bist natürlich auch eingeladen«, schloss sie. »Morgen steckt die Einladung in deinem Briefkasten!«

Ilse hatte atemlos zugehört. »Göttlich!«, sagte sie mit geröteten Wangen. »Das will ich auch! Genau so will ich es! Und dann besuchen wir uns gegenseitig zum Tee, blättern in Hochglanzillustrierten und Neckermannkatalogen und schimpfen über unsere Dienstboten!«

Sie kicherten.

»Und wie sieht die Villa aus? Ist sie so schön wie die Häuser unserer Eltern?«

»Ach wo, viel eleganter«, sagte Marga. »Sie wird noch gehörig auf Vordermann gebracht. Alles wird renoviert, von Grund auf. Es soll an nichts fehlen. Erich hat sie für mich ausgesucht. Wenn sie fertig ist, wird sie die entzückendste, schönste und modernste Villa von ganz Weener sein. Ich darf mir alles aussuchen, die Tapeten, Bodenbeläge, Teppiche, sogar die Möbel und Vorhänge.

Wir haben vor einigen Tagen damit angefangen. Das macht so viel Spaß! Mama und ich sind froh, dass sich die Läden wieder füllen. Alles ist wieder zu haben. Keiner sagt mehr: Haben wir nicht, kriegen wir auch nicht mehr rein. Die Auslagen der Schaufenster sind genauso herrlich wie vor dem Krieg, hat Mama gesagt. Keine vergilbten Pappattrappen mehr, sondern echte, schöne Sachen, die man anschauen, anfassen und kaufen kann. Wir waren gestern in einem regelrechten Kaufrausch. Es ist herrlich, bei Janssen schönes Geschirr auszusuchen und all die glänzenden Töpfe, Pfannen und Küchengeräte, die mein Personal brauchen wird. Mir kommt nur das Modernste ins Haus. Ich will die neueste Technik haben! Einen Elektroherd und eine vollautomatische Waschmaschine! Bei mir muss das Personal nicht mehr mit der Hand waschen. Die Dienstboten werden Schlange stehen, um bei mir arbeiten zu dürfen. Schön wird alles sein! Ach, es ist ein Traum. Ich kann es kaum noch erwarten!«

In diesem Moment glaubte sie von ganzem Herzen daran.

VIER

August 2012

Kirstin und Leni unternahmen nach dem Tee noch einen kleinen Abendspaziergang. Den Hafen hatten sie hinter sich gelassen und gingen nun über den Schleusenweg in Richtung Ems. Möwen zogen kreischend Kreise über ihren Köpfen, in Erwartung eines Brockens Brot oder Käse.

»Sie ist ein junges, dummes Ding gewesen«, sagte Leni Tamminga kopfschüttelnd, als könne sie es noch immer nicht fassen. »Keine Ahnung vom Leben. Sie ist von ihren Eltern in diese Ehe gedrängt worden, mit gerade mal 17 Jahren, und dabei hat sie einen anderen geliebt.«

»Wen denn?« Kirstin war froh, dass sie ihre High Heels gegen weiße Leinenschuhe getauscht hatte. Mit den Chucks konnte sie besser mit ihrer Mutter Schritt halten.

»Ihren Stallburschen Thies. Einen schüchternen, jungen Kerl mit Seitenscheitel. Er sah aus wie ein Käthe-Kruse-Puppenjunge. Hübsch war er, mit einem ganz anmutigen Profil. Er war überhaupt der niedlichste und feinste Junge weit und breit. Kein Vergleich zu dem plumpen, ungehobelten Erich. Sie hätte Thies nehmen sollen! Aber er war noch nichts, hatte noch nichts, konnte noch nichts. Zu der Zeit studierte er noch Jura, und ein Examen war nicht in Sicht. Als Student war er für Margas Eltern vollkommen uninteressant. Und der Zigarrenfabrik Deimann ging es damals schlecht. Sie stand sogar kurz vor dem Konkurs. Da musste schnell eine Lösung her. Und mit diesem ... diesem Erich Kruskopp glaubten die Deimanns, sie gefunden zu haben. Wenn ich an die junge, hübsche, fröhliche Marga zusammen mit dem viel älteren, widerwärtigen Erich denke, kommen mir heute noch die Tränen. Wie schnell verlor sie ihr kindlich-naives Jungmädchengesicht! Sie magerte ab und war schon nach kurzer Zeit kaum noch wiederzuerkennen. Irgendwann war sie nur noch ein Schatten ihrer selbst. Ihre Eltern hätten sie niemals diesem Scheusal überlassen dürfen. Aber das Schicksal nahm unerbittlich seinen Lauf. Man konnte es nicht aufhalten. Marga hat sich die ganze Situation wahrscheinlich schöngeredet. Was hätte sie auch tun sollen? Sie hatte keine Wahl, wie wir alle nicht. Wir Frauen mussten uns fügen. Und so schlitterte sie in ihr Unglück hinein.«

»Sie hat ihn also gar nicht geliebt? Von Anfang an nicht?«

»Ob sie ihn überhaupt nicht geliebt hat, kann ich nicht beurteilen. Aber ich glaubte zu wissen, wie sie sich fühlte.«

»Du erzählst diese Geschichten so lebendig, als wärst du selbst dabei gewesen!«

»War ich natürlich nicht. Nicht immer. Mit Marga habe ich mich aber angefreundet. Und irgendwann hat sie mir alles erzählt.«

»Alles? Wirklich alles?«

»Na ja, das vielleicht nicht. Ihre beste Freundin war Anne, ihr Dienstmädchen. Anne hatte oft für sie spioniert und an Türen gelauscht. Und Marga hatte eines Tages, als alles vorbei war, das Bedürfnis, sich ihren Kummer von der Seele zu reden. Deshalb kenne ich so viele Geschichten aus der Familie. Der Rest ist vielleicht ein bisschen dichterische Freiheit.« Sie zwinkerte ihr zu.

»Was meinst du damit ›als alles vorbei war‹?«

»Hm, wart's ab. Ich bin ja gerade dabei, das zu erzählen.«

Für einen Moment schwiegen sie. »Was ist mit ihrem Bruder Richard?«, setzte Kirstin das Gespräch fort. »Den hast du auch gekannt, hast du gesagt.«

Leni dachte kurz nach, bevor sie antwortete. »Richard war etwas ganz Besonderes. Ein feiner Mensch, ähnlich wie Thies, nur interessanter und sensibler, weicher. Auch er stand unter der Fuchtel seiner Eltern, besonders seines Vaters, obwohl Ludwig Deimann nicht verkehrt war. Er war einfach nur ein Mensch seiner Generation, konnte nicht aus seiner Haut. Ich hätte Richard so gerne geholfen, aber was hätte ich tun sollen? Ich sah das Unglück, mir ging es selbst schlecht, aber mir waren die Hände gebunden. Ich war ja völlig abhängig von den Deimanns, von ihrem Wohlwollen. Wenn ich aufbegehrt hätte, auch nur mit einem Wort Kritik geübt hätte, wäre ich arbeitslos geworden. Ich durfte keine Meinung dazu haben. Und meine Eltern waren darauf angewiesen, dass ich mitverdiente.«

»Arbeitete Richard auch in der Zigarrenfabrik?«

»Nein, seine Eltern hätten das zwar gerne gesehen, aber er war ganz anders gestrickt als sie. Er hatte eine künstlerische Ader.« Leni Tamminga stellte sich ans Ufer und blickte auf die Ems hinaus, den Kähnen und Fischerbooten hinterher. Ein Schiffer, der auf seinem Kahn stand, winkte, als er sie sah, und sie winkte lächelnd zurück. Seine Frau hängte gerade Wäsche auf, die an der Leine flatterte und durch den Wind sicher rasch trocken werden würde. Ein kleiner schwarzer Hund sprang vergnügt hin und her und bellte.

»Das Rheiderland ist schön, nicht?«, fragte sie versonnen. »Es ist unsere Heimat.«

Kirstin nickte. »Was hat Richard denn dann gemacht?«, fragte sie.

»Er hat gemalt«, sagte Leni. »Er hatte unglaubliches Talent. Bilder von der Natur, von Landschaften, Menschen und Tieren. Seine Stillleben habe ich geliebt. Aber besonders gut konnte er Menschen malen. Darin zeigte sich all sein Können, seine ganze Berufung und Leidenschaft.«

FÜNF

Juni 1952

Ludwig Deimann hatte das Atelier betreten, ohne anzuklopfen. Ein Modell lag nackt auf dem Diwan. Nur die
Hüfte war von einem fast durchsichtigen, weißen Sei-
denschal bedeckt. Richard zuckte zusammen, als er
seinen Vater in der Tür stehen sah, und blickte hilflos
zu der hellblondgelockten Frau hinüber. Die schien
jedoch völlig unbeeindruckt zu sein und warf Ludwig Deimann einen herausfordernden Blick zu. Sie
machte sich nicht einmal die Mühe, ihre prallen, weißen Brüste zu verdecken. Situationen wie diese brachten sie offensichtlich nicht aus dem Konzept. Sie zog
an einer Zigarette, die sie in der Hand hielt, und blies
lasziv den Rauch aus.

Ludwig hüstelte. »Richard, ich möchte dich sprechen, aber nicht hier.«

»Vater, ich … Du siehst doch, ich arbeite.«

Ludwig grunzte abfällig. »Das nennst du Arbeit?« Er
warf der Nackten einen verächtlichen Blick zu. »Das
sieht mehr nach Vergnügen aus. Purem Techtelmech-
tel. Freizeitspaß.« Das letzte Wort hatte er besonders
betont und gab seinem Sohn damit unmissverständlich
zu verstehen, was er von seiner Tätigkeit hielt.

Richard warf seinem Modell einen verzweifelten
Blick zu. »Entschuldige bitte, Mimi, ich bin gleich wie-

der da. Zieh dir so lange etwas über und nimm dir zu trinken.«

»Kein Problem«, sagte die junge Frau und griff nach ihrem Seidenmantel, der über einer Stuhllehne lag. Die schweren Brüste wippten bei jeder Bewegung.

Ludwig Deimann lotste seinen Sohn in sein Arbeitszimmer am Ende des langen Flures. Mit einer knappen Handbewegung bedeutete er ihm, Platz zu nehmen, und ließ sich auf seinem voluminösen Ledersessel nieder.

»Um es kurz zu machen, Richard, Mutter und ich haben beschlossen, das Ruder noch einmal herumzureißen. Es steht schlecht um den Familienbetrieb, aber das dürfte ja nichts Neues für dich sein. Zigarren Deimann ist nicht mehr das, was es einmal war. Wir haben Konkurrenz bekommen von jungen, modernen Unternehmen, die sich an den neuen Kundenwünschen orientieren. Die Menschen haben heute andere Bedürfnisse als vor dem Krieg. Sie nehmen sich nicht mehr die Zeit, um eine Zigarre zu genießen. Das Leben ist insgesamt hektischer, schneller geworden. Jeder will nur noch Zigarette rauchen. Selbst bei Frauen ist das plötzlich unglaublich ›en vogue‹. Sogar in der Öffentlichkeit siehst du Damen mit einem Glimmstängel in der Hand. Das wäre vor dem Krieg undenkbar gewesen. Dein Flittchen da eben bildet ja auch keine Ausnahme. Was ich davon halte, muss ich dir nicht sagen.« Er schüttelte verärgert den Kopf. »Mit der Wirtschaft insgesamt geht es bergauf, nur wir merken nichts davon. Zu der Schnelllebigkeit unserer Zeit passen kleine Zigarettenpausen, die man Arbeitnehmern gerade noch zugesteht. Zigaretten sind billiger als Zigarren, sie sind populär, salonfähig geworden. Früher rauchte sie nur der kleine Mann auf der Straße, heute sogar die elegante Welt. Aber wenn du mich fragst, sie können sich nicht mit einer guten Zigarre messen. Die Zigarrenherstellung bedeutet Handarbeit, Wertarbeit, Beständigkeit. Zigaretten werden maschinell hergestellt, in Massenproduktion. Ich beobachte diese Entwicklung mit Argwohn.«

»Vater, entschuldige, dass ich dich unterbreche. Ich habe zu tun. Bitte sag mir klipp und klar, was du von mir willst.«

»Das kann ich dir gleich sagen: Du lässt deine dämliche Liebhaberei sein, wirfst deine Damen hinaus und verschiebst das alles auf später, auf Zeiten, in denen du es dir leisten kannst, dich zurückzulehnen. Jetzt heißt es Ärmel hochkrempeln. Auch für dich, selbst wenn du dich bisher nicht von deiner unternehmerischen Seite gezeigt hast. Aber du bist ein Deimann, und die Deimanns sind immer schon ausgesprochen tüchtige Geschäftsleute gewesen.« Er griff nach seiner Zigarrenkiste aus edlem Zedernholz und suchte sich umständlich eine Zigarre aus, als hätte er die Qual der Wahl. »Sieh dir dieses Produkt an. Diese Zigarre muss eine unserer besten Arbeiterinnen gerollt haben. Perfektion in Vollendung. Da liegt jedes Blatt exakt da, wo es liegen soll. Keine Unebenheit, keine Falte, wunderbare Farbe, absolute Akkuratesse. Die Spitze ist hervorragend gedreht und geklebt worden. Beste Wertarbeit.« Er betrachtete sie liebevoll wie ein neugeborenes Baby, sog ihren Duft ein und zündete sie sich genussvoll an. Nachdem er den ersten tiefen Zug genommen hatte, bot er seinem Sohn eine an.

Der schüttelte den Kopf. »Ich rauche nicht mehr, Vater.«

»Ach ja? Ein Deimann-Spross verachtet Tabak?« Er blickte Richard verständnislos an. »Übrigens, was ich dir noch sagen wollte: Deine Schwester hat sich verlobt.«

Richard verzog keine Miene.

»Also wusstest du es noch nicht«, mutmaßte Ludwig.

Richard schüttelte den Kopf. »Offen gestanden ist mir das neu. Und mit wem, wenn man fragen darf?«

»Mit jemandem, der etwas von unserem Geschäft versteht. Der das Potenzial hat, es wieder nach vorn zu bringen. Ich fände es schön, wenn du die Gelegenheit nutzt und mit ihm ein Team bildest. Du musst dir also nicht allzu viele Sorgen machen, dass du es nicht packen könntest, Erich wird dir mit Rat und Tat zur Seite stehen.«

»Erich heißt der junge Mann also. Und … wie weiter?«

»Nun, ein junger Mann ist er nicht mehr. Er ist im besten Alter. Sein Nachname ist Kruskopp. Ein Prachtkerl von Schwiegersohn. Etwas Besseres hätte mir nicht passieren können.«

Richard runzelte die Stirn. »Dir? Ich dachte, es ginge um Marga. Nun gut, ich kenne ihn nicht. Ich wundere mich nur, dass er nicht in ihrem Alter ist. Marga hat sich doch noch nie etwas aus älteren Männern gemacht! Ich habe den Mann einige Male hier gesehen, aber ich hätte nicht gedacht, dass Marga es ernst mit ihm meint. Die beiden passen doch gar nicht zusammen. Sie hat mir nichts erzählt, das kenne ich nicht von ihr.«

»Das muss nicht deine Sorge sein, Richard.«

»Es ist aber meine Sorge. Wenn Marga nicht glücklich ist, bin ich es auch nicht. Sie ist meine kleine Schwester. Ich will, dass es ihr gut geht.«

»Ihr geht es gut, alles ist bestens.«

Richard funkelte ihn wütend an. »Vater, sag mir endlich, was du von mir willst.«

Ludwig Deimann blies den Rauch in Kringeln aus und sah seinem Sohn fest in die Augen. »Du wirst ins Geschäft einsteigen. Ab morgen wirst du mich, später dann Erich, bei allen Schritten begleiten. Du wirst den Betrieb von Grund auf kennenlernen. Du wirst dir alles aneignen, was nötig ist. Schritt für Schritt. Eines Tages wirst du Deimann repräsentieren. Zusammen mit Erich.« Er erhob sich und ging mit seiner Zigarre in der Hand vor dem Fenster auf und ab. »Es wird sich einiges ändern im Betrieb. Kurzum, wir werden umstrukturieren müssen. Neben Zigarren werden wir in Zukunft auch Zigarillos herstellen, den kleinen Bruder der Zigarre. Ich werde mich von meinem Ideal verabschieden müssen, ausschließlich in Handarbeit zu fertigen. Für die Herstellung der Zigarillos benötigen wir Maschinen. Und für die Maschinen benötigen wir Kredite.«

»Die du nicht mehr bekommst«, stellte Richard kalt fest.

»Die ich bekommen werde, mein Sohn, verlass dich drauf.«

»Was macht dich so sicher?«

Ludwig Deimann trat an den Schreibtisch und klopfte seine Zigarre im Ascher aus. »Bankdirektor Heilmann hat eine hübsche Tochter.«

»Na und?«

»Wir werden die Heilmanns demnächst zum Abendessen einladen. Mitsamt ihrem Töchterlein. Und du wirst dich von deiner besten Seite zeigen, mein Sohn, charmant und eloquent, das erwarte ich von dir!«

Richard lächelte süffisant. »Vater, bitte! Entschuldige, aber … ich werde mich nicht verkuppeln lassen.«

»Du musst dich nicht in sie verlieben. Du musst sie auch nicht heiraten. Aber ein wenig schauspielern wirst du doch können? Mir zuliebe und Mama? Ich möchte lediglich, dass sich Friederike in dich verguckt. Erst wenn das der Fall ist, werde ich um einen Kredit bitten können. Ich erinnere dich an deine Verantwortung deiner Familie gegenüber.«

»Vater, ich bin Künstler, kein Heiratsschwindler.«

»Papperlapapp! Künstler! Eine brotlose Kunst ist das, was du tust, nichts weiter. Die meisten Maler hausen und sterben elendig in ihren schimmeligen Bleiben und haben am Ende nicht einmal mehr das Geld für ihre eigene Beerdigung. Man verscharrt sie in Sammelgräbern und vergisst sie. Von mir bekommst du keinen Pfennig! Ich will über dieses Thema nicht weiter diskutieren. Du bist ein Deimann und stellst dich deiner Verantwortung. Ab Montag wirst du mich begleiten! Um 7 Uhr bist du bei mir im Büro. Pünktlich! Und noch etwas: Sieh zu, dass du die Nackte in deinem Zimmer nicht schwängerst. Im Augenblick hättest du nicht einmal die finanziellen Mittel, damit sie das Balg wegmachen lassen kann. Und nun geh bitte!«

Richard verließ schnellen Schrittes, ohne sich noch einmal umzusehen, das Arbeitszimmer seines Vaters.

Vor seinem Atelier blieb er stehen, als müsse er sich sammeln. Dann trat er forsch ein.

Mimi saß in ihrem seidenen Morgenmantel auf dem rosa Diwan und war damit beschäftigt, sich die Zehennägel knallrot zu lackieren.

»Lass uns morgen weitermachen, Mimi«, sagte er knapp.

»Warum?« Sie lackierte seelenruhig weiter.

»Kann ich dir im Moment nicht erklären.«

»Hat es mit deinem Vater zu tun?«

Er seufzte. »Er will, dass ich einen ordentlichen Beruf ergreife und in seinen Betrieb einsteige.«

Sie hielt inne und sah zu ihm auf. »Das ist nicht dein Ernst!«

»Meiner nicht, aber seiner.«

»Richard, was willst du in der Zigarrenfabrik? Deine Profession ist die Kunst. Du bist der beste Aktmaler weit und breit! Keiner schafft es wie du, die Frauen so sinnlich aussehen zu lassen. Sieh mich an! Ich bin ein ordinäres Weib, wie meine Mutter immer sagt, aber bei dir werde ich zur Diva! Wenn ich dieses Zimmer verlasse, bin ich eine Göttin, dann gehe ich nicht, dann schwebe ich. Ich liebe deine Bilder. Du musst unbedingt weitermalen, Richard!«, beschwor sie ihn.

»In Zukunft wird das nicht so einfach sein, Mimi. Vater sagt, es stehe nicht gut um das Unternehmen. Er hat sogar meine Schwester mit einem alten Bock verlobt, nur um den Betrieb zu retten.«

»Das ist nicht wahr!«

»Ich muss mit Marga reden und sie fragen, ob das stimmt. Ich möchte wissen, ob sie ihn liebt.«

»Soll ich überhaupt noch mal wiederkommen? Oder brauchst du mich nicht mehr?«, fragte sie schmollend.

»Natürlich kommst du wieder. Ich erwarte dich morgen hier, um 11 Uhr, wie immer in deinem schönsten Kleid.« Endlich lächelte er.

Sie zog die Augenbrauen hoch und spitzte die rot geschminkten Lippen. »Also nackt?«

Er setzte sich zu ihr und umfasste ihre vollen Brüste. Sie ließ es geschehen und schnurrte. »So, wie Gott dich geschaffen hat«, raunte er, nahm ihr das Nagellackfläschchen ab und stellte es beiseite.

*

Der fast wolkenlose Himmel versprach einen lauen, windstillen Sommertag. Marga und Thies hatten kurzerhand beschlossen auszureiten. Die Pferde mussten bewegt werden und sie hatten beide Freude am Reitsport. Auch wenn Marga nun verlobt war, sah sie keinen Grund, ihre Freundschaft mit Thies aufzugeben. Noch war sie nicht verheiratet. Thies sah das genauso und Erich Kruskopp musste ja nicht erfahren, dass sie sich weiterhin trafen.

Sie liebten es, über die Felder und Wiesen zu galoppieren, an schwarz-weißen ostfriesischen Kühen, an Bachläufen, Windmühlen und verlassenen Höfen vorbei. Hin und wieder verfielen sie in einen gemütlichen Trab oder auch in den Schritt, wenn es ein Stück über geteerte Alleen ging. An einer besonders idyllischen Stelle angekommen, stiegen sie ab und banden ihre Pferde an Bäumen fest. »Wie lange haben wir schon kein Picknick mehr gemacht?«, fragte Marga atemlos. Ihre langen, blonden Haare waren vom Wind zerzaust und ihre Wangen von der Bewegung an der frischen Luft gerötet. »Das muss im letzten Sommer gewesen sein.«

Thies nickte. »Anscheinend haben wir vergessen, wie schön es ist. Woher rührt auf einmal deine Idee? Abschiedsschmerz?«

Marga breitete eine Decke aus, die sie aus ihrem Rucksack gezogen hatte. Sie ließen sich darauf nieder und holten die Leckereien hervor, die Marga vorhin auf die Schnelle in der Küche zusammengetragen hatte: Schinken, Brot, Käse, Weintrauben, Äpfel und eine Flasche Rotwein. Dazu zwei Gläser, die sie in ein kariertes Tischtuch geschlungen hatte.

»Mach es nicht so dramatisch«, sagte Marga und lächelte verkrampft.

»Dir macht die Trennung von mir nichts aus, scheint mir.«

»Doch natürlich, aber an unserer Freundschaft ändert sich ja nichts. Hätte ich sonst eingewilligt, mir dir auszureiten?«

»Sonst warst du öfter bei mir im Reitstall.«

»Das stimmt«, sagte sie nachdenklich und seufzte.

»Habt ihr schon einen Hochzeitstermin?«

»Ja, den 12. Juli.«

Seine Miene verdüsterte sich. »Ist das der Ring?«, fragte er und zeigte auf ihre linke Hand.

Sie drehte sie ein wenig und spreizte ihre Finger. »Ja«, sagte sie.

Er nickte traurig. »So einen hätte ich dir auch gern geschenkt.«

Sie seufzte und wagte nicht, ihn anzusehen. »Ja, Thies, ich weiß.«

»Liebst du ihn?«

Sie lächelte verlegen. »Frag das nicht.«

»Warum nicht? Liebst du ihn?«, insistierte er.

»Nicht so, wie ich dich immer geliebt habe«, wand sie sich.

»Geliebt habe? In der Vergangenheitsform?«

»Oh, Thies!« Sie sah ihn verzweifelt an. »Lass das bitte. Ich muss mich jetzt auf meine Zukunft konzentrieren. Wenn man will, geht alles. Es muss eben!«

»Wer sagt das?«

»Lass nicht den Juristen raushängen, indem du eine Frage nach der anderen stellst. Ist ja auch egal.«

Er schüttelte den Kopf. »Das ist es nicht. Bestimmt nicht.« Er sah ihr ernst in die Augen. »In drei Jahren wäre ich auch so weit gewesen. Wenn du gewartet hättest, hättest du den Ring von mir bekommen.«

»Ja. Mit dem Studium bist du in drei Jahren vielleicht fertig. Und dann? Dann hättest du ja nicht automatisch eine Arbeit, hättest bis dahin keine Mark verdienen können. Glaubst du, du hättest Papa damit überzeugen können? Nur mit einem bestandenen Examen? Du weißt genauso gut wie ich, dass deine Familie nicht vermögend ist.«

»Er hätte mich ja anlernen können. Ich hätte nichts dagegen gehabt, in eure Zigarrenfabrik einzusteigen. Juristen sind überall gefragt. Aber natürlich ist es praktischer, jemanden zu nehmen, der aus der Branche kommt und ausgelernt hat. Warum musst du jetzt schon heiraten? Du bist gerade erst 17 Jahre alt. Fast noch ein

Kind. Du hast alle Zeit der Welt. Warum lassen dich deine Eltern nicht in Ruhe erwachsen werden?«

»Jetzt hör auf zu bohren. Es ist beschlossene Sache. Ich bin verlobt und werde am 12. Juli heiraten. Und ich freu mich darauf«, fügte sie trotzig hinzu. »Ilse wird meine Trauzeugin sein.«

»Wenn das so ist«, sagte er betrübt, »dann frage ich mich, warum du noch mal mit mir picknicken wolltest.«

Sie aßen wortlos. Eine beklommene Stimmung hatte sich zwischen ihnen breitgemacht. Marga hatte Tränen in den Augen, hielt sie aber mit aller Macht zurück.

»Wenn ich dich so sehe, habe ich Zweifel, dass du dich tatsächlich freust«, brach er schließlich das Schweigen. »Dass du ihn liebst. Ich kenne dich anders, ich weiß, wie du aussiehst, wenn du glücklich bist. Du hast dann so ein Glänzen in den Augen und kannst nicht aufhören, zu strahlen. Sieh mich an«, flehte er.

Ihre Augen brannten, ihr Herz wummerte. Seine Lippen waren so sinnlich geschwungen, so weich und so nah ... so nah ... Sie wusste, sie wäre verloren, wenn sie ihn noch eine Sekunde länger ansehen würde.

Er erkannte den Moment und zog sie zu sich. Ihre Lippen fanden sich und berührten sich, verschmolzen miteinander. Sie mochte seinen Geruch. Er hatte sie schon so oft betört. Sie hatten sich schon so viele Male geküsst. Es war wie ein Ankommen. Sie wusste in diesem Augenblick, dass sie ihn liebte wie nichts auf der Welt. Alles andere war vergessen. Erich war weit weg, sie verschwendete keinen Gedanken mehr an ihn und die bevorstehende Hochzeit.

Sie küssten sich erst zart, dann immer verlangender. Ihre Küsse waren voller Leidenschaft. Sie konnten sich nicht voneinander lösen, die Finger nicht voneinander lassen.

Mit ungeduldigen Handbewegungen knöpfte er ihre Bluse auf. Sie stöhnte auf. Noch nie hatten sie miteinander geschlafen. Aber Marga fühlte nun, dass es geschehen würde, sie bereit dafür war. Dass sie es unbedingt wollte, bevor sie mit Erich vor den Traualtar trat. Im Liegen fummelte er an dem Knopf ihrer Reithose herum. Schließlich hatte er ihn geöffnet und zog den Reißverschluss herunter. Seine Berührungen waren ungewohnt, aber fühlten sich gut an. Marga genoss seine Liebkosungen an den Stellen, an denen sie noch nie zuvor angefasst worden war. Auch sie hatte das Verlangen, seine Hose zu öffnen, und nestelte ungeschickt an dem Verschluss herum, bis er ihr zuvorkam. Als er plötzlich halbnackt auf ihr lag, wies sie ihn nicht ab, sondern sah ihm staunend in die Augen. Ihre Blicke versenkten sich ineinander, sie wollten diesen Moment festhalten, ihn in der Erinnerung einbrennen, um ihn niemals zu vergessen.

Als sie ihr Becken leicht anhob, um ihm entgegenzukommen, rollte er plötzlich stöhnend von ihr herunter.

»Was ist los?«, fragte sie verwirrt. Er lag schweigend neben ihr, die Augen halb geschlossen. Sie fühlte eine große Leere und Enttäuschung in sich. »Willst du mich nicht mehr?«, brach sie die Stille.

»Das ist es nicht«, sagte er leise. »Du gehörst mir nicht. Du gehörst einem anderen. Ich darf das hier nicht. Du sollst mit einem reinen Gewissen in die Ehe gehen.«

»Was für ein Blödsinn«, protestierte Marga. »Noch bin ich nicht verheiratet.«

»Aber versprochen. Das ist im Prinzip das Gleiche.«

»Na ja, wenn du nicht mehr willst …«, sagte sie frustriert und richtete sich auf.

Verschämt zogen beide noch im Liegen, voneinander abgewandt, ihre Hosen hoch. Schließlich standen sie auf und ordneten ihre Kleidung.

»Lass uns aufbrechen, es ist ohnehin spät, sie werden uns vermissen«, sagte sie beklommen und begann, hektisch alles in ihren Rucksack zu packen. Er half ihr mit hochrotem Kopf dabei. Sie sprachen kein Wort, vermieden es, sich anzusehen. Sie wussten, das war er, das war der endgültige Abschied. Von nun an würde nichts mehr so sein wie bisher.

SECHS

Am gleichen Tag

Leni hatte sich inzwischen an den neuen Tagesablauf
gewöhnt. Ihr Rücken und ihre Schultern schmerzten
nicht mehr so sehr wie in den ersten Tagen, und die
Bewegungen ihrer Hände wurden von Tag zu Tag flüssi-
ger, kannten langsam den Arbeitsablauf, auch wenn das
trockene Material sie rau und spröde machte. Auf den
Fingerkuppen bildete sich Hornhaut. Schmutz setzte
sich in den rissigen Partien und um die Fingernägel ab,
den Leni selbst durch intensives Schrubben mit Bürste
und Kernseife nicht richtig loswurde.

Sie empfand es als wohltuend, nicht mehr über jeden
einzelnen Arbeitsschritt nachdenken zu müssen, sondern ab und zu ihren Gedanken nachhängen zu können. Was ihr dagegen sehr zusetzte, war der Staub in der
Halle. Die Tabakblätter durften nicht angefeuchtet werden, um sie nicht zu verderben, und erzeugten Dreck
und Staub beim Wickeln. Leni hatte wie viele andere
Zigarrenarbeiterinnen nach wenigen Tagen einen trockenen Reizhusten bekommen und litt unter permanen-
tem Durst. Trinken durfte sie aber nur in den Pausen.

Von den körperlichen Strapazen abgesehen, gefiel es
ihr immer besser in der Zigarrenfabrik. Nachdem sie
einige Male von der Werkmeisterin Beeke Gerstema
gelobt worden war, begann sie, sich mit der Situation

zu arrangieren, und begehrte nicht mehr gegen die Entscheidung ihrer Eltern auf. Manchmal machte ihr die Arbeit sogar Spaß, zum Beispiel wenn sie während des Wickelns mit ihren Nachbarinnen plaudern konnte. Es war unterhaltsam, den neuesten Tratsch aus der Kleinstadt zu hören – wer in wen verliebt war, wer sich mit wem gestritten oder verkracht hatte, wer fremdgegangen war, etwas angestellt hatte und dafür Ärger kassiert hatte, wer ein Baby geboren hatte, gestorben war, sich etwas Neues geleistet hatte oder wo es etwas Günstiges und Hübsches zu kaufen gab. Tratsch war etwas Herrliches. Zum Glück war es nicht verboten, während der Arbeit zu reden. Im Gegenteil, Beeke war der Ansicht, die Arbeit ginge dabei leichter und schneller von der Hand. Es käme dann nicht so schnell zu Ermüdungserscheinungen, als wenn jeder stumm vor sich hinarbeiten würde. Sogar Musik war erlaubt. Ein Mädchen war Mitglied im Weeneraner Chor und leitete die anderen im Singen von Volksliedern an. Leni konnte schon einige Liedtexte auswendig und sang eifrig mit. Besonders beliebt waren Kanons und zweistimmige Stücke. Auch Beeke fiel in den Gesang der Arbeiterinnen ein. Sie hatte ein tiefes, kräftiges Alt, während Leni wie die meisten anderen Sopran sang. Leni liebte die Geselligkeit in der Zigarrenfabrik. In dem Punkt hatte ihre Mutter recht behalten; es ging dort ausgesprochen lustig, fröhlich und gesellig zu. Seit Tagen hatte sie nicht mehr an ihr eigentliches Berufsziel gedacht. Friseuse konnte sie immer noch werden. Sie war ja noch jung. Jetzt hatte sie hier ihren Spaß und genoss es, mit ihren neuen Freundinnen zusammen zu sein.

Leni sang heute besonders kräftig mit, denn Beeke hatte ihr gerade mitgeteilt, dass sie sich bewährt hätte und ihre Probezeit abgelaufen war. Ab heute wurde sie für ihre Tätigkeit sogar bezahlt. Ihr erstes selbstverdientes Geld – davon würde sie ihre Schwester am nächsten Sonnabend zu einem großen Eisbecher in die Milchbar Klocker einladen.

Beeke gab ihr Holzbretter, in die 20 Wickel passten. Wenn Leni fünf dieser Formbretter gefüllt hatte, brachte sie die Wickel zu einer Rollerin. Diese brauchte ein besonderes Fingerspitzengefühl, um sie mit einem angefeuchteten Deckblatt einzuhüllen, eine saubere Zigarrenspitze zu formen und sie mit Kleister zusammenzukleben. Die Rollerin brachte die fertigen Zigarren dann zur Zigarrenmacherin, die das Endprodukt begutachtete, unbrauchbares Material und Fehlfarben aussortierte, unebene Stellen ausglich, die Zigarren mit Bauchbinden versah – bunte, glänzende Banderolen – und sie in edle Holzkisten verpackte.

Für 100 Wickel bekam Leni eine Mark. Ihr Verdienst wurde in ein Lohnbuch eingetragen, der von der Rollerin, der sie zuarbeitete, unterzeichnet wurde. Beeke hatte ihr erklärt, dass Anfängerinnen es auf einen Monatslohn von etwa 50 Mark brachten, die erfahrenen Wicklerinnen sogar auf 200 bis 400 Mark. Es kam darauf an, wie schnell und gründlich sie arbeiteten und wie zufrieden die Roller mit ihnen waren.

Die Roller hatten innerhalb der Zigarrenfabrik eine privilegierte Stellung. Sie wurden von den Wicklern beneidet, weil sie auf bequemeren Hockern mit Lehne und verstellbarer Sitzhöhe saßen, mit angefeuchtetem Deckblatt arbeiten durften und daher keinem gesundheitsschädlichen Staub ausgesetzt waren. Das Material fühlte sich angenehmer an und trocknete die Hände nicht aus. Außerdem verdienten diese Arbeiter wesentlich mehr: Die besten Roller brachten es monatlich auf über 800 Mark.

»Hört auf zu singen!«, brüllte auf einmal Beeke Gerstema.

»Warum?«, fragte eine junge Frau, die in Lenis Nähe saß.

»Der Chef kommt. Er wurde soeben angekündigt.« Die Frauen räumten hektisch ihre Tische auf und warfen den Abfall in bereitgestellte Blecheimer. Diejenigen, die schnell damit fertig waren, kehrten den Boden. Schließlich saßen alle steif auf ihren Kisten und Hockern und arbeiteten schweigend.

»Er ist noch nicht da«, sagte eine kleine blonde Wicklerin namens Neele. »Können wir nicht so lange weitersingen?«

»Nein, könnt ihr nicht«, erwiderte Beeke bestimmt. »Ihr arbeitet jetzt so leise und sauber wie möglich.« Sie stellte sich ans Fenster und sah hinaus. »Ich sage euch Bescheid, wenn es so weit ist.«

Einige Arbeiterinnen unterhielten sich im Flüsterton.

»Still, habe ich gesagt!«, schrie Beeke. »Ich will hinterher keinen Ärger kriegen!«

»Ist der Chef nicht nett?«, wandte sich Leni leise an Sophie.

»Doch, schon, aber er verlangt eine Menge von uns. ›Tempo, meine Damen‹, sagt er immer. Er geht rum und gibt kritische Kommentare ab. Respekt habe ich schon vor ihm.«

»Ihr sollt nicht reden«, flüsterte Bärbel.

»Halt' den Schnabel«, zischte Sophie. »Du hast uns gar nichts zu sagen.«

Bärbels kleine Augen funkelten hinter ihren dicken Brillengläsern.

»So, ein Auto fährt vor«, rief Beeke vom Fenster aus. »Donnerwetter, ein nagelneuer Ford Taunus M in silbergrau! Den fährt Doris Day! Unsereins kann davon nur träumen. Der hat bequeme Polstersessel und einen Fingertip-Blinker. Wahnsinn! Er steigt aus. Er ist nicht allein. Zwei Männer begleiten ihn. Sein Sohn und ein Fremder. Herr Deimann hat ihn in Leer abgeholt, hat mir das Hausmädchen gesagt. Drei Männer – benehmt euch, meine Damen! Kichert nicht so laut!« Sie lief den Besuchern entgegen.

»Was bedeutet das?«, flüsterte Leni.

»Nichts«, sagte Sophie, »die spielt sich halt gern mal auf. Drei Männer, na und? Warum sollte ich Angst vor denen haben? Die können froh sein, dass ich so gute Arbeit leiste. Sobald eine der Rollerinnen ein Kind kriegt und ihr Tisch frei wird, bekomme ich ihn. Ich bin die Nächste, hat Beeke gesagt.«

»Angeberin«, stichelte Bärbel.

»Du bist ja nur neidisch«, rief ihr Sophie über Lenis Kopf hinweg zu, »du fette, picklige Brillenschlange!«

Bärbel senkte den Kopf, und Leni bemerkte, dass sie mit den Tränen kämpfte. Zum ersten Mal tat sie ihr leid.

Beeke kam zurück, begleitet von den drei Besuchern: ein älterer, dicklicher Herr mit grauem Haarkranz, ein großgewachsener, schlanker Mann mit Schnauzbart sowie ein jüngerer, gutaussehender Mann mit dunkelblonden, welligen Haaren.

»Darf ich bekannt machen?«, fragte Beeke Gerstema stolz und strahlte über das ganze Gesicht. »Unseren Chef Herrn Deimann muss ich euch ja nicht vorstellen, höchstens den wenigen Neuen«, sie wies mit einer Armbewegung in seine Richtung und lächelte ihn an. »Er wird begleitet von seinem Sohn Richard Deimann«, sie nickte ihm freundlich zu und Richard grüßte zurück, »und seinem zukünftigen Schwiegersohn Erich Kruskopp aus Leer.« Sie blickte zu ihm auf. Erich Kruskopp hielt die Arme hinter dem Rücken verschränkt und nickte kurz in Richtung der Arbeiterinnen.

Ludwig Deimann trat hervor. »Ich grüße Sie herzlich, meine Damen. Ich bin aus zweierlei Gründen hier. Zum einen möchte ich Ihnen mitteilen, dass mein Sohn Richard und mein zukünftiger Schwiegersohn Erich Kruskopp in das Familienunternehmen Deimann einsteigen werden. Sie sind ab sofort weisungsbefugt. Zum anderen muss ich Ihnen eine weniger erfreuliche Nachricht überbringen. Sie wissen ja sicher seit geraumer Zeit, dass die Firma Deimann seit Monaten keine schwarzen Zahlen mehr geschrieben hat. Der Krieg hat uns stark gebeutelt. Die Fabrik lag zwar nicht in Schutt und Asche wie so viele andere, weil sie glücklicherweise von außen eher wie eine Schule aussieht, aber der Zigarrenkonsum ist in den letzten Kriegsjahren deutlich zurückgegangen. Das Volk kann sich die teure Zigarre nicht mehr leisten. Wirtschaftlich gesehen geht es nun zwar wieder bergauf, aber wir merken leider noch nichts davon. Wir werden Maßnahmen ergreifen müssen, um das Unternehmen zu retten. Eine dieser Maßnahme wird Sie direkt betreffen und leider auch vorübergehend Ihren Geldbeutel schmälern, bis sich die Lage der Firma beruhigt hat. Um es auf den Punkt zu bringen, wir kommen an Kurzarbeit nicht vorbei.« Ein Raunen ging durch den Saal, das immer lauter wurde. »Ich bitte um Ruhe, meine Damen, es wird sich nicht vermeiden lassen, sonst droht Ihnen in Bälde Arbeitslosigkeit, und das wollen Sie doch sicher nicht. In den nächsten vier Wochen wird nur halbtags gearbeitet werden und sonnabends überhaupt nicht. Danach werden wir weitersehen. Zeiten ändern sich, meine Damen, aber eins bleibt: Der Mann von Welt raucht Zigarre.«

»Und die Frau von Welt?«, rief Sophie selbstbewusst.

Ludwig Deimann schmunzelte.

»Wenn der wüsste«, kicherte Sophie, ohne dass er sie hören konnte.

»In der nächsten Zeit werden wir Sie öfter besuchen«, fuhr Ludwig Deimann fort, »solange bis sich alles einge-spielt hat. Mein zukünftiger Schwiegersohn Erich Krus-kopp wird vorübergehend das Ruder übernehmen.«

Erich trat nach vorn. »Wir werden uns sicher gut ver-stehen, meine Damen«, begann er hüstelnd. »Ich komme aus einer Zigarrendynastie und bin den Umgang mit Maschinen bereits gewohnt. Ich werde Sie anlernen. Sie können mit allen Fragen zu mir kommen. Keine Bange, ich beiße nicht.«

Der Seniorchef und er lachten laut und die Arbeite-rinnen fielen gezwungenermaßen mit ein. Nur Richard blieb ernst.

Ludwig Deimann räusperte sich. »Ach, und ehe ich's vergesse«, sagte er, »wie Sie sich denken können, steht demnächst eine Hochzeit im Hause Deimann an.« Er nickte Erich Kruskopp zu. »Ich brauche mehrere Damen, die die Bewirtung bei uns zu Hause übernehmen. Wäre jemand dazu bereit?«

»An welchem Tag ist das?«, brachte sich Sophie erneut ein, die nahe bei den Besuchern saß.

»Na, Sie sind aber ein vorlautes Persönchen«, stellte Erich Kruskopp fest. »Mit Ihnen werde ich sicher meine helle Freude haben. Die Hochzeit ist auf den 12. Juli festgesetzt. Aber ehrlich gesagt«, er trat an Sophies Tisch heran, »hätte ich viel lieber Ihre Nachbarin dabei.« Er blieb hinter Leni stehen und klopfte ihr auf die Schulter. »Hätten Sie Lust?«, fragte er sanft.

»Na, ich weiß nicht«, stotterte Leni und drehte sich zu ihm um. »Ich habe so etwas noch nie gemacht.«

»Das glaube ich nicht«, sagte Kruskopp, »Sie sehen nicht aus wie eine Dame, die nicht zupacken kann. Wir benötigen jemanden zum Servieren. Dafür lasse ich gerne ein paar Mark springen. Leicht verdientes Geld«, fügte er augenzwinkernd hinzu und blickte in die Runde. »Na? Freiwillige vor, wer möchte noch, wer hat noch nicht?«

Leni begegnete zufällig Richards Blick. Er war ernst und klar, dabei unergründlich. Für zwei, drei Sekunden sahen sie sich direkt in die Augen – dann war der Moment auch schon vorbei. Leni wurde rot. »Wenn mir jemand zeigt, was ich dort machen soll … ja, dann … warum eigentlich nicht? Meine Schwester könnte auch mithelfen.«

»Wer ist das?«, fragte Kruskopp.

»Rieke. Sie sitzt da hinten.«

Erich drehte sich um und entdeckte im hinteren Teil des Saales eine Frau, die schüchtern aufstand. Sie hatte die gleiche Haarfarbe und Figur, war aber nicht ganz so attraktiv.

»Einverstanden. Sie kann kommen. Wer soll noch mit? Entscheiden Sie, Fräulein … Wie lautet bitte Ihr Name?«

»Leni Harmsen«.

»Also schön, Fräulein Harmsen.«

Sophie war aufgestanden. »Leni ist erst seit Kurzem hier. Ich könnte es machen«, sagte sie aufgeregt. »Ich habe meiner Tante und meinem Onkel schon oft im Gasthaus geholfen. Ich kenne mich da aus.«

»Nein, Sie nicht«, sagte Erich unwirsch und stoppte sie mit einer knappen Handbewegung.

Sophie setzte sich beleidigt.

»Machen Sie einen Vorschlag, Fräulein Harmsen!«

»Bärbel?«, fragte Leni leise und erntete verständnislose Blicke von ihren Kolleginnen.

Bärbel erhob sich. Erich Kruskopp musterte Bärbels fettige Haare, ihre dicke Hornbrille und ihr pickeliges Gesicht. »Nein, tut mir leid«, sagte er ungerührt, woraufhin Bärbel enttäuscht den Kopf senkte.

Beeke Gerstema, die ihre Mädchen gut kannte, machte weitere Vorschläge und bald hatte Erich eine Damenriege, bestehend aus fünf Servierkräften, beisammen. Es wurde vereinbart, dass sie sich am Morgen der Hochzeit, pünktlich um 9 Uhr, im Hause Deimann einfinden sollten.

SIEBEN

August 2012

»Das war meine erste Begegnung mit den Deimanns«, sagte Leni Tamminga und steuerte mit Kirstin auf die Friesenbrücke zu. »Hast du noch Zeit? Schaffen wir es nach Overledingen?«

Kirstin zuckte mit den Schultern, und sie setzten ihren Spaziergang fort. Kirstin war früher oft über den Fuß- und Radweg der klappbaren Eisenbahnbrücke geradelt, die die Zugverbindung zwischen dem ostfriesischen Leer und dem niederländischen Groningen ermöglichte.

Ab und zu schweiften Kirstins Gedanken ab. Magnus hatte ihr dreimal Textnachrichten geschickt. Es täte ihm leid und er vermisse sie. Er habe eingesehen, dass er einen Fehler begangen habe, und fragte sie, ob sie ihm verzeihen könne, er würde gern zu ihr zurückkommen. Er wünsche sich nichts so sehr wie ein gemeinsames Leben mit ihr. Kirstin war verwirrt. Sie hatte gehofft, in Weener Abstand zu finden, aber dazu hatte sie viel zu oft auf ihr Handy geschaut. Noch war sie nicht bereit, ihn völlig aus ihrem Leben zu streichen, dazu war sie zu lange mit ihm zusammen gewesen.

Sie hatten zusammen große Pläne gehabt. Kirstin war fast 40 und wünschte sich sehnlichst ein Baby. Auch Magnus war nicht abgeneigt. Er war sehr kinderlieb und spielte oft Fußball mit seinem Patenkind.

Es schmerzte sie, andere Frauen mit Kindern zu beobachten. Wenn sie einer Mutter mit Kinderwagen begegnete, versetzte es Kirstin jedes Mal einen Stich. Auch jetzt, auf der Brücke, sah sie plötzlich nur noch schwangere Frauen, Babys in Kinderwagen, Kleinkinder auf Fahrradsitzen und größere Kinder, die selbstständig hinter ihren Eltern herfuhren.

Sie stellte sich vor, wie es wäre, eines Tages mit ihrer Tochter oder ihrem Sohn über diese Brücke zu gehen und ihre Geschichte zu erzählen, so wie Leni es gerade tat. Sehnsüchtig blickte sie zwei Frauen mit mehreren Kindern hinterher, die an ihnen vorbeiradelten.

»Hörst du mir überhaupt zu?«, fragte Leni.

»Doch, natürlich. Erzähl ruhig weiter!«

Ihre Mutter hatte ihr oft Vorwürfe gemacht, dass sie Beziehungen zu schnell aufgab. Ob sie recht hatte? War sie wirklich zu engstirnig, zu verbohrt? Aber könnte sie Magnus den Fehltritt verzeihen und ihn vergessen? Ihn heiraten, als ob nichts geschehen wäre und Frau Oldenhoff sein, eine elegante Immobilienmaklerin aus Hamburg, mit zwei hübschen Kindern, einem großen Hund, vielleicht einem Golden Retriever, und einem SUV vor dem gepflegten Einfamilienhaus? Diesen Traum hatte sie seit Jahren, und er ließ sich nicht so einfach abschütteln.

»Hast du keine Klingel, du Dödel?«, schrie Leni einem Rennradfahrer hinterher. Dann drehte sie sich Kirstin zu und fragte wie ausgewechselt: »Na, was macht Magnus?«

»Woher soll ich das wissen, Mama?«, fragte Kirstin, die sich ertappt fühlte. »Es interessiert mich auch gar nicht mehr. Er kann tun und lassen, was er will.«

»Das glaube ich dir nicht.«

»Musst du auch nicht«, gab Kirstin leicht genervt zurück.

»Gehen wir zurück? Ich habe Lust auf Tee.«

»Ich auch«, sagte Kirstin.

»Dann brühe ich einen neuen auf.«

Sie machten sich auf den Rückweg. Der scharfe Nordostwind blies ihnen ins Gesicht. Kirstin und Leni schlugen die Kragen ihrer Jacken hoch und zogen ihre Schals fester. Jede hing eine Weile ihren Gedanken nach.

»Jetzt würde mich aber eins doch brennend interessieren«, brach schließlich Kirstin die Stille. »Was war zwischen Richard und dir?«

Leni verzog ihren Mund zu einem breiten Lächeln. »Wart' s ab. Wir haben uns unter ganz besonderen Umständen wiedergetroffen. Aber zunächst hatte uns der Alltag voll im Griff. Beeke war nur noch kurze Zeit da. Dann kippte die Stimmung.«

ACHT

12. Juli 1952

Die Industriellenvilla in der Norderstraße war schon am frühen Morgen hell erleuchtet. Nicht nur die Unternehmerfamilie, auch alle dienstbaren Geister waren seit Stunden auf den Beinen. Marga hatte in der Nacht kaum geschlafen; und jetzt wanderte sie im Morgenrock mit unfrisierten Haaren im Haus herum, auf der Suche nach einer ihrer Dienstbotinnen. Schließlich fand sie einige im Untergeschoss in der Küche, wo Anne eine Lagebesprechung mit einem Teil des Personals abhielt. Jede der Bediensteten trug eine gestärkte Leinenschürze. Marga ging zu Anne und zupfte sie am Ärmel. »Wer sind diese Frauen? Ich kenne viele von ihnen nicht«, flüsterte sie.

»Servierkräfte«, antwortete Anne. »Dein Mann hat sie bestellt, weil wir es alleine nicht schaffen. Ich weise sie gerade ein. Warum hast du mich gesucht? Ich wäre sowieso gleich zu dir gekommen.«

Marga zog verzweifelt die Schultern hoch. »Ach, ich kann im Augenblick nicht allein sein. Mein Herz klopft wie wild. Ich weiß nicht, wie ich diesen Tag überstehen soll. Lass dich nicht stören, tu so, als ob ich nicht da wäre.« Sie setzte sich mit angezogenen Knien auf einen Hocker und blickte ängstlich um sich.

»Wo ist dein Mann?«, fragte Anne und zog sie in die geräumige Vorratskammer, wo sie allein waren.

»Keine Ahnung. Ich glaube, er ist unterwegs und macht Besorgungen.« Ihre Stimme klang schwach.

»Um diese Zeit? Die Läden haben doch noch gar nicht geöffnet.«

»Ich habe ihn jedenfalls heute noch nicht gesehen.« Anne fiel auf, dass Marga ungewöhnlich blass aussah. Mit ihren unordentlichen, blonden Engelslocken und den blauen Augen wirkte sie sowieso schon zerbrechlich, aber heute hatte sie etwas besonders Kindliches an sich, das Anne rührte. Sie setzten sich auf einfache Holzstühle.

»Was ist los, Kleine?«, fragte sie mütterlich und umschloss Margas Finger mit ihren kräftigen Händen.

Margas Augen wurden feucht. »Ich habe Angst«, stieß sie hervor.

»Wovor?«, fragte Anne, obwohl sie die Antwort zu kennen glaubte.

»Ich bin noch viel zu jung zum Heiraten. Ich als Ehefrau, kannst du dir das vorstellen?«

»Ehrlich gesagt nicht.« Beide mussten lachen.

Sofort wurde Marga wieder ernst. »Ich habe Angst vor der Hochzeitsnacht«, flüsterte sie.

Anne, die sich ab und zu mit dem Gärtner im Gartenhaus traf, wenn die Familie außer Haus war, sagte schmunzelnd: »Davor brauchst du keine Angst zu haben.«

»Wirklich nicht?«

Anne schüttelte den Kopf. »Nein, bestimmt nicht. Es ist nicht schlimm, sogar schön, es wird dir gefallen.«

Marga dachte an Thies. Ja, mit ihm hätte es ihr gefallen. Sie wäre bereit für ihn gewesen, doch er hatte sich ja plötzlich zurückgezogen. »Ich weiß nicht«, sagte Marga bedrückt, »er ist so groß und alt und … Ach, ich bin einfach noch viel zu jung.«

Anne drückte verständnisvoll ihre Hand. »Es wird alles gut, du wirst sehen. Bald kannst du nicht genug davon haben. Es wird dir Lust bereiten, Kleines.« Sie betrachtete Marga von der Seite. Marga, die Zarte, Zerbrechliche, Unschuldige, der Liebling des Vaters, das Kind, das Anne betreute, seit es drei Jahre alt war.

»Möchtest du, dass ich mit dir nach oben gehe, dich ankleide und frisiere, damit du dich wohlfühlst und dich auf den Tag freust? Oder soll ich Johanna suchen? Aber ich glaube, sie ist heute zum Servieren eingeteilt. Wir haben zwar noch massenhaft Zeit, aber vielleicht lenkt es dich ein wenig ab.«

Marga nickte stumm, erhob sich und trat langsam aus der Vorratskammer. Übelkeit stieg in ihr hoch. Sie ahnte, dass sie einen riesengroßen Fehler gemacht hatte, als sie Erichs Heiratsantrag angenommen hatte. Sie liebte ihn nicht, das wurde ihr in diesem Moment schlagartig klar. Der Gedanke an die bevorstehende Nacht mit ihm ekelte sie. Verzweifelt strich sie sich mit den Händen über das Gesicht. Dabei spürte sie, dass sie beobachtet wurde – von einem Mädchen, das etwa im gleichen Alter war wie sie. Es war sehr hübsch, hatte lange, kastanienbraune Zöpfe und warme, braune Augen. Das Mädchen lächelte scheu und drehte sich dann verschämt von ihr weg.

Marga folgte Anne die Treppen hinauf in die oberen Stockwerke der Villa.

*

Die Hochzeit war in vollem Gange.

Pastor Brinkwedde hatte von Schuld, Sünde und Vergebung gepredigt und das Hohelied der Liebe pastoral heruntergeleiert. Marga hatte aufmerksam zugehört und hin und wieder Erich scheu von der Seite beobachtet. Er hatte die ganze Zeit über stur nach vorn geblickt und dabei keine Regung gezeigt. Selbst beim Ringtausch war sein Gesichtsausdruck unbeweglich, starr, unergründlich geblieben. Marga hatte ihn beklommen angesehen und sich gefragt, warum er nicht lächelte. Sie hatte insgeheim auf einen romantischen Kuss gehofft, wie sie ihn in unzähligen Liebesfilmen gesehen hatte, aber er war ausgeblieben. Sie hatte sich die Enttäuschung nicht anmerken lassen, sondern war nach der Zeremonie hoheitsvoll in ihrem weißen Hochzeitskleid mit langer Schleppe neben ihrem frisch angetrauten Ehemann aus der Kirche geschritten. Draußen hatte eine weiße Kutsche mit einem Vierergespann auf sie gewartet, die sie zurück zur Villa bringen sollte.

Als sie dort ankamen, waren schon viele Gäste vor Ort. Hauptsächlich Geschäftspartner ihres Vaters mit ihren Ehegattinnen, im Alter ihrer Eltern, auch einige Verwandte, die aus ganz Ostfriesland, dem Emsland und dem benachbarten Holland angereist waren. Es wurde viel getrunken, geredet und gelacht. Nur getanzt wurde nicht. Nicht einmal Musik gab es – das war bei Festen evangelisch-reformierter Familien in der Regel nicht üblich. Nur in der Küche hielt man sich nicht an diese Regel. Im Rundfunk wurden Schlager gespielt. Heinz Erhardt, Theo Lingen, Lale Andersen und Rudi Schuricke animierten das Küchenpersonal zum Mitsingen und

-schunkeln. Die Stimmung in der Küche könnte nicht besser sein. Immer wieder zog es Marga dorthin, und ab und zu traf sie zwischen den Töpfen auch auf ihren Bruder, dem es im Festsaal zu langweilig geworden war. Nachdem der letzte Gang serviert worden war, ging die Party im Souterrain richtig los. Die Küchenmädchen, Dienstmädchen, Serviererinnen, selbst die beiden Köchinnen, begannen ausgelassen zu singen und zu tanzen. Nur ein Mädchen, das zum Servieren gekommen war, tanzte nicht wie die anderen, sondern war emsig damit beschäftigt, die Arbeitsflächen und benutzten Geräte zu reinigen. Zarah Leander sang gerade »Wunderbar«, als ein spitzer Aufschrei durch die Küche gellte und jeder in seiner Tätigkeit verharrte. Leni war beim Reinigen der Brotschneidemaschine mit dem Zeigefinger der rechten Hand ins Getriebe geraten. Ein Schwall Blut ergoss sich auf ihre gestärkte weiße Schürze, die Arbeitsfläche und den Küchenboden. Köchin Grit, die in der Nähe gestanden hatte, war sofort zur Stelle. »Schnell, nimm das!«, sagte sie und reichte Leni ein sauberes Geschirrtuch. »Drücken, immerzu feste drücken«, wies sie sie an. Sie führte Leni zu einem Stuhl und bot ihr ein Glas Wasser an. »Ich brauche Verbandszeug«, rief sie den Frauen zu, die wie hypnotisiert um die Verunglückte herumstanden. Unverzüglich stoben alle auseinander, um den Verbandskasten zu holen.

»Wie heißt du?«, fragte Grit.

»Leni«, lautete die klamme Antwort.

»Ist gut, Leni, ich mache dir jetzt einen schönen, weißen Verband und hinterher bekommst du eine kräftige Rindfleischbrühe.«

Marga hatte die Szene stumm beobachtet und trat nun auf sie zu. »Guten Tag, Leni, ich bin Marga Deimann. Es tut mir leid, was passiert ist. Tut es sehr weh?« Sie beugte sich über die Patientin und streichelte sie sanft am Oberarm.

Leni schüttelte angesichts der schönen Braut verlegen den Kopf, obwohl sie das Klopfen und Pochen in ihrer verletzten Hand kaum ertragen konnte. Das Blut sickerte durch das Leinentuch und der verletzte Finger war auf die doppelte Größe angeschwollen. Leni drehte das Tuch, sodass sie die Wunde mit einer sauberen Stelle abdrücken konnte.

»Leni braucht einen Arzt«, sagte Marga zu Richard, der gerade den Raum betreten hatte. »Würdest du dich darum kümmern? Kannst du überhaupt noch fahren?«

Richard nickte. Er legte seine große Hand auf Lenis Schulter. »Ich bringe dich ins Krankenhaus. Dort wirst du ruckzuck wieder zusammengeflickt. Bist du bereit?«

Sie schüttelte den Kopf. »Es geht auch ohne Doktor. Die Köchin holt doch schon Verbandszeug. Es hört sicher gleich auf zu bluten.«

»Nein«, sagte Richard bestimmt, »das sollte sich ein Arzt ansehen. Du bist Gast in unserem Hause, und da meine Eltern gerade verhindert sind, bin ich für dich verantwortlich. Nichts gegen unsere beflissene Grit, die auf ihre patente Art sicher gut helfen kann, aber es ist eine tiefe Schnittwunde, und sie sollte fachgerecht versorgt werden. Ich möchte nicht riskieren, dass du eine Blutvergiftung bekommst. Dazu bist du mir viel zu jung und …«, er sah ihr für eine Sekunde zu lange in die Augen, »zu hübsch.«

Leni wurde rot und lächelte. »Ich bin noch nie mit einem Wagen gefahren«, sagte sie.

»Noch nie? Wirklich nicht?«

»Noch nie! Meine Eltern haben kein Auto. Bei uns fährt jeder mit dem Fahrrad.«

»Dann wird es aber höchste Zeit!« Richard half ihr beim Aufstehen.

»Die gute Brühe«, rief ihnen die Köchin hinterher. »Das Kind hat doch Hunger!«

»Die kann warten«, sagte Richard von der Türschwelle aus. »Dann haben wir etwas, worauf wir uns später freuen können.« Er zwinkerte der Köchin zu und sie tat so, als würde sie das Handtuch nach ihm werfen.

*

Marga war müde. Nicht das Tanzen in der Küche, sondern die endlosen, nichtssagenden Gespräche mit ihren Verwandten und den Freunden ihrer Eltern, die sie kaum kannte, hatten sie angestrengt.

»Wann kann ich mich zurückziehen?«, wandte sie sich leise an Erich, nachdem sich ihr ältlicher, korpulenter Gesprächspartner gerade von ihr verabschiedet hatte.

Erich schaute auf seine Taschenuhr. »Ich denke, es reicht. Wir machen es auf die französische Art.«

»Das heißt?«

Er zwinkerte ihr zu. »Verschwinden, ohne uns zu verabschieden. Das müssen wir nicht, schließlich sind wir die Gastgeber. Komm!« Er zog sie an der Hand hinter sich her.

Eigentlich wäre es ihr lieber gewesen, sich an diesem Abend noch einmal in ihr Mädchenzimmer zurückzuziehen. Aber sie fing den warnenden Blick ihrer Mutter auf und ging gehorsam mit Erich mit. Ihr Herz klopfte zum Zerspringen. Auch wenn sie es sich nicht eingestehen wollte: Sie fürchtete sich vor dem, was ihr bevorstand.

»Was ist?«, fragte er, als er ihr Zögern bemerkte.

»Gar nichts«, lächelte sie. »Ich bin nur so schrecklich müde.«

»Gleich wirst du wieder munter sein«, neckte er sie. »Dafür werde ich persönlich Sorge tragen.«

Im Dachgeschoss hatten sie vorübergehend eine Wohnung bezogen. Margas Mutter hatte dafür die Möbel der verstorbenen Großeltern bereitgestellt.

An der Schwelle zum Schlafzimmer nahm er sie auf den Arm und trug sie zum Bett. »Das bringt Glück«, flüsterte er in ihr Ohr.

Vor dem riesigen, altdeutschen Ehebett blieb er stehen. Sie fühlte sich schwer und steif, als er sie absetzte. Sie spürte nichts als Leere und Unwillen in sich, wünschte sich weit weg.

Er schien nicht zu bemerken, was in ihr vorging, da er ohne Umschweife begann, sie auszuziehen. Er knöpfte ihr bodenlanges Hochzeitskleid auf und half ihr, sich herauszuschälen.

Nun stand sie in Unterwäsche vor ihm, zitternd vor Unbehagen und Kälte. »Muss das sein?«, brachte sie leise hervor und fügte, als sie die steile Furche zwischen seinen Augen bemerkte, hinzu: »Ich meine, heute. Vielleicht wäre es morgen besser oder übermorgen.«

»Übermorgen?«, lachte er. »Sag mal, machst du Witze? Du bist jetzt meine Frau. Das, was gleich passieren wird, nennt man *eheliche Pflichten.* Schon mal gehört?«

Sie erschrak wegen seiner derben Worte, vor allem wegen seines Tonfalls, und schüttelte ungläubig den Kopf. Seine Frage war nicht zu ihr vorgedrungen. Wie erstarrt ließ sie es zu, dass er ihren Büstenhalter aufhakte und ihn ihr von der Schulter streifte. Sie schämte sich vor ihm, umso mehr, als er jetzt auch noch an ihrer Unterhose zerrte und sie herunterstreifte. Sie dachte an Thies. Bei ihm hatte es sich anders angefühlt. Er hatte Lust in ihr geweckt, Begehren. Erich weckte gar nichts in ihr, nur das Bedürfnis, fortzulaufen.

»Leg dich schon mal hin«, befahl er und begann nun ebenfalls, sich auszuziehen. Dabei ließ er sie nicht aus den Augen, sondern beobachtete, wie sie rasch unter die Bettdecke schlüpfte. Er grinste süffisant, ließ sich viel Zeit und legte ein Kleidungsstück nach dem anderen ordentlich zusammengefaltet über den Herrendiener. Dann kam er zu ihr und blieb eine Weile vor ihr stehen. Sie kniff die Augen zu.

»Mein Gott, bist du schön!«, sagte er erregt.

Sie zitterte so sehr, dass ihre Zähne aufeinanderstießen. Hoffentlich merkt er es nicht, flehte sie mit geschlossenen Augen. »Machst du bitte das Licht aus?«, bat sie.

»Warum?«

»Nur so.«

»Nein«, sagte er. »Ich will dich sehen.«

Ich dich nicht, dachte sie.

»Die brauchen wir nicht«, sagte er barsch und schlug die Decke zurück. Er warf sich neben sie, rückte näher an sie heran. Sie spürte seinen sehnigen Körper, nahm seinen Duft wahr und fühlte sich abgestoßen, obwohl sie wusste, dass er am Mittag ein Bad genommen hatte. Das war es nicht. Sie mochte seinen ihm eigenen Körpergeruch nicht. Er roch anders als Thies. Er roch fremd. Es gab keine Nähe zwischen ihnen. Alles in ihr wehrte sich, schrie um Hilfe, spürte einen großen Widerwillen.

»Erich, ich …«, sagte sie verzweifelt. »Ich habe noch nie …«

»Keine Angst, irgendwann ist immer das erste Mal. Ich bin auch ganz vorsichtig.« Er fasste sie grob an und stöhnte erregt. In seinen Augen lag nichts als Gier. »Du bist meine Frau, meine wunderschöne, kleine Frau. Ich begehre dich, Marga, du gehörst jetzt mir«, schnaufte er.

»Ich kann nicht«, nahm sie neuen Anlauf, »heute nicht. Ich bin so müde, lass es uns morgen angehen. Bitte, Erich!«

Ohne langes Vorspiel schob er ihre Beine auseinander und lag auch schon auf ihr, schwer atmend und keuchend. Er kam sehr schnell zur Sache. Als er in sie eindrang, vernahm sie einen spitzen Schmerz und presste die Lippen aufeinander, um nicht zu schreien. Zutiefst erschrocken starrte sie ihn an. Er nahm sie hart und unerbittlich, zu seinem eigenen Vergnügen und zur Befriedigung seiner eigenen Lust. Als er nach wenigen Minuten bekommen hatte, was er gewollt hatte, rollte er endlich von ihr herunter. »Das war gut«, keuchte er. »Das war unendlich gut. Darauf habe ich lange gewartet. Das bekomme ich nun jeden Abend von dir vor dem Einschlafen, sozusagen als Gutenachtbonbon.« Er schaltete die Nachttischlampe aus. Schweigen senkte sich über den Raum.

Lange lag sie noch wach und weinte still in ihr Kissen.

NEUN

Am nächsten Tag

Leni wachte in einem Krankenhausbett mit weißer Bettwäsche auf. Sie fühlte sich ausgeschlafen und gestärkt. Richard hatte dafür gesorgt, dass sie auf der Privatstation ein Einzelzimmer bekam. »Für mindestens zwei Nächte«, hatte er gesagt. »Da kannst du dich mal so richtig verwöhnen lassen. Und satt essen bis zum Umfallen, denn du bist viel zu dünn!«

An diese Worte erinnerte sie sich, als die Krankenschwester mit einem Tablett hereinkam. Das Frühstück bestand aus einer Scheibe Graubrot, einer Scheibe Schwarzbrot und zwei Scheiben Zwieback. Dazu gab es Butter, Kirschmarmelade, ein Stück Käse und eine Schale mit Apfelmus. Auf dem Tablett befand sich außerdem ein Becher mit dampfendem Pfefferminztee. Die Schwester wünschte guten Appetit und zog sich zurück. Herrlich, dachte Leni, und bestrich das Graubrot dick mit Butter. Ihre Gedanken wanderten wieder zu Richard. Ihr wurde warm ums Herz, als sie sich das Gespräch vom gestrigen Abend mit ihm in Erinnerung rief. Er war während der Behandlung bei ihr geblieben, hatte sie auf die Station begleitet und eine Weile an ihrem Bett gesessen.

»Wie heißt du eigentlich, du kleiner Frosch?«

»Leni Harmsen«, hatte sie schüchtern geantwortet und war dabei rot geworden.

»Es tut mir leid, dass du so hart arbeiten musst, dass du offensichtlich keine Zeit zum Essen hast.«

»Ich war immer schon dünn«, hatte sie ihn beruhigt. »Schon als Kind. Dabei esse ich wie ein Scheunendrescher. Meine Oma steckt mir oft heimlich Leckereien zu. Ich bekomme immer den Schinken mit dem dicksten Fettrand, aber auch das hilft nicht. Das Arbeiten macht mir nichts aus. Sonst bin ich ja bei Ihnen in der Zigarrenfabrik. Von Servieren habe ich keine Ahnung.«

»Tatsächlich? Du arbeitest in unserer Zigarrenfabrik? Habe ich dich da schon mal gesehen?« Er zog seine Stirn in Falten. »Dieses süße Gesicht müsste mir doch aufgefallen sein. Dann besteht ja die Aussicht, dich bald wiederzusehen, wenn du richtig genesen bist. Denn mit dieser dick verbundenen Hand wird das Arbeiten in der Fabrik längere Zeit nicht möglich sein.«

»Der Finger ist genäht worden. Dann ist doch alles wieder gut!«

»Es wird wieder gut, aber noch ist es das nicht, kleine Lady. Als dein Chef, oder besser gesagt als der Sohn deines Chefs, verordne ich dir Schonung, Ruhe und Erholung rund um die Uhr in den nächsten zehn Tagen.«

»Aber wie soll ich so Geld verdienen? Ich habe ja nicht einmal für heute Nachmittag etwas bekommen.«

»Nicht? Dann werde ich dafür sorgen. Wie viel steht dir denn zu?«

Leni schlug die Augen nieder. Es war ihr peinlich, mit Richard Deimann über Geld zu sprechen.

»Also, was war vereinbart?«

»20 Mark für den ganzen Tag«, sagte sie verlegen.

»Aber ich habe ja nicht bis zu Ende gearbeitet. Dann steht mir höchstens die Hälfte zu.«

»Aber, aber, natürlich bekommst du deinen Lohn so, wie er ausgemacht war. Und Schmerzensgeld dazu. Ich werde dir das Geld nach Hause bringen. Wo wohnst du denn?«

»Oh bitte nicht. Meine Eltern würden es falsch verstehen.«

»Aber wieso denn? Ich werde ihnen alles erklären. Also?«

»Am Hafen. Das kleine Backsteinhaus direkt am Steg. Mit der grün-weißen Haustür und dem weißen Holzvorbau.«

»Ich werde in drei Tagen da sein. Wenn du wieder zu Hause bist.« Er drückte ihre linke Hand und sah sie an. »Möchtest du das überhaupt? Oder ist es dir lieber, wenn ich einen Boten schicke?«

»Nein, nein …« stotterte sie. »Ich fände es schön, wenn Sie kommen.«

»DU, Leni. Du.«

Leni nickte. »Entschuldige, das habe ich vergessen.«

»Glaub mir, ich bin nicht viel älter als du«, sagte er augenzwinkernd. »Wobei man ja eine Dame nicht nach ihrem Alter fragen soll. Ich werde mich hüten. Sei mir nicht böse, aber ich muss zurück zur Hochzeit meiner Schwester. Sonst machen sich meine Eltern ernsthaft Gedanken über meinen Verbleib und senden womöglich Boten aus, um nach mir zu suchen.« Er gab ihr einen hauchzarten Kuss auf die Stirn. In diesem Moment hätte sie die Zeit anhalten mögen. Kurz darauf hatte er sich verabschiedet und sie völlig verwirrt zurückgelassen.

Leni schloss die Augen und spürte dem Kuss nach. Er hatte ein Kribbeln in ihr ausgelöst, wie sie es noch nie erlebt hatte. Es war ein so gutes Gefühl – ach, was täte sie alles, um diesen Kuss noch einmal zu erleben! Hätte sie gewusst, wie herrlich der Tag für sie enden würde, hätte sie sich nicht so über ihr Missgeschick in der Küche aufgeregt.

Da klopfte es an der Tür und Oma Frida trat ein. Sie trug ihr schwarzes Kleid und ihren schwarzen Hut. »Deern, Deern«, sagte sie kopfschüttelnd. »Was machst du nur für Sachen! Zeig mal deinen Finger!«

»Oma!«, strahlte Leni und hielt ihre verbundene Hand hoch. »Bist du allein gekommen?«

»Ja, die anderen machen sich fertig für eine Trauerfeier. Sie kommen dann anschließend zu dir. Das sieht ja schlimm aus. So ein dicker Verband! Schau mal, ich habe dir ein paar Äpfel mitgebracht. Und zwei Stücke Streuselkuchen, die habe ich extra für dich aufgehoben. Tut es sehr weh?«

»Danke, Oma. Nein, ich merke kaum noch etwas davon. Sieht schlimmer aus, als es ist. Der Finger soll nur für eine Weile ruhiggestellt werden.«

Frida nickte. »Und so ein leckeres Frühstück! Hat man so was schon mal gesehen?«

»Möchtest du auch etwas?«, fragte Leni und bot ihr eine Scheibe Schwarzbrot an.

»Nein, mein Püppchen, iss du man. Ich bekomme nachher Rosinenstuten auf der Trauerfeier.«

»Wer ist denn gestorben?«

Frida runzelte die Stirn. »Ach, der Alfred Bruns. Er wird seit acht Jahren vermisst, vermutlich ist er in Russland geblieben. Seine Frau hat ihn für tot erklären lassen, dann bekommt sie wenigstens Witwengeld und ihr Sohn eine Halbwaisenrente.«

»Die arme Frau Bruns.«

»Ja, es ist schlimm, wenn man nicht weiß, was los ist«, sagte sie mit Leidensmiene. »Die Unsicherheit macht einen fertig. Obwohl sie sich ja längst getröstet hat.«

»Wie meinst du das?«

»Na, ja, mit ihrem Nachbarn Dierk Kuiper. Der hat ihr tüchtig geholfen in der ganzen Zeit. Irgendwann ist daraus eine Liebelei entstanden, und jetzt wohnen die beiden zusammen, mit dem Lütten. Ist sicher gut so. Jetzt kann sie endlich abschließen mit dem Alfred und sich ganz und gar um ihren Dierk kümmern. Und ist auch man gut, dass der Junge wieder einen Vater hat. Der Bengel sagt Papa zu ihm.« Frida erzählte noch einige andere Neuigkeiten aus der Nachbarschaft, und als Leni aufgegessen hatte, verabschiedete sie sich mit dem Versprechen, am Abend noch einmal bei ihr vorbeizuschauen und ihr Rosinenstuten von der Trauerfeier mitzubringen.

ZEHN

August 1952

In der Zigarrenfabrik wurden die Lichter eingeschaltet. Nach und nach strömten die Frauen hinein. Einige hatten sich schon unterwegs getroffen und lachten und plauderten. Bald war der Saal erfüllt von Stimmengewirr, fröhlichem Gelächter und Gesang. Heute war die Stimmung besonders ausgelassen und erinnerte eher an das Zusammentreffen in einer Wohnstube als in einer Fabrik. Die Frauen erledigten wie nebenbei ihre gewohnten Aufgaben. Beeke heizte durch ihre fröhliche Art die Stimmung noch mehr an. Sie wusste, dass ihre Mitarbeiterinnen umso effektiver und schneller arbeiteten, je vergnügter und ausgelassener sie waren. Niemand rechnete damit, dass von einer Minute auf die andere die Stimmung kippen würde.

Doch als Erich Kruskopp plötzlich den Raum betrat, verstummten die ersten Arbeiterinnen. Andere hatten es nicht mitbekommen und sangen weiter.

»Ruhe!«, donnerte es durch den Saal. Die daraufhin einsetzende Stille war lähmend. Niemand wagte mehr weiterzuarbeiten. Die Frauen saßen wie erstarrt auf ihren Kisten und richteten ihren Blick auf Kruskopp, der sich wie ein Feldmarschall vor ihnen aufgebaut hatte.

»Beeke Gerstema, treten Sie vor«, schnarrte er. Seine Miene war eisig.

Beeke folgte zögernd der Aufforderung. Die sonst so selbstbewusste junge Frau hatte vor Aufregung rote Wangen bekommen.

»Sie sind entlassen«, kam er ohne Umschweife zur Sache, als sie schüchtern zu ihm aufsah.

Beeke erstarrte. »Aber warum?«, wollte sie wissen. »Was habe ich getan? Ist es wegen des Gesangs? Die Frauen singen nicht die ganze Zeit. Manchmal ist es auch ganz still, wenn sie arbeiten. Aber alle schaffen ihr Soll, viele sogar den Akkord.«

»Ich bin Ihnen keine Erklärung schuldig. Ich handle im Auftrag meines Schwiegervaters, der sich mit seiner Gattin zurzeit auf Reisen befindet. Er hat mich zu seinem Stellvertreter berufen. Mehr brauche ich nicht zu sagen.«

Ein Raunen ging durch die Bankreihen, das langsam anschwoll.

»Ruhe!«, donnerte er. »Fräulein Gerstema, Sie können Ihre Sachen packen und gehen.«

»Jetzt gleich?«, fragte Beeke entsetzt.

»Sofort!« Er beachtete sie nicht weiter, sondern sprach die Zigarrenarbeiterinnen direkt an: »Ich bin ab heute Ihr Werkmeister.«

Die Frauen starrten ihn erschrocken an. Manchen stand vor Schreck der Mund offen.

»Was heißt das? Warum darf Beeke das nicht mehr sein? Sie hat ihre Arbeit doch immer gut gemacht«, wagte sich Sophie vor.

»Komm mal her du«, sagte Erich mit bedrohlich leiser Stimme. Er duzte und siezte die Frauen nach Belieben. Sophie stand auf und ging zögerlich auf ihn zu.

»Näher«, sagte Erich mit unbeweglicher Miene.

Sophie stand nun direkt vor ihm und sah ihm forsch ins Gesicht. Die Frauen, die vorn saßen, hielten den Atem an.

»Wenn ich eins nicht mag, dann sind das kleine, vorlaute Mädchen, die sich Frechheiten herausnehmen«, bellte er. »Du bist mir schon einmal negativ aufgefallen. Wie ist dein Name?«

»Sophie«, sagte sie, auf einmal sichtlich eingeschüchtert.

Er packte sie an den Schultern. »Sophie, schau mich an! Merk dir ein für alle Mal: Ich habe jetzt das Sagen. Ich bin ab sofort euer Vorgesetzter. Beeke ist weg. Oder siehst du sie noch irgendwo? Jetzt bin ich hier und bleibe hier. Hast du das kapiert?« Er fasste fester zu und schüttelte sie. Dann ließ er sie los.

Sophie nickte und schluckte.

»Ich bin dafür verantwortlich, dass es wieder aufwärts geht mit der Zigarrenfabrik Deimann, dass es wieder rund läuft, wir konkurrenzfähig bleiben und endlich wieder schwarze Zahlen schreiben. Da kann sich keiner mehr Faulheit oder Frechheiten erlauben. Wenn ihr laut sein und singen wollt, geht am Wochenende in die Wirtschaft. In der Fabrik wird gearbeitet! Du wirst heruntergestuft. Alarmstufe eins. Bei zwei fliegst du raus. Du packst jetzt deine Siebensachen, genau wie unsere liebe Beeke, und gehst nach hinten zum Entrippen. Maria räumt für dich den Platz und tauscht mit dir.«

In den hinteren Reihen erhob sich ein auffallend hübsches Mädchen und machte sich daran, hektisch seine Sachen zusammenzupacken. Maria hatte es offensichtlich eilig, den ungeliebten Job der Entripperin loszuwerden und zur Wicklerin aufzusteigen.

Sophie stand da wie vom Donner gerührt. »Aber ich war doch gar nicht frech«, sagte sie. »Ich habe nur etwas gefragt. Ich wollte wissen, wo Beeke ist. Beeke hat gesagt, ich würde demnächst Rollerin werden. Sie fand meine Arbeit richtig gut. Sie hat mich oft gelobt. Sie können sie fragen.«

Er ließ sie abrupt los, sodass Sophie taumelte. »Zum allerletzten Mal: Beeke hat nichts mehr zu sagen. Sie hat soeben die Zigarrenfabrik verlassen. Und nun geh«, sagte er und verscheuchte sie wie ein lästiges Insekt. Dann trat er einen Schritt vor und räusperte sich. »Ihr wollt doch wohl alle, dass die Kurzarbeit bald beendet wird und ihr wieder ordentlich Geld nach Hause bringt, oder? Na also. Haut rein, Mädels, strengt euch ordentlich an. Nur so werden wir vorankommen. Nur so wird Zigarren Deimann eines Tages wieder die erste Manufaktur am Platze sein. Wir werden von heute an neben unseren hochpreisigen Marken ›Brasilia‹ und ›Concorde‹ eine Nebenlinie für den schmalen Geldbeutel des kleinen Mannes herstellen. Sie wird den Namen ›Sumatra 52‹ tragen. Wir verwenden Fehlfarben und Ausschussmaterial für diese Produktlinie. Es wird also von nun an nichts mehr weggeworfen, Mädels. Ich persönlich werde jeden Abend eure Plätze kontrollieren. Wenn die Nebenlinie angenommen wird, können wir vielleicht auf die Produktion unsäglicher Zigaretten verzichten. Allerdings werden demnächst Maschinen geliefert zur Herstellung von Zigarillos. Und nun an die Arbeit!« Er klatschte in die Hände. Dann setzte er sich an das Schreibpult, an dem vor einer Viertelstunde noch Beeke Gerstema gelehnt und gesungen hatte, und steckte sich eine Zigarre an.

Die Mädchen und Frauen setzten wie unter Strom ihre Arbeit fort, Sophie und Marie an ihrem jeweils neuen Platz. Sophie hatte es sich nicht nehmen lassen, Marie im Vorbeigehen eine Grimasse zu schneiden, die diese achselzuckend zur Kenntnis nahm.

Leni, deren Finger inzwischen ausreichend verheilt war, hatte die Szenen der vergangenen Minuten mit Abscheu beobachtet. Sie war klug genug zu verstehen, dass bei Erich Kruskopp nun ein anderer Wind wehte und sie sich anpassen mussten. Sie ahnte, dass sie niemals wieder beim Zigarrenwickeln singen oder plaudern würde, und bemerkte betrübt, dass ihre Sitznachbarin Bärbel leise schluchzte. Die verschmierte Hornbrille hatte sie abgesetzt und vor sich auf den Tisch gelegt. Verstohlen beobachtete Leni den neuen Werkmeister, der gerade etwas in ein blaues Schulheft schrieb. Immer wieder tauchte er mit einer ungelenken Bewegung den Füllfederhalter in ein Tintenfass, um dann mit wichtiger Miene weiterzuschreiben. Die Zigarre hing dabei in seinem Mundwinkel. Leni wandte sich Bärbel zu und nahm sie zaghaft in den Arm. Bärbel legte ihren Kopf auf Lenis Schulter und hörte auf zu weinen.

*

Leni sollte recht behalten. Tage voller Freudlosigkeit und düsterer Stimmung folgten. Erich Kruskopp achtete penibel darauf, dass die Frauen den Akkord schafften. Er erteilte ihnen Redeverbot. Das Verbot zu singen wäre gar nicht nötig gewesen, denn die Frauen hatten die Freude daran sowieso verloren. Besonders zu leiden hatten die jungen Mädchen, von denen Erich glaubte, sie erziehen zu müssen. »Das nennen Sie Wickel?«, fuhr Erich eines Morgens Leni an. »Das Ding würden nicht einmal Straßenarbeiter in die Hand nehmen. Sie müssen das bitte noch einmal aufmachen.«

Wenigstens sagte er »bitte« und »Sie«, was er bei den meisten anderen Frauen nicht für nötig hielt. Je nach Persönlichkeit und Temperament reagierten die Arbeiterinnen unterschiedlich auf die Maßregelung. Einige Frauen verließen weinend den Saal, andere schimpften mit hochrotem Kopf leise vor sich hin, wieder anderen war nichts anzumerken und sie taten so, als würde jede Kritik an ihnen abprallen. Dabei bedeutete diese nicht nur Kränkung und Frust, sondern auch Lohneinbuße, wenn sie dadurch geringere Stückzahlen fertigen konnten.

Leni versuchte sich nichts anmerken lassen, da sie Erichs Aufmerksamkeit nicht auf sich lenken wollte. Schnell hatte sie herausgefunden, dass es ihm Spaß machte, mit seiner Macht zu spielen und die Frauen zu drangsalieren. Aber oft hatte sie Mühe, ihre Tränen zurückzuhalten. So auch heute. Mit hochrotem Kopf öffnete sie den Wickel, von dem sie selbst fand, dass er gelungen war. Sie begann von vorn, langsamer, bedächtiger, konzentrierter. Je sorgfältiger sie arbeitete, desto unschöner wurde das Ergebnis, denn ihre Handgriffe waren nicht mehr eingespielt.

Als Nächstes nahm Kruskopp sich Bärbel vor. Sie war eine beliebte Zielscheibe seines Hasses und Spottes, weil sie nicht besonders attraktiv war. Ihre picklige Haut glänzte und ihre dunkelblonden Haare neigten zu Fettigkeit. Ihre Augen erschienen klein hinter den dicken Brillengläsern. Erich Kruskopp war hinter sie getreten und riss einen von Bärbel gefertigten Zigarrenwickel in die Höhe. »Schauen Sie her, meine Damen! Schauen Sie sich das an! Diese Frau hier will mir das als Wickel verkaufen! Das unförmige Ding in meiner Hand taugt allerhöchstens als Brennmaterial«, höhnte er. »Es ekelt mich, so etwas zu sehen, geschweige denn in die Hand zu nehmen. Mein guter Geschmack wird damit beleidigt. Dieses hässliche Teil ist zu nichts zu gebrauchen. Nicht mal für unsere Nebenlinie ›Sumatra 52‹. Das hier ist für den Mülleimer bestimmt. Aufmachen, aber sofort!«, herrschte er die junge Frau an, die völlig eingeschüchtert zusammenzuckte.

Bärbel rannen Tränen über die Wangen. »Ich kann es nicht besser«, sagte sie mit erstickter Stimme. »Ich versuche es immer wieder, aber es gelingt mir nicht. Ich gebe mir solche Mühe, wirklich! Glauben Sie mir bitte, Herr Kruskopp!«

Leni reichte ihr ein Taschentuch.

»Hör gefälligst auf zu flennen und arbeite lieber. Dafür bist du hier! Für deine verdammte Arbeit wirst du bezahlt, nicht für Gefühlsausbrüche! Hast du verstanden?«, tobte er.

Bärbel schluchzte laut auf, schnäuzte sich und hielt sich die Hände vor die Augen. Da sprang Kruskopp in einem Wutanfall auf sie zu, riss ihr beide Hände vom Gesicht, holte aus und gab ihr eine schallende Ohrfeige.

Die in der Nähe sitzenden Frauen fuhren zusammen. Es war völlig still im Saal. Keiner arbeitete mehr.

Bärbel hatte tatsächlich aufgehört zu weinen. Sie saß da wie vom Donner gerührt, schluckte mehrmals hintereinander und blickte starr vor sich hin. Ihre Wange wurde feuerrot und schwoll an. Kruskopps Handabdruck zeichnete sich ab.

Leni starrte sie erschrocken an und merkte, dass Bärbel völlig unter Schock stand. Zaghaft legte sie einen Arm um sie, während ihr selbst das Blut in den Adern gefror. Das Risiko, selbst barsch zurechtgewiesen zu werden, nahm sie in diesem Moment in Kauf.

»Pause, meine Damen«, rief Erich Kruskopp, der die Stille wohl selbst kaum noch aushielt. Er wandte sich von Bärbel ab und stakste zu seinem Pult.

Die Frauen wagten kaum aufzustehen, so entsetzlich fanden sie das eben Geschehene. Rieke Harmsen fasste als Erste den Mut, stand auf und trat zu Bärbel und Leni. »Kommt, ihr zwei, lasst uns in die Pause gehen. Wir essen unsere Frühstücksbrote draußen auf dem Hof und gehen ein bisschen spazieren. Die frische Luft wird uns guttun!«

Nach und nach leerte sich der Saal. Keine der Frauen hatte Lust, die Mittagspause in Gesellschaft von Erich Kruskopp zu verbringen.

*

»Ihr seid so still heute«, sagte Gustav Harmsen, Lenis und Riekes Vater, als die Großfamilie gemeinsam beim Abendessen in der Küche saß. Es gab Pellkartoffeln mit Quark und Leinöl und zum Nachtisch Korinthenstuten vom Bäcker Bruns. Rosinenbrot, in dicke Scheiben geschnitten und mit Butter bestrichen, war ein gern gesehener Nachtisch.

»Das kenne ich gar nicht von euch. Sonst steht der Mund nicht still und ich verstehe kein Wort, wenn ihr durcheinanderschnattert.«

»Was verstehst du nicht?«, fragte Großvater Knuth, der gerade damit beschäftigt war, seine Kartoffeln mit Quark zu bestreichen.

»Ich will etwas verstehen«, brüllte ihm sein Sohn ins Ohr.

»Besser so, als andersherum«, sagte Knuth und stopfte sich eine Kartoffel in den Mund.

»Es hat Ärger gegeben im Betrieb«, machte Rieke den Anfang. »Der neue Werkmeister Kruskopp spielt sich auf, als würde ihm die Zigarrenfabrik gehören. Dummerweise ist er der Schwiegersohn des Chefs. Es ist schrecklich, seit er da ist. Wir haben nichts mehr zu lachen. Er hat Beeke ohne Grund gefeuert. Und einer Arbeiterin hat er heute eine schallende Ohrfeige verpasst, weil ihr Wickel nicht schön war.«

»Was? Das ist ja unerhört!«, rief Gerda Harmsen. »Schlagen im Betrieb, das kenne ich gar nicht. Wenn der einmal eins von meinen Mädchen anrührt, werde ich persönlich bei ihm aufmarschieren und ihm die Wacht ansagen. Der kann sich gerne bei Herrn Deimann beschweren, das ist mir ganz egal. Bei Ludwig

Deimann gab es so was nicht. Der würde das nicht zulassen. Kennst du das, Mudder?«

»Dem Kerl würde ich in die Eier treten, dass er nicht mehr pissen kann«, sagte Frida mit verkniffener Miene.

»Oma!«, rief Gerda sie zur Ordnung. »Doch nicht vor den Kindern!«

»Der soll mich mal kennenlernen«, knurrte Frida. »Einmal noch und ich mach Ernst.« Sie hob drohend ihre Faust.

»Lieber nicht«, sagte Gerda. »Kann man da nichts tun, Gustav?«

»Geht Gustav noch mal weg?«, platzte Großvater Knuth in das Gespräch.

»Nein, Opa, heute geht keiner mehr weg. Willst du noch was essen?«

»Ne, lass man sein, bin satt«, brummelte Knuth und pickte sich die letzten Krümel vom Teller.

»Na, ich weiß nicht«, sagte Gustav Harmsen unsicher. »Früher war es durchaus üblich, dass sich Lehrlinge auch mal eine Backpfeife einfingen. Da hat keiner einen Aufstand gemacht. Ihr kennt das doch auch aus der Schule!«

»Ja, aber da war es immer gerechtfertigt. Bei uns kam das nur vor, wenn jemand was vergessen hatte, stinkfaul oder frech war«, sagte Leni aufgebracht. »Die arme Bärbel konnte jedoch nichts dafür. Sie hat sich immer so viel Mühe gegeben, wollte alles richtig machen. Sie sollte ihren Wickel noch mal aufmachen, weil Kruskopp ihn nicht gut genug fand. Er hat sie bedroht, verhöhnt und verspottet. Sie hat angefangen zu weinen, weil sie sich vor ihm fürchtete. Dann ist er ausgerastet und hat ihr eine gescheuert.«

»Scheißkerl«, rief Frida aus und warf ihre Serviette neben ihren Teller.

»Ich gehe jetzt in den Stall«, meinte Gustav und erhob sich.

»Das arme Kind!«, empörte sich Gerda. »Was sagt denn Herr Deimann dazu? Weiß er das überhaupt? Der war doch immer so gütig!«

»Wer ist wütend?«, fragte Knuth.

»Ach, Vadder, mach es dir doch drüben mit deinem Kautabak gemütlich«, schlug Gerda vor.

»Herr Deimann ist gütig«, schrie Leni und ihr Großvater nickte zufrieden. Leiser sagte sie: »Der Chef lässt sich kaum bei uns blicken. Ich glaube, er setzt sich so langsam zur Ruhe. Und Herr Arnold, der Obermeister, ist immer noch krank. Er ist ja vom Apfelbaum gefallen und hat sich den Oberschenkelknochen gebrochen.«

»Ach herrjeh«, seufzte Gerda. »Ich wollte gerade nach ihm fragen. Hoffentlich kommt er bald wieder und liest diesem entsetzlichen Kerl die Leviten.«

Gustav trank einen großen Schluck Bier. Dann stellte er hart sein Glas ab, wischte sich den Schaum vom Mund und sah Leni ernst an. »Arnold kann im Moment nichts ausrichten. Krank ist krank, ihr müsst also mit dem Werkmeister klarkommen. Legt euch nicht mit ihm an, das kann ich euch nur raten. Seht zu, dass ihr eure Arbeit zu seiner Zufriedenheit erledigt, dann wird er euch in Ruhe lassen. Mit Typen wie dem ist nicht zu spaßen. Von solchen gab es im Krieg mehr als genug. Die sind nur glücklich, wenn sie Macht ausüben und andere Menschen unterdrücken können. Ich glaube aber, in ihrem tiefsten Herzen sind sie unglücklich. Sie können keine Liebe empfinden und erst recht kein Glück. Wahrscheinlich haben sie niemanden, der ihnen nahesteht. Und weil sie darüber frustriert sind, lassen sie es an anderen aus. Haltet euch von ihm fern, das kann ich euch nur raten.«

»Wie gut, dass ich Heimarbeit mache«, sagte Gerda seufzend. »Und dabei hab ich euch bisher beneidet, Rieke und Leni, um den Spaß, den ihr hattet. Schade, dass das nun vorbei sein soll!«

Rieke warf trotzig ihren Kopf in den Nacken. »Ach, Spaß haben wir immer noch, nur nicht bei der Arbeit. Wir lassen uns das Leben nicht vermiesen, oder, Leni?«

Leni schüttelte den Kopf. Sie war kalkweiß im Gesicht.

Gerda war das nicht entgangen und sie sah ihre Tochter besorgt an. »Wollt ihr nicht auch zu Hause arbeiten? Das geht doch sicher! Nehmt euch das Zeug mit und wickelt es hier, ganz in Ruhe und in eurem eigenen Tempo!«

»Nein, das will ich nicht. Es ist zu eng, wenn wir alle mit dem Dreckszeug am Küchentisch sitzen. Das ganze Haus staubt uns zu. Wir bleiben in der Fabrik«, sagte Rieke bestimmt. »Ich glaube, letztlich werden wir da auch besser bezahlt. Wenn du ehrlich bist, Mama, lohnt es sich doch bei dir kaum. Ein Riesenaufwand für wenig Geld! Wenigstens soll nächste Woche die Kurzarbeit vorbei sein und wir können uns wieder mehr leisten.«

»Auch wieder wahr«, pflichtete Gerda ihrer ältesten Tochter bei. Dann schob sie abwechselnd Onno und Udo, den einjährigen Zwillingen, in Milch eingeweichte

Brotstücke in den Mund und ermahnte den zweijährigen Bruno still zu sitzen.

»Darf ich etwas von der Schule erzählen?«, fragte Irma artig, die die Weeneraner Grundschule besuchte.

»Natürlich«, sagte Gerda, nun in sanfterem Tonfall. »Ich höre dir zu, mein Kind.«

»Muss mal aufs Klo«, nölte Harri.

»Dann geh doch«, fauchte Irma ihn an.

»Will nicht alleine. Mama muss mit!«

»Lass Mama mal eine Pause machen«, sagte Rieke. »Siehst du nicht, wie müde sie ist? Wenn ich aufgegessen habe, begleite ich dich, Lütter.« Sie verstand, dass Harri Angst hatte, über den dunklen, kalten Hof zur Außentoilette zu gehen. Es war ihr früher nicht anders ergangen.

»Nein, Mama soll mit, du erzählst immer so schauerliche Geschichten!«

»Ist das so?«, fragte Gerda Harmsen stirnrunzelnd.

Rieke grinste. »Das ist Monate her. Ich kann doch nichts dafür, dass Harri mit seinen sechs Jahren schon so ein gutes Gedächtnis hat.«

ELF

Der Sonnabend war für die Zigarrenarbeiterinnen der schönste Tag der Woche, nicht der Sonntag, denn da saß ihnen oft schon wieder die nächste Woche im Nacken. Gearbeitet wurde nur bis zum Mittag. Dann begannen die Stunden, die etwas Abwechslung, Erholung und Müßiggang in ihr Leben brachten und den Sonntag einläuteten. Außerdem war sonnabends Zahltag.

Die Milchbar Klocker war gut besucht, als Leni, Bärbel und Rieke eintraten. In den Raum hinein ragte eine geschwungene Theke. Deren Rückwand war der Optik einer Cocktailbar nachempfunden und mit hübschen Gläsern und buntem Zubehör bestückt.

»Ein Tisch für drei Personen«, sagte Rieke am Empfang, und sie wurden zu einem pastellfarbenen Tisch mit hellgelben Kunststoffstühlen geführt – in unmittelbarer Nähe einer kleinen Tanzdiele. Neben der farbenfrohen Speisekarte sorgte eine tütenförmige Blumenvase mit drei Nelken für das passende Ambiente. Leni und Rieke bestellten Erdbeermilch und je einen Eisbecher mit den Sorten Vanille, Erdbeere und Schokolade.

»Für mich bitte nur ein Glas Buttermilch«, sagte Bärbel.

Die Kellnerin bedachte sie mit einem abschätzigen Blick. »Heute ist der Nescafé mit einer Kugel Vanilleeis im Angebot. Nur eine Mark 20 statt eine Mark 30.«

»Vielleicht später«, sagte Rieke an Bärbels Stelle. »Der Abend ist noch lang.« Sie deutete mit dem Kopf auf eine Dreimannkapelle, die sonnabends ab 18 Uhr spielte. An den anderen Abenden sorgte eine Musikbox mit den neuesten Platten für Stimmung.

»Buttermilch? Warum?«, fragte Leni, nachdem die Kellnerin die Bestellung aufgenommen hatte.

»Ich habe in dieser Woche nicht viel verdient«, erwiderte Bärbel niedergeschlagen. »Buttermilch kostet nur 25 Pfennig, das kann ich mir gerade noch leisten. Für Erdbeermilch und ein gemischtes Eis müsste ich insgesamt über eine Mark berappen, und das kann ich nicht. Ich habe zu Hause Kostgeld abgeben müssen, und ein bisschen will ich noch sparen.«

Rieke und Leni wechselten einen Blick.

»Sag, wie viel hast du für die Woche bekommen, Bärbel?«, wollte Rieke wissen.

»25 Mark.«

»Nur 25 Mark?«, fragten Leni und Rieke wie aus einem Mund. »Obwohl die Kurzarbeit beendet ist?«

»Kruskopp hat dafür gesorgt, dass die Roller mir die meisten Wickel nicht abgenommen haben.«

»Dieser Schuft!«, schimpfte Rieke. »Das darf doch nicht wahr sein! Ich habe für die Woche das Dreifache bekommen, und du, Leni?«

»Fast«, sagte Leni mit gepresster Stimme. Es war ihr peinlich, weil sie ja noch zu den Anfängern zählte. »Ich würde sagen, wir legen zusammen«, schlug sie vor. »Damit Bärbel das Gleiche bestellen kann wie wir.«

»Kommt nicht infrage«, protestierte Bärbel. »Du bist lieb, Leni, aber das kann ich nicht annehmen. Außerdem mag ich Buttermilch wirklich sehr gerne. Fast so gerne wie Erdbeermilch«, log sie.

»Dann sollst du wenigstens ein Eis haben. Ich möchte es dir gerne spendieren. Du hast schließlich genauso viel gearbeitet wie wir.« Leni winkte nach der Kellnerin und bestellte noch einen Eisbecher.

Während sie auf ihre Bestellung warteten, sahen sie sehnsüchtig zu den Tanzenden hinüber. Drei Pärchen hatten sich auf der Tanzdiele eingefunden. Leni stockte der Atem, als sie Richard Deimann erblickte. Er führte eine Blondine in einem hellblauen Kleid, die sich wie ein Kätzchen in seine Arme schmiegte. Immer wieder sah sie zu ihm auf, zwinkerte ihm mit ihren künstlichen Wimpern zu. Ihre Lippen waren stark geschminkt. Mit seiner rechten Hand tätschelte er ihr hin und wieder den Rücken und den wohlgeformten Po. Sein Gesichtsausdruck wirkte dabei verschlossen, was im Widerspruch zu seinen Liebkosungen stand. Die Frau lachte und warf ihren Kopf in den Nacken, wenn seine Hand die Konturen ihres Hinterns ertastete.

»Habt ihr gesehen? Der Juniorchef ist da«, sagte Leni, die endlich die Sprache wiedergefunden hatte, nachdem die Kellnerin die Eisbecher gebracht hatte.

»Famos sieht er aus«, fand Rieke. »Besonders heute Abend.«

»Er ist nicht mein Typ«, stellte Bärbel fest. »Mir ist er viel zu geschniegelt. Er hat Pomade im Haar, das gefällt mir nicht.«

»Gut, dass die Geschmäcker verschieden sind«, bemerkte Rieke und schloss genießerisch die Augen, als sie den ersten Löffel Schokoladeneis zum Mund führte.

»Ohne diese kleinen Sünden hier wäre das Leben nicht lebenswert. Was meint ihr?«

Leni saugte mit Hingabe am Strohhalm und versuchte, ihren Blick von Richard Deimann loszueisen. Sie merkte selbst, wie sehr er sie in seinen Bann zog. Um sich abzulenken, betrachtete sie die neue Einrichtung und Dekoration der Eisdiele. Die Wände waren hellgelb gestrichen. Den Fußboden zierte ein schwarz-weißes Schachbrettmuster. Die Theke war mintgrün, Barhocker in verschiedenen Pastelltönen standen davor, auf denen schick gekleidete junge Leute saßen, ihren Milchshake schlürften, lachten und flirteten.

Der Kapellmeister kündigte eine Pause an, woraufhin die Pärchen die Tanzfläche verließen. Richard und seine Begleitung begaben sich an die Theke. Kurz bevor er auf einem der Barhocker Platz nahm, warf er ihr einen Blick zu. Für einen Moment hielt Leni ihm stand, dann schaute sie weg. Der Blickkontakt war nur kurz gewesen, aber er hatte bei ihr gewaltiges Herzklopfen ausgelöst.

»Ich kann es kaum abwarten, bis ich 21 bin«, sagte Rieke gerade. »Dann darf ich endlich einen richtigen Cocktail trinken, keinen Kinderpunsch mehr. Ihr müsst euch leider noch länger gedulden, bis ihr volljährig seid.« Als Leni nicht antwortete, blickte Rieke ihr fragend ins Gesicht. »Du sagst ja gar nichts«, stellte sie fest.

Leni wurde rot und griff nach ihrem Trinkhalm. »Entschuldige, ich habe nicht verstanden, was du gesagt hast.« Sie riss sich zusammen und hörte ihrer Schwester zu. Rieke erzählte von ihren Plänen, wenn sie endlich erwachsen war. Sie wollte einen älteren Mann heiraten, der gut verdiente, und dann so schnell wie möglich

Kinder bekommen. Zwei Kinder würden ihr reichen, am besten ein Junge und ein Mädchen. Denen würde sie jeden Wunsch erfüllen. Vor allem müsste sie nicht mehr in der Zigarrenfabrik arbeiten. »Nie wieder ein Erich Kruskopp, der mich den ganzen Tag schikanieren kann«, sagte sie. Die anderen nickten zustimmend.

»Wenn ich erwachsen bin, möchte ich entweder Friseuse werden oder heiraten«, sagte Leni versonnen. »Es sollte ein Mann sein, der genug Geld verdient und mich zur Not ernähren kann.« Dabei fiel ihr Blick wie zufällig auf Richard Deimann. Sie beobachtete, wie seine Tanzpartnerin aufstand und den Raum durchquerte, um die Toilette aufzusuchen. Er schien gemerkt zu haben, dass sie ihn beobachtete, und sah zu ihr herüber. Diesmal dauerte der Blickkontakt länger. Er löste etwas in Leni aus. Ihr Herz klopfte nicht mehr so stark wie vorhin, dafür breitete sich ein Gefühl von Wärme und Wohlbehagen in ihr aus, das in ein Kribbeln überging. Sie wusste nicht, was sie tun sollte. Sie wollte immer wieder zu ihm hinübersehen und gleichzeitig schämte sie sich, derart offensichtlich ihre Gefühle zu zeigen. So wandte sie sich fast verzweifelt wieder ihrer Schwester und ihrer Freundin zu, ohne wirklich zu verstehen, was sie sagten.

In diesem Augenblick kündigte der Kapellmeister die Damenwahl an. Rieke und Bärbel warfen ihr herausfordernde Blicke zu. »Nun mal los, Leni«, sagte Rieke bestimmt.

»Was denn?«

»Nun tu mal nicht so. Ich habe doch gesehen, wie du ihn angeschmachtet hast. Fass dir ein Herz und geh hin zu ihm. Er wird dich schon nicht auffressen.«

Lenis Wangen färbten sich rot. »Und wenn er nicht will?«

»Dann hast du es wenigstens versucht!«

Leni zögerte. Sie blickte vorsichtig in Richards Richtung und sah erfreut, dass er ihr zulächelte.

»Ich würd' s auch machen«, sagte Bärbel. »Du hast nichts zu verlieren.«

Leni glaubte nicht, dass sie jemals bei einer Damenwahl einen Jungen aufgefordert hatte, aber behielt es für sich.

»Er ist nicht allein«, sagte sie mehr zu sich selbst.

»Jetzt ist er es«, sagte Rieke. »Los, Leni, nutz deine Chance, bevor die aufgemotzte Kuh wiederkommt!«

Leni fühlte sich unwohl. Sie hatte das Gefühl, sich selbst zu beobachten, wie sie sich in Zeitlupe auf die geschwungene Theke zubewegte, an der Richard auf einem Barhocker saß und ihr erwartungsvoll entgegensah.

Und plötzlich stand sie vor ihm. »Darf ich um diesen Tanz bitten?«, fragte sie schüchtern. Ihr Herz klopfte aufgeregt, als sie auf seine Antwort wartete.

Er ließ sie zwei Sekunden zappeln und wirkte fast ein wenig belustigt. »Und ob du das darfst«, sagte Richard endlich mit seiner sonoren Bassstimme und erhob sich.

Er bot Leni seinen Arm an und steuerte mit ihr die Mitte der Tanzfläche an. Richard war ein erfahrener Tänzer und führte sie sicher. Leni fühlte sich geborgen in seinen Armen. »Ich bin froh, dass ich mich getraut habe«, sagte sie erleichtert.

»Soll ich dir etwas verraten?«, flüsterte Richard in ihr Ohr. Er ließ einige qualvolle Sekunden verstreichen, bis er endlich sagte: »Und ich erst!«

Sie tanzten einen Rumba, einen Cha-Cha-Cha und einen Boogie-Woogie, dann kündigte der Kapellmeister die nächste Pause an. Richard brachte sie an ihren Tisch zurück und deutete eine Verbeugung an. »Es war schön mit dir, Leni«, sagte er mit weicher Stimme. »Danke für diese wunderbaren Tänze.«

»Ich fand es auch schön«, antwortete sie verlegen. »Und ich danke Ihnen!«

»Ihnen?« Er sah sie streng an. Dann lachte er.

»Verzeihung. Dir«, sagte sie leise.

Aus dem Augenwinkel bemerkte sie, dass Richards Begleitung sie wütend anfunkelte. Leni war so glücklich, dass es ihr in diesem Moment egal war. Aber sie hätte trotzdem gern gewusst, ob die Fremde seine Freundin war.

ZWÖLF

Am selben Abend

Als Marga sich zu später Stunde schlafen legen wollte, bemerkte sie voller Widerwillen, dass Erich noch wach war. Sie hatte das Zubettgehen extra hinausgezögert in der Hoffnung, er wäre dann eingeschlafen. Aber da hatte sie sich getäuscht. Erich saß aufrecht in seinem Bett und las in einem Buch. Als sie leise eintrat, legte er seine Lesebrille weg. »Da bist du ja endlich!« Er hatte also auf sie gewartet.

»Du bist noch wach?«, fragte sie überflüssigerweise.

»Wie du siehst. Heute ist Sonnabend«, sagte er.

»Na und?«

»Die ganze Woche schon hast du mich abgewiesen. Heute nicht. Heute bin ich mal wieder dran, mein Schatz.«

»Ich habe Kopfschmerzen, Erich«, sagte sie und begann, ihre Bluse aufzuknöpfen. Dabei drehte sie sich um, nicht aus Scham, sondern um ihn nicht noch mehr zu erregen. Aber sie wusste, das war zwecklos.

»Lass mich das machen, Marga«, sagte Erich heiser. Schon war er bei ihr und nestelte mit kalten Fingern ungeschickt an den Knöpfen herum.

»Nicht«, sagte Marga abwehrend und schob seine Hände weg.

»Ich bin dein Ehemann«, stieß Erich erregt hervor, »schon vergessen?«

»Tut mir leid, ich bin müde und will gleich schlafen.«

Verstimmt hielt er inne. »Aha, schon wieder müde. Es ist lange her, dass du mich in deinem Bett willkommen geheißen hast, wenn überhaupt. Ich glaube, es hat dir noch nie etwas bedeutet.«

»So ist das nicht«, widersprach sie verzweifelt. »Nur heute …«

Er presste sie an sich, vergrub sein Gesicht in ihrem Nacken. »Weis mich nicht ab, Marga, lass mich in dein Bett.«

Angeekelt stieß sie ihn von sich. »Du hast getrunken! Wo bist du gewesen? In der Hafenklause? Oder im Klöntje?«

Er griff ihr zwischen die Beine. »Und wenn schon. Das da gehört mir!«

Sie nahm all ihren Mut zusammen. »Bitte, Erich, geh ins Gästezimmer!«

Langsam trat er einen Schritt auf sie zu. »Wenn du schon keine Lust auf mich hast, dann erinnere ich dich an deine Pflichten. Die Zigarrenfabrik braucht einen Erben. Ich habe deinem Vater versprochen, dafür Sorge zu tragen. Du willst deinem Vater doch diesen Wunsch nicht verwehren?«

Kurz wirkte sie verunsichert. Diesen Moment nutzte er, um sie hochzuheben und zum Bett zu tragen.

»Nein, Erich«, sagte sie schwach.

»Nein, Erich! Nein, Erich«, spottete er. »›Doch, Erich, nimm mich!‹, so will ich es von dir hören … Sag, dass du es auch willst.« Er zerrte an ihrer Kleidung, während sie ermattet auf ihrem Bett lag und hoffte, dass es schnell vorbei war. Ab morgen würde sie auf getrennten Schlafzimmern bestehen.

*

Der Abend in Klockers Milchbar wirkte noch einige Tage bei Leni nach. Die Viertelstunde, die sie mit Richard getanzt hatte, und die Blicke, die sie sich zugeworfen hatten, reichten, um ihr den Wochenanfang zu versüßen. Sie schwebte auf Wolke sieben, war in Gedanken nur bei ihm.

Dann kam sie langsam zur Besinnung. Richard war für sie ein Mann zum Verlieben, aber nicht zum Heiraten, dachte Leni traurig, nachdem sie aus ihrer Traumwelt aufgewacht war. Er würde sich eine Frau aus seinen Kreisen suchen, niemals eine aus der Arbeiterschicht, der Leni entstammte. Auch seine Begleitung war wahrscheinlich nur eine Frau für ein paar Wochen, Tage oder gar Stunden. So schön der Abend auch gewesen war, so sehr sie jede Minute ausgekostet hatte und immer wieder in Erinnerung rief, so realistisch konnte sie die Situation einschätzen und wusste, dass sie und Richard niemals ein Paar werden würden. Sie musste Richard Deimann vergessen. Je eher, desto besser.

Nach ein paar Tagen hatte sie die Realität endgültig eingeholt. Leni musste sich morgens zwingen aufzustehen, zu frühstücken und sich fertig zu machen für die Arbeit. Ein Tag war wie der andere; es gab keine Abwechslung, nur noch Langeweile und Verdruss. Sie spürte wieder stärker ihren Rücken, manchmal so sehr, dass sie hätte weinen können. Nach der Arbeit musste sie sich erst einmal ausruhen, mit Wärmflasche und Kamillentee, den Oma Frida ihr ans Bett brachte.

Es war deprimierend zu sehen, wie ihre Arbeitskolleginnen sich verändert hatten. Sie wagten nicht mehr zu plaudern, zu lachen oder zu singen, sondern werkelten stumm und mit müden, ausdruckslosen Gesichtern vor sich hin, in ständiger Angst, von Erich Kruskopp gemaßregelt zu werden.

An einem dieser Tage trat er hinter Leni, die gerade dabei war, ein feuchtes Umblatt aus ihrer Kiste zu ziehen. »Na, schön fleißig, Kleines?«, fragte er mit freundlich klingender Stimme, aber Leni traute ihm nicht.

»Ich gebe mir Mühe«, sagte sie und lächelte verkrampft.

»Das ist fein. Ich sehe, das tust du wirklich. Deine Rollerin ist zufrieden mit dir. Mach nur so weiter. Vielleicht nimmst du eines Tages ihren Platz ein. Das willst du doch sicher, nicht wahr?« Er stand nun dicht hinter ihr.

Leni roch eine Mischung aus Alkohol, Zigarren und Rasierwasser und ekelte sich vor ihm. Erst recht, als er seine große, feuchte Hand in ihren Nacken legte. Sie war wie erstarrt. »Ja, natürlich, das wäre nicht schlecht«, sagte sie höflich, in der Hoffnung, er würde gehen und sie in Ruhe lassen.

»Na, siehst du. Und weil du deine Sache so fleißig machst, habe ich eine Belohnung für dich.« Er kraulte ihren Nacken und berührte dabei ihren Hinterkopf, fuhr ihren akkurat gezogenen Scheitel auf und ab und zwirbelte ihre langen Zöpfe, zog sanft an ihnen.

Sie erschauerte, verkrampfte sich.

»Du bist hübsch, Leni«, stellte er fest und begann, ihren Nacken zu massieren. »Du gefällst mir. Ich könnte mir mehr vorstellen, wenn du willst.«

Leni schluckte. »Sie … Sie sind doch verheiratet, denke ich.« Sie ahnte, dass das keinen Hinderungsgrund für ihn darstellte.

»Meine Frau muss es ja nicht erfahren.« Er kraulte unablässig ihren Nacken. »Oder?«

»Darf ich weiterarbeiten?«, fragte sie stockend und fürchtete sich vor seiner Reaktion. Sie hörte sein erregtes Schnaufen hinter sich.

Er zog seine Hände weg und räusperte sich. »Ich habe einen Brief für dich.«

Leni drehte sich halb um und sah erschrocken zu ihm auf. »Einen Brief?«, flüsterte sie. Sie spürte die neugierigen Blicke der anderen Frauen. Sicher hatten sie sie schon die ganze Zeit beobachtet. Leni schämte sich, obwohl sie nichts für die Situation konnte.

Er beugte sich zu ihr herunter. »Ja, meine Hübsche. Leider nicht von mir, aber wenn du willst, schreibe ich dir auch mal einen«, raunte er in ihr Ohr. Er klopfte ihr noch einmal auf die Schulter und warf den Brief auf ihren Tisch.

Leni wagte nicht, ihn anzurühren. Erst als Kruskopp sich abwandte, um seine Kontrollrunde zu drehen, riss Leni den Umschlag an sich und öffnete ihn. Zum Vorschein kam kariertes Papier, das aussah, als stamme es aus einem Schulheft. Mit klopfendem Herzen begann sie zu lesen.

Liebe Leni,

hättest du Lust, morgen Abend zu mir nach Hause zu kommen? Direkt nach der Arbeit, gegen 18.30 Uhr? Es wartet eine Überraschung auf dich. Ich würde mich sehr freuen, dich wiederzusehen. Wenn ich nichts Gegenteiliges von dir höre, erwarte ich dich morgen zu der verabredeten Zeit.

Richard

Schnell faltete sie den Brief zusammen und steckte ihn in den Umschlag zurück. Eine Überraschung! Richard hatte sich etwas für sie ausgedacht. So sehr sie Überraschungen liebte, galt im Augenblick nur einer Sache ihr Interesse: ihn wiederzusehen. Alles andere trat in den Hintergrund.

»Ist es etwas Schlimmes?«, fragte Bärbel ängstlich.

»Nein, nein«, sagte Leni lächelnd und stopfte den Brief in ihre Kiste, in der sie die Einlage für die Zigarren aufbewahrte.

Morgen Abend würde sie Richard wiedersehen! In ihrem Bauch breitete sich eine wohlige Wärme aus. Es fiel ihr schwer, sitzen zu bleiben und weiterzuarbeiten. Sie spürte Energie in sich wie schon lange nicht mehr. Am liebsten wäre sie nach draußen gerannt, in Richtung Deich, hätte sich den Wind um die Nase wehen lassen, die würzige Seeluft eingeatmet und ihrer Freude freien Lauf gelassen, wäre gerannt, hätte getanzt, gelacht und geschrien vor Glück. Hoffentlich war sie mit Richard allein! Was für ein schöner Gedanke … ein paar Stunden mit Richard. Nur er und sie in seinem Haus, dieser prachtvollen Villa, die aussah wie ein Märchenschloss …

Für ein paar Minuten gab sie sich ihren Träumen hin und ging gedankenverloren ihrer Arbeit nach.

Dann begann sie nachzudenken. Ging das überhaupt? Konnte sie ihn einfach zu Hause besuchen? Was sollten die Nachbarn von ihr denken? Wie sollte sie es ihren Eltern und Großeltern erklären? Sie würden sich Sorgen machen und nach ihr suchen, wenn sie ohne Erklärung nicht von der Arbeit nach Hause kam. Leni musste sich etwas einfallen lassen. Fieberhaft überlegte sie. Ihr wurde plötzlich heiß vor Aufregung. Sie wollte ihn doch so gern wiedersehen! Nichts in der Welt wollte sie lieber als das! Sie dachte an seine Augen, in denen sie sich von Anfang an verloren hatte, an seine zärtliche Stimme, seine Hände, seine Schultern, seine Arme, die sie so gerne noch einmal berühren würde … sie wollte ihn unbedingt sehen! Sie musste eine Lösung finden.

»Du, Bärbel …«, begann sie abwartend.

»Ja?«, Bärbel schaute von der Arbeit auf.

»Würdest du mir einen Gefallen tun? Verabredest du dich morgen Abend mit mir?«

»Morgen Abend? Abends darf ich nicht mehr weg, vor allem jetzt im Herbst nicht, wo es so früh dunkel wird.«

»Ich eigentlich auch nicht. Ich habe etwas anderes vor, aber ich kann nicht sagen was. Ich möchte dich nur bitten, mir zu helfen, falls jemand nachfragt. Es soll so aussehen, als ob ich bei dir wäre, dann sind meine Eltern beruhigt. Ich könnte sagen, dass ich dich zu Hause besuche, um dir das richtige Wickeln beizubringen, damit du keinen Ärger mehr bekommst und einen höheren Verdienst hast. Dafür hätte sicher jeder Verständnis.«

Bärbel machte ein unglückliches Gesicht. »Aber es ist eine Lüge«, zischte sie.

»Eine Notlüge. Das ist nicht verboten!«

»Man darf überhaupt nicht lügen. Es steht in den zehn Geboten. Das predigt Pastor Brinkwedde jede Woche.«

»Man darf, wenn es um Leben und Tod geht. Bitte, Bärbel!« Leni sah sie flehentlich an. »Nur dieses eine Mal!«

»Um Leben und Tod?«

Leni grinste. »Na ja, fast.«

Bärbel seufzte. »Na gut, weil du meine Freundin bist und immer zu mir hältst. Nach dem Abendessen verziehe ich mich rasch auf mein Zimmer. Sollte mich später jemand fragen, sage ich, dass du mir Nachhilfe gibst. Ich nehme extra nach der Arbeit einen Wickel und ein Umblatt mit. Hoffentlich kommt niemand dahinter!«

Leni drückte Bärbels Unterarm. »Danke, Bärbel«, flüsterte sie. »Das werde ich dir nie vergessen.«

»Wie lange bleibst du denn bei mir? Nur damit ich im Notfall die richtige Antwort geben kann.«

»Das weiß ich nicht. Aber lange wird es nicht dauern, ich muss ja morgen wieder früh raus.«

»Dann ist es ja gut.«

Sie umarmte Bärbel. Eine unglaubliche Freude breitete sich in ihr aus, die keine andere Empfindung mehr zuließ. Sie hätte platzen können! Schon morgen Abend würde sie ihn treffen! Sie musste sich zusammenreißen, um nicht vor Freude dümmlich vor sich hin zu grinsen.

»Was gibt es zu schnattern?«, brüllte Erich Kruskopp aus dem hinteren Teil des Saales. Schon machte er sich mit ausholenden Schritten auf den Weg zu den beiden jungen Frauen.

Leni hatte kurz zu ihm hingesehen, sich dann aber sofort ihrer Arbeit zugewandt. Sekunden später spürte sie seinen schnaufenden Atem in ihrem Rücken. Sie wagte nicht, sich umzudrehen.

Erich zog Bärbel kräftig am Ohr, bis sie aufschrie. Als er es losließ, hatte es sich dunkelrot verfärbt. »Hier wird gearbeitet, Fräulein Bärbel, wie oft soll ich dir das noch sagen?«, schrie er in ihr malträtiertes Ohr. »Wenn ihr schnattern wollt, ihr dummen Gänse, dann trefft euch an der Ems, wo sich die Waschfrauen ihr Stelldichein geben. Und nun zu dir, Fräulein Leni«, fügte er etwas gemäßigter hinzu. »Wenn ich gewusst hätte, dass dich der Brief so aufregt, hätte ich ihn dir erst nach Feierabend ausgehändigt.«

»Nein, es ist alles in Ordnung«, gab Leni zurück und ging mit glühenden Wangen ihrer Arbeit nach.

»Was will der liebe Richard denn von dir?«, fragte Erich Kruskopp argwöhnisch.

»Nichts, gar nichts«, stotterte sie. »Er hat sich nur bedankt, weil ich auf der Hochzeit geholfen habe.«

»Das ist doch schon Wochen her!«

»Das stimmt. Aber er hat es nicht vergessen. Er wollte fragen, ob meine Hand wieder in Ordnung ist. Weiter nichts, Herr Kruskopp.«

»Mir hat er gesagt, es ginge um die Arbeit. Zeig mir den Brief!«

»Nein, der ist privat«, sagte Leni mit pochendem Herzen.

»Du gibst mir auf der Stelle den Brief!«

»Das darf ich nicht, Herr Kruskopp!«

»Ich bin dein Vorgesetzter und fordere dich auf, ihn unverzüglich herauszurücken!«

Leni öffnete ihre Kiste und holte den Brief hervor. Sie zog den Bogen aus dem Umschlag. Aber ehe Kruskopp danach greifen konnte, zerknüllte sie ihn blitzschnell und steckte ihn sich in den Mund. Sie kämpfte gegen einen Brechreiz an, als sie ihn mit viel Speichel zerkaute und stückchenweise hinunterschluckte.

»Dafür hättest du eine schallende Ohrfeige verdient«, zischte Erich Kruskopp wutentbrannt und hob drohend die Hand. Aber er schlug nicht zu.

Leni sah ihn so herausfordernd an, dass er sich von ihr abwandte und stattdessen ein paar Tische weiter eine Arbeiterin zusammenstauchte und mit zornesrotem Gesicht zwang, ihre Wickel noch einmal aufzumachen und von vorn zu beginnen.

DREIZEHN

September 1952

Zum Abendessen im Hause Harmsen gab es Heringsstipp mit Pellkartoffeln; der Fischkutter hatte am Vor-
mittag angelegt. Die ganze Familie saß um den Esstisch
versammelt. »Habt ihr schon gehört, was heute passiert
ist?«, fragte Frida in die Runde. Alle verstummten und
wollten hören, was sie zu erzählen hatte.

»Im Hause Bruns ist der Teufel los. Der Alfred ist
wieder aufgetaucht!«

»Der Alfred? Alfred Bruns?«, fragte Gerda aufgeregt.
»Aber wir waren doch gerade erst auf seiner Trauerfeier!«

»So kann's gehen. Als er aus russischer Kriegsgefan-
genschaft entlassen wurde und hier am Bahnhof ankam,
muss ihm wohl gleich jemand gesteckt haben, dass er
doch eigentlich tot ist. Da hat er einen Umweg über
den Friedhof genommen, ist zu seinem Grab gegangen
und hat Lieselottes Kranz mit den verwelkten Blumen
mitgenommen. ›In Liebe für immer. Deine Lieselotte‹
stand auf der gelben Schleife. Den Kranz hat er sich
um den Hals gehängt, um so seine Lieselotte zu über-
raschen. Die ist an der Haustür umgefallen, als sie ihn
gesehen hat, und liegt nun mit einem Nervenzusam-
menbruch im Krankenhaus. Der Arme hat dann erst
gemerkt, was er angerichtet hat, und dass sie nicht mehr

alleine ist mit dem Jungen. Er hatte aber nicht die Kraft, den Dierk aus dem Haus zu jagen. Ganz ausgemergelt soll er ausgesehen haben, der Alfred. Blass, krumm und dünn. Grauhaarig ist er geworden. Er ist dann traurig weitergezogen. Kein Mensch weiß, wo er nun ist und was mit ihm wird.«

»Oha, der Arme«, sagte Gerda kauend. »Ja, so kann's gehen.«

»Die Mannslüt sind immer die Dummen«, warf Gustav ein und wischte sich mit dem Handrücken über den Mund. »Immer nur Ärger mit den Frauenslüt.«

»Recht hast du, mein Junge«, sagte Knuth.

Frida warf ihm einen ärgerlichen Blick zu.

Nach dem Essen bat Leni darum, sich zurückzuziehen. Sie wollte Zeit haben, sich frisch zu machen, ein sauberes Kleid anzuziehen und sich ein wenig zu schminken. Von ihrem ersten selbstverdienten Geld hatte sie sich Lippenstift, Wangenrouge und Seidenstrümpfe gekauft.

Es war alles gut gegangen. Lenis Mutter hatte die Geschichte mit der Nachhilfe ohne Weiteres geschluckt. Sie war ohnehin im Moment sehr mit den Kleinen beschäftigt, die ihre ständige Aufmerksamkeit beanspruchten. Das war Lenis Glück, denn so konnte sie unbeobachtet das Haus verlassen. Ihre Mutter hatte nicht einmal gemerkt, dass sie sich umgezogen und geschminkt hatte.

»Komm nicht so spät nach Haus«, rief Gerda ihr nach. »Denk dran, du musst morgen wieder früh aus den Federn!«

»Mach ich«, sagte Leni zerstreut. Sie war in Gedanken schon ganz bei Richard. Sie holte ihr Fahrrad aus dem Schuppen und fuhr den Hafen entlang, um dann in die Norderstraße einzubiegen. Ihr Vater hatte ihr ein neues, buntes Kleidernetz am Hinterrad angebracht, was sie gerade jetzt, mit ihrem feinen Kleid, sehr zu schätzen wusste.

Die luxuriöse Fabrikantenvilla löste jedes Mal Herzklopfen in ihr aus, wenn sie sie sah. Es war das einzige Haus weit und breit, das hell erleuchtet war.

Auf ihr Klingeln hin öffnete Richard selbst die Tür.

»Leni!«, sagte er und lächelte.

»Da bin ich«, sagte sie gehemmt und wurde rot.

»Komm herein!« Er öffnete die schwere Eingangstür und sie folgte ihm durch das Entree mit den imposanten Ölgemälden. »Du warst ja schon mal hier«, sagte er, als er mit ihr durch die Halle schritt.

»Nein, hier noch nicht«, sagte sie und sah sich verwirrt um, »das letzte Mal bin ich durch den Hintereingang gekommen.«

Ein Mädchen mit aufgesteckten blonden Locken kam gerade aus einem der angrenzenden Räume.

»Marga, warte!«, rief Richard. »Ich möchte dir jemanden vorstellen!« Sie blieben voreinander stehen. »Das ist Leni Harmsen, eine Mitarbeiterin von uns. Und das, Leni, ist meine Schwester Margarethe, genannt Marga.«

Marga reichte Leni die Hand. »Ich glaube, wir kennen uns bereits«, sagte sie. »Wenn ich mich nicht irre, warst du eines der Serviermädchen bei meiner Hochzeit und hast dich in der Küche an einer Maschine geschnitten. Du bist sehr hübsch, und so ein Gesicht vergesse ich nicht.«

Leni sah Marga erschrocken an. Ihr dick aufgetragenes Make-up konnte nicht darüber hinwegtäuschen, dass ihre rechte Wange verfärbt und ein Auge leicht zugeschwollen war.

»Ja, ja, schon …«, stammelte sie.

»Geht es dir wieder gut?«, fragte Marga höflich. Sie wirkte trotz der offensichtlichen Verletzungen im Gesicht elegant und frisch in ihrem blau-weiß gestreiften, taillenbetonten Kleid. Dazu trug sie eine zweireihige Perlenkette und selbst im Haus spitz zulaufende Pumps mit halbhohen Pfennigabsätzen.

»Ja, danke, und … und Ihnen?«

Marga lächelte. »Mir auch, vielen Dank! Schön, dass du hier bist. Fühl dich wie zu Hause!« An Richard gewandt sagte sie: »Ich bin gleich wieder fort. Bestell Mutter und Vater einen schönen Gruß, wenn du sie siehst. Ich muss den Handwerkern über die Schulter schauen, sonst verlegen sie womöglich noch die falschen Fliesen und verwechseln die Tapetenmuster. Wenn ich nicht aufpasse, haben wir bald eine Blümchentapete im Wohnzimmer und eine Brokattapete in der Küche.« Sie lachte und verschwand durch eine der Türen.

»Sie sind gerade am Renovieren«, erklärte Richard. »Sie und ihr Mann. Sie ziehen demnächst in die Villa am anderen Ende der Straße. Marga hat ein Händchen für die Einrichtung. Unser Haus wird dagegen altertümlich und verstaubt wirken.« Er lächelte charmant.

Leni nickte scheu. »Wohin gehen wir eigentlich?«, fragte sie, nun doch etwas ängstlich geworden, als sie merkte, dass Richard nicht in den Salon, sondern in eines der oberen Stockwerke wollte.

»In mein Atelier«, warf er ihr über die Schulter zu und nahm die niedrigen, mit Teppich belegten Stufen in einem sportlichen Tempo.

»Atelier?«, fragte Leni verwundert.

»Ja, ich male«, sagte er. »Das ist Hobby und Berufung zugleich. Ich bin gerade dabei, die Malerei zu meinem Beruf zu machen, und möchte dir etwas zeigen.«

Mit klopfendem Herzen und heißen Wangen folgte sie ihm in sein Atelier im Dachgeschoss. Es war großzügig geschnitten und dank bodentiefen Fenstern lichtdurchflutet. Der graue Linoleumboden war mit Farbflecken gesprenkelt. Leni blickte auf ein geordnetes Durcheinander von Gläsern und Pinseln, die auf niedrigen Regalen standen, Schachteln mit Zeichenkohle, Staffeleien, mit Leinwand bespannten Keilrahmen, Leitern und halbhohe Schränke. In der Mitte des riesigen Raumes stand ein rosa Diwan mit zahlreichen indisch bestickten Kissen. Davor ein niedriger weißer Couchtisch und ein Ohrensessel aus weinrotem Samt. Und über allem hing ein durchdringender Farbgeruch, vermischt mit dem von Terpentin, Öl, Tabak und Kaffee.

»Wohnst du hier alleine?«

Er lachte. »Wohnen? Das ist mein Arbeitsbereich, wobei die Betonung auf *Reich* liegt. Ein Ort, an dem ich glücklich bin. Nebenan ist übrigens vorübergehend meine Schwester mit meinem Schwager eingezogen. Sie bewohnen mehrere Räume und bleiben so lange, bis ihr Haus fertig ist. Mein Schlafzimmer befindet sich in der zweiten Etage. Früher waren wir alle zusammen im ersten Stock untergebracht, also meine Eltern, Marga und ich, aber mittlerweile brauche ich etwas mehr Freiraum. Ganz oben in den Mansarden sind übrigens die Dienstbotenzimmer. So, nun weißt du alles.«

»Es ist ein wirklich schöner Raum«, sagte Leni anerkennend.

»Er ist ideal zum Malen. Die großen Fenster, die nach Norden gehen, sorgen für viel indirektes Licht, ohne direkte Sonne. So werde ich beim Malen nicht geblendet und die Bilder können nicht ausbleichen. Und was auch nicht zu verachten ist: Niemand stört mich hier. Möchtest du etwas trinken? Einen Cognac vielleicht oder einen Orangensaft?«

Leni schüttelte den Kopf. Sie hatte noch nie im Leben Alkohol getrunken, mit Ausnahme des Schluckes Wein bei ihrer Konfirmation.

»Du wolltest mir etwas zeigen?«, fragte sie leise.

»Danke, dass du mich daran erinnerst«, sagte er und schmunzelte. Dann ging er andächtig zu der Staffelei in der Mitte des Raumes, wartete einen Moment ab, in dem er Blickkontakt mit Leni aufnahm, und zog schließlich mit einer fließenden Bewegung ein weißes Leinentuch herunter. »Tadaa«, sagte er und beobachtete gespannt ihre Reaktion.

Zum Vorschein kam das Porträt eines Mädchens mit langen dunklen Zöpfen und braunen Augen. Es trug ein rotes Kleidungsstück, das bis zum Brustansatz sichtbar war. Das Mädchen blickte freundlich, lächelte aber nicht. Das Bild war in Öl gemalt und wirkte durch seine glänzende, noch feuchte Struktur fast dreidimensional.

Leni riss die Augen auf. »Das glaube ich nicht! Das bin ja ich!«

Er grinste. »Es war gar nicht so leicht, dich aus dem Gedächtnis, also ohne visuelle Vorlage zu malen! Ich habe mir manchmal die Haare gerauft vor Verzweiflung, weil ich kein Foto von dir hatte.«

Leni schüttelte ungläubig den Kopf. »Tatsächlich, es ist dir gelungen! Das Mädchen sieht aus wie ich. Mich hat noch nie jemand gemalt! Es gibt auch nur eine einzige Fotografie von mir, von meiner Konfirmation.«

Er kam zu ihr und stellte sich neben sie. »Gefällt es dir?«

»Und wie! Und wie es mir gefällt! Es ist wunderschön!« Sie strahlte übers ganze Gesicht und konnte ihren Blick nicht von dem Gemälde lösen.

»Es ist nicht ganz fertig. Mit dem Gesichtsausdruck bin ich noch nicht zufrieden. Du siehst ja, den Mund habe ich bisher nur angedeutet, weil ich mich nicht mehr an den Schwung deiner Lippen erinnern konnte, was übrigens sehr bedauerlich ist, denn dein Mund ist sehr schön.«

Sie lachte verlegen.

»Ich möchte dich bitten … also nur, wenn du magst … mir Modell zu sitzen. Dann kann ich das Werk vielleicht heute Abend vollenden.«

»Schenkst du es mir anschließend?«, fragte sie kokett.

Er zuckte mit den Schultern. »Das weiß ich noch nicht. Vielleicht … vielleicht auch nicht. Du kannst mich jederzeit besuchen und es sehen.«

»Aber das ist nicht das Gleiche.«

»Nein, ist es nicht.«

Ihre Blicke berührten sich, bis es Leni nicht mehr aushielt und wegschaute. »Puh, ist es warm hier«, sagte sie.

»Klar, es ist gut geheizt. Muss es auch, für meine Modelle.«

»Deine Modelle?«

»Ja, ich bezahle sie dafür, dass sie für mich sitzen. Oder liegen«, fügte er augenzwinkernd hinzu. »Wie es eben erforderlich ist. Ich habe mich ein bisschen spezialisiert. Nun ja, ich male eigentlich hauptsächlich Aktbilder. Willst du sie sehen?«

»Was sind denn Aktbilder?«

»Nun, unter Akt versteht man die Abbildung nackter Körper, in der Malerei oder auch in der Bildhauerei.«

»Frauen und Männer?«

»Ich male nur Frauen.«

Leni bekam einen hochroten Kopf und schluckte. »Ich würde sie gerne sehen.«

»Dann komm mit.« Er nahm sie an der Hand und ging mit ihr nach nebenan in eine Abstellkammer. Dort schaltete er das Licht an, da der Raum fensterlos war. Ein muffiger Geruch strömte ihnen entgegen. Es roch nach Ölfarbe und Staub.

Das Erste, was sie sah, waren Brüste. Die weißen nackten Brüste einer Frau mit kurzen hellblonden Haaren. Ihr Schoß war von einem hellblauen Tuch verdeckt. Der Rest ihres Körpers war unbekleidet.

Richard schob die Leinwände auseinander, sodass der Blick frei wurde auf weitere Bilder von schönen Frauen, die entweder aufreizend wenig oder gar nichts anhatten.

Leni fühlte sich fehl am Platz. Nervös nestelte sie am Kragen ihres Kleides herum. »Könnte ich bitte doch etwas zu trinken haben?«

Richard lachte. »Na klar, Leni. Hoffentlich habe ich dich mit dem Anblick der Bilder nicht in Verlegenheit gebracht. Aber das ist nun mal meine Art zu malen, mein Stil. Jeder Künstler hat seine eigene Handschrift. Der eine liebt die Natur und ist ein Meister der Landschaftsmalerei, der andere drückt sich durch Stillleben aus und kann Früchte plastisch darstellen und wieder andere können besonders gut Menschen malen. Ich habe mich auf Frauen konzentriert, weil sie mir gefallen. Ich mag ihre Körper, einen anderen Grund gibt es nicht. Je offener und unbefangener eine Frau mit ihrem Körper umgeht, umso besser für mich. Ob meine Bilder gelungen sind, weiß ich nicht, das liegt im Auge des Betrachters und letztlich des Käufers. Allein die Nachfrage bestimmt den Marktwert eines Künstlers, nicht seine Kunst. Aber ich übe stetig.«

»Doch, doch, die Bilder sind schön«, sagte Leni stockend. »Ich finde, du kannst das ganz gut.«

Er trat einen Schritt zurück und betrachtete die Gemälde. Dann ließ er seinen Blick über Lenis Haar, ihre Wangenknochen, ihren Mund, ihren Hals und ihr Dekolleté schweifen. Er lächelte sie an. »Danke, Leni. Auch du gefällst mir übrigens. Ich möchte dich noch einmal malen. Auch auf *die* Art, wenn du dir das vorstellen kannst. Wie alt bist du?«

»17«, log sie. Sie wollte nicht wie ein Kind vor ihm erscheinen. »Und du?«

»20.« Er kam auf sie zu und griff nach ihren Händen. Lange sah er sie an. Er hatte warme, freundliche Augen. Erst als er merkte, dass Leni die Spannung zwischen ihnen kaum noch aushielt, zog er sie in seine Arme und drückte sie an sich.

»Richard«, flüsterte sie in sein Ohr und lächelte zaghaft.

Er hielt sie fest und streichelte zart über ihren Rücken. »Das habe ich mir gewünscht«, sagte er mit rauer Stimme. »Schon als ich mit dir getanzt habe, habe ich es so sehr gewollt. Du fühlst dich gut an.«

Sie seufzte und machte sich ganz weich in seinen Armen. Noch nie hatte ein Mann sie so gehalten, war ihr derart nahe gekommen. Er roch nach einem würzigen Rasierwasser, nach Kaffee und etwas Alkohol.

Zu ihrer Enttäuschung löste er sich von ihr. »Entschuldige, ich bin ein schlechter Gastgeber. Du sollst endlich dein Getränk haben. Nicht, dass du mir hier noch vor Durst umkippst und ich dich mit dem Kölnisch Wasser meiner Schwester wiederbeleben muss. Was hättest du denn gerne?«

»Einen kleinen Cognac«, sagte sie mutig.

»Na also.« Er schenkte Leni und sich selbst ein. »Dann trinken wir erst einmal, bevor wir mit der Arbeit beginnen.« Er reichte ihr das Glas. »Zum Wohl, Leni, auf eine gute Zusammenarbeit!«

»Prost«, sagte sie und nippte vorsichtig an dem unbekannten Getränk. Sie verzog das Gesicht und schüttelte sich.

Er lachte. »Na, oft scheinst du das aber noch nicht getrunken zu haben.«

»Aber es schmeckt! Ich könnte mich daran gewöhnen.« Plötzlich wurde sie ernst. Nach einigen Sekunden des Schweigens sagte sie: »Deine Schwester ... Irgendetwas stimmt nicht mit ihr. Sie sieht ganz anders aus als noch vor wenigen Wochen. Hatte sie einen Unfall?«

Richard drehte das Cognacglas in seinen Händen. Ein ängstlicher Ausdruck huschte über sein Gesicht. »Ehrlich gesagt, ich weiß es nicht, Leni. Sie spricht nicht darüber, aber sie wirkt verändert, das stimmt. Ich habe mich auch schon gefragt, was mit ihr los ist. Sie sagt allen, die sie auf ihren Zustand ansprechen, sie sei nervös wegen der Baustelle. Vor Aufregung sei ihr oft schwindlig, sodass sie sich häufiger stoße.« Er trank einen Schluck und behielt sein Glas in den Händen.

»Glaubst du ihr?«

Er zuckte mit den Schultern. »Ich kann nicht in sie dringen. Wenn sie nicht darüber sprechen will, ist das ihre Sache. Ich darf in dem Punkt keine Meinung haben. Sie ist verheiratet, da kann ich mich nicht einmischen.«

Leni überlegte, ob sie Richard von ihren Erfahrungen mit Erich Kruskopp erzählen sollte, entschied sich aber dagegen. Sie kannte Richard nicht gut genug und befürchtete, er könne Erich darauf ansprechen und sie und Bärbel müssten es ausbaden.

»Ist sie glücklich mit Herrn Kruskopp?«, fragte sie stattdessen und sah Richard vorsichtig an.

Sein Blick war verhangen. »Ich weiß, worauf du hinauswillst, aber ich kann und darf dazu nichts sagen. In eine Ehe sollte man sich nicht einmischen. Das tun meine Eltern auch nicht. Solange Marga nicht um Hilfe bittet, werden wir uns da heraushalten. Es besteht überhaupt kein Grund zur Sorge. Wir haben noch nie beobachtet, dass sich Erich ihr gegenüber falsch verhalten hätte. Er wirkt zwar dominant, aber genauso wollte mein Vater das für die Firma. Ein Schwächling wie ich hätte Zigarren Deimann in den Ruin getrieben.« Er lächelte verlegen und nahm einen weiteren Schluck Cognac. »Du weißt ja vielleicht, dass wir schon länger keine schwarzen Zahlen mehr geschrieben haben«, fuhr er fort, ohne sie anzusehen. »Allgemein geht es den Zigarrenfabriken zurzeit schlecht. Wir bilden da keine Ausnahme. Erich Kruskopp soll dafür sorgen, dass es wieder aufwärts geht. Mein Vater vertraut ihm. Ich bin in der Hinsicht ein absoluter Nichtsnutz. Du siehst ja, ich habe andere Interessen – zum Leidwesen meines Vaters.«

»Und das Geschäft ist ihm wichtiger als seine Tochter?«, brach es aus Leni heraus.

Richard musterte sie befangen. »Was du dir für Gedanken machst … Also, ich würde so etwas niemals behaupten. Außerdem sind das nur wilde Spekulationen. Wir wissen nichts. Womöglich ist alles ganz harmlos, und Marga ist einfach nur durcheinander wegen des bevorstehenden Umzugs.« Er spielte mit dem Stiel seines Glases.

»Ich hoffe, du hast recht«, meinte Leni betrübt. »Allerdings muss ich schon sagen, dass Erich Kruskopp den Betrieb mit harter Hand führt«, wagte sie sich nun doch vor und beobachtete Richards Reaktion.

Er strich ihr mit dem Handrücken sanft über die Wange. »Komm, Leni, mach dir nicht so viele Gedanken. Sorgenfalten stehen dir nicht. Ich möchte dich lachend, fröhlich, unbefangen sehen. So ist es recht, na also, nun lachst du wieder! Das gefällt mir viel besser. Du bist hübsch und solltest nie Anlass zur Traurigkeit haben. Möchtest du mir Modell sitzen?«

Leni nickte. Sie hatte sich noch nie so umschmeichelt gefühlt und wollte nichts lieber als das.

»Ich zeige dir, wie du dich setzen musst, damit du ins rechte Licht gerückt wirst. Du bist ein ideales Modell, jeder Künstler wäre stolz, mit dir zu arbeiten. Aber auch ein ideales Modell muss etwas von seinem Job verstehen.«

Sie wagte nicht zu widersprechen.

Er führte sie zu dem weinroten Ohrensessel. Als sie es sich darauf bequem gemacht hatte, positionierte er ihren Kopf und ihre Schultern, hob ihr Kinn an und bat sie, still zu sitzen, ruhig und gleichmäßig zu atmen und entspannt nach vorn zu schauen.

Das war anstrengender, als Leni gedacht hatte. Schon bald bekam sie Nackenschmerzen, veränderte ihre Sitzhaltung und lockerte ihre Schultern. »Können wir eine kleine Pause machen?«, bat sie.

»Gleich, Leni, gleich«, sagte Richard und führte höchst konzentriert den Kohlestift über das Papier. »Bring wieder Spannung in deinen Körper! Nein, so nicht, wie vorhin! Schau nicht so verkrampft! Dreh deinen Kopf leicht nach links! Nein, nicht zu sehr. So, so ist es perfekt! Es soll auf der Leinwand locker und natürlich aussehen. Entspann kurz deine Nackenmuskulatur und heb den Kopf etwas an!«

Sie versuchte, ihm zu gehorchen, hatte aber zunehmend Schwierigkeiten, still zu sitzen. Sie lächelte, was er mit einem unzufriedenen Murren quittierte. Er war wie besessen. Mit unbeweglichem Gesichtsausdruck musterte er jeden Zentimeter ihres Körpers, sah sie an, sah durch sie hindurch. Sein Stift strich mit geschmeidigen Bewegungen über die Leinwand. Sein Atem ging stoßweise. Seine Augen erschienen plötzlich schmal unter den zusammengezogenen Brauen. Er sah höchst konzentriert zwischen Leni und der Leinwand hin und her.

»Jetzt nicht bewegen!«, befahl er, »du siehst toll aus, aber wieder etwas mehr Spannung in den Körper bringen und nicht vergessen, den Kiefer zu lockern und die Lippen anzufeuchten.«

»Ich kann nicht mehr«, stöhnte sie.

»Doch, du kannst«, sagte er geduldig. »Das war noch gar nichts, du kannst noch viel mehr!« Sein Blick war müde und angestrengt. Er zeigte eine Spur von Unzufriedenheit.

Sie wollte ihm gefallen, also riss sie sich zusammen und stellte sich vor, wie es wäre, wenn er zu ihr kommen und sie in seine Arme schließen würde.

VIERZEHN

Oktober 1952

»Wie siehst du denn aus! Was ist mit dir passiert?« Thies setzte den Huf des Pferdes ab, den er gerade ausgekratzt hatte, und sah Marga erschrocken an. »Wieder ein Unfall?«

»Ja, ich bin einfach zu ungeschickt. Im neuen Haus stand eine Leiter im Weg.« Sie machte eine übertrieben ausholende Armbewegung.

»Soso, diesmal war es also eine Leiter«, sagte er. »Erst vor zwei Wochen hattest du einen Fleck auf der anderen Seite. Da hast du mir erklärt, du wärst die Treppe heruntergefallen. Hättest einfach eine Stufe übersehen.« Er zog die Stirn kraus.

»Ja, ich weiß, es klingt seltsam, aber so bin ich nun mal. Ein tapernder Volltrottel«, sagte sie und zuckte resigniert mit den Schultern.

»Nein, Marga, so warst du früher nicht. So bist du erst, seitdem du verheiratet bist. Was ist los? Sieh mich an! Misshandelt er dich?«

Instinktiv wich sie einen Schritt zurück. »Nein! Das würde Erich niemals tun! Er liebt mich abgöttisch! Er sagt mir immer wieder, wie froh er ist, dass er mich hat. Er will mich nicht verlieren.«

Thies hatte Mühe, seine Wut im Zaum zu halten. »Aha, der Herr Kruskopp hat also Verlustängste.«

»Du musst ihm nicht vertrauen. Es reicht, wenn ich das tue.«

»Was ist mit dir? Liebst du ihn?«

Sie wand sich. »Natürlich. Er ist mein Mann.«

»Deine Augen sagen mir etwas anderes, Marga. Schau mich an!«

Sie sah so verzweifelt aus, dass er auf sie zukam und sie in seine Arme zog. Sie fühlte sich steif und sperrig an, aber nach und nach wich ihr Widerstand. Er bettete sein Gesicht in ihren weichen blonden Locken. »Ach, Marga«, seufzte er. Lange hielten sie sich fest. »In meinen Armen bist du immer noch meine kleine Marga, weißt du das?«, flüsterte er. »Dann vergesse ich, dass du vergeben bist.«

Sie nickte. »Ich vergesse es auch immer wieder. Das ist ja das Schlimme.« In ihren Augen schimmerten Tränen. Eine Zeitlang verharrten sie in fester Umarmung. Er küsste ihre Tränen weg und fand schließlich ihren Mund. Sein Kuss war weich und zart, und als er merkte, dass bei ihr alle Widerstände wichen, immer fester, verlangender. Beide genossen die intimen Momente, die nur ihnen gehörten, vergaßen Raum und Zeit.

»Willst du mal wieder mit mir ausreiten?«, flüsterte er in ihr Ohr.

»Wann?«

»Morgen früh.«

»Wohin?«

Er blinzelte sie an. »Ich dachte, zur Hütte des Waldhüters.«

Sie sah ihn fragend an.

»Er ist mein Onkel und im Moment verreist. Sein Vater ist krank und er will ihn für drei Tage besuchen. Ich habe einen Schlüssel zu der Hütte. Er hat mich gebeten, einmal am Tag nach dem Rechten zu sehen und nach Fallen zu suchen, denn zurzeit sind mal wieder Wilderer unterwegs.«

»Ich weiß nicht.« Verzweifelt schüttelte sie den Kopf. »Erich …«

»Erich ist doch versessen auf seine Arbeit. Ihm wird nichts fehlen.«

»Verdammt … Thies … wohin führt das?«

»Nur wohin du willst. Ich richte mich ganz nach dir. Du bestimmst das Tempo, die Richtung und die Dauer. Ein einziges Wort von dir, und wir kehren um.«

»Ich hatte schon lange nicht mehr meinen Reitdress an«, sagte sie versonnen. »Lust hätte ich schon.«

»Also heißt das ja?«

Sie seufzte. »Ja.«

»Ich würde darauf gerne etwas erwidern, aber ich schlucke es herunter. Ist besser so.«

»Ja, ich glaube auch«, sagte sie mit brüchiger Stimme.

»Ich freue mich sehr auf morgen.«

»Ich kann Grit um einen kleinen Proviant bitten.«

»Deine Köchin macht das bestimmt gerne. Aber nicht zu viel; wir müssen vermeiden, dass sie misstrauisch wird. Lieber ist mir, so viel Zeit wie möglich mit dir zu verbringen.«

»Ich muss jetzt gehen. Nicht, dass Erich etwas merkt. Ich sollte längst daheim sein.«

Sie verabschiedeten sich mit einem Kuss. Er sah ihr

sehnsüchtig hinterher, wie sie sich mit schnellen, kleinen Schritten entfernte.

*

Richard trat ein paar Schritte zurück und betrachtete kritisch sein Werk. »Wie findest du es?«, wollte er wissen.

»Schön!«, sagte Leni mit verklärtem Ausdruck im Gesicht.

»Nur schön? Schön ist jede Ansichtskarte aus Italien mit kitschigem blauem Himmel, bunten Blumen und glitzerndem Meer. Schön sind Mannequins, die für Dior über den Laufsteg stolzieren. Schön die Liebesfilme mit Ingrid Bergman und Humphrey Bogart. Schau genau hin: Dieses Bild ist nicht schön! Es ist vollkommen, perfekt, lebendig! Du hast es zum Leben erweckt und zu etwas Besonderem gemacht, Leni!«, sagte er strahlend.

»Du klingst auf einmal völlig anders, so von dir überzeugt.«

Er schmunzelte. »Nun ja, die Stimmungen eines Künstlers können schon mal wechseln. Himmelhoch jauchzend, zu Tode betrübt – dazwischen gibt es zahlreiche Facetten. In diesem Moment bin ich ziemlich nahe an der Perfektion. Findest du nicht?«

»Doch, das bist du!«, sagte sie anerkennend.

»Apropos, hättest du Lust, mit mir am Wochenende ins Weeneraner Lichtspielhaus zu gehen?«

»In Casablanca? Ich habe schon davon gehört.«

»Gehst du oft ins Kino?«

»Nur zu den Wochenschauen.«

»Dann wird es aber höchste Zeit! Ich hole dich mit dem Wagen ab.«

»Ich muss erst fragen, ob ich darf.«

»Warum solltest du nicht dürfen? Du kannst sagen, dein Chef hätte dich eingeladen, weil er sehr zufrieden mit dir ist. Du hättest dir einen Bonus verdient.«

»Das glaubt mir kein Mensch.«

»Lass dir etwas einfallen, Leni. Ich stelle es mir zauberhaft vor, mit dir ins Kino zu gehen! Neben dir zu sitzen, dein schönes Profil zu betrachten und zuzusehen, wie du dir genüsslich Popcorn in den Mund stopfst, bis es dir zu den Ohren herausquillt.«

Sie lachte. »Ich dachte, du willst dir den Film anschauen!«

»Das auch, aber noch lieber sehe ich mir ein bezauberndes junges Mädchen an, das viel begehrenswerter ist als jede Leinwandschönheit dieser Welt und das noch niemand entdeckt hat außer mir.«

Leni wand sich. »An mir gibt es nichts zu entdecken«, sagte sie.

Er beugte sich zu ihr hinunter. »Das glaubst du nicht wirklich! Wenn ich dir sagen würde, was ich alles am liebsten an dir entdecken würde, würdest du rot werden wie eine Tomate.«

Verlegen sah sie zur Seite. »Ich möchte es lieber nicht wissen«, sagte sie leise.

»Wirklich nicht?«, fragte er und fuhr sachte mit dem Handrücken an ihrer Taille entlang.

*

Am nächsten Morgen bestellte Ludwig Deimann seinen Schwiegersohn in sein Arbeitszimmer im Erdgeschoss der Villa. Er liebte diesen Platz, den Ausblick auf den Park und die Ruhe, die hier herrschte. Vor ihm auf dem Schreibtisch mit der grünen Lederplatte lagen sein Füllfederhalter, sorgfältig gespitzte Bleistifte und ein Stempelkissen mit dem Aufdruck »Zigarren Deimann«. Die Stempel hingen an einem runden Ständer: »Einschreiben«, »Eingegangen«, »Bezahlt«, »1. Mahnung«, »2. Mahnung«. Daneben stand ein schweres Telefon aus schwarzem Bakelit. Zigarrendunst lag in der Luft. Die dunklen Mahagonimöbel waren blank poliert. Ludwig Deimann legte Wert darauf, dass seine Büros – auch das Kontor der Zigarrenfabrik – stets in einem präsentablen Zustand waren.

In der Hand hielt er ein Fernschreiben vom Kapitän der Antonia, der ihm mitteilte, dass sich die Ankunft des Schiffes wegen eines Sturms verzögern würde. Das Schiff hätte bereits vor drei Tagen im Hamburger Hafen einlaufen sollen. Es war jedoch unterwegs beschädigt worden und musste notdürftig instand gesetzt werden. Auf dem Schiff befanden sich zwei Container feinster Tabake aus Sumatra.

»Du kennst den Inhalt des Schreibens?«, fragte Ludwig Deimann missmutig und schob es über den Tisch.

Kruskopp überflog es mit düsterer Miene. »Nicht meine Schuld«, sagte er knapp.

»Das hat niemand behauptet. Ich möchte dennoch, dass du die Zwischenhändler beruhigst. Das Schiff kommt erst morgen in Hamburg an, die Auslieferung der Zigarren wird sich entsprechend verzögern.«

»In Ordnung«, knurrte Kruskopp. »Ich bin es ja inzwischen gewohnt, für dich den Karren aus dem Dreck zu ziehen.«

»Zigarre?«, fragte Deimann, um eine angenehmere Stimmung bemüht, und hielt seinem Schwiegersohn eine kleine Kiste aus edlem Zedernholz hin. Darauf war der golden geschwungene Schriftzug »Zigarren Deimann« aufgedruckt und darunter, etwas kleiner, »Brasilia Extra«.

»Gerne«, antwortete Kruskopp und griff zu. Seine Miene blieb unbeweglich.

»Einen Asbach dazu?«

»Da sage ich nicht nein.«

Der Seniorchef erhob sich schwerfällig und holte die Cognacflasche und passende Gläser aus der kugelförmigen Bar.

»Im letzten Monat wurden wieder mehr Zigarren bestellt«, sagte Deimann, während er einschenkte. »Eine erfreuliche Entwicklung, daran bist du nicht unbeteiligt. Ich habe allen Grund zur Dankbarkeit. Du hast die Kurzarbeit schnell wieder beigelegt. Vielleicht könnten wir den Lohn um ein paar Pfennige erhöhen, was meinst du? Die Mitarbeiter würden sich freuen. Sie haben sich eine kleine Belohnung verdient.«

»Meinen Lohn darfst du gerne erhöhen«, sagte Kruskopp und ließ sich von seinem Schwiegervater Feuer geben, »bei den Löhnen der anderen wäre ich lieber vorsichtig. Es kann sich lediglich um einen kurzen Aufschwung handeln, weil der Sommer so kalt war und es die Menschen enttäuscht ins traute Heim vor den Ofen zog. Mit irgendetwas mussten sie sich ja trösten.

Im Winter wird sich zeigen, ob sich unsere Strategie gelohnt hat, ob sie tatsächlich von Erfolg gekrönt ist. Aber wenn du mich fragst, Schwiegervater«, er nahm einen Zug von seiner Zigarre, »würde es dem Betrieb guttun, sich von einigen Mitarbeitern zu trennen.«

Deimann reichte seinem Schwiegersohn ein Glas Asbach und nahm auf seinem Ledersessel Platz. Er kniff die Augen leicht zusammen. »Hältst du das für nötig?«

»Leider ja. Allein die Androhung der Maßnahme wird zu mehr Druck bei den Arbeiterinnen führen. Jede von ihnen wird denken: Ich könnte die Nächste sein! Sie werden sich anstrengen, um weiterhin beschäftigt zu bleiben. Eine Lohnerhöhung hingegen hätte womöglich zur Folge, dass sie sich auf die faule Haut legen. Ludwig, es sind junge Damen im Betrieb, die die Arbeit nicht allzu ernst nehmen, die meinen, unentwegt schwätzen zu müssen. Sie erledigen ihr Pensum nicht zufriedenstellend und müssen regelmäßig ermahnt werden. Noch schlimmer, sie halten ihre Kolleginnen mit ihrem Geschwätz von der Arbeit ab. Das kostet alle Beteiligten wertvolle Zeit. Ich würde gerne etwas härter durchgreifen, wenn ich dafür dein Einverständnis bekäme.«

Deimann blickte sorgenvoll in die bernsteinfarbene Flüssigkeit, die er in seinem Glas hin und her schwenkte. Er atmete tief durch. »An wen hast du gedacht?«, fragte er, ohne Kruskopp anzusehen.

»Zunächst an drei der Frauen: Bärbel Gruber, Sophie Müller und Rieke Harmsen. Es ist eine vorsorgliche Maßnahme. Sie sind vorlaut und schaffen den vorgegebenen Akkord nicht. Davon abgesehen produzieren sie viel Ausschussmaterial, dessen Aufarbeitung und Wiederverwendung weitere Arbeitsgänge nach sich ziehen und uns unnötig Geld kosten. Die jungen Damen sind zudem aufmüpfig. Ich fürchte sogar, sie werden so etwas wie eine innerbetriebliche Revolution anzetteln, wenn wir nicht vorsorglich hart durchgreifen.«

Ludwig Deimann massierte nachdenklich sein Doppelkinn. »Rieke Harmsen ist doch die Schwester des jungen Mädchens, das sich bei einer Aushilfstätigkeit in unserem Hause verletzt hat, nicht wahr?«

»Ja, mit Leni Harmsen bin ich sehr zufrieden. Sorge bereitet mir nur ihre Schwester. Sie könnte Leni zu Ungehorsam anstacheln.«

»Mein Sohn hat sich fürsorglich um die Kleine gekümmert. Ich war damit einverstanden, dass sie Schmerzensgeld erhält, obwohl es natürlich ihre eigene Dusseligkeit war.«

»Das ist richtig. Sie ist manchmal etwas ungeschickt, aber lernfähig, im Gegensatz zu ihrer Schwester.«

»Sie ist noch sehr jung, was kann man da schon erwarten? Im nächsten Monat wird sie 15 Jahre alt. Ihre Leistung ist akzeptabel, aber durchaus ausbaufähig.«

»Leni ist nicht so schwach, wie sie tut. Sie setzt ihre Kräfte woanders ein.«

»Wie meinst du das?«

»Nun, sie scheint sich mit deinem Sohn sehr gut zu verstehen. Ich habe vorhin vom Fenster aus beobachtet, wie sie die Villa betreten hat. Weißt du davon? Zu Marga wollte sie nicht, denn Marga hat geschlafen, als ich eben nach ihr sehen wollte. Also, was hat sie hier zu suchen?«

»Das weiß ich nicht. Ich muss auch nicht alles wissen, Erich. Hauptsache, ich habe das Unternehmen im Blick. Was ist mit den anderen Frauen? Warum Fräulein Gruber und Fräulein Müller?«

»Fräulein Gruber meint, ihre Hässlichkeit durch vorlautes Geschnatter überspielen zu müssen. Was sie sich überhaupt nicht leisten kann, denn sie ist faul und ungeschickt. Sie hat regelrecht zwei linke Hände. Schau dir mal die Wickel von ihr an. Mit denen kann eine versierte Rollerin nichts anfangen. Ich lasse sie nur noch für die zweite Wahl produzieren, für die neue Produktlinie ›Sumatra 52‹. Entsprechend war ich gezwungen, ihren Lohn herabzusetzen. Und Fräulein Müller, die spitzzüngige Sophie, ist einfach nur frech und stachelt die anderen auf.«

»Bärbel Gruber … die kleine, schüchterne Bärbel von Kohlen Gruber«, sagte Deimann nachdenklich. »Die beliefern uns seit Jahren zuverlässig und kostengünstig mit Kohlen. Eine kinderreiche Familie, die mit einem sehr engen Haus vorliebnehmen muss. Ich habe mich immer gefragt, wie sie es schaffen, zu acht oder zehnt mit den kleinen Räumen zurechtzukommen. So viele Betten passen da doch gar nicht rein! Die Eltern schuften sich fast zu Tode, gönnen sich keinen einzigen Ruhetag in der Woche. Ich habe Herrn Gruber persönlich zugesichert, dass ich mich seiner Bärbel annehmen werde. Ich halte mein Wort. Du lässt sie gefälligst in Ruhe!«

»Wenn es dich glücklich macht«, sagte Kruskopp beleidigt. »Und Fräulein Müller? Die bringt mich regelmäßig zur Weißglut!«

»Die auch. Fräulein Müller bleibt ebenfalls. Ich dulde keine Entlassungen in meinem Hause. Schlimm genug, dass das bei anderen Gang und Gäbe ist. Bei mir nicht. Ich habe die Mitarbeiterinnen eingestellt, habe mein Wort gegeben und will, dass sie bleiben. Jede Einzelne hat ein Recht auf Arbeit. Ich bin der beste Arbeitgeber in der Region. Das ist weit und breit bekannt. Wen ich einmal eingestellt habe, der darf bleiben, solange er will. Ich genieße ein hohes Ansehen in Weener, und das will ich mir nicht nehmen lassen.«

»Ist ja schon gut«, gab Kruskopp nach.

»Ich habe ein Auge zugedrückt bei Fräulein Gerstema, obwohl es mir außerordentlich schwergefallen ist, wie du weißt. Wir hatten eine große Auseinandersetzung deshalb. Du warst neu hier, ich habe dir etwas Spielraum gelassen, aber solche Dinge werden nicht mehr passieren. In Zukunft wirst du dich mit mir absprechen, Erich.«

»In Ordnung.«

»Wo ist Beeke Gerstema jetzt? Hast du etwas von ihr gehört?«

»Nein.«

»Ich möchte, dass du sie aufsuchst, dich persönlich bei ihr entschuldigst und sie bittest, zurückzukommen. Sie hat ihre Arbeit immer in beispielloser Weise erledigt, war eine erstklassige Werkmeisterin und ein Vorbild für alle. Sie fehlt im Betrieb. Ich werde mich in Zukunft viel öfter blicken lassen, wenn meine Gesundheit das zulässt. Ich habe mich zurückgezogen, da ich in letzter Zeit oft sehr müde bin, aber die Firma geht nun vor. Ich habe dich schon damals gefragt, aber keine gescheite

Antwort erhalten. Darum frage ich dich noch einmal: Warum hast du das getan? Warum hast du sie gefeuert?«

Erich nahm das Cognacglas und trank es zur Hälfte leer. »Sie hatte zu sehr ihren eigenen Kopf. Eine Zusammenarbeit mit ihr wäre schwierig geworden.«

»Du hast es nicht einmal probiert, Erich. Hol sie zurück!«

»Verlange bitte nicht das Unmögliche von mir, Schwiegervater. Wenn ich sie zurückhole, verliere ich jeglichen Respekt, den ich mir gerade erst erarbeitet habe.«

»Das ist allein dein Problem«, sagte Deimann und hustete. Er spülte mit Cognac nach. »Was ich dich noch fragen wollte: Wie geht es eigentlich Marga? Seltsamerweise habe ich sie länger nicht zu Gesicht bekommen, obwohl wir noch immer unter einem Dach wohnen. Gut, ihr habt euch oben häuslich eingerichtet, wir sind unten, aber man müsste sich doch öfter über den Weg laufen, oder nicht? Vielleicht war es ein Fehler, dass ihr eure eigenen Dienstboten habt und uns so aus dem Weg gehen könnt. Wenn ich nach ihr frage, heißt es immer, sie sei nur kurz da gewesen und schon wieder fort, müsse die Handwerker beaufsichtigen oder sie ruhe sich gerade aus. Auch meine Frau bekommt sie kaum noch zu Gesicht.« Er musterte Kruskopp eingehend. »Was ist mit ihr? Langsam beginne ich mir Sorgen zu machen.«

Kruskopp lachte bitter. »Schwiegervater, du musst allmählich lernen, loszulassen. Deine Tochter ist verheiratet. Es geht ihr gut. Sie freut sich auf ihr neues Zuhause und verbringt viel Zeit damit, die Dame des Hauses zu spielen. Die Renovierung unserer Villa schreitet voran und ist eine Herausforderung für sie. Es macht ihr Spaß, Stoffe für Vorhänge und Gardinen auszusuchen und Teppiche zu kaufen. Sie verbringt Stunden damit, die richtigen Muster für Tapeten auszuwählen. Dafür hat sie eine richtige Leidenschaft entwickelt.«

»Nur dafür?« Ludwig Deimann sah seinem Gegenüber prüfend ins Gesicht. »Stimmt etwas nicht? Verschweigst du mir etwas?«

Kruskopp winkte ab. »Nein, nein, es ist alles gut! Sie ist eine zauberhafte kleine Frau. Aber sie muss noch viel lernen!«

»Da gebe ich dir allerdings recht, Erich.«

Kruskopp lächelte erleichtert, erhob sich und knöpfte im Stehen sein Jackett zu. »Du entschuldigst mich jetzt bitte, Ludwig? Ich habe die Damen viel zu lange unbeaufsichtigt gelassen.«

»Selbstverständlich! Ich will dich nicht aufhalten. Die Arbeit ruft!« Er wollte ebenfalls aufstehen, bekam jedoch einen Hustenanfall und blieb sitzen. Da hatte Erich Kruskopp bereits die Tür hinter sich geschlossen.

*

Kaum hatte Leni ihren Arbeitsplatz eingerichtet, war sie in Gedanken bei Richard. Sie hatte sich seltsam dabei gefühlt, ihm Modell zu sitzen, seinem geschulten Blick schutzlos ausgeliefert zu sein. Er hatte sie mit seinen Augen durchdrungen wie kein anderer; er hatte in ihre Seele gesehen. Ein wohliger Schauer überkam sie bei der Erinnerung an den gestrigen Abend. Es kribbelte im

Bauch, wenn sie an Richard dachte. In der Nacht war sie vor Aufregung erst spät eingeschlafen. Rieke hatte sich mehrmals beschwert, weil sie sich unruhig im Bett hin und her gewälzt hatte. Leni musste unwillkürlich lächeln, als sie daran dachte.

»Ist etwas?«, fragte Bärbel, die sie beobachtet hatte.

Leni schüttelte den Kopf. Dieses Grinsen, dachte sie, ich muss es abstellen, bevor es allen auffällt!

Sie hatte nicht bemerkt, dass Erich Kruskopp sich genähert hatte und ihr über die Schulter schaute. Bärbel stupste sie von der Seite an und Leni fuhr erschrocken zusammen.

»Kommen Sie mal mit in mein Büro«, sagte er, und seine Stimme verhieß nichts Gutes.

Sie folgte ihm mit einem unguten Gefühl durch die Werkshalle. Ihr Lächeln war verschwunden. Sie vermied es, ihn anzusehen. Wortlos öffnete er die Tür zu seinem Büro, ließ Leni eintreten und schloss die Tür hinter sich. Leni sah sich kurz um. Hier hatte sie ihr Einstellungsgespräch gehabt, mit Beeke Gerstema. Es hatte nur ein paar Minuten gedauert. Danach war sie gleich zu ihrer Werkbank geführt worden.

»Setzen Sie sich«, sagte Kruskopp und deutete mit einer knappen Handbewegung auf den Besucherstuhl. Er selbst nahm auf dem durchgesessenen Ledersessel Platz und fixierte sie mit ernster Miene.

»Ist was?«, fragte sie, um den Grund zu erfahren, weshalb er sie herzitiert hatte. Sie versuchte, ein aufkommendes Zittern zu unterdrücken. Erst jetzt wurde sie sich ihrer vollen Blase bewusst. Wäre sie doch vorhin nur zur Toilette gegangen!

»Ja, allerdings, ich habe gerade ein Gespräch mit Herrn Deimann geführt. Es ging um mehrere Zigarrenarbeiterinnen, die mir Sorge bereiten. Wir werden uns in absehbarer Zeit von einigen unliebsamen Mitarbeiterinnen trennen müssen. Von Mitarbeiterinnen, die dem Unternehmen Deimann eher schaden als guttun.« Er griff nach seiner Zigarrenschatulle, nahm eine Brasilia heraus und schnupperte ausgiebig daran. Dann schnitt er in aller Ruhe die Spitze ab und zündete sich die Zigarre an. »Ihr Name stand übrigens auch auf der Liste.«

Leni wurde blass. »Mein Name?«, flüsterte sie. »Warum?«

Kruskopp nahm einen tiefen Zug und blies den Rauch über ihren Kopf hinweg aus. »Das fragen Sie? Wissen Sie das nicht selbst? Ich habe Sie eben beobachtet, Fräulein Harmsen. Sie träumten vor sich hin, grinsten in sich hinein und ganz nebenbei taten Sie so, als würden Sie arbeiten.«

»Das mag vielleicht so ausgesehen haben«, sagte sie und rang nach Worten, »aber so war es nicht. Ich hatte einen Krampf in der Hand und habe abgewartet, bis es besser wurde. Ich weiß auch nicht, was mit mir los ist, ich fühle mich heute ein bisschen krank.«

»Soso, Sie fühlen sich heute also ein bisschen krank«, sagte Kruskopp und spielte mit seinem Füllfederhalter. »Und gestern? Und vorgestern? Und letzte Woche? Ihre Leistung verschlechtert sich stetig, Fräulein Harmsen. Obendrein scheinen Sie Ihre Tätigkeit hier mit einem gemütlichen Kaffeeklatsch zu verwechseln und halten Ihre Kolleginnen von der Arbeit ab.«

»So ist es nicht, Herr Kruskopp, wirklich nicht, ich gebe mir solche Mühe. Wer steht denn noch auf der Liste?«, fragte Leni ängstlich. »Doch hoffentlich nicht Bärbel?« Resigniert ließ sie die Schultern sinken. Er hatte sie in der Hand.

Erich Kruskopp ließ sie zappeln. Ungeduldig klopfte er mit dem Füller auf der Schreibtischplatte herum. »Nun, ich werde mit jeder einzelnen betroffenen Mitarbeiterin persönlich reden.«

Leni kämpfte gegen ihre Tränen an. »Wie viele sind es denn?«, fragte sie niedergeschlagen.

Anstelle einer Antwort fixierte sie der Werkmeister mit sonderbarem Blick.

Leni ballte die Hände zu Fäusten. Ihr Unterleib krampfte sich zusammen. Die volle Blase begann zu schmerzen. »Ich verspreche Ihnen, Herr Kruskopp, ich werde mich in Zukunft mehr anstrengen. Wenn ich gleich wieder an meinem Arbeitsplatz bin, werde ich alles geben, versprochen!«

Erich Kruskopp stand abrupt auf. »Ich sehe unser Gespräch als beendet an. Richten Sie bitte Fräulein Bärbel Gruber aus, dass ich Sie erwarte.«

»Ja, mach ich«, stammelte sie, und diese drei Worte kosteten sie mehr Kraft als eine ganze Arbeitsstunde.

»Ach ja, und ehe ich's vergesse«, rief er ihr hinterher, »du kannst auch schon mal deine Schwester Rieke behutsam darauf vorbereiten, dass ich sie sprechen will. Ob ich es heute noch schaffe, ist schwer zu sagen, bei all den Gesprächen, die ich noch führen muss, aber morgen, spätestens morgen, wird auch sie hier antanzen müssen.«

Tränen standen in ihren Augen, als sie all ihren Mut zusammennahm und ihn anflehte, ihre Schwester und ihre Freundin zu verschonen. »Bitte nicht, Herr Kruskopp! Bitte, bitte nicht! Sie können mich gerne feuern, aber nicht meine Schwester und vor allem nicht Bärbel. Ihre Familie ist viel ärmer als unsere. Sie braucht Bärbels Verdienst dringend. Ich würde alles dafür tun, damit sie bleiben darf!«

Er musterte sie mit unergründlichem Blick. »Wirklich alles?«

Leni nickte mit weit aufgerissenen, tränennassen Augen, die ihren Blick verschwimmen ließen. In ihrem Magen bohrte ein krampfartiger Schmerz.

»Dann komm mal her zu mir und setz dich auf den Schreibtisch!«

Sie tat, was er von ihr verlangte. Wenn sie nur dazu beitragen konnte, Rieke und Bärbel zu helfen!

Mit unbewegter Miene legte er ohne Umschweife seine Hände auf ihren Busen. »Hm, nicht schlecht, aber der Stoff stört.« Er begann, ihre Bluse aufzuknöpfen, wurde hastig und ungeduldig, ein Knopf sprang ab.

»Hilf mir und öffne deine Bluse!«

»Wozu?«, fragte sie mit angstvoll aufgerissenen Augen.

»Ich tue dir nichts, keine Sorge. Du bist ein hübsches Mädel, und ich will dich betrachten.«

Langsam kam sie seiner Aufforderung nach. Sie hatte aufgehört zu denken. »Reicht das?«, fragte sie, nachdem sie zwei weitere Knöpfe geöffnet hatte.

Er schüttelte den Kopf. »Ein bisschen weiter«, sagte er mit rauer Stimme.

Sie gehorchte. »Einer noch. So, das reicht.«

»Nein«, sagte er, schob ihre Hand beiseite und riss ihre Bluse mit einem Ruck auseinander.

Sie erstarrte und wagte nicht zu atmen. »Sie ist kaputt«, flüsterte sie entsetzt.

»Macht nichts, ich kaufe dir eine neue.«

»Was soll ich zu Hause erzählen?«

»Nichts. Es ist bei der Arbeit passiert und du bekommst Ersatz.« Er atmete schwer.

Sie schluckte und wagte nicht zu widersprechen.

»Oh, du trägst ja schon einen Büstenhalter, wie niedlich«, bemerkte er und strich mit seinen langen Fingern zart über die Schalen, die sich unter dem Unterhemd abzeichneten. »Darf ich?«

Sie senkte die Augen, war wie gelähmt. Voller Entsetzen spürte sie, wie sich seine kalten, feuchten Hände einen Weg unter ihr Unterhemd bahnten. Er schob das Hemd und den BH hoch und streichelte ihre nackten Brüste. »Sehr schön«, sagte er mit rauer Stimme, »fühlt sich unglaublich gut an, so weich und warm. Gefällt es dir?«

Sie kniff ihre Augen zusammen und versuchte, die Tränen zurückzuhalten.

»Aber, aber«, sagte er, »wer wird denn gleich weinen? Ich tue dir ja nicht weh. Mehr als ein bisschen streicheln mache ich nicht. Schließlich bist du ja noch Jungfrau, oder?«

Als sie nichts darauf erwiderte, fuhr er fort, ihre Brüste zu bearbeiten. »Du sollst Jungfrau bleiben, mein Kind, ich tue dir nichts. Nur ein bisschen poussieren, ein bisschen Spaß haben, das wird doch erlaubt sein, oder?«, stieß er schwer atmend hervor. »Das gefällt dir doch, ich weiß.« Er schnaufte erregt. »Das ist gut, das ist so gut«, murmelte er, »sag, wenn du mehr brauchst, ja? Sag es mir.« Mit einer Hand schob er ihren Rock hoch. Er fasste ihr mit der anderen Hand zwischen die Beine, nestelte am Stoff ihrer Unterhose, um einen Weg hineinzufinden.

Sie begriff, dass dieser Albtraum nicht von selbst enden würde. »Moment«, nuschelte sie und rutschte vom Schreibtisch. Fast blind vor Scham und Tränen stand sie ihm gegenüber. Leni überlegte nicht lange, nahm ihre ganze Kraft zusammen und ließ ihren rechten Fuß mit dem klobigen Holzclog nach oben schnellen, direkt zwischen seine Beine. Sie hatte bei Kämpfen der Jungen beobachtet, dass das am meisten wehtat und von allen am meisten gefürchtet wurde. Mit einem gellenden Schmerzensschrei ließ er von ihr ab und griff sich mit beiden Händen in den Schritt. Er krümmte sich und ließ sich laut stöhnend auf den Schreibtischstuhl fallen.

Mit hektischen Bewegungen richtete Leni ihre Kleidung und stopfte ihre zerrissene Bluse in den Bund ihres Rockes. Sie sah verächtlich auf den sich windenden Kruskopp herab. Nie wieder, schwor sie sich, nie wieder sollte ihr so etwas passieren.

Ihr Stuhl fiel krachend zu Boden, während sie auf die Tür zu taumelte.

»Na warte, du Miststück, das wirst du bereuen«, zischte er hinter ihr her.

Von den anderen unbemerkt schlich sie aus der Fabrik heraus und radelte nach Hause, um das Plumpsklo aufzusuchen, sich zu waschen und umzuziehen.

✻

Marga genoss es, nach langer Zeit mal wieder auszureiten, das Gefühl von Freiheit auszukosten und sich den Wind um die Nase wehen zu lassen. Wochenlang hatte sie nichts anderes gesehen als ihr vorübergehendes Zuhause im Dachgeschoss der elterlichen Wohnung und der noch nicht bezugsfertigen Villa am anderen Ende der Straße. Sie fühlte sich wie ein Vogel im Käfig, gefangen, vollkommen abhängig von ihrem Ehemann und verloren. Seit ihrer Heirat, die sie vom ersten Moment an bitter bereut hatte, hatte sie kaum noch Gelegenheit, sich mit ihren Freundinnen zu treffen. Ein einziges Mal war sie mit Ilse auf dem Deich gewesen. Sie hatten einen langen Spaziergang unternommen, sich irgendwann auf eine Bank gesetzt und den Schafen beim Grasen zugeschaut. Erich wollte das nicht. Er hatte ihr sogar verboten, ohne seine Erlaubnis aus dem Haus zu gehen. Marga zerriss es jedes Mal das Herz, wenn sie Ilse am Telefon abwimmeln musste oder mitbekam, wie das Dienstmädchen Anne sie an der Haustür verleugnete. Manchmal vermied sie auch aus eigenem Antrieb den Kontakt zur Außenwelt. Zu sehr schämte sie sich wegen ihrer Verletzungen. Sie wollte um jeden Preis verhindern, dass ihr Zustand zum Stadtklatsch wurde. Weener war im Grunde nichts anderes als ein Dorf, jeder kannte jeden. Die Bewohner waren an jeglichen Neuigkeiten sehr interessiert.

Die Einzigen, die bisher etwas mitbekommen haben mussten, waren die Dienstboten, aber die waren zur Verschwiegenheit verpflichtet. Eine lockere Zunge würde sie den sicheren Arbeitsplatz kosten. Und Thies? Es war schlimm genug, dass er misstrauisch geworden war. Er hatte jedoch keine Kontakte in Weener außer zur Familie Deimann, hatte keine Verwandten oder Freunde im Ort, die die Missstände beim jungen Ehepaar Kruskopp aufdecken und weiterverbreiten könnten.

Marga wollte das alles für ein paar Stunden hinter sich lassen, nur an sich und Thies denken und ihr Leben genießen.

Die Luft war noch milchig und kühl. Aber es sollte ein schöner Tag werden. Der feine Morgennebel würde sich bald von der höher steigenden Sonne auflösen lassen.

Marga und Thies galoppierten über die Felder, durch Heidelandschaften und Sanddünen – von den Einheimischen »Eierberge« genannt – und erfreuten sich an der Aussicht auf die weiten, grünen Ebenen Ostfrieslands mit Windmühlen, Schafherden und schwarzweiß gefleckten Kühen. Zwischendurch verfielen sie immer wieder in den gemütlicheren Trab, um sich und den Pferden eine Verschnaufpause zu gönnen. Marga warf einen Blick auf ihren Rucksack vor sich, den sich Thies auf den Rücken geschnallt hatte. Allmählich bekam sie Hunger. »Ist es noch weit?«, keuchte sie und trieb Contesse an, bis sie auf gleicher Höhe war mit Thies.

»Es ist überhaupt nicht weit«, gab Thies lapidar zur Antwort. »Aber wer will schon auf kürzestem Weg einkehren? Ich habe extra einen schönen Umweg gewählt, damit die Pferde auch etwas davon haben.« Er zwinkerte ihr zu. »Und ich übrigens auch«, ergänzte er und lachte Marga entwaffnend an. Dann gab er dem Hengst Lazar, eigentlich Richards Pferd, mit veränderter Sitzhaltung und Schenkeldruck das Zeichen für Galopp. Der hochsensible Lazar reagierte wie auf Knopfdruck und preschte temperamentvoll voran. »Der hat Feuer, was?«, schrie Thies glücklich und nahm die Zügel etwas fester auf.

»Warte«, rief Marga und trieb Contesse an.

Bald waren sie wieder auf gleicher Höhe, da Thies etwas von dem Tempo zurückgenommen hatte. Sonst hätte es die etwas schwerfällige Contesse niemals mit dem feurigen Lazar aufnehmen können.

Es war ein berauschendes Gefühl, nebeneinanderher zu galoppieren. Für Marga hätte die Zeit stillstehen können. Sie hatte sogar ihren Hunger vergessen, so sehr genoss sie diesen morgendlichen Ausritt, der sie nun durch die ostfriesische Geestlandschaft führte. Sie bestand aus Wallhecken, aus ein bis zwei Meter hohen Erdwällen, von Sträuchern überwuchert, die zum Schutz der Natur angelegt worden waren. Der vom Meer kommende Wind konnte dadurch den fruchtbaren Ackerboden nicht wegtragen, und für die heimischen Insekten, Kriechtiere und Vögel wurde so ein geschützter Lebensraum geschaffen. Richard hatte ihr das einmal während eines Ausritts erklärt.

Als der Sandweg in einen Schotterweg mündete, verlangsamten sie das Tempo, um die Gelenke der Pferde zu schonen.

»Da siehst du es schon«, rief Thies aufgeregt. »Das grüngestrichene Holzhaus, direkt hinter den Buchen!« Mit seinem ausgestreckten Arm deutete er nach vorn.

Marga kniff die Augen zusammen. »Die Landschaft sieht hier ganz anders aus.«

»Ja, der Boden ist relativ trocken. In diesem Landstrich wächst nicht viel, darum wird auch nichts angebaut. Aber in wenigen Metern, gleich hinter dem alten Forsthaus, beginnt der Wald mit schönen, alten Buchen und Weißtannen. Für dessen Pflege ist unter anderem mein Onkel zuständig. Sag bloß, du bist noch nicht hier gewesen!«

»Ich kann mich zumindest nicht erinnern. Vielleicht habe ich auch nicht darauf geachtet. Mein Vater sagt immer, Ostfriesland besteht aus Meer, Marsch und Moor. Schau nach vorne«, rief sie, da sie es nicht aushielt, dass er sie unentwegt von der Seite ansah. »Sonst hältst du nicht die Spur! Wir kollidieren gleich!«

Er lachte. »Ich bin so froh, dich endlich wieder glücklich zu sehen!«

Nun lachte auch sie, bis ihr unvermittelt Tränen in die Augen schossen. Verschämt wischte sie sie weg.

»Na, so war das aber nicht gemeint!«, sagte er besorgt.

»Keine Sorge, es sind nur Freudentränen!«

Das Haus des Waldhüters lag idyllisch, schattig und ein bisschen versteckt am Rande eines Laubwaldes. Von dort aus führten sandige Wanderwege in alle Richtungen.

Sie banden Contesse und Lazar hinter dem Haus an und füllten die Steintränke mit reichlich Frischwasser vom Brunnen. Dann sattelten sie die Pferde ab und brachten ihnen Hafer.

»Wie viel Zeit hast du?«, fragte Thies vorsichtig, während er Lazar streichelte.

Marga schaute auf ihre zierliche Armbanduhr. »Weiß

nicht, vielleicht ein, höchstens zwei Stunden. Dann muss ich aufbrechen.«

»Wir werden jede einzelne Sekunde auskosten«, sagte Thies leise, nahm Marga am Arm und geleitete sie zur Haustür. Er kramte nach dem Schlüssel in seiner Hosentasche und schloss auf. »Darf ich vorstellen?«, fragte er, noch ehe Marga das Haus betreten hatte, »unser bescheidenes Reich auf Zeit.«

Marga blieb staunend stehen. »Es ist ein Traum«, sagte sie.

Thies war gerührt. »Schön, dass du diese einfache, kleine Holzhütte so bezeichnest.«

»Habe ich jemals behauptet, dass Luxus wichtig ist?«

Er lächelte. »Bisher war das mein Eindruck.«

»Also mir tut er im Moment nicht gut. Obwohl … es war auch mal anders, da gebe ich dir recht. Ich habe Luxus geliebt. Geld zu haben und sich damit jeden Wunsch erfüllen zu können, das hat mir immer sehr viel Spaß gemacht.« Sie sah sich im Raum um. »Und nun wünsche ich mir nichts anderes, als ein einfaches Leben zu führen und mit dir hier zu sein.«

»Hast du Hunger?«

Sie packten den Rucksack aus. Thies holte Holzbretter, Messer und Zinnbecher aus einer Anrichte und deckte damit den Tisch. Sie ließen sich die Brotzeit schmecken.

Marga gefiel die Hütte. Sie bestand aus nur einem einzigen Raum, dessen Mittelpunkt ein offener, verrußter Kamin war. Außer einem derben Holztisch vor einem kleinen Fenster, um den sich eine Rundbank und zwei Eichenstühle gruppierten, gab es noch ein geschnitztes Bett mit dickem Federbett und karierter Bettwäsche, eine alte Truhe, eine Anrichte und einen himmelblauen Bauernschrank. An einer Garderobe hing die Lodenjacke des Waldhüters, darüber ein Filzhut. Über dem Tisch baumelte eine weiße Petroleumlampe. Die Wände und der Boden waren aus Holz. Einen Teppich gab es nicht, aber ein großes Schaffell, das vor dem Bett lag.

»Möchtest du, dass ich Feuer mache?«, fragte Thies, der ihren Blick verfolgt hatte.

»Lieber nicht«, sagte Marga, »sonst besteht die Gefahr, dass wir zu lange bleiben. Abgesehen natürlich von der Gefahr, dass die Hütte abbrennen könnte. Und ich weiß offen gestanden nicht, welche größer ist.«

»Na, also die Hütte hat bisher noch jedem Sturm und jedem prasselnden Kaminfeuer standgehalten.« Er grinste. »Aber wenn es dir nicht behagt, lasse ich es lieber. Du sollst dich wohlfühlen. Allein das zählt. Ich will, dass du dich hier wohlfühlst.« Er war ernst geworden und sah sie lange an.

»Das tue ich«, sagte sie leise.

Er verlor sich in ihren Augen. Blau waren sie, dunkelblau, mit grünen Sprenkeln. »Es ist übrigens schön, hier mit dir zu sitzen. Das macht mich glücklich. Ich wünschte, wir könnten bleiben, solange wir wollen.« Seine Stimme klang melancholisch. Er griff nach zwei Weintrauben. Eine davon steckte er ihr in den Mund.

»Offen gestanden weiß ich nicht, wann ich mich zuletzt so wohlgefühlt habe«, sagte sie. »Ich kann mich einfach nicht erinnern.« Sie senkte den Blick und schien plötzlich weit weg zu sein.

Er nahm ihre Hand und streichelte sie. Sie ließ es eine Weile zu. Dann entzog sie sie ihm und wandte sich ab. Thies sollte ihre nassen Augen nicht sehen.

Für einen Moment war er wie vor den Kopf geschlagen. Besorgt betrachtete er sie. Sie hatte ihr Gesicht weggedreht, aber er glaubte zu wissen, was mit ihr los war. »Nicht weinen, Marga«, sagte er weich, »nicht!«

Bei diesen Worten brachen bei ihr alle Dämme und sie weinte hemmungslos. Es war ihr, als würde ihr Herz in Stücke gerissen, als hätte sie erst jetzt erkannt, welch großen, nie wiedergutzumachenden Fehler sie begangen hatte.

Er legte ihr die Hand zwischen die Schulterblätter und ließ sie sanft kreisen. »Du zitterst ja«, flüsterte er. »Ist dir kalt?«

»Ein bisschen«, schniefte sie.

Thies rückte zu ihr hin, nahm sie in die Arme und hielt sie fest, bis sie ruhiger wurde. Dann stand er auf und ging zum Wäscheschrank. Er wusste, dass sein Onkel dort unter anderem Wolldecken aufbewahrte gegen die klamme Kälte, die ab Ende Oktober in die Hütte kroch und bis mindestens Mai anhielt. Eine davon zog er heraus und hüllte Marga darin ein. »Komm, leg dich hin, ich decke dich zu.«

Sie sah ihn fragend an. Sanft nahm er sie an der Hand und führte sie zum Bett.

»Leg dich ein bisschen hin, ja?«

Sie nickte. Eine plötzliche Erschöpfung hatte sie übermannt. Er deckte sie behutsam mit dem Federbett und der Wolldecke zu. Dann fiel sein Blick auf einen Korb Holzscheite und einen Stapel alter Zeitungen und er entschloss sich, doch ein Feuer im Kamin zu entfachen. »Bald ist dir warm«, sagte er lächelnd, während er das Zeitungspapier zerknüllte, die Holzscheite darüber schichtete und das Papier anzündete. Er setzte sich auf einen Hocker und beobachtete die züngelnden Flammen.

Schon nach wenigen Minuten brauchte Marga keine Decken mehr. Sie legte sie ans Fußende und sah verträumt in das Feuer. »Schön!«, flüsterte sie. Außer dem Knistern des Holzes war kein Geräusch zu hören.

»Du bist schön«, sagte er leise, »so friedlich und gelöst, wie du daliegst. Alle Sorgenfalten sind verschwunden. Darf ich zu dir kommen und dir die Füße massieren?«

Sie nickte und schloss genießerisch die Augen. Und während die Wärme des Feuers bis in ihr Innerstes vordrang, sie sich vollkommen entspannte, fühlte sie, wie er ihren rechten Strumpf auszog und seine Hände über ihren Fuß gleiten ließ.

Seine Hände waren weich, warm und unendlich zärtlich. Mit gleichmäßigen, kreisenden Bewegungen streichelten und massierten sie ihren Fuß, ließen auch die Zehen nicht aus, die sie sanft kneteten, drückten und zupften.

Marga genoss die ungewohnten Berührungen, die Entspannung und die Wärme, die sie im ganzen Körper erzeugten. Sie war schon fast eingeschlafen, als Thies ihr liebevoll den Strumpf wieder anzog und sich den linken Fuß vornahm. Nun wusste sie, was auf sie zukam, und konnte die Massage vom ersten Augenblick an genießen. Fast war sie enttäuscht, als er ihr auch diesen Strumpf wieder anzog.

»Das war schön«, sagte sie schlaftrunken. »Danke.«

»Gern geschehen, Marga«, sagte er leise und ließ seine Hände ihre Beine hinaufwandern. Behutsam, doch unbeirrbar, suchten sie ihren Weg. Langsam, ganz langsam, glitten sie die Taille hinauf und fanden den Weg unter Margas Bluse.

Marga spürte Küsse auf ihrem Hals und ihrer Schulter. Sein Mund und seine Hände gingen auf Wanderschaft. Sie lag still da und genoss seine Liebkosungen. Ab und zu entfuhr ihr ein kleiner, behaglicher Seufzer. Als sie merkte, dass er sie ausziehen wollte, half sie ihm. Sie konnte nicht schnell genug aus ihren Kleidern kommen.

Er sah sie staunend an. »Wie schön du bist!«, sagte er voller Bewunderung.

Noch nie hatte Marga so eine fast schmerzhafte, ziehende Lust verspürt. Sie spürte diese Lust in allen Fasern ihres Körpers, der sich nach Thies sehnte, der förmlich nach ihm schrie und es kaum noch aushielt, darauf zu warten, endlich von ihm geliebt zu werden. Seit Erich sie in der Hochzeitsnacht mit Gewalt genommen hatte und von da an regelmäßig auf seinem vermeintlichen Recht als Ehemann beharrte, hatte Marga gedacht, sie könne nie mehr in ihrem Leben lieben. Und jetzt stellte sie mit Erstaunen fest, dass sie nichts anderes wollte, als mit Thies zusammen zu sein, sich ihm hinzugeben, mit ihm zu verschmelzen. Die Lust zerriss sie fast und ließ keine anderen Gedanken zu.

Thies küsste sich von ihrem Nabel an abwärts und Marga schloss hingebungsvoll die Augen. Er bereitete ihr einen unvergleichlichen Genuss, als er Stellen ihres Körpers küsste, an denen sie nie zuvor so zärtlich berührt worden war. Sie bäumte sich auf und drängte sich ihm entgegen, als sie spürte, dass der Höhepunkt nicht mehr lange auf sich warten lassen würde.

Schon war er über ihr. Während er in sie eindrang, sahen sie sich an, liebevoll, innig, voller Zuneigung füreinander. Zuerst war sie erschrocken über die Fremdheit, das Ungewohnte, ehe sie sich auf seinen Rhythmus einließ und mit ihm mitging, seinen nackten Oberkörper umschlang und ihre Hand zu seinem Gesäß hinuntergleiten ließ.

Und als er schließlich schwer atmend neben ihr lag, in inniger Umarmung, fragte sie sich benommen: Was war das nur? War das Wirklichkeit gewesen oder nur ein Traum? Die nagenden Gedanken kehrten allmählich zurück. Warum war sie nicht bei ihm geblieben, warum hatte sie sich dem Willen ihrer Eltern gebeugt und Erich geheiratet? Warum sollte sie dazu verdammt sein, für den Rest ihres Lebens unglücklich zu sein?

Sie drehte den Kopf zu ihm hin. Sie liebte Thies, hatte ihn immer geliebt. Voll inniger Zärtlichkeit sah sie ihn an, nahm seinen männlich-herben Geruch wahr und lauschte seinem ruhiger werdenden Atem. Er war eingeschlafen. Sie griff nach der Decke und deckte sich und ihn damit zu. Erschöpft schmiegte sie sich in seine Halsbeuge und schloss nun ebenfalls die Augen. Und wenn dies der letzte Tag meines Lebens gewesen sein sollte, dachte sie, bevor sie wegdämmerte, soll es so sein. Dann war er wenigstens schön.

FÜNFZEHN

Am nächsten Tag

Leni verbrachte die Mittagspause damit, Bärbel zu trösten, auch wenn sie selbst noch innerlich zitterte. Starke Emotionen tobten in ihr. Eine unbändige Wut auf Kruskopp erfüllte sie. Nie zuvor hatte sie sich dermaßen erniedrigt gefühlt wie in dem Augenblick, als er sie mit seinen kalten, groben Händen betatschte, als gehöre sie ihm. Nie zuvor hatte sie einen solchen Ekel verspürt, vermischt mit Angst. Sie wusste nicht, was in ihm vorgegangen war und wie er damit umgehen würde, dass sie ihn getreten hatte. Würde er sich rächen? Was hatte er vor? Ja, sie war sich sicher, dass er diesen Vorfall nicht auf sich beruhen lassen würde. Schlimmstenfalls würde er sie anzeigen. Auf jeden Fall würde sie ihre Arbeit verlieren.

Inzwischen hatte sich auch Rieke zu ihnen gesellt. Sie standen draußen vor dem Werkstor und aßen Butterbrote und Äpfel. Keiner hatte bemerkt, dass Leni weggewesen war und sich umgezogen hatte. Zwei Männer waren dabei, den Hof zu kehren. In der Ferne bellte ein Hund.

Leni streichelte Bärbel sanft am Arm. »Mach dir nichts draus«, sagte sie, »Hunde, die bellen, beißen nicht.« Sie wollte zu gern selbst daran glauben!

»Hunde vielleicht nicht«, sagte Bärbel schniefend.

»Aber der Kruskopp schon. Ich habe Angst vor ihm. Habt ihr vergessen, dass er mich geschlagen hat? Er hat mir befohlen, schneller und genauer zu arbeiten, sonst könne ich meinen Kram packen und gehen. Lieber wäre es ihm, ich würde von mir aus die Segel streichen, denn ich hätte sowieso zwei linke Hände. Auch das hat er gesagt. Ich komme nur auf 100 Wickel am Tag, die schnellsten Mädels hier bringen es auf 600. Ich strenge mich so sehr an. Aber mehr schaffe ich nicht. Je schneller ich werde, desto mehr Wickel werden nichts und ich muss sie wieder aufmachen. Wieder und wieder. Es ist ein Teufelskreis. Was soll ich nur tun?«

Leni und Rieke blickten sich hilflos an. Bärbel war tatsächlich eines der langsamsten und ungeschicktesten Mädchen in der Zigarrenfabrik. Aber gerade sie brauchte die Arbeit, um ihre Familie zu unterstützen. Eine Alternative gab es nicht.

»Es bringt nichts, wenn du dich von ihm unter Druck setzen lässt«, sagte Rieke entschieden. »Das macht die Sache nicht besser, im Gegenteil. Du musst ihn ausblenden, während du arbeitest, ihn einfach vergessen, an etwas anderes denken!«

»Das kann ich nicht«, jammerte Bärbel. »Woran soll ich denn denken? Es gibt doch nichts Schönes!«

»Bring ihr doch mal eine Illustrierte mit, Rieke«, fiel Leni ein. »Die mit Bruni Löbel und Hardy Krüger auf dem Titelblatt. Wir haben sie beide schon ausgelesen. Die Artikel darin bieten genug Stoff zum Träumen.« Sie selbst musste auch unbedingt auf andere Gedanken kommen. Ihr wurde übel, wenn sie nur an Kruskopp dachte. Sie überlegte kurz, ob sie erzählen sollte, was er mit ihr gemacht hatte, unterließ es aber, da sie sich zu sehr schämte. Vielleicht lag es ja an ihr, dass es so weit gekommen war. Vielleicht hatte sie sich zu aufreizend angezogen. Ihre Bluse war eng und ließ die Konturen ihres Körpers erahnen, und der Büstenhalter zeichnete sich ab. In Zukunft wollte sie darauf achten, ihn mit ihrer Kleidung nicht mehr zu reizen.

»Ich habe sie sogar dabei!«, rief Rieke. »Wartet hier auf mich, ich hole sie!«

Leni und Bärbel sahen ihr nach, wie sie die Stufen zur Fabrikhalle hinaufstieg und hinter der schweren Eisentür verschwand.

»Ich gehe heute Abend ins Kino«, sagte Leni, um Bärbel aufzuheitern. »Vielleicht hast du Lust, mitzugehen?« Kaum ausgesprochen, bereute sie bereits, was sie gesagt hatte.

»Ja, gerne. Wer kommt noch mit?«

»Ach, nur ein junger Mann«, sagte sie mit einer wegwerfenden Handbewegung.

»Kenne ich ihn?«

»Ich weiß nicht … so interessant ist er nicht.« Leni überlegte angestrengt. Was sollte sie nur sagen? Wie konnte sie zurücknehmen, was sie vorgeschlagen hatte? »Wenn ich es mir recht überlege, ich kann mir vorstellen, dass das Thema nichts für dich ist«, sagte sie zögerlich. »Nächsten Monat zeigen sie einen Film mit Cary Grant. Den magst du doch! ›Arsen und Spitzenhäubchen‹, der soll spannend sein.«

»Und heute Abend?«

Leni sah verzweifelt zur Fabriktür hinüber. »›Casablanca«‹, stöhnte sie. »Mit Bogart und der Bergman. Ein bisschen düster und langweilig. Viel Gerede um nichts, wenig Spannung, kein Happy End, ein Kriegsfilm eben.«

»Von dem Film habe ich schon gehört. Der soll gut sein. In Ordnung, ich gehe mit.«

Leni sah sie bestürzt an. »Da geht es um Krieg! Keiner will mehr etwas vom Krieg hören!«

»Und warum gehst du dann hin?« Als Leni keine Antwort wusste, fuhr Bärbel fort: »Pah, da geht es auch um Liebe. Ein schöner, romantischer Liebesfilm soll das sein!«

»Na wenn du meinst. Aber beklage dich hinterher nicht bei mir. Das Ende ist tragisch. Sie kriegen sich nicht.«

»Wann treffen wir uns am Kino?«

»Um halb acht«, sagte Leni ermattet. Sie wusste nicht, ob sie sich überhaupt noch auf den Abend mit Richard freuen würde, nach dem, was sie mit Kruskopp erlebt hatte. Sie hoffte, dass sie heute niemand mehr anfasste, das würde sie nicht ertragen.

»Ich bin da. Garantiert pünktlich!«, sagte Bärbel fröhlich. »Ich war schon so lange nicht mehr im Kino! Zum Geburtstag habe ich etwas Geld bekommen. Ich soll etwas Schönes unternehmen, hat Oma gesagt.«

Rieke tauchte wieder auf, mit zwei Magazinen in der Hand. »Ich wollte sie sowieso verleihen. Du bist die Erste«, rief sie fröhlich.

»Oh, danke, die neue ›Constanze‹!« Bärbel strahlte und nahm Rieke die Zeitschriften ab. »Die habe ich schon am Kiosk gesehen. Aber mit meinem mickrigen Gehalt kann ich sie mir nicht leisten. Die kostet 60 Pfennige.«

»Nimm sie nur, sie zeigt die neueste Mode. Die Wellenlinie von Dior – weit geschwungene Glockenröcke mit breitem Gürtel. Und Hosen werden modern! Ganz enge Hosen, die bis zu den Knöcheln reichen, Caprihosen genannt, weil sie gut zu Italien passen. Die schicken Italienerinnen tragen die auf der Promenade. Als Oberteil dazu ein lockerer schwarzer Pullover oder ein Twinset, und du bist ausgehfertig!«

»Ein Twinset?«

»Ein Pulli mit farblich passender Strickjacke. Hm, das sieht elegant aus! Und mit dem anderen Magazin kannst du alles zu Hause nacharbeiten, wenn du Zeit und Geld hast.«

»›Der neue Schnitt‹«, murmelte Bärbel. »Das Magazin kenne ich noch nicht. Meine Mutter kann gut nähen. Vielleicht näht sie mir ja etwas Schönes.«

»Hast du es gut«, sagte Leni, die sich immer noch darüber ärgerte, dass sie Bärbel von dem Kinofilm erzählt hatte. »Meine Mutter kann auch nähen und stricken. Aber ihre Kleidungsstücke sehen immer aus wie aus der Vorkriegszeit. Sie will, dass wir lange Blümchenkleider tragen. Sie interessiert sich nicht für Mode.«

Ein Gong ertönte.

»Wir müssen gehen«, sagte Rieke. »Die Pause ist vorbei. Du kannst die Hefte so lange behalten, wie du willst. Dann gibst du sie einfach an Helga weiter.«

Im ersten Stockwerk wurde ein Fenster aufgerissen. »Auf geht's, meine Damen«, brüllte Kruskopp in den

Hof hinunter. »Haben Sie den Gong nicht gehört? Hier wird nicht getrödelt. Jede versäumte Minute wird nachgeholt oder vom Lohn abgezogen, denken Sie daran.« Mit einem Ruck schloss er das Fenster.

*

Gegen Abend waren Leni und ihre Oma Frida allein in der Küche. »Nun iss mal, Kind!«, ermahnte Frida. »Ich habe extra für dich Arme Ritter gemacht und du würdigst das Essen nicht einmal.«

»Entschuldige, aber ich bin verabredet. Ich gehe heute Abend noch mal weg.«

»Verabredet? Mit wem?«

»Mit Bärbel, Oma. Wir gehen ins Kino.«

»Kaum hast du Geld in der Tasche, musst du es mit vollen Händen ausgeben!« Vorwurfsvoll kratzte Frida eine große Portion aufgeweichtes Brot mit Eiern und Speck in der Pfanne zusammen.

Leni trank einen Schluck Hagebuttentee. Sie wollte ihre Oma nicht vor den Kopf stoßen, aber sie hatte mit Richard ausgemacht, direkt nach der Arbeit zu ihm zu kommen. Er wollte vor dem Kino noch etwas an ihrem Bild weitermalen. Sie hatte keinen Appetit, aber sie wusste, dass Frida beleidigt sein würde, wenn sie nicht wenigstens probierte.

»Es schmeckt gut, Oma. Nur kann ich heute nicht so viel essen.«

»Was ist los? Sonst kriege ich dich kaum satt, und heute schaffst du nicht einmal eine halbe Portion?«

Leni sah sich suchend um. »Wo sind die anderen?«

»Deine Mutter ist mit den Kleinen auf den Deich gegangen; sie wollen ihren selbst gebauten Drachen steigen lassen. Dein Papa und dein Opa sind im Klöntje auf ein Bier und ein Korn und Rieke hat sich hingelegt. Sie war müde und sah schlecht aus. Warum seid ihr nicht zusammen heimgekommen?«

»Rieke hatte noch ein Gespräch mit Herrn Kruskopp«, antwortete Leni bekümmert.« Sie stand auf. »Ich sehe mal nach ihr.«

Rieke lag auf ihrem Bett und starrte die Zimmerdecke an.

»Alles in Ordnung mit dir?«, fragte Leni. »Geht's dir gut?«

»Ja«, sagte Rieke matt. Sie war sehr blass. »Alles in Ordnung.«

»Was wollte Kruskopp denn von dir?«

»Ach, nichts weiter. Ich soll mich mehr anstrengen.«

»Nichts weiter?«

»Nein.«

Leni spürte, dass etwas nicht in Ordnung war. Ganz und gar nicht. Aber sie wusste nicht, wie sie es aus Rieke herauskitzeln sollte, ohne sich selbst die Blöße zu geben. Vielleicht hatte Rieke Ähnliches mit Kruskopp erlebt? Beklommen stand Leni in der Tür. Sie konnte und wollte nicht darüber sprechen, denn dann wäre sie nicht mehr in der Lage gewesen, sich mit Richard zu treffen.

»Dann geh ich jetzt, Rieke, ja?«

»Ja, ich wünsche dir viel Spaß!«

*

»Herr Deimann junior erwartet Sie bereits. Folgen Sie mir bitte!«

»Danke, Johanna, ich kenne den Weg!«, sagte Leni, der es unangenehm war, vom Hausmädchen begleitet zu werden.

»Herr Deimann hat mir aufgetragen, Sie zu ihm zu führen.« Johanna strich sich über ihre gestärkte Schürze und ging voran.

»Wie oft am Tag laufen Sie diesen Weg?«, fragte Leni völlig außer Atem.

»Och, das weiß ich nicht. Ich bin von morgens 6 Uhr bis abends 10 Uhr auf den Beinen. Bei Festen auch länger. Das bin ich gewöhnt.«

»Haben Sie denn nie frei?«

»Doch, einmal im Monat den Sonnabendnachmittag. Da fahre ich nach Hause und besuche meine Eltern.«

Leni sah sie schockiert an. In der Vergangenheit hatte sie sich oft benachteiligt gefühlt. Dabei hatte sie außer dem Sonnabendnachmittag auch noch den Sonntag frei.

»Wo wohnen Ihre Eltern?«

»In Leer. Die freuen sich immer, wenn ich komme und ihnen etwas mitbringe. Manchmal einen Schinken oder Käse, Wein und Schokolade. Grit, die Köchin der Deimanns, besteht darauf, mir jedes Mal den Korb zu füllen, wenn ich nach Hause fahre. Auch ein Pfund Kaffee ist immer dabei. Der reicht bis zum nächsten Monat, wenn ich wiederkomme. Aber ich soll es nicht weitersagen. Die Herrschaften haben womöglich nichts dagegen, aber es ist vielleicht besser, nicht zu fragen. Wer nicht fragt, bekommt keine dumme Antwort, sagt Grit immer. Du behältst es bitte für dich, Leni, in Ordnung?«

»Natürlich, du hast mein Wort!«

»Du sagst auch Richard nichts? Ich bin manchmal eine fürchterliche Klatschbase, ich sollte darauf achten, was ich erzähle.«

»Nein, niemandem, Johanna, versprochen!«

Sie waren im Dachgeschoss angekommen. Das Hausmädchen klopfte an die Tür des Ateliers.

»Herein!«, rief eine männliche Stimme und Johanna drückte die Klinke herunter. »Ihr Besuch ist da, Herr Deimann!«

»Danke, Johanna!« Er begrüßte Leni mit Handschlag. Johanna zog sich zurück.

Leni bekam Herzklopfen, als sie ihn sah. Seine durchtrainierte Figur war ihr von Anfang an aufgefallen, und sie mochte seine welligen Haare, die ihm locker in die Stirn fielen. Vor allem seine strahlend blauen Augen hatten es ihr angetan. Es musste das Licht sein, das sie zum Leuchten brachte. Er trug seinen mit Farbe besprenkelten Malerkittel, also war er schon bei der Arbeit.

»Komm herein, Leni«, sagte er mit seiner sanften Stimme und zog sie an den Händen in seine Werkstatt. »Fühl dich wie zu Hause. Was darf ich dir anbieten? Einen Cognac, Asbach oder Doornkaat?«

Leni wollte gerade zu einer Antwort ansetzen, als ihr Blick auf eine Frau fiel, die nackt ausgestreckt auf einem Diwan lag. Mit offenem Mund blieb sie stehen. »Wer ist das?«, stammelte sie und erkannte die Dame im gleichen Augenblick. Es war Richards Tanzpartnerin aus der Milchbar Klocker.

»Oh, du kennst sie ja noch gar nicht! Das ist Mimi! Mimi, darf ich dir eine Freundin vorstellen: Leni!«, sagte

er und strahlte wie ein Hausherr, der sich seiner Gast-
geberqualitäten bewusst war.

Mimi reckte sich, stand langsam auf und kam Leni
entgegen. Sie unternahm gar nicht erst den Versuch, ihre
Nacktheit zu verbergen. Sie schien keinerlei Schamge-
fühle zu haben. Mimi hatte eine sehr frauliche Figur –
wohlgeformt und gut proportioniert. Ihr Gesichtsausdruck war freundlich, aber eine Spur arrogant. Die
Haare trug sie der neuen Mode entsprechend kurz und
hellblond gefärbt. Ihr Mund war knallrot geschminkt.
»Guten Tag, Leni«, sagte sie kühl und streckte ihr die
Hand entgegen. »Guten Tag«, sagte Leni und ignorierte
die ausgestreckte Hand. Es kam ihr seltsam vor, von
einer unbekannten, nackten Frau begrüßt zu werden.

»Lass uns weitermachen«, sagte Richard und räusperte sich. »Leni und ich haben noch etwas vor heute.«

»Okay«, sagte Mimi Kaugummi kauend und ließ
sich wieder auf dem Diwan nieder. Kaum lag sie, sah
sie Richard herausfordernd an und zwinkerte ihm mit
ihren langen Wimpern zu.

»So wie eben, Mimi«, sagte Richard geschäftsmäßig.
»Die eine Hand in die Seite und die andere Hand nach
oben hinter den Kopf. Streck deine Brüste etwas raus
und reck dein Kinn vor. Ja … so! Prima! Die Schenkel
darfst du ruhig wieder etwas mehr zusammennehmen.«
Er räusperte sich. Seine Zunge trat zwischen den Lippen hervor. Seine Augen nahmen den starren, konzent-
rierten Blick an, den Leni bei ihm schon kannte. Er war
wieder in seiner Welt angekommen. Leni setzte sich auf
einen Sessel und blätterte in einer der Illustrierten, die
auf dem Couchtisch herumlagen. Ein Bericht über eine

blutjunge Schauspielerin aus der Schweiz fesselte sie. Deren Name hatte sie noch nie gehört: Lieselotte Pulver. Sie trug den gleichen Haarschnitt wie Mimi, nur in dunkel, und sie hatte ein reizendes Lächeln. Leni würde sich auch gern die Haare so kurz schneiden lassen, wenn ihre Mutter es ihr erlauben würde.

»Leni, mir ist gerade eine Idee gekommen. Magst du dich dazulegen?«, riss sie Richards sanfte Stimme aus ihren Gedanken.

Leni schrak hoch. »Was sagst du?«, stammelte sie.

»Na, zu Mimi. Ihr passt wunderbar zusammen. Sie mit ihren kurzen hellen Haaren und du mit deinen langen dunklen Zöpfen. Der Kontrast sähe hinreißend aus!«

»Aber doch nicht nackt!«, rief sie aus.

Mimi zog gelangweilt eine Augenbraue hoch.

»Warum denn nicht? Nacktheit ist doch etwas sehr Schönes und Natürliches. Ich fasse euch auch nicht an, versprochen!« Er hob zum Beweis abwehrend seine Hände hoch. »Ich will nur malen, nichts weiter.«

»Nanu, was höre ich da, du fasst mich nicht mehr an?«, fragte Mimi mit gespielt beleidigtem Gesichtsausdruck.

»Ich habe noch nie etwas getan, was mein Modell nicht möchte«, sagte Richard gespreizt. »Und jetzt sei still, Mimi, sonst drehe ich dir den Hals um.« Er warf ihr einen warnenden Blick zu.

Mimi zog einen Schmollmund.

»Wie lange würde es denn dauern?«, fragte Leni, die auf einmal das Gefühl hatte, es den beiden beweisen zu müssen. Sie wollte nicht länger hinter Mimi zurückstehen. Womöglich hielt Richard sie sonst noch für verklemmt.

»Nicht lange«, sagte Richard. »Ich würde heute nur eine erste Skizze anfertigen. Niemand drängt uns. Das Bild kann ich auch später noch fertigstellen. Ohne Mimi«, fügte er hinzu und erntete von der Blondine einen abfälligen Blick.

Da hatte Leni schon begonnen, sich auszuziehen.

✻

»Wo ist eigentlich Leni?«, fragte Gerda Harmsen beim Abendessen der Großfamilie am Esstisch. Es roch nach Bratkartoffeln mit gebratenem Schinkenspeck.

»Ich dachte, du wüsstest Bescheid, Mama«, antwortete Rieke kauend.

»Ach, woher denn, wenn mir niemand etwas sagt.«

»Sie ist bei Bärbel.« Rieke schob schnell eine Gabel Bratkartoffeln nach und sah ihre Mutter vorsichtig von der Seite an. Sie wollte sie nicht anlügen, aber sie hatte Leni versprochen, ihr zu helfen. Außerdem hatte ihre Mutter Gerda zu dem Thema Wahrheit und Lüge ein entspanntes Verhältnis – sonst hätte sie die Erziehung ihrer sieben Kinder nicht so locker angehen können.

»Ach ja«, sagte sie daher nur, ohne weiter nachzufragen, und fügte hinzu: »Möchte noch jemand Hagebuttentee?« Damit war das Thema für sie beendet.

Fast jeder wollte noch eine Tasse und Gerda schenkte eifrig nach.

»Schmeckt's euch denn?«, fragte Oma Frida. Sie blickte stolz in die Runde.

»Lecker wie immer«, sagte Opa Knuth wie auf Knopfdruck und wischte sich den Mund mit dem Handrücken ab. »Hast du wieder gut gemacht, min Deern, so 'ne ordentliche Pfanne Bratkartoffeln hält Körper und Geist zusammen, sag ich immer. Nu brauche ich aber meinen Schnupftabak und danach lege ich mich ein bisschen aufs Ohr.«

»Mach das man, Opa«, sagte Frida. »Schade, dass unsere Leni nicht da ist, aber ich lass ihr was übrig, das mache ich ihr später noch mal warm.«

»So ist es recht, Matje«, brummte ihr Mann und holte mit steifen Fingern seinen Tabak aus der Brusttasche seines blauen Arbeitshemdes hervor. »Man muss sich immer schön warm halten.«

»Irma und Harri, ihr macht euch jetzt bettfertig«, sagte Gerda in bestimmtem Tonfall und wandte sich an ihre Älteste. »Rieke, hilfst du ihnen bitte dabei, auch Ohren waschen und Zähne putzen, und machst dann mit Oma zusammen den Abwasch? Ihr wisst ja, ich habe heute das Doppelte an Wickeln zu machen, weil ich mich gestern unentwegt um Bruno kümmern musste. Zum Glück hat er fast kein Fieber mehr, sonst hätte ich heute Doktor Clausen rufen müssen.« Sie stand auf, um nach ihrem kranken Sohn zu sehen. Vor einer Stunde hatte sie ihm und den beiden anderen Kleinen ihren Grießbrei gegeben und sie anschließend ins Bett gebracht.

»Und ich muss noch mal zu den Kühen«, sagte Gustav und erhob sich ebenfalls. »Bei Alke könnte es heute so weit sein. Ihr Kälbchen ist unterwegs. Mal sehen, ob es ohne Tierarzt geht.«

So begann im Hause Harmsen der Abend, der erst nach Mitternacht ein Ende finden sollte, wenn Gerda völlig erschöpft nach Hausarbeit, Kindererziehung und vier bis fünf Stunden Heimarbeit todmüde neben ihren Mann ins Bett sinken würde.

*

Leni stand unschlüssig neben dem Diwan. Ihre Unterwäsche hatte sie anbehalten.

»Und nun?«, fragte Richard und sah sie belustigt an.

Mimi betrachtete gelangweilt ihre rot lackierten Fingernägel.

Leni zuckte verschämt mit den Schultern.

»Es ist in Ordnung, Leni«, sagte Richard verständnisvoll. »Du musst dich nicht weiter ausziehen, wenn du nicht willst. Leg dich einfach zu Mimi, so wie du bist. Ich finde dich auch mit Unterhemdchen und Baumwollschlüpfer ausgesprochen nett anzusehen.« Er zwinkerte ihr zu. »So, wie ich euch male, ist es Kunst. Es ist nichts Schlimmes, nichts Verwerfliches, verstehst du?«

Mimi rollte die Augen. »Nichts Verwerfliches? So?«

Leni wurde knallrot. Mimi machte ihr notgedrungen Platz, und Leni legte sich zögernd neben sie, darauf bedacht, keinen Körperkontakt mit ihr zu haben.

»Sehr hübsch, ihr zwei«, sagte Richard, »Genau so habe ich es mir vorgestellt!« Er legte das angefangene Bild von Mimi zur Seite und fertigte mit schnellen Bleistiftstrichen eine neue Skizze an.

Langsam legte sich Lenis Nervosität. Sie schaute sich

etwas von Mimis entspannter Körperhaltung ab und versuchte, sie nachzumachen.

»Wunderbar«, rief Richard begeistert, »ich kann mir vorstellen, dass das eines der besten Bilder wird, die ich je gemalt habe! Mimi, magst du vielleicht deine Unterwäsche wieder anziehen?«

»Warum?«

»Damit es gleich aussieht.«

»Puh, ich will doch nicht aussehen wie die!«

»Tust du doch nicht, wenigstens das Höschen, bitte, Mimi!« Er warf es ihr zu und Mimi zog es widerwillig an. »Wenn es dich glücklich macht!«

Eine Stunde später verabschiedete er Mimi mit Wangenküsschen und zog sich zurück, um sich umzuziehen. Die Zeit drängte. Leni sollte ihren ersten Kinofilm nicht verpassen.

Als er zurückkam, sah er völlig verändert aus. Er trug eine dunkelgraue Flanellhose und einen schwarzen Rollkragenpullover. Leni, die inzwischen wieder in ihr Kleid geschlüpft war und sich die Haare gebürstet und zu strammen Zöpfen geflochten hatte, sah bewundernd zu ihm auf.

»Zufrieden mit deiner ersten Aktsitzung?«, fragte er und grinste übers ganze Gesicht.

»Ja, schon«, antwortete Leni verlegen. »Es war gar nicht so schlimm!«

»Dann komm!« Galant reichte er ihr seinen Arm.

»Fahren wir wieder mit dem Auto?«, fragte sie aufgeregt, während er sein Atelier abschloss.

»Magst du?«

Leni strahlte. »Ehrlich gesagt war ich beim letzten

Mal so aufgeregt, dass ich kaum etwas mitbekommen habe. Ich hatte Schmerzen an der Hand und Angst vor dem Krankenhaus.«

»Diesmal wird es ein Vergnügen für dich sein.«

Unbemerkt von den anderen Hausbewohnern gelang es ihnen, durch den Hintereingang zu entwischen. Leni wartete, während Richard den nagelneuen Ford Taunus M aus der Garage fuhr. Ihr Herz klopfte gewaltig, als er sie aufforderte einzusteigen. »Fahr aber nicht so schnell«, sagte sie aufgeregt, als sie neben ihm Platz genommen hatte.

»Keine Sorge, das mache ich nicht«, meinte er fröhlich. »Der Wagen hat übrigens 38 PS, fährt bis zu 110 Kilometer pro Stunde. Ein Wahnsinn, oder? Dir würde schlecht werden, sollte ich die Geschwindigkeit wirklich mal ausreizen. Wir machen gleich eine kleine Probefahrt über die Landstraße. Halt dich fest!«

Mit quietschenden Reifen fuhr er aus der Hofeinfahrt und verließ nach kurzer Zeit die Norderstraße, um mit Leni auf der Landstraße in Richtung Leer sein neues Spielzeug auszutesten.

»Und? Was sagst du? Habe ich dir zu viel versprochen?«

»Toll, es ist atemberaubend, Richard, so schön habe ich es mir nicht vorgestellt!« Sie hielt sich am Haltegriff fest.

»Dabei sind es gerade mal 80 Kilometer pro Stunde. Schneller kann ich hier nicht fahren.«

»Das sollst du auch nicht! Was kostet so ein Wagen eigentlich? Mein Vater träumt auch davon, aber er wird sich nie einen leisten können.«

»Willst du das wirklich wissen? Nun, es gibt auch kleinere Modelle, einen Volkswagen zum Beispiel, aber dieser hier hat fast 8.000 Mark gekostet«, sagte er nicht ohne Stolz. »Mein Vater wollte ihn mir zum Geburtstag schenken, aber es war mir wichtig, ihn selbst zu bezahlen. Mein Leben lang habe ich Geld von meinem Vater angenommen, aber das will ich nicht mehr. Ich will nicht länger von ihm abhängig sein. Jede einzelne Mark für das Automobil habe ich selbst verdient, durch den Verkauf meiner Bilder und durch die Außendienstgeschäfte, die ich gelegentlich für meinen Vater übernehme. Wir liefern unsere Produkte in ganz Ostfriesland aus, weißt du. Und Fahrdienste sind die einzige Arbeit, die in der Firma anfällt, die ich wirklich gern mache.«

»Mein Vater liebt eure Zigarren«, sagte Leni schüchtern. »Nur mein Opa bevorzugt Schnupf- oder Kautabak.«

»Dein Opa hat keine Ahnung, was ihm entgeht. Ich will ihm bei Gelegenheit mal eine kleine Kiste zukommen lassen«, sagte Richard lachend. »Nein, nein, er hat recht. Ich glaube, Rauchen ist nicht gut für die Gesundheit, auch wenn viele das Gegenteil behaupten. Ich spüre, wie sich der Rauch auf meine Atemwege legt und ich anfange zu husten. Es kann nicht gut sein. Vater leidet oft an Luftnot und Husten, aber er will es sich nicht eingestehen. Er meint sogar, der Zigarrenrauch sei gut für seine Atemwege, würde alles freipusten. Er muss es wissen. Ich selbst habe nicht dieses Laster, zum Leidwesen meines Vaters, aber wenn ich auswärts Kundentermine habe, muss ich ab und zu eine mitrauchen. Das gehört nun mal zum guten Ton; sonst wäre ich unglaubwürdig und keiner würde mir mehr Zigarren abnehmen.« Er blickte zu ihr hinüber und lachte.

»Was ist das eigentlich für eine Uhr?«, fragte Leni und deutete auf ein Gehäuse mit Zeigern vor Richard. »Die Zeit zeigt sie jedenfalls nicht an.«

Richard folgte ihrem Blick. »Ach das«, sagte er lächelnd, »das ist was ganz Tolles: eine Benzinuhr. Ganz neu, so was haben andere Autos nicht. Damit kannst du sehen, ob du tanken musst. Bei meinem alten Auto musste ich immer mühsam mit einem Stab im Tank herumstochern, um herauszufinden, wie viel noch drin war. Das hier ist viel praktischer! Eine geniale Erfindung. Sie wird sich sicher durchsetzen. Bald wollen alle so etwas haben!«

»Klasse!«, sagte Leni bewundernd. »Wenn das mein Vater wüsste! Es würde ihn begeistern.«

»Ich würde ihn gerne mal mitnehmen. Richte ihm das bitte aus«, sagte Richard und lenkte den Ford lässig an der Ems entlang. »So, wir haben Leer erreicht. Da vorne werde ich wenden und dann geht's mit Vollgas zurück nach Weener. Gefällt dir die kleine Spritztour?«

»Sehr«, sagte Leni und sah ihn bewundernd von der Seite an. »Das ist viel besser als Eisenbahnfahren. Und viel schneller und bequemer!«

»Und jetzt zeige ich dir noch etwas, pass auf!« Er drehte an einem Knopf und kurz darauf ertönte Lale Andersens sonore Stimme. Sie besang eine blaue Nacht am Hafen, und alles war so wunderbar! Das Lied passte zur Stimmung. Es war ein klarer, kalter Abend, am Himmel leuchteten die Sterne, und der Vollmond spiegelte sich auf dem Wasser der Ems.

Leni blickte dankbar zu Richard hinüber und fühlte sich so wohl und glücklich wie nie zuvor in ihrem Leben.

Vor dem Kino wartete Bärbel mit einem neuen Kleid und frisch gewaschenen Haaren, die sie zu Affenschaukeln frisiert hatte. Lenis Herz machte einen Satz. Sie bereute es bitter, ihr von dem Film erzählt zu haben. Und das nur, um sie aufzuheitern! Gleichzeitig schämte sie sich für ihre egoistischen Gedanken.

»Moin, Bärbel«, sagte sie matt. »Bist du auch hier?«

»Warum sollte ich nicht hier sein? Du hast dich doch mit mir verabredet!« Sie starrte Richard an.

Leni wurde rot. »Na ja, eigentlich habe ich dir nur von dem Film erzählt«, wand sie sich. »Das ist übrigens Richard«, sagte sie mit unbeweglicher Miene. Und, an Richard gewandt: »Bärbel, eine Arbeitskollegin.«

»Ich weiß doch, wer er ist! Du musst ihn mir nicht vorstellen«, sagte Bärbel. »Er ist der Juniorchef und du hast schon mal mit ihm getanzt.« Sie sah verwundert zwischen Leni und Richard hin und her.

»Sie arbeiten auch in der Zigarrenfabrik?«, fragte Richard freundlich und gab Bärbel die Hand. »Sehr erfreut! Hoffentlich haben wir einen schönen Abend miteinander. Der Film ist übrigens hervorragend. Ich kenne ihn bereits, aber Leni sieht ihn heute zum ersten Mal. Wie sieht es mit Ihnen aus?«

»Ich habe ihn noch nie gesehen und bin sehr gespannt«, sagte Bärbel förmlich. Sie strahlte ihre Freundin an, zwinkerte ihr zu, aber Leni schaute weg.

»Na, da wollen wir mal«, sagte Richard und hakte sich bei den jungen Damen rechts und links ein.

Leni saß in der Mitte zwischen Richard und Bärbel, die ununterbrochen in ihre Popcorntüte griff und mit dem Papier raschelte. Sie hätte sich so gewünscht, allein mit Richard im Kino zu sitzen – ohne Bärbel. Es gelang ihr kaum, sich auf den Film zu konzentrieren, zu sehr war sie von Richards Anwesenheit abgelenkt. Wenn er sie doch nur einmal berühren würde! Aber das tat er nicht. Er blickte starr geradeaus, als sähe er den Film zum ersten Mal. Leni ärgerte sich darüber. Wenn Bärbel nicht dabei gewesen wäre, hätte er sich sicher getraut, ihre Hand zu nehmen, sich an ihr anzulehnen oder sie vielleicht sogar zu küssen. Möglicherweise war das heute ihre einzige Chance, womöglich ging Richard nie mehr mit ihr ins Kino! Sie sah ihn kurz von der Seite an. War er enttäuscht, dass sie Bärbel ins Kino eingeladen hatte? Wenn es so war, dann war er zu höflich und zu gut erzogen, um sich seine Enttäuschung anmerken zu lassen. Sicher dachte er, sie wolle nicht mit ihm allein sein und hätte deswegen ihre Freundin gebeten, mitzukommen.

Leni hatte versagt. Sie war zum ersten Mal in ihrem Leben verliebt und hatte alles verdorben. Vorsichtig blickte sie noch einmal zu Richard hin und versuchte, seine Miene zu ergründen, aber es war zu dunkel im Saal. Sie konnte ihn nur schemenhaft erkennen und feststellen, dass er unentwegt nach vorn sah, zur Leinwand hin, auf der Humphrey Bogart gerade mit ernster Miene mit Ingrid Bergman sprach. Richard war nur eine Handbreit von ihr entfernt. Es war so schön, ihn neben sich zu wissen. Leni fühlte sich in seiner Nähe sicher und geborgen.

SECHZEHN

Am nächsten Morgen

Thies hatte die Pferde geputzt und gesattelt. In der Stallgasse warteten sie brav auf ihren Ausritt. Sein Herz
klopfte eine Spur schneller, als er Marga entdeckte, die
über den Hof auf ihn zukam. Sie trug ihren eleganten
Reitdress – eine perfekt sitzende beigefarbene Hose,
glänzende Stiefel, eine weiße Bluse mit Schluppe und
darüber einen Blazer aus englischem Tweed. Ihre Haare
hatte sie zu einem Pferdeschwanz zusammengebunden.
In der einen Hand trug sie ihren Helm, in der anderen
Hand den Rucksack, den sie beim letzten Mal schon
dabeihatte. Sie sah bezaubernd aus. Seit Marga verheiratet war, liebte er sie mehr denn je. Jetzt wusste er,
was er verloren hatte. In den letzten Monaten war sie
zu seinem Lebensmittelpunkt geworden, ohne dass er
sich dessen bewusst gewesen war. Er hatte sein Jurastudium ihretwillen vernachlässigt, war kaum noch nach
Hamburg gefahren, wo seine Familie lebte, hatte seine
Freunde nicht mehr getroffen, war nur noch darauf aus
gewesen, sie zu sehen. Er hatte lange Zeit nicht wahrhaben wollen, wie sehr er sie liebte.

Thies reichte ihr den Zügel ihres Pferdes. »Guten
Morgen, Marga«, sagte er und spürte sein Herz stark
klopfen, »bitte schön, deine Contesse. Dein Pferd ist
genauso aufgeregt wie ich.«

»Guten Morgen, meine Lieben«, sagte sie lächelnd und streichelte den Pferden über die Nüstern. »Entschuldigt, dass ich mich ein paar Tage nicht um euch gekümmert habe. Aber zum Glück war ja Thies für euch da!« Sie klopfte Lazar, dem Pferd ihres Bruders, den Hals und schmiegte sich dann an ihre Stute. »Contesse, ich habe dich vermisst, du Süße.«

»Du sprichst zärtlicher mit ihr als mit mir, stelle ich fest. Aber was soll's, damit muss ich wohl leben«, sagte Thies schmunzelnd. Er wollte ihr nicht zeigen, wie schwer ihm ums Herz war. Er wusste, dass ihre Tage gezählt waren. Vielleicht war dies sogar ihr letzter gemeinsamer Ausritt. Ihre Affäre würde nicht lange unentdeckt bleiben. Ihre Liebe war hoffnungslos.

»Contesse ist dir nicht böse, sie hat ein großes Herz, genau wie du. Schau, wie sie mit dir schmusen will«, fuhr er betont munter fort.

»Ich glaube, sie sucht nur nach einem Apfel, den sie in meiner Jackentasche vermutet«, sagte Marga lachend. »Denn meistens bringe ich ihr etwas mit.« Sie kramte in ihrer Tasche und fand statt eines Apfels eine Kruste trockenes Brot, die sie Contesse auf ihrer ausgestreckten Hand hinhielt. Die Stute nahm sie mit ihren weichen Lippen sanft auf und begann sie sogleich begeistert zu zermalmen, dass ihr der Speichel aus den Lefzen lief. Marga sah ihr eine Weile glücklich zu. Dann griff sie nach dem Steigbügel und schwang sich mühelos in den Sattel.

»Willst du deine Jacke nicht hierlassen?«, fragte er. »Der Wetterbericht im Radio hat einen strahlenden Sonnentag gemeldet, da wird es dir schnell zu warm werden.«

»Du hast recht, der Nebel von heute früh hat sich schon verzogen.« Sie zog ihren Blazer aus und reichte ihn Thies, der mit dem Kleidungsstück im Stall verschwand.

Als er zurückkam, band er Lazar los und stieg auf. »Auf geht's«, rief er fröhlich und trieb sein Pferd an.

*

Sie hatten die Hütte erreicht. Diesmal machte Thies gleich ein Feuer im Kamin. Als er damit fertig war und die Zündhölzer zurück ins Regal legte, begegnete er ihrem Blick. Es überraschte ihn, den eigenen Schmerz in ihrem Gesicht gespiegelt zu sehen. Seine Augen waren die ihren, seine Sorgenfalten zeichneten sich auf ihrer Stirn ab.

»Liebst du mich?«, wollte sie wissen.

»Merkst du das nicht?«

»Sag es mir!«

Er schaute sie ernst an. »Ich liebe dich, Marga. Mehr als alles auf der Welt!«

»Wo warst du die ganze Zeit?«, flüsterte sie. »Ich hätte mir so gewünscht, dass du mir ein Zeichen gibst, dass du mich wirklich willst, aber ausgerechnet, als ich mich mit Erich verlobt habe, hast du dich von mir zurückgezogen.«

»Ich weiß«, sagte er. »Marga, vielleicht war es so, dass ich dich nicht in deiner Entscheidungsfindung stören wollte.«

»In meiner Entscheidungsfindung?«, fragte sie entgeistert. »Sind wir hier in einer Vorlesung?«

Er schmunzelte. »Ich wollte dich in Ruhe lassen. Du solltest dich nicht gedrängt fühlen. Und du hast dich nun mal für Erich entschieden.«

»Weil ich dachte, du liebst mich nicht mehr. Weil du dich von mir abgewandt hast.«

»Ich habe es dir erklärt, Marga. Ich habe nie aufgehört, dich zu lieben, und ich werde nie damit aufhören. Hast du das denn nicht gemerkt?«

»Sieh mich an«, forderte sie. »Ist das wahr?«

»Ich würde dich nie belügen.«

Er fragte sich, wann aus den ersten Gefühlen für Marga Liebe geworden war. Anfangs war es eher ein zartes Verliebtsein, ein Gefühl von Verbundenheit und Kameradschaft gewesen, aber nicht ein solches Begehren.

Er wehrte sich dagegen, dachte, nein, das kann ich nicht tun, sie gehört mir nicht, sie ist die Frau eines anderen, ich mache sie und mich unglücklich, es geht nicht – und konnte doch seinen Blick nicht von ihr nehmen. Sie war so ein bezauberndes Wesen. Wenn sie sich doch nur für ihn entschieden hätte! Ihre Augen trafen sich. Marga war die schönste Frau, die er je gesehen hatte. Er spürte die Hitze in seinem Körper. Vielleicht noch eine letzte, allerletzte Umarmung. Zum Abschied sozusagen. Er nahm sich in diesem Moment vor, fortzugehen aus Weener, zurück in seine Heimat, zu seinen Eltern und Geschwistern. Er musste loslassen, um Ruhe zu finden. Marga war innerlich zerrissen, das spürte er. Sie konnte sich nicht auf ihr neues Leben einlassen, solange er in ihrer Nähe war. Er musste sie schweren Herzens aufgeben.

Das Feuer im Kamin knisterte, irgendwo bellte ein Hund als Antwort auf das schrille Tirilieren eines Vogels. Er betrachtete die zarte Wölbung ihrer Brüste unter der weißen Bluse, die enge Reithose über ihren Hüften. Marga war verschwitzt, Haarsträhnen hingen ihr ins Gesicht, ihr Zopf hatte sich aufgelöst, ihre Wangen glühten. Er konnte es nicht, konnte nicht von ihr lassen. Er dachte nichts mehr. Er machte einen großen Schritt auf sie zu und sie kam ihm entgegen. Er riss sie in seine Arme, vergrub seine Finger in ihrem Haar und drückte seinen Mund auf ihre leicht geöffneten Lippen. Ihre Hände suchten sein Gesicht, sein Haar, seinen Hals, seine Brust. Sie wanderten tiefer, fanden den Gürtel seiner Hose und öffneten ungeduldig den Verschluss.

Sie wussten, wie kostbar die Zeit war und wie schnell sie verfliegen würde. Kleidungsstücke fielen zu Boden. Sie bestaunten die Nacktheit des anderen, fühlten sich wie berauscht, kamen sich entgegen. Thies zog sie auf das Schaffell, das er vorher vor den Kamin gelegt hatte.

Er breitete eine Decke über sie beide aus, da er gemerkt hatte, dass sie fröstelte. Unter der Decke streichelte er sie, bis ihr Zittern nachließ. Sie seufzte behaglich, als seine Finger ihren Körper erkundeten. »Du fühlst dich so gut an«, flüsterte er. »Du bist wunderschön. Ich könnte ewig mit dir hier sein.«

»Ich liebe dich, Thies«, flüsterte sie und schlang die Arme um ihn. Er hielt sie fest, streichelte sie sanft. Und während sie in seinen Armen lag, fühlte sie, wie sie für ihn unendlich begehrenswert wurde, seine Hände in zärtlicher Begierde allmählich fordernder wurden, zupackten und tiefer wanderten, hinab zu ihren Schenkeln und wieder hinauf und die Sehnsucht nach ihm fast zum Überkochen brachte.

Die Zeit schien stehenzubleiben, während sie und er eins wurden. Nichts war mehr von Wichtigkeit. Es zählten nur noch Thies und sie und der kostbare Augenblick des Zusammenseins.

Da wurde sie auch schon von der Flut mitgerissen, noch ehe sie wusste, wie ihr geschah, um in den unendlichen Tiefen des Meeres zu versinken. Sie glaubte, die Besinnung zu verlieren, als sie einen kurzen Schrei ausstieß. Noch immer lag sie in seinen Armen, von der Liebe erschöpft und schwer atmend, aber es war schon vorbei. Für einen kurzen Augenblick empfand sie Glück, das Gefühl von Vollkommenheit. Sie strahlte ihn an. Er lächelte zurück, um gleich wieder ernst zu werden. Der Moment des völligen Einsseins, der Verschmelzung mit ihrem Geliebten, war vergangen. Sie wusste nun, wie sehr sie ihn liebte, und ein vollkommener Friede nahm von ihr Besitz.

SIEBZEHN

Zur gleichen Stunde

Ludwig Deimann hatte seinen Schwiegersohn zur wöchentlichen Werksbegehung bestellt. Auch wenn er sich selbst nicht mehr täglich im Betrieb blicken ließ, kümmerte er sich weiterhin mit Hingabe um den Einkauf des Rohmaterials und die Auslieferung der Zigarren beim Kunden. Er war stolz, neue Ware in Spitzenqualität eingekauft zu haben, und konnte es nicht abwarten, sie Erich zu präsentieren.

»Wie läuft es im Betrieb?«, erkundigte er sich beiläufig. »Bist du inzwischen zufriedener mit deinen Mitarbeiterinnen?« Neben einer Fuhre Tabakblättern blieb er stehen und griff mit beiden Händen beherzt hinein, wie ein Kind, das sich an frisch gefallenem Laub ergötzt und Spaß hat an diesem sinnlichen Spiel. Er betrachtete die Blätter, die als Filling, als Einlage für die Zigarren, dienen sollten, eine Weile zufrieden und zerbröselte sie dann zwischen seinen Fingern. Sein ganzes Gesicht drückte kindliche Freude aus, als er den würzigen Duft inhalierte. »Da, schnupper mal«, sagte er und hielt Erich die Tabakbrösel hin. »Ist das nicht wundervoll? Ist das nicht pure Lebensqualität? Wer sich eine Zigarre von solch hervorragender Qualität leisten kann, der hat es geschafft. Das hier sind erlesene tropische Tabake, sorgsam gereift, mit harmonisch-würzigen Aromen.

Es ist zweifelsohne das feinste Produkt, das ich je zu Gesicht bekommen habe. Erst gestern mit dem Schiff angekommen. Ich habe die Ware höchstpersönlich am Hamburger Hafen abgeholt. Du musst tief inhalieren, mein Sohn, erst dann merkst du den Unterschied zum Aroma eines herkömmlichen Tabaks. Da stecken so viele ätherische Stoffe drin, dass deine Nasennebenhöhlen und deine Lunge regelrecht freigepustet werden. Das haut den stärksten Mann um, nicht wahr?«

»Hm, ja, kann man sagen«, fand nun auch Erich Kruskopp und schloss beim Schnuppern die Augen. »Einwandfreie Ware, da muss ich dir recht geben. Unglaublich aromatisch. Eine einzigartige Komposition. Wie viele Ballen hast du eingekauft?«

»Die vordere Halle ist voll mit Paletten. Für den Preis, den ich dafür gezahlt habe, hätte ich eine weitere stattliche Villa bauen können. Ich hoffe, es zahlt sich aus!« Er ging ein paar Schritte weiter zur nächsten Fuhre, an der eine Arbeiterin in Kittel und Haube beschäftigt war. »Nicht zu sehr anfeuchten, junge Dame«, sagte er jovial, »die Feuchtigkeit darf 15 Prozent nicht übersteigen, sonst leidet die Qualität.« Er drohte mit dem Zeigefinger, was die Frau mit einem Lachen quittierte. Der Chef war außerordentlich beliebt.

Die Frau mittleren Alters sprühte die Blätter mit einem feinen Nebel ein, um sie sogleich vorsichtig auseinanderzuziehen. »Sehen Sie, wie viel Mühe ich mir gebe? Extra für Sie, Herr Deimann!«

»Das weiß ich zu schätzen, Fräulein Andresen.« Er klopfte ihr freundschaftlich auf die Schulter und ging weiter.

Erich Kruskopp zog verwundert die Stirn kraus. »So freundlich? Kennst du die Namen all deiner Angestellten?«

»Fast alle«, sagte Ludwig stolz. »Das ist gut fürs Betriebsklima. So fühlen sich die Menschen geachtet und geschätzt!«

»Mir ist nur wichtig, dass sie funktionieren. Meine Freunde suche ich mir woanders. Um auf deine Frage von vorhin zurückzukommen«, sagte Erich und ging ungeduldig zur nächsten Station weiter, an der die Tabakblätter von mehreren Arbeiterinnen mit schnellen, geübten Handgriffen entrippt wurden, »es könnte besser laufen.« Er sah den Frauen eine Weile dabei zu, wie sie die Mittelrippe von den Blättern entfernten, und herrschte sie dann mit kalter Stimme an: »Müssen Sie so viel Verschnitt verursachen? Den Stängel vorsichtig herausschälen, bitte schön, Sie werfen viel zu viel weg! Mit diesem Material hier«, er griff in einen Bottich, »hätte man ganze Zigarrenkisten füllen können.«

Ludwig Deimann schenkte den Frauen ein gütiges Lächeln, um das eben Gesagte abzumildern.

»Das geht mir alles viel zu langsam«, sagte Erich barsch, als sie ihren Weg fortsetzten. Es war ihm egal, dass die Frauen ihn hören konnten. »Ein faules Pack ist das hier. Ludwig, lass uns reden.«

»Ich bitte dich, Erich, nicht hier. Gehen wir in mein Büro. Fräulein Müller wird uns einen kräftigen Tee aufbrühen.«

»Ausgezeichnete Idee, dazu eine gute ›Harmonie‹, momentan meine bevorzugte Zigarrenmarke.«

Ludwig Deimann schlug ihm kräftig auf die Schultern. »Ich bin froh, dass du mein Schwiegersohn geworden bist«, sagte er und seine Augen blitzten freudig. »Mit dir habe ich eine gute Wahl getroffen. Ohne dich hätte ich es nicht gewagt, die teuren Blätter aus Sumatra zu erwerben. Ich hätte den neuen Lieferanten nicht getraut. Du weißt, ich setze auf Altbewährtes. Trotzdem könntest du etwas freundlicher zu den Arbeiterinnen sein«, sagte er mit einem gutmütigen Zwinkern. Er öffnete die Tür zum Nebenzimmer. »Fräulein Müller, zwei Tassen kräftigen Darjeeling, bitte!«

»Sofort, Herr Deimann«, sagte die Sekretärin und verließ ihren Schreibtisch, um dem Wunsch des Chefs nachzukommen. In ihrer Schreibmaschine steckte feinstes Büttenpapier mit dem edlen Briefkopf »Zigarren Deimann – Manufaktur feinster tropischer Tabake«.

»Das ist ja gerade dein Problem, Ludwig«, sagte Erich und wählte mit Bedacht aus einem Humidor eine Havanna aus.

»Wie meinst du das?«

»Na, dass du auf Altbewährtes setzt. Der ewig Gestrige, der sein Leben lang auf demselben Stuhl sitzen bleibt und nach und nach von jedem überholt wird. Traditionen sind schön und gut, solange sie für Qualität stehen und der Sache dienen. Aber ohne Fortschritt kein Erfolg. Ich habe mich schon maßlos darüber geärgert, dass du neue Lieferanten akquiriert hast, ohne mit mir Rücksprache zu halten. Du hättest die Preise enorm drücken können, um damit konkurrenzfähig zu bleiben. Die Gelegenheit hast du verspielt. So wird es mit Zigarren Deimann unweigerlich bergab gehen. Es ist zu spät, Ludwig, andere sind schneller und werden zu günstigeren Preisen einkaufen. Und ich weiß nicht, ob du dir mit den erlesenen tropischen Tabaken der Bestsorte einen Gefallen tust. Der Kunde würdigt das nicht. Er würdigt auch nicht mehr deine alten, streng geheimen Rezepturen. Die Zeiten haben sich geändert, Ludwig, sind schnelllebiger geworden. Der Kunde verlangt nach einer Zigarette, die er in einer kurzen Werkspause von fünf Minuten rauchen kann. Wir befinden uns im Wirtschaftswunderland Deutschland. Alles ist auf Höchstleistung programmiert, auf Schnelligkeit, Effizienz. Die Wirtschaft explodiert. Es geht bergauf, nur nicht mit der Zigarrenindustrie. Niemand nimmt sich mehr Zeit für eine Zigarre. Sie gilt als altmodisch und verstaubt.«

Ludwig Deimann schaute seinen Schwiegersohn nachdenklich an. »Ich weiß. Was schlägst du vor?«

Erich zündete sich mit eleganten Handbewegungen seine Havanna an, brachte sie zum Glühen, nahm einen tiefen Zug und blies den Rauch in kleinen Kringeln aus. »Zigarillos, Ludwig, das wäre eine Lösung, die uns helfen könnte.«

»Ich weiß. Darüber haben wir doch längst gesprochen, Erich.«

»Bitte hör mir zu. Die massenhafte Herstellung von Zigarillos bedeutet vielleicht die Zukunft unseres Hauses. Maschinengefertigte, elegante Zigarillos, die der Kunde in kürzerer Zeit genießen kann. Und die auch bei Frauen durchaus ankommen, wie ich mir habe sagen lassen. Frauen mögen die elegante Note und fühlen sich damit mondän. Ich schlage vor, wir produzieren nur noch maschinell. Keine handgefertigten Zigarren mehr.

Damit könnten wir mehr als die Hälfte der Zigarrenmacherinnen entlassen.«

»Das würde das Aus der Zigarrenfabrik Deimann bedeuten. Genuss und Zeitdruck widersprechen sich, mein Sohn.«

»Wer behauptet das? Bei der Zigarette funktioniert das auch, wie du siehst. Und ein Zigarillo ist ungleich aromatischer, würziger, sanft im Geschmack, wie ein gutes, aber leichtes Essen, weil man sich nicht daran sattraucht.« Seine Stimme klang unbeteiligt. Es lag keinerlei Emotion darin.

»Maschinengefertigt, sagst du? Ausschließlich? Diese Philosophie widerspricht meinen Prinzipien. Seit Generationen setzen wir im Hause Deimann auf Handarbeit.«

Ilse Müller erschien mit einem Silbertablett, auf dem sie das edle Teegeschirr mit dem hellblauen Windmühlendekor brachte. Sie war eine zierliche Person von Mitte 20, trug ein lodengrünes Wollkostüm mit auffälliger Brosche und dazu farblich passende Pumps mit mittelhohem Absatz. Ihre kastanienbraunen Haare waren gemäß der neuen Mode kurz geschnitten und am Hinterkopf toupiert. Ihre dunkle Hornbrille verlieh ihr ein etwas strenges Aussehen, sodass Erich, dem feminine Frauen gefielen, ihr nach einem kurzen Blick keine weitere Beachtung schenkte.

»Danke, Fräulein Müller«, sagte Ludwig und ließ sich einschenken. »Ich möchte keine grundlegende Veränderung in meinem Hause, Erich.«

»Ich sagte bereits«, fuhr Erich unbeirrt fort, »Tradition und Moderne müssen sich nicht widersprechen.

Aber wir brauchen Maschinen, Ludwig. Ohne die geht es nicht.«

»Solche Maschinen kosten Unsummen«, sagte Ludwig bedächtig. »Ich sehe das Risiko und ich bin nicht sicher, ob die Banken die notwendigen Kredite bereitstellen.«

»Unternehmen, die vorwärts denken, investieren fortlaufend in moderne Maschinen. Langfristig wirst du so größere Gewinne erzielen. Jede Bank wird dir dafür Kredite bewilligen.«

»Damit habe ich mich immer schwergetan«, sagte Ludwig, »andere um Geld anzubetteln.«

»Du wirst die Kredite in kürzester Zeit zurückzahlen können. Und weil wir dann zu den Ersten gehören, ziehen wir an sämtlichen Zigarrenfabriken Deutschlands vorbei. Wir müssen stets die Nase vorn haben. Nur die Ersten sind am Ende die Gewinner!«

Ludwig Deimann trank bedächtig seinen Tee. »Lass mich darüber nachdenken«, sagte er mit sorgenvoller Miene. »Das weitaus größere Problem wird für mich sein, Mitarbeiter zu entlassen.«

※

Erich Kruskopp war verstimmt. Sein Schwiegervater war ein sturer Bock, ein rückständiger Geschäftsmann, der die Zeichen der Zeit nicht verstand. Er würde über kurz oder lang das Familienunternehmen in den Ruin treiben und ihn, Erich, mit hinabreißen. Das konnte er nicht zulassen. Geduld zählte nicht gerade zu seinen Stärken. Aber er würde warten müssen, bis Ludwig endlich zu der Einsicht gelangte, dass ihm nichts anderes übrig blieb, als komplett umzustrukturieren und in Maschinen zu investieren. Was ihn noch mehr wurmte, war die Tatsache, dass sein Schwiegervater ihn wieder einmal auf seine Ehe mit Marga angesprochen hatte. Ludwig hatte unbedingt wissen wollen, wie es ihr gehe und ob er sich genug um sie kümmere – wann er sie das letzte Mal ausgeführt habe, wann er zuletzt einen ganzen Tag nur mit ihr verbracht habe. Marga sei ein verwöhntes junges Ding und brauche es, von einem Mann hofiert zu werden. Als Erich nach dem Grund seines Einmischens gefragt hatte, hatte Ludwig sehr bestimmt geantwortet: »Marga macht auf meine Frau und mich einen traurigen, unzufriedenen Eindruck. Sie wirkt blass und abgemagert, richtig kränklich. Ich kann es nicht ertragen, sie so zu sehen!«

Erich war tief gekränkt. Das konnte er nicht auf sich sitzen lassen! Auch wenn er eindeutig andere Prioritäten setzte, wollte er es sich nicht mit seinem Schwiegervater verderben. Er brauchte ihn schließlich. Erich hatte darum auf dem Rückweg zur Villa beschlossen, im Reitstall vorbeizuschauen, um den Stallburschen zu bitten, die Pferde für den Nachmittag zu satteln. Er wollte Marga damit einen Gefallen erweisen und ihr zeigen, dass sie ihm etwas bedeutete. Das tat sie nämlich. Er begehrte sie, auch wenn sie seine Gefühle nicht erwiderte. Sie war ein unverhofftes Geschenk in einer hübschen Verpackung. Eine sehr junge Frau mit einem schönen Körper, wenn auch etwas zu mager. Leider war sie ziemlich aufmüpfig und eigensinnig. Außerdem nahm sie ihre ehelichen Pflichten nicht ernst. Aber das würde er ihr noch austreiben. Sie sollte wissen, dass sie mit der Heirat zu seinem Besitz geworden war und ihre widerborstige Art aufgeben musste. So wollte er sie haben: demütig und folgsam. Ihm völlig ergeben. Er brauchte nur etwas Geduld.

Doch Thies war nicht da. Dafür hing Margas Tweedblazer an einem Haken im vorderen Bereich des Stalles. Erich nahm ihn verwundert herunter, schnupperte daran und wollte ihn schon mitnehmen, als er es sich anders überlegte und ihn zurückhängte. Seine Frau war sicher ausgeritten und würde sich freuen, wenn er hier auf sie wartete.

Zum ersten Mal seit langer Zeit hatte er versöhnliche, ja fast verständnisvolle Gefühle für sie. Er hatte sich schon lange keine Überraschung mehr für sie ausgedacht. Marga war wie ein Reitpferd, das noch nicht zugeritten war, ungestüm, wild, starrköpfig. Er musste ihr klarmachen, dass er der Mann war, der Herr im Hause, und sie die junge Frau, die von ihm abhängig war und sich ihm unterzuordnen hatte. Dann würde es schon funktionieren. Wenn er sie erst einmal nach seinen Vorstellungen geformt hatte, würde sie ihm aus der Hand fressen. Alles würde sie eines Tages für ihn tun. Sie würde ihm gehorchen und alles tun, um ihn bei Laune zu halten. Er lächelte bei dem Gedanken.

Gut, er hatte sie nicht immer anständig behandelt, vielleicht war er manchmal grob zu ihr gewesen. Er sah ein, dass auch er Fehler begangen hatte und sich ändern musste. Auf der anderen Seite stellte sie sich fürchterlich an, wenn er sie maßregelte. Dabei war es sein Recht, dies zu tun. Er war schließlich ihr Ehemann und trug die Verantwortung für sie. Er wollte mit ihr reden, noch heute Abend, sie um Verzeihung bitten und darum, nicht immer Theater zu machen, wenn er mal streng sein musste. Sie sollte vielmehr dankbar sein, dass er für sie sorgte und sie in materieller Hinsicht verwöhnte. Das Gespräch war wichtig. Dann hätte er auch eine bessere Position ihrem Vater gegenüber. Sie würde ihm schon verzeihen, dass seine Hand ein- oder zweimal ausgerutscht war, wenn er nur ein bisschen lieb zu ihr war. Das hatte er sich für heute fest vorgenommen. Eine unkomplizierte Unterhaltung im Plauderton, ein bisschen Zärtlichkeit, und dann würde sie ihn bestimmt in ihr Bett lassen. Frauen waren ja so einfach gestrickt.

Seit drei Wochen schlief sie im Gästezimmer. Erst war er nicht damit einverstanden gewesen, aber dann hatte er einen Vorteil für sich entdeckt. Er konnte Johanna hin und wieder zu sich bestellen, ohne dass es jemand mitbekam, und Johanna war dankbarer als seine Frau.

Er ging zurück zu den Boxen und stellte fest, dass auch Richards Pferd Lazar fehlte. Marga und ihr Bruder Richard waren also zusammen ausgeritten. Das war das erste Mal, seit er sie kannte. Ein so seltsames Geschwistergespann hatte er noch nie erlebt.

Erich verließ den Stall, schlenderte missgelaunt mit den Händen in den Taschen über den Hof, um in der Sonne einige Schritte auf und ab zu laufen. Er setzte sich auf eine Bank, schlug ein Bein über das andere und sah gelangweilt auf seine goldene Taschenuhr.

Während er wartete, dachte er über seine unglückliche Ehe nach und fragte sich, was die Ursache dafür war. Marga war Himmel und Hölle in einer Person. Es war anstrengend, mit ihr verheiratet zu sein. Vielleicht hätte er doch nicht eine so junge, unreife Person heiraten sollen. Ihre Mutter war ohnehin viel attraktiver. Regine zog ihn sexuell an – seit Langem schon. Sie hatte schönere, weibliche Formen, größere Brüste, breitere Hüften. Er leckte sich die Lippen, als er an sie dachte. Minutenlang malte er sich aus, was er mit ihr machen würde, wenn sie eines Tages mit ihm ins Hotel ginge.

Seine Gedanken schweiften ab zur Zigarrenfabrik und den notwendigen Investitionen. Es wurmte ihn, dass er immer wieder bei seinem Schwiegervater auf Granit stieß. Er müsste lernen, sich mehr durchzusetzen.

Das war überhaupt sein Problem. Er wurde nie ernst genommen, weder heute noch in der Vergangenheit. Nicht von seinen Geschwistern, die ihn tyrannisierten, nicht von seinen Lehrern, die ihm eine Karriere bei der Müllabfuhr prophezeit hatten. Und erst recht nicht von seinem Vater. Als Kind hatte er ihn oft drangsaliert, vor den Augen anderer gedemütigt und geschlagen. Später wollte er ihn nicht in seiner Firma haben und hatte ihn aus dem Haus geworfen, nachdem er betrunken eine Radfahrerin überfahren hatte. Die Frau war am Unfallort gestorben. Man hatte ihm für eine Weile den Führerschein abgenommen und ihm eine Strafe von 500 Mark aufgebrummt.

Sein Vater hatte damit gedroht, ihn zu enterben, wenn er Marga Deimann nicht heiratete. Erich seufzte, stützte den Kopf auf den Händen auf und beobachtete eine Ameisenstraße. Für einen Moment beneidete er die Ameisen um ihr anspruchsloses Dasein. Dann stand er auf, trat ein paar von ihnen tot und ging gelangweilt im Hof auf und ab.

Da sah er sie auf sich zukommen. Er schirmte seine Augen mit der Hand ab. Zwei Reiter, die im Schritttempo auf gleicher Höhe nebeneinanderritten und gerade das breite Hoftor passierten. Schon von Weitem drang Margas helles Lachen zu ihm herüber. Außerdem hörte er eine Männerstimme.

Richard führte das Leben eines Bohemiens, war ein arbeitsscheuer, wertloser, verweichlichter Taugenichts, der es sich erlaubte, vormittags auszureiten, während seine Altersgenossen mühsam ihren Lebensunterhalt verdienten. Aber wahrscheinlich musste er sich von einer anstrengenden Nacht erholen, in der er eins seiner Modelle vernascht hatte, nachdem er ihre weiblichen Reize auf die Leinwand gebannt hatte.

Erich zog sich beleidigt in den Stall zurück. Er hatte beschlossen, nun doch Margas Jacke zu holen, denn er brauchte einen Grund, ihr entgegenzutreten.

Mit ihrer Reitjacke über dem Arm wollte er sich gerade wieder ins Freie begeben, als er die Pferde wiehern hörte. Etwas hielt ihn zurück. Er wusste nicht, was es war. Er spähte durch das mit Fliegenkot und Spinnweben verdreckte Stallfenster, spuckte dagegen und wischte mit dem Ärmel einen Fleck frei, um durchschauen zu können, als er unwillkürlich zurückzuckte.

»Kommst du morgen wieder?«, fragte Thies. Es war eindeutig die Stimme des Stallburschen, immer leicht aufgeregt, heiser, atemlos. »Sagen wir um die gleiche Uhrzeit? Ich werde auf dich warten.«

»Das ist schön. Ich versuche, pünktlich zu sein.«

»Danke für den schönen Morgen und alles ... Ach du ...«

»Du musst mir nicht danken. Ich fand es auch wunderschön.«

»Wir haben nur noch den morgigen Tag. Dann kommt mein Onkel zurück. Und zu dir und zu mir können wir nicht. Meine Zimmerwirtin duldet keinen Damenbesuch.«

»Ich weiß. Wir wollten doch heute Abschied nehmen. Du hast gesagt, heute schlafen wir das letzte Mal miteinander.« Margas Stimme hatte noch nie so klar geklungen.

»Habe ich nicht.«

»Hast du doch.«

»Wie könnte ich so dumm sein, so etwas zu sagen. Ich möchte jeden Tag für den Rest meines Lebens mit dir schlafen. Marga, sieh mich an!«

»Ich weiß. Na gut – also ein Mal noch. Morgen ist der letzte Tag. Aber wirklich der allerletzte. Damit muss Schluss sein. Ich habe Angst, dass Erich etwas merkt. Trotzdem freue ich mich sehr auf morgen. Hoffentlich regnet es nicht!«

»Und wenn? Wir haben doch die Hütte! Während wir uns lieben, trocknen unsere Kleider am Kamin!«

Sie sprangen ab und banden die Pferde fest.

»Ich muss gehen«, sagte Marga. »Ich werde vermisst, wenn ich nicht pünktlich am Mittagstisch erscheine.«

»Dann geh, Marga«, sagte Thies und streichelte ihr übers Haar. »Ich werde die Pferde absatteln, meine Arbeit vollends erledigen und nach Hause gehen. Für heute ist es genug.«

Sie hielten sich noch eine Weile an den Händen, dann lösten sie sich voneinander. Marga entfernte sich schnell, ohne sich noch einmal nach Thies umzudrehen.

Erich ballte die Fäuste. Seine Kiefer mahlten unentwegt aufeinander. Als er hörte, dass Thies die Pferde in die Stallgasse führte, verließ er sein Versteck und trat ins Freie.

ACHTZEHN

Eine halbe Stunde später

Marga zog sich in aller Eile um. Sie hatte sich für einen dunkelgrauen wadenlangen Bleistiftrock entschieden, zu dem sie einen puderrosafarbenen Pullover tragen würde. Die Haare wollte sie mit einer Schmetterlingsspange hochstecken.

Der Gong, der die Familie aufforderte, sich zu den Mahlzeiten zu versammeln, war bereits ertönt.

Da platzte Erich ohne anzuklopfen in ihr Zimmer. In der Hand hielt er Margas Blazer.

»Was ist das?«, fragte sie und schaute zu ihm auf. Schnell zog sie den Reißverschluss ihres Rockes zu und griff nach dem Pulli, der auf dem Bett lag.

»Was für eine Frage! Hast du die Jacke noch nicht vermisst?«, höhnte er.

Marga wurde rot. Tatsächlich hatte sie das noch nicht. Sie hatte völlig vergessen, dass Thies ihr den Blazer am Morgen abgenommen hatte.

Erich blieb in der Tür stehen und musterte sie verächtlich. Seine Augen waren noch nie so kalt gewesen.

»Komm mal her«, sagte er mit bedrohlich leiser Stimme.

»Was willst du?« Sie streifte sich hastig den Pullover über.

»Ich habe gesagt, du sollst herkommen!«

Marga rührte sich nicht, blieb wie angewurzelt stehen und senkte den Blick. Ihre Haare fielen in großen, weichen Locken über ihre Schultern. Sie hatte Angst vor dem Mann, den sie erst vor wenigen Wochen geheiratet hatte.

»Hierher zu mir, und zwar auf der Stelle!« Seine Stimme hatte er nicht erhoben. Sie klang sachte, fast belanglos und wirkte dadurch besonders gefährlich.

Marga wagte nicht, ihn anzusehen. Sie fürchtete sich vor seinem kalten, stumpfen Blick. Sie ahnte, was ihr bevorstand.

»Soll ich zu dir kommen, Marga?«

»Nein!«, stieß sie zitternd hervor. »Bitte tu mir nichts, Erich!«

»Dann komm du, glaub mir, es wäre auf jeden Fall besser für dich, wenn du mich nicht zwingen würdest, hinter dir herzulaufen, Marga. Meine Marga«, fügte er hinzu. »Meine Marga, die etwas vor mir verheimlicht.«

»Hast du … hast du etwas gesehen?«, fragte sie und schluckte hörbar.

»Nun, womöglich sollte ich es nicht sehen, wohl auch nicht hören, aber ihr habt ja so öffentlich darüber gesprochen, dass ihr es miteinander treibt, dass es mir nicht erspart geblieben ist!«

Entsetzt starrte sie ihn an. Er wusste es. Alles. »Erich … ich … es tut mir leid. Es tut mir so leid! Ich … ich wollte das nicht! Ich weiß auch nicht, wie es dazu gekommen ist.«

Er zog eine Augenbraue hoch. »Du wolltest nicht mit dem Pferdeknecht schlafen? Nein, gewiss, das wolltest du nicht. Und dabei hast du ganz vergessen, dass du verheiratet bist.«

Marga wand sich. »Es war ganz anders. Ich ... es hatte nichts mit dir zu tun, Erich. Eine alte Geschichte.«

»Eine alte Geschichte? Von der ich jetzt ganz zufällig erfahren habe? Du warst keine Jungfrau mehr, als ich dich geheiratet habe?«

»Doch, Erich.«

Er ließ einige Sekunden verstreichen, ehe er ruhig weitersprach: »Ich habe eine Schlampe geheiratet. Komm her, komm her zu mir und lass dir den Hintern versohlen!«

Sie reagierte nicht.

»Marga, ich werde dich jetzt bestrafen, und das weißt du. Du wirst dich nicht länger zieren und freiwillig zu mir kommen. Die Strafe fällt härter und unbarmherziger aus, wenn ich dich holen muss.«

Er hatte ihren Willen gebrochen. Mit gesenktem Kopf schlich sie ihm entgegen.

»Sieh mich an!«, brüllte er, als sie vor ihm stehen blieb. Und als sie es tat, nur wenige Zentimeter ihr Kinn anhob, um ihn mit ihren langen, dichten, nassen Wimpern furchtsam anzublinzeln, holte er aus.

Es wurde still und dunkel um sie herum.

*

»Wo bleibt Marga?«, fragte Ludwig Deimann, nachdem Erich an seiner Seite Platz genommen hatte. Er warf einen Blick auf seine goldene Uhr, die an einer Kette hing. »Wie ihr wisst, dulde ich keine Unpünktlichkeit!«

»Ich soll sie entschuldigen«, sagte Erich räuspernd. »Marga geht es nicht gut.«

Regine Deimann war im Begriff aufzustehen. »Dann werde ich mal nach ihr sehen.«

»Nein!«, sagte Erich bestimmt. »Bleib bitte sitzen, Schwiegermama, sie war gerade eingeschlafen, als ich ging. Sie braucht Ruhe. Ich habe schon Doktor Bergmann verständigt, meinen alten Hausarzt. Der wird nachher kommen und sie untersuchen.«

»Doktor Bergmann? Kenne ich nicht. Warum nicht Doktor Frisenius, unseren Hausarzt? Der betreut Marga von klein auf.«

»Doktor Frisenius war verhindert.«

»Ach«, sagte Regine Deimann und griff nach ihrem zur Hälfte gefüllten Weißweinglas. Nervös nahm sie einen kleinen Schluck. »Was hat sie denn? Kopfweh?«

»Sie möchte nicht, dass ihr euch aufregt. Es sieht schlimmer aus, als es ist.«

»Also, was ist es?«

»Sie ist unvorsichtigerweise alleine ausgeritten und hatte einen kleinen Unfall. Contesse hat sich wohl vor einem frei laufenden Hund erschreckt und gescheut. Marga ist vom Pferd gefallen.«

»Oh Gott!«, rief Regine aus und hielt sich die Hand vor den Mund.

»Halb so schlimm. Ich habe Doktor Bergmann die Situation am Telefon geschildert und er hat gemahnt, sie solle unbedingt ausruhen und zum Einschlafen gebracht werden, damit das Gehirn keinen Schaden nimmt. Das habe ich getan. Macht euch bitte keine Sorgen, außer einer kleinen Platzwunde über dem Auge ist nichts zu sehen. Es wird auch nichts übrig bleiben von dem Unfall. Alles, was zu tun war, habe ich getan.«

Ludwig, der bis dahin schweigend zugehört hatte, ergriff das Wort. »Danke dir, Schwiegersohn! Wie gut, dass du im entscheidenden Moment da warst! Hast du den Unfall gesehen?«

»Nein. Aber Marga war so weit wiederhergestellt, dass sie selbst zurückreiten konnte. Sie kam mir entgegen, ich hatte schon auf sie gewartet. Ich habe sie ins Haus gebracht und ihre Wunde versorgt. Dann habe ich sie zu ihrem Bett geleitet. Ich habe sie zugedeckt und gewartet, bis sie eingeschlafen war. Die ganze Zeit über habe ich ihre Hand gehalten.«

»Ach, wie gut«, seufzte Regine und spielte mit ihrer Perlenkette, die sie zu ihrem hellblauen Twinset trug. »Was für ein treuer, sorgender Ehemann du doch bist!«

»Wo war eigentlich der Stallbursche?«, fragte Ludwig stirnrunzelnd. »Ich frage mich, wie sie alleine ausreiten konnte.«

»Thies? Keine Ahnung. Ich habe ihn heute noch nicht gesehen. Er war weder im Stall anzutreffen noch auf dem Reitplatz. Er war auch nicht bei den Außenanlagen, um sie zu reinigen, was normalerweise zu seinen Aufgaben gehört.«

»Und Lazar?«, fragte Richard.

»Lazar war in seiner Box. Wo soll er sonst gewesen sein?«

Johanna und Anne erschienen mit der Suppe. Während aufgetischt wurde, schwiegen alle. Die Mädchen hatten heute mit dem Alltagsgeschirr gedeckt: feines elfenbeinfarbenes Porzellan mit senfgelbem Dekor und Goldrand. Erich zwinkerte Johanna unauffällig zu, woraufhin sie errötete. Dann fiel sein Blick plötzlich auf

Leni. Er hatte sie bis jetzt noch nicht wahrgenommen. »Was macht sie denn hier?«, polterte er.

»Ach, entschuldige, Schwager, ich habe sie dir noch nicht vorgestellt: Das ist Leni Harmsen. Sie sitzt Modell für mich, also habe ich sie gebeten, das Mittagsmahl mit mir einzunehmen.«

»Sie sitzt für dich?«, spottete Erich. »Soso, das tut sie also! Sie zieht sich für dich aus. Leni ist eines deiner nackten Häschen, wer hätte das gedacht? Ich erlebe sie bisher nur als äußerst braves Arbeitermädchen mit langen Zöpfen und karierter Kittelschürze. Wissen ihre Eltern davon? So kennen sie ihre Tochter vermutlich nicht. Aber stille Wasser sollen bekanntlich tief sein.« Er zwinkerte Leni zu und drehte sich dann zu seinem Schwiegervater um. »Und du, Ludwig? Erlaubst du deinem Sohn, seine Nacktmodelle zu bitten, unser Gast zu sein?«

»Bei Leni Harmsen mache ich gerne eine Ausnahme«, erwiderte Ludwig Deimann milde lächelnd.

»Ich möchte diese Art von Gesprächen bitte nicht bei Tisch führen«, sagte Regine Deimann entschieden. »Meine Tochter hatte einen Unfall, und wir sitzen hier, als sei nichts geschehen. Und schon wieder wird gestritten! Ich bin es leid!«

»Entschuldige, Schwiegermama«, sagte Erich kleinlaut und griff nach seinem Löffel.

Leni wurde tiefrot. Sie schämte sich, dass sie überhaupt hier war und unfreiwillig zum Mittelpunkt des Gesprächs geworden war. Richard hatte sie eingeladen und ihr hatte der Mut gefehlt, die Einladung abzuschlagen.

»Leni zieht sich nicht für mich aus«, sagte Richard, »zumindest stand das bisher überhaupt nicht zur Debatte. Sie ist aber ein ausgesprochen hübsches Mädchen mit gleichmäßigen, gut proportionierten Gesichtszügen und sie eignet sich hervorragend für die Porträtmalerei. Da habe ich noch etwas Übungsbedarf«, fügte er verlegen hinzu.

»Ja, sie ist wirklich sehr hübsch«, sagte Erich leise. »Gut für Experimente jeder Art. Nur ein wenig zu dünn. Greifen Sie ruhig ordentlich zu, junges Fräulein, damit die Männer was zum Anfassen haben.«

Leni sah Richard Hilfe suchend von der Seite an. Der schob seinen Teller beiseite. »Genug, Erich, lass das bitte. Leni kann essen, so viel sie mag.«

Leni löffelte verkrampft weiter. Sie traute sich nicht, den Suppenrest stehen zu lassen.

Das Tischgespräch drehte sich nun um Probleme mit Lieferanten und rigiden Zollbestimmungen. Dann war auch Leni fertig.

»Ihr entschuldigt uns bitte?«, fragte Richard.

Regine Deimann nickte.

»Gleich macht sie sich nackig für ihn«, spottete Erich, kaum dass Leni und Richard den Raum verlassen hatten. »Ich würde gern einmal im Atelier Mäuschen spielen. Die Kleine ist bestimmt auch unbekleidet eine Augenweide!«

Regine und Ludwig ignorierten ihn.

Erich hüstelte. »Wo wir unter uns sind«, setzte er an, »möchte ich etwas mit euch besprechen. Es geht um Marga und ihren bedauerlichen Reitunfall. Nun, ich habe mir Folgendes überlegt …« Er machte eine Pause und sah seine Schwiegereltern an. »Man müsste eigentlich Vorsorge treffen, damit so etwas nicht noch einmal passiert, was meint ihr?«

Ludwig nickte. »Natürlich, Erich. Woran denkst du?«

»Ich bin der Meinung, man sollte Thies entlassen, weil er nicht da war und seiner Aufgabe nicht nachgekommen ist. Er ist dafür eingestellt worden, auf Marga aufzupassen, wenn sie reitet. Oder sehe ich das falsch?«

»Thies entlassen?«, fragte Regine ungläubig. »Thies Henningsen? Der war doch immer sehr zuverlässig. Thies stammt aus gutem Hause, studiert Jura und will einmal Anwalt werden. Wer weiß, vielleicht brauchen wir ihn eines Tages. Es ist nie verkehrt, einen Juristen in greifbarer Nähe zu haben. Und ich weiß, dass unsere Marga ihn sehr schätzt. Das eine Mal, Erich, meinst du nicht, das ist etwas übertrieben?«

Erich beugte sich zu ihr hinüber. Zwischen seinen Augen hatte sich eine steile Falte gebildet. »Regine, sie hätte sterben können! Sollen wir warten, bis sie noch einmal einen Unfall hat? Diesmal einen schlimmen?«

Regine schüttelte den Kopf, sodass ihre hellblonde Wellenfrisur ins Schwingen geriet. »Sicher nicht. Was meinst du, Ludwig?«

Ludwig starrte vor sich hin. »Ich habe auch den Eindruck, dass Marga und Thies sich gut verstehen.«

»Marga ist verheiratet«, fuhr Erich fort. »Sie ist jetzt Ehefrau und kein junges Ding mehr, das seine Freiheit mit ungebundenen jungen Männern genießen kann. Sie muss sich nicht mit einem Stallknecht verstehen. Ich finde, sie sollte ihrer Bestimmung nachkommen und Kinder gebären. Das ist fortan ihre wichtigste Aufgabe. Eine treusorgende Ehefrau und Mutter zu sein. Reiten ist nicht gut für sie. Es schadet der Fortpflanzung, hat Doktor Bergmann gesagt. Solange sie reitet, kann sie unmöglich ein Kind empfangen. Und sollte eine Schwangerschaft doch eintreten, läuft sie Gefahr, das Baby zu verlieren. Und ihr wünscht euch doch sehnlichst einen Enkelsohn, nicht wahr? Einen kleinen Juniorchef für Zigarren Deimann?«, neckte er.

Ludwig klopfte mit seinen dicken Fingern auf der Tischplatte herum, ohne jemanden anzusehen. »Ich vertraue Erich vollkommen. Ich denke, es hat Hand und Fuß, was er sagt. Wenn er meint, Thies sollte von seiner Aufgabe entbunden werden, sollten wir das in die Wege leiten. Das Leben unserer Tochter ist viel zu wichtig und steht über allem anderen, was meinst du, Regine?«

Seine Ehefrau nickte stumm.

Erich griff nach seinem Weinglas. »Soll ich das für euch übernehmen?«

»Wenn du das tun willst, dann mach das. Ich habe allerdings kein gutes Gefühl dabei. Es widerspricht meinen Grundprinzipien, jemanden zu entlassen. Das gilt für die Mitarbeiter des Betriebes ebenso wie für das Hauspersonal. Aber nun gut, was sein muss, muss sein«, sagte Ludwig seufzend.

»Danke für deine Einsicht«, sagte Erich. »Prost!«

»Zum Wohl!«, sagten Regine und Ludwig wie aus einem Munde und prosteten ihm ernst zu.

»Noch etwas«, sagte Erich und tupfte sich, nachdem er getrunken hatte, die Mundwinkel mit einer gestärkten Leinenserviette ab, »ich finde, wir sollten uns auch dazu durchringen, Margas Pferd zu verkaufen. So kommt sie nicht mehr in Versuchung und wird Contesse bald vergessen haben.«

»Oh, Erich, tu ihr das nicht an! Sie hängt so an Contesse. Das Pferd ist ihr ein und alles!«

Ludwig griff nach ihrem Arm. »Lass gut sein, Regine. Vielleicht ist es besser so. Marga sollte sich wirklich anderen Dingen widmen. Erich hat recht. Ein Enkelsohn käme jetzt zum richtigen Zeitpunkt. Ich hätte Lust, ihm eine Menge beizubringen. Als Vater habe ich versagt, weil mir die Fabrik immer wichtiger war. Ich habe viel zu wenig Zeit mit meinen Kindern verbracht, habe sie kaum heranwachsen sehen. Ich würde gerne meine Chance als Großvater nutzen, es wiedergutzumachen. Wer weiß, vielleicht wird der Enkelsohn einmal das Unternehmen fortführen und ihm zu neuem Aufschwung verhelfen.« Seine letzten Worte gingen in einen Hustenanfall über. Er wurde dunkelrot im Gesicht, griff nach seiner Stoffserviette, hielt sie vor das Gesicht und wartete, bis es vorbei war.

»Liebling, es dauert mindestens 20 Jahre, bis der Enkel so weit ist!«

»20 Jahre mache ich es vielleicht noch. Zusammen mit meinem Schwiegersohn«, brachte er unter ersticktem Husten hervor. Er hob sein Glas.

»Versprich mir eins, Ludwig: Rede nicht mit Marga darüber! Das werde ich tun! Ich weiß schon, wie ich es ihr verständlich machen kann«, sagte Erich.

Ludwig blickte irritiert in seine Richtung. »Meinetwegen«, grummelte er und war in Gedanken schon wieder bei den neuen Zollformalitäten, die ihm das Leben schwermachten.

NEUNZEHN

Eine Stunde später

»Ich würde dich nie zu etwas drängen, was du nicht willst«, sagte Richard und suchte in einem Kästchen nach einem anderen Bleistift. Er brauchte zum Schraffieren eine weichere Miene.

»Das weiß ich, aber ich will ausprobieren, wie es ist, sich wie Mimi malen zu lassen.«

»Bist du sicher?«

Sie warf ihren Kopf zurück. »Und wie! Was sie kann, kann ich auch.«

»Leni, sie ist ein ganz anderer Typ als du.«

»Auch sie hat mal klein angefangen. Ich will so werden wie sie.«

»Aber warum? Warum willst du das? Du bist Leni, und so wie du bist, bist du richtig. Du gefällst mir viel besser als Mimi.« Er kam zu ihr und setzte sich neben sie. »Ich habe dich noch nie mit offenen Haaren gesehen. Meinst du, du könntest die Zöpfe lösen?«

»Wenn du mir hilfst, sie anschließend wieder zu flechten«, sagte Leni lachend. »Nein, das war ein Scherz, ich schaffe das schon allein!« Sie löste die Zopfspangen und entwirrte mit ihren langen Fingern die Flechtfrisur. Ihre Haare fielen ihr in seidig schimmernden Wellen über die Schultern. Sie sah ihn an, während sie an ihrer Bluse nestelte, einen Knopf nach dem anderen aufknöpfte und schließlich im spitz zulaufenden cremeweißen Büstenhalter vor ihm saß.

»Gefalle ich dir?«, fragte sie errötend.

Richard nickte. Auch seine Wangen färbten sich rot.

Leni griff hinter sich, hakte ihren BH auf, streifte ihn sich über die Schultern und entblößte ihre kleinen, runden Brüste.

Richard zog die Augenbrauen hoch. »Also, ich muss schon sagen, du brauchst dich wirklich nicht zu verstecken«, sagte er voller Anerkennung.

»Sitze ich so gut?« Sie versuchte, dieselbe Sitzhaltung einzunehmen wie Mimi, als er sie malte.

Richard lachte. »Hör auf, sie zu kopieren! Bei dir wirkt das nicht.«

Leni zog einen Schmollmund wie Mimi und verschränkte die Arme vor ihrer Brust.

»Ich will damit sagen, du bist feiner, edler und vornehmer als Mimi, auch wenn du keine teure Kleidung trägst. Du könntest dir einen Sack überziehen und würdest immer noch eleganter wirken als Mimi. Wisch dir die Farbe von den Lippen! Sei einfach du selbst, und ich werde deine klassische Schönheit für immer auf die Leinwand bannen!«

Er korrigierte sachte ihre Körperhaltung. Hob ihr Kinn etwas an, drückte ihre Schultern sanft zurück und positionierte ihre Arme neben ihren Oberkörper, sodass sie entspannt wirkten. Dabei strich er wie zufällig seitwärts an ihren Brüsten entlang, was bei Leni sofort einen Schauer der Erregung auslöste. Sie sah ihn verlangend an, aber er erwiderte ihren Blick nicht.

Die eigene Nacktheit und die körperliche Nähe zu ihm erzeugte ein Kribbeln an ihrem ganzen Körper. Sie wünschte sich mehr, sehnte sich danach, von ihm richtig angefasst und geküsst zu werden, wie er es sicher mit den anderen Modellen tat. Warum nicht mit ihr? War sie ihm zu jung? Sie hätte ihm gern gezeigt, dass sie alt genug war für die Liebe, wusste aber nicht, wie sie es anstellen sollte. Am liebsten hätte sie ihre Arme um seinen Hals geschlungen und ihn zu sich auf den Diwan heruntergezogen. Aber sie traute sich nicht, und er war zu sehr Profi, um sich von ihr ablenken zu lassen.

Nachdem er mit ihrer Sitzhaltung zufrieden war, wandte er sich seiner Staffelei zu.

Leni warf einen Blick auf ihr Höschen und schämte sich. Sie wünschte, sie hätte so kostbare Unterwäsche wie Mimi, mit Biesen, Schleifen und Spitze. Stattdessen trug sie einen alten, gräulich verfärbten Baumwollschlüpfer.

Er warf ihr nur kurze Blicke zu und konzentrierte sich aufs Malen.

Leni wollte sich ihre Enttäuschung nicht anmerken lassen. Sie fand es obendrein anstrengend, die von ihm gewünschte Position beizubehalten, obwohl es auf seinen Bildern immer so locker und spielerisch aussah. An den Geruch von Öl und Terpentin hatte sie sich gewöhnt. Er machte ihr längst nichts mehr aus.

Eine Weile hörte sie nichts anderes als das Kratzen, Schraffieren und Wischen seines Bleistiftes auf dem Skizzenblock. Durch das halb geöffnete Fenster drangen von Fern Alltagsgeräusche. Hunde bellten; ein Pferdewagen ratterte über das Kopfsteinpflaster. Ein

Auto fuhr vorbei. Eine Fahrradklingel ertönte. Kinder kreischten beim Spiel. Frauen riefen hinter ihnen her. Dann mischte sich ein anderes Geräusch darunter.

»Hörst du das auch?«, fragte Leni.

»Was denn?«, nuschelte Richard, ohne aufzusehen.

»Ich weiß nicht … ein Wimmern, ein leises Weinen. Habt ihr Kätzchen?«

»Nein, nicht dass ich wüsste«, sagte er und malte unverdrossen weiter. »Zumindest habe ich in diesem Hause noch keins zu Gesicht bekommen.«

»Es hört sich an wie das Miauen von kleinen Katzen.«

Er horchte auf und hielt in seiner Bewegung inne. »Ja, jetzt höre ich es auch.« Angestrengt lauschte er. Plötzlich legte er den Stift beiseite und beeilte sich, aus dem Zimmer zu kommen.

Leni zog sich rasch an und ging ihm hinterher. Sie musste nur dem Wimmern folgen, schon stand sie vor der angelehnten Tür von Margas Schlafzimmer. Sie öffnete sie zaghaft und sah Richard am Bett seiner Schwester sitzen. Er streichelte sie und sprach leise auf sie ein.

»Alles wird wieder gut, Marga«, flüsterte er. »Kannst du mir sagen, was passiert ist?«

Marga verlangte nach einer Schmerztablette. Sie stöhnte und hielt sich den Kopf. Richard drehte sich um und erblickte Leni im Türrahmen. »Leni, geh bitte zurück ins Atelier und hol ein Wasserglas und zwei Aspirin. Die findest du im Spiegelschrank über dem Waschbecken. Und bring bitte ein feuchtes, kaltes Tuch mit!«

Als er sich umwandte, konnte Leni einen Blick auf Margas Gesicht werfen. Instinktiv schlug sie sich eine

Hand vor den Mund. Margas linkes Auge war verquollen und blaurot unterlaufen. Auf Höhe der Augenbraue klaffte eine offene Wunde. Getrocknete Blutreste fanden sich auf der Wange und am Kragen ihrer hellen Bluse.

»Worauf wartest du noch, Leni?«, fragte Richard. Seine Stimme duldete keinen Widerspruch.

Leni gehorchte und rannte los.

Bei ihrer Rückkehr wurde sie unfreiwillig Zeugin des Gesprächs zwischen Richard und seiner Schwester.

»Ein Reitunfall?«, fragte Richard ungläubig und streichelte Marga eine verklebte Haarsträhne aus der Stirn. »Ich habe schon davon gehört und kann es kaum glauben. Du reitest doch seit deinem vierten Lebensjahr, mit und ohne Sattel, dir kann beim Reiten keiner etwas vormachen!«

»Irgendwann passiert es eben«, sagte Marga mühsam.

»Dir passieren viele seltsame Dinge in letzter Zeit«, sagte Richard.

»Ja, ich weiß, ich bin furchtbar ungeschickt«, murmelte sie.

»Selbst wenn es so wäre, das warst du früher nicht.«

»Nein, das war ich nicht.«

»Verschweigst du mir etwas?«, fragte er nach kurzem Zögern.

»Nein, es ist so wie ich sage: Es war ein Reitunfall!« Sie hustete. Es ging in ein Weinen über.

Er streichelte sie, hielt ihre Hand und sprach beruhigend auf sie ein.

Leni reichte Richard das Wasserglas mit den aufgelösten Tabletten und half Marga, sich aufzusetzen und das Mittel in einem Zug auszutrinken. Mit einem Stöhnen legte sich Marga wieder hin. Leni legte ihr das mitgebrachte kühle Tuch über die Stirn.

»Soll ich einen Arzt holen?«, fragte Richard.

»Nein, lass das bitte, Erich will sich darum kümmern.«

»Das hat er gesagt, aber wo bleibt der Doktor? Er müsste längst hier sein! Soll ich nicht …?«

»Nein!«, fiel ihm Marga ins Wort.

»Kann ich sonst etwas für dich tun?«

Marga schüttelte vorsichtig den Kopf und stöhnte auf.

»Wenn es Ihnen wieder besser geht«, sagte Leni, die unbedingt helfen wollte, »dann möchte ich Sie einladen, uns zu besuchen. Unser Haus ist zwar klein und einfach, aber alle sind sehr nett. Meine Oma backt hervorragenden Apfelkuchen.«

Marga versuchte zu lächeln, aber verzog vor Schmerzen ihr Gesicht.

»Ich glaube, meine Schwester hat im Augenblick andere Sorgen«, sagte Richard leise.

»Eben«, fügte Leni schnell hinzu, »ich wohne in der Hafenstraße 7. Am Abend bin ich meistens da. Bis auf sonnabends, da treffen Sie mich in der Milchbar.«

»Danke«, hauchte Marga und vermied aus Angst vor Schmerzen jede Bewegung. »Das ist sehr nett von Ihnen. Wir können aber auch du zueinander sagen. Ich bin Marga.« Vor Anstrengung schloss sie ihre Augen.

»Wir wollen sie schlafen lassen«, sagte Richard und erhob sich. Bevor er ging, glättete er Margas Bettdecke und streichelte ihr noch einmal zärtlich über das Haar. »Erhol dich gut, Margalein«, flüsterte er.

Richard und Leni zogen sich zurück und schlossen leise die Tür.

Als sie beim Atelier angekommen waren, hörten sie Schritte auf der Treppe. »Erich«, sagte Richard und verdrehte die Augen. »Komm, Leni, lass uns gehen, mir steht nicht der Sinn nach einer Begegnung!«

ZWANZIG

Eine Woche später

Leni und ihre Großmutter saßen bei einer Tasse Tee in der Küche zusammen. Im Radio lief ein Schlager von Heinz Erhardt: »Baby, es regnet doch«. Das Lied passte zum trüben Herbstwetter. »Du wirkst so in dich gekehrt«, sagte Frida mit besorgtem Blick auf ihre Enkelin. Sie schälte und wässerte Erbsen für die Erbsensuppe am nächsten Tag.

Von oben war Gerda Harmsens energisches Klappern von Holzpantinen zu hören. Sie brachte gemeinsam mit Rieke die Kleinen zu Bett, die bereits ihre Pfannkuchen vertilgt hatten. Kindergeschrei und Kinderlachen erfüllten das Haus.

Aus dem Wohnzimmer wehte Tabakduft herüber. Die Männer unterhielten sich auf Platt. Es ging um eine neue Dreschmaschine.

»Nein, da ist nichts. Heute war ein langweiliger Tag«, sagte Leni verdrossen. »Ein Tag zum Abhaken, ein völlig nichtssagender, unbedeutender Tag.«

»Ist etwas passiert?«

»Nein, nichts. Das ist es ja gerade. Es ist nichts passiert. Es war einfach nur langweilig. So schrecklich öde«, seufzte sie.

Frida nahm nachdenklich einen Schluck Tee. »Langeweile kenne ich gar nicht«, sagte sie und stellte vorsichtig ihre zarte Tasse ab. »Ich bin eigentlich ganz froh, wenn mal nichts passiert, nichts, worüber ich mich aufregen müsste. In meinem Leben gab es genug Schicksalsschläge und Dinge, die mich aus der Bahn geworfen haben. Der Krieg und die ersten Jahre danach waren so schlimm, dass ich froh bin, endlich mehr Ruhe zu haben. Weißt du, wenn du so alt bist wie ich, wirst du diese einfachen Dinge zu schätzen wissen: Tee zu trinken und dabei eine Erbsensuppe vorzubereiten. Du begreifst, dass das Leben nicht ewig weitergeht, sondern irgendwann aufhört. In Momenten wie diesem können wir aufatmen und uns daran erinnern, was wir an Gutem haben. Weißt du, was mir meine Mutter auf dem Sterbebett mitgegeben hat? Dass auch im Unscheinbarsten, Alltäglichsten etwas Kostbares verborgen liegt. Sie wollte nicht von uns gehen. Sie wollte bei uns bleiben, still und leise miterleben, wie es uns ergeht. Sie sagte, wenn sie nur eines erbitten könne, dann ganz bescheidene Dinge: einen neuen Morgen ohne Schmerzen, Vogelgezwitscher, das Lachen eines Kindes, eine Tasse Tee, das Gefühl von Frieden, den würzigen Duft einer Sommerwiese, frische Bettwäsche, Sonne auf der Haut, ein Kornblumenstrauß, ein Kätzchen in der Nachmittagssonne, eine gemeinsame Mahlzeit mit all ihren Lieben, das Lächeln eines Menschen, eine Umarmung, die Wiederkehr der unscheinbarsten, alltäglichsten Stunden. Kein Geld, kein Abenteuer, kein Luxus kann das alles ersetzen. Ich habe sie angelächelt und umarmt. Dann hat sie die Augen zugemacht und ist eingeschlafen.«

»Hast du Angst vor dem Tod, Oma?«

Frida überlegte. »Angst? Nein. Alles wird weniger, das ist überall in der Natur so. Schau dir die Bäume an: Im Frühling sind sie am schönsten, da tragen sie ihr pralles, lichtgrünes Blätterkleid. Im Sommer werden ihre Blätter dunkler, trockener, sie verlieren an Glanz und Festigkeit. Sie leiden manchmal unter der Hitze. Aber im Herbst sind sie wieder schön, fast noch schöner als im Sommer. Die leuchtenden, bunten Farben erfreuen mich jedes Jahr aufs Neue. Da will ich wieder hinaus in die Natur, wie im Frühling, wandern, Spaß haben und die letzten Sonnenstrahlen genießen. Da ist das Leben vielleicht am intensivsten. Wir wissen, dass der Winter kommt. Wir bereiten uns darauf vor, verschwenden aber nicht allzu viele Gedanken daran. Und das ist gut so, denke ich.«

»Im Winter ist Weihnachten«, sagte Leni trübe.

»Es gibt immer etwas Schönes, auf das wir uns freuen können, selbst mitten im Winter. Da freue ich mich auf meinen Bollerofen, auf Bratäpfel, Feuerzangenbowle, Tannen- und Kerzenduft und meinen selbstgebrannten Korn.« Frida machte eine kurze Pause. Dann atmete sie tief durch. »Es ist kein langweiliger Tag, Leni, es ist ein ganz normaler Tag, und das ist gut so. Möchtest du noch einen Pfannkuchen? Da sind noch ein paar im Ofen zum Warmhalten.«

Leni seufzte auf. »Gerne, Oma.«

Sie vernahmen das Geräusch des Türklopfers und horchten auf.

»Besuch? Um diese Zeit?«, fragte Frida, wechselte einen Blick mit ihrer Enkelin und ging in den Flur.

»Leni, komm mal her«, rief sie kurz darauf mit ihrer

lieben Omastimme. »Ein hübsches Mädel ist hier. Sie behauptet, dich zu kennen.«

Leni stürzte zur Haustür. »Marga!«, rief sie und fiel der jungen, eleganten Frau um den Hals. »Du bist ja tatsächlich gekommen!«

»Ich hoffe, ich störe nicht«, sagte Marga verlegen. »Ich möchte auch nicht lange bleiben.« Sie sah besser aus als vor einer Woche. Von dem Unfall war ein kleines Pflaster über der linken Augenbraue übrig geblieben. Die Schwellungen und Verfärbungen im Gesicht waren fast zurückgegangen. Sie trug einen braunen Wollmantel mit Pelzbesatz. Ihre Pumps, ihre Handtasche und ihr kleines Hütchen mit einer Feder waren farblich aufeinander abgestimmt.

»Du störst doch nicht! Wie schön, dass du gekommen bist. Komm rein! Es sind noch Pfannkuchen im Ofen.«

Sie nahm Marga Hut und Mantel ab und führte sie in die Wohnküche. Inzwischen waren auch Gerda und Rieke wieder da. Durch die Geräusche angelockt, gesellten sich Knuth und Gustav aus dem Nebenzimmer ebenfalls hinzu.

»Marga Deimann, meine Freundin«, sagte Leni stolz. »Und das ist meine Mutter Gerda, mein Vater Gustav, meine Oma Frida, die du ja schon begrüßt hast, mein Opa Knuth und meine Schwester Rieke, die arbeitet auch in der Zigarrenfabrik. Meine jüngeren Geschwister Irma, Harri, Bruno, Onno und Udo schlafen oben. Zumindest hoffen wir das.«

Marga schüttelte erstaunt den Kopf. »So eine große Familie hast du?«, fragte sie lächelnd in die Runde und gab jedem die Hand. Es wurde eilig ein Hocker herbeigeholt, auf den Leni sich setzen wollte. Ihren Stuhl bot sie Marga an.

»Sie essen hoffentlich mit?«, fragte Frida und gab einen großen Klumpen Butter in die Pfanne. »Ich wollte sowieso noch mehr Teig zubereiten. Die paar Pfannkuchen im Ofen reichen nicht.«

»Ich möchte keine Umstände machen.«

»Unsinn! Wir freuen uns, dass Sie unser Gast sind!«, sagte Gerda feierlich und begann, mit ihren Töchtern den Tisch zu decken.

»Gemütlich haben Sie es hier«, sagte Marga gerührt und sah sich in dem bescheidenen Raum um. Ihr Blick fiel auf die riesige gusseiserne Bratpfanne, die auf dem Gasherd stand, den blankpolierten Wasserkessel auf der Anrichte, den Holztisch mit den Bauernstühlen, die Ausziehlampe, den hellgrüngestrichenen Küchenschrank, das Sprossenfenster mit den gehäkelten Gardinen und die Alpenveilchen auf der Fensterbank.

»So schön wie bei euch ist es bei uns nicht«, sagte Leni entschuldigend.

»Ach, hier ist es viel heimeliger und netter«, sagte Marga mit einem verklärten Gesichtsausdruck. »So habe ich mir Familienleben immer vorgestellt. Mit einer Oma, die am Herd steht und Pfannkuchen backt, dabei Geschichten erzählt und ihren Lieben zuhört.« Ihr Blick fiel auf die Schüssel Erbsen, die auf der Anrichte stand. »Und niemand regt sich darüber auf, dass der Geruch durchs Haus zieht.«

Leni versuchte, in Margas Gesicht zu lesen. »Hoffentlich riechen deine Kleider nicht anschließend nach Bratfett!« Sie musterte voller Bewunderung Margas lodengrünes Kostüm mit dem Schößchen am Rock. Die Schulterpartie war feminin schmal geschnitten. Darunter kam eine weiße Bluse mit einer Schluppe zum Vorschein.

»Und wenn schon, ich mag das. Es wird mich noch morgen an den Abend bei euch erinnern! Ich wünschte, ich hätte mal so einen Tag mit meiner Familie erlebt. Auch wenn es mir materiell an nichts gefehlt hat, an Nestwärme schon. Ich hatte immer Kindermädchen, die für mich da waren. Aber ich hätte mir eine Mutter gewünscht, die an meinem Bett sitzt, wenn ich krank bin, die mir etwas vorliest, die an Kindergeburtstagen mit uns spielt und nicht nur höflich nachfragt, ob wir uns auch gut amüsieren. Ich war wie eine Pflanze, die unter fachkundiger Pflege zwar gedieh, aber niemals aufblühen konnte.«

Alle sahen sie betreten an.

»Schade«, sagte Frida und gab Marga einen extra dicken Pfannkuchen.

Nach dem Abendessen saßen alle noch eine Weile satt und zufrieden um den großen Tisch herum. Schließlich gingen Gerda, Frida und Knuth in die Stube nebenan, wo die Frauen ihr Näh- und Strickzeug herausholten, um im Schein der Stehlampe Strümpfe für die Familie zu stopfen oder zu stricken, und Knuth sich die Pfeife anzündete. Gustav zog sich in seine Werkstatt zurück, und Rieke verabschiedete sich, um eine Freundin zu besuchen.

»Geht es dir besser?«, fragte Leni, als sie allein in der Küche waren.

Marga schüttelte den Kopf. »Auch wenn die Wunden bald verheilt sind, besser geht es mir nicht. Mir geht es da schlecht …«, sie deutete auf ihr Herz, »da drin, in meiner Seele. Alles ist dunkel und düster. Es wird nie wieder gut!«

»Was ist passiert?«, fragte Leni erschrocken.

Marga seufzte tief. »Mein Mann hat mir die Pferde weggenommen, meine geliebte Contesse und auch Lazar, Richards Pferd. Sie sind nicht mehr da, und er will mir nicht sagen, was er mit ihnen gemacht hat und wo sie jetzt sind. Ich habe Nachforschungen angestellt, aber niemand will mir helfen. Meine Eltern wissen anscheinend auch nichts. Mein Vater sagt, es sei Erichs Entscheidung gewesen und er habe nichts damit zu tun. Er habe nur nicht eingegriffen, weil er mich schützen wollte. Mein Reitunfall hätte ihn tief erschüttert. Schützen! Wie kann man mich schützen, indem man mir die Pferde wegnimmt?« Sie schüttelte verzweifelt den Kopf.

»Das ist ja furchtbar!«, rief Leni aus. »Was sagt Richard dazu? Schließlich geht es dabei ja auch um sein Pferd!« Sie wunderte sich, dass Richard nichts gesagt hatte. Sie würde ihn bei der nächsten Gelegenheit fragen.

»Ich glaube, ihm ist es egal. Er hat sich in letzter Zeit kaum um Lazar gekümmert, hatte keine Lust mehr zu reiten. Er hat anderes im Sinn, Mädchen, seine Malerei … Er hat sich kurz aufgeregt, aber ich hatte den Eindruck, er hat das nur mir zuliebe getan. Im Grunde ist er vielleicht sogar erleichtert, dass Lazar fort ist. Nun braucht er seinetwegen kein schlechtes Gewissen mehr zu haben.«

»Und deine Eltern? Ihnen kann es doch nicht egal sein, dass ihre Tochter todunglücklich ist!«

»Nein, sicher nicht. Aber sie wissen ja nichts. Woher auch, wenn ich ihnen nichts erzähle. Aus ihrer Sicht war es vielleicht richtig, die Pferde wegzugeben. Sie haben Angst um mich, wollen mich nicht verlieren. Aber was für mich noch viel schlimmer ist ...«, sie schluckte und kämpfte mit den Tränen, »du kannst es vielleicht nicht verstehen, weil du ihn nicht kennst, aber ... auch Thies ist nicht mehr da!«

»Thies?«

»Thies Henningsen, der Pferdepfleger. Thies und ich ... wir waren, nun ja, wir haben uns sehr, sehr gut verstanden. Wir waren wie Geschwister. Ich meine, mit Richard verstehe ich mich auch gut, aber er teilt meine Leidenschaft zu den Pferden nicht. Mit Thies war das von Anfang an etwas Besonderes. Die Pferde haben uns zusammengeführt und uns miteinander verbunden. Wir haben uns in jeder Hinsicht gut verstanden.« Sie lächelte verlegen und wurde rot.

Lenis Mund war auf einmal staubtrocken. Sie füllte Leitungswasser in ihr Glas nach. »Willst du auch?«, fragte sie mit kurzem Seitenblick auf Marga. »Oder lieber noch einen Tee? Ich brühe gerne einen auf!«

»Nein danke. Ich möchte nichts mehr trinken. Ich war auch schon viel zu lange hier, werde sicher längst vermisst.« Sie stand auf. »Bringst du mir bitte meinen Mantel?«

»Marga, ich möchte nicht, dass du gehst.«

»Das ist lieb von dir, aber ich fürchte mich vor Erich, wenn ich zu spät nach Hause komme.«

»Marga?«

»Ja?«

»Es war kein Reitunfall, oder?«

Marga ließ die Schultern sinken. Ihr Gesicht wurde ausdruckslos.

»War es dein Mann? Hat er dich so zugerichtet?«

»Ich muss jetzt gehen.«

»Kommst du wieder?«

»Ja, vielleicht. Dann aber zu einer späteren Stunde, wenn ihr fertig seid mit dem Essen. Ich will euch nicht zur Last fallen.«

»Das tust du nicht. Hier sind öfter mal Gäste, die mitessen. Wir haben zwar nicht viel, aber hungern müssen wir nicht. Bei uns arbeitet jeder so gut wie er kann. Irma und Harri sind sechs und acht Jahre alt und können sogar schon beim Entrippen der Zigarrenblätter helfen. Selbst Oma springt noch manchmal beim Zigarrenwickeln ein. Sie kann das besonders schnell. So eine Fingerfertigkeit hast du noch nicht gesehen!«

»Ihr seid eine nette Familie. Herzlichen Dank für die wundervolle Mahlzeit«, sagte Marga lächelnd und brach auf.

Leni brachte ihr Hut und Mantel.

»Eine Frage habe ich allerdings noch. Ist Kinderarbeit nicht verboten?«, fragte die elegante Frau und schlüpfte in ihren Mantel.

»Nur in den Fabriken. Zu Hause in den Familien ist es gang und gäbe. Aber bei uns wird niemand zum Arbeiten gezwungen. Die Kleinen tun es gerne, wollen ja den Erwachsenen nacheifern. Und Spielzeug haben wir eh nicht viel. Im Winter wird es in unserem Häuschen recht eng, da ist jeder froh, wenn er eine Beschäftigung hat.«

»Da magst du recht haben«, sagte Marga. »Mit wird angst und bange, wenn ich an den langen, dunklen Winter denke. Aber danke, dass ich wiederkommen darf!«

EINUNDZWANZIG

November 1952

Anfang November wurden die neuen Wickelmaschinen für die Zigarillos in die Zigarrenfabrik Deimann geliefert. Die Frauen mussten zusammenrücken, damit die drei Ungetüme Platz fanden. Das passte den Arbeiterinnen ganz und gar nicht. Unmut machte sich breit.

»Wozu die Maschinen?«, fragte Leni, die in den letzten Wochen deutlich an Selbstbewusstsein gewonnen hatte. Kruskopp hatte sich seltsamerweise nicht an ihr gerächt. Er hatte sie nicht einmal ignoriert, sondern einfach so getan, als sei nichts vorgefallen. Deshalb hatte Leni beschlossen, die Sache im Büro auf sich beruhen zu lassen. Keine schlafenden Hunde wecken, sagte sie sich. »Wir sind alle gut eingearbeitet, uns geht die Arbeit leicht von der Hand. Wir sind schneller als jede Maschine. Einige von uns bringen es auf 600 Zigarren täglich und mehr. Wenn wir uns an die Maschinen gewöhnen, verlieren wir unsere Fingerfertigkeit. Eines Tages haben wir alles verlernt.«

Das Raunen schwoll an. Einige Frauen stimmten kopfnickend zu.

Erich Kruskopp hätte sie an einem seiner schlechten Tage in Grund und Boden gestampft, auch wenn Leni Harmsen zu seinen Lieblingen gehörte. Heute hatte er jedoch einen guten Tag, denn er freute sich über die

Maschinenlieferung. Sich gegen seinen Schwiegervater durchgesetzt zu haben, verbuchte er als Sieg für sich. Nach und nach würde er die Handarbeit komplett abschaffen, er musste nur noch Ludwig von dieser Notwendigkeit überzeugen. »Ich möchte Ihre Arbeit nicht madig machen, meine Damen«, richtete er das Wort an die Belegschaft, »ich weiß, was Sie tagtäglich leisten. Besonders Sie, Fräulein Harmsen, imponieren mir. Sie schaffen sehr viel für eine Anfängerin und machen Ihre Sache wirklich gut. Zigarren Deimann beschäftigt die besten Wicklerinnen und Rollerinnen Norddeutschlands. Darauf dürfen wir stolz sein! Aber dennoch muss ich zu bedenken geben, dass keine Arbeitskraft so gut ist wie eine Maschine, vor allem nicht so schnell, leistungsfähig und zuverlässig. Mit der Produktion von Zigarillos werden wir einen gewaltigen Aufschwung erleben. Zigarren Deimann wird bald in aller Munde sein. Ich habe eine Überraschung für Sie. Jede von Ihnen erhält einen Zigarillo und eine Zigarre. Sie dürfen zu Hause in aller Ruhe vergleichen und Ihr Urteil fällen.«

Einige Frauen riefen Bravo und applaudierten. Es war nicht üblich, dass Tabakware an die Arbeiterinnen verteilt wurde.

»Auch unsere maschinengefertigten Zigarillos haben das einzigartige Aroma, das nur entstehen kann, weil wir uns an unsere streng gehüteten Rezepturen halten«, dozierte Kruskopp. »Aber es ist wirtschaftlicher. Eine einzige Maschine schafft täglich ungefähr 15.000 Zigarillos. Wer von Ihnen da mithalten kann, hebe die Hand. Und für die guten Kopfrechner unter Ihnen: Wir haben nicht nur eine, wir haben drei Maschinen erworben. Nun? Das macht pro Tag?«

Es war still geworden im Saal. Die Frauen sahen ihn mit großen Augen an.

»Noch Fragen, meine Damen?«, wollte Erich wissen und sonnte sich in der Aufmerksamkeit. »Dann würde ich Sie nämlich gerne in die Bedienung der Maschinen einweisen.«

Leni wagte sich noch einmal vor: »Mein Vater sagt, die Maschinen würden für eine neue Arbeitslosigkeit sorgen.«

Erich Kruskopp trat dicht an sie heran und hob ihr Kinn an, sodass sie gezwungen war, zu ihm aufzusehen. »So? Sagt er das? Du hast einen schlauen Vater, Mädel, aber er weiß nicht alles. Die Maschinen versprechen einen ungeahnten wirtschaftlichen Aufschwung. Uns allen wird es bald richtig gut gehen. Und sag deinem Vater, er soll sich lieber um deine Erziehung kümmern, statt dir Flausen in den Kopf zu setzen.« Er wandte sich von ihr ab und schritt durch die Reihen. »Meine Damen, ich bitte Sie nun in Kleingruppen von höchstens zehn Frauen nach vorne zur Demonstration der neuen Maschinen.« Er klopfte zärtlich auf eines der Unge-tüme aus Holz und Eisen, neben dem er sich positio-niert hatte. »Freiwillige vor!« Er klatschte in die Hände und wartete gespannt ab. Sein Unterkiefer mahlte. »Nur kein Gedränge, Sie kommen alle dran«, sagte er ironisch, als sich keine der Anwesenden angesprochen fühlte. »Nun gut, dann muss ich wohl zehn Frauen aufrufen.« Er begann, einige Namen zu nennen.

Leni war nicht darunter. Sie atmete erleichtert auf.

Nach und nach traten die genannten Frauen zögerlich vor.

»Sie arbeiten immer zu zweit«, bestimmte er. »Ihr Lohn richtet sich nach dem Akkord, den Sie schaffen. Es kommt also hauptsächlich auf Schnelligkeit an. Die Akkuratesse übernimmt die Maschine«, sagte er grinsend. »Schauen Sie her: Zuerst füllen Sie das Filling, also die zerbröselten Tabakblätter, in den Trichter. Eine von ihnen glättet das angefeuchtete Blatt. Sie erhalten es von den Frauen in der Vorhalle, die für das Wässern der Tabakblätter zuständig sind. Daran wird sich nichts ändern. Die Mittelrippe wird maschinell abgezogen, und dann …« Er stellte die Maschine an, die einen ungewohnten Lärm erzeugte. Einige Frauen hielten sich die Ohren zu. »Dann kommt die zweite Arbeiterin ins Spiel. Sie bereitet das Umblatt vor und hält es unter die rotierenden Schneidblätter. Dort wird es zurechtgeschnitten, ohne so viel Abfall zu produzieren wie bisher. Sie hält es exakt an diese Position der Maschine. Sehen Sie selbst, wie die rotierenden Greifzangen sich die Einlage holen«, er deutete auf den entsprechenden Behälter, »und in das Umblatt drehen. Ich habe das Tempo erst einmal auf die Hälfte gedrosselt. Sobald Sie eingearbeitet sind, meine Damen, können Sie eigenhändig die Geschwindigkeitsstufe erhöhen. Das liegt in Ihrem Ermessen. Je größer die Stückzahl, umso besser die Bezahlung, vergessen Sie das nicht. Die Wickel landen anschließend vollautomatisch in den Formbrettern, verbleiben da einige Stunden, um die Beschaffenheit zu behalten und das volle Aroma zu entfalten. Das kennen Sie ja schon von der Handarbeit her. Anschließend kann der letzte Schritt vollzogen werden: die Vollendung! Die Wickel bekommen ihr Deckblatt, was ebenfalls vollautomatisch vonstattengeht. Es muss nichts mehr zurechtgeschnitten oder geklebt werden. Alles übernimmt die Maschine. Am Ende erhalten Sie perfekt gedrehte Zigarillos, die sich wie ein Ei dem anderen gleichen. Ich kann Ihnen das jetzt nicht demonstrieren, da ich den Zwischenschritt des langsamen Formens nicht überspringen will. Sonst müsste ich die wertvollen Produkte am Ende wegwerfen, und das widerspricht meiner Auffassung von wirtschaftlichem Arbeiten.«

»Aber Zigarren werden nach wie vor von Hand gerollt?«, fragte eine Frau.

Erich Kruskopp drehte sich ärgerlich zu ihr um. »Noch, junge Dame, noch … Wir befinden uns mitten in der Umstrukturierung. Hier wird sich einiges ändern.« Er ließ seinen Blick über die Frauen schweifen. »Konnten Sie mir bis hierhin folgen?«

Die Arbeiterinnen nickten mit ausdruckslosen Mienen. Keine wollte sich die Blöße geben, kaum etwas verstanden zu haben.

ZWEIUNDZWANZIG

Eine Woche später

Regine Deimann schaute von ihrer Stickarbeit auf, als es an der Tür klopfte. Sie sah wie immer elegant aus in ihrem taubenblauen Twinset und einem engen, waden-langen Rock gleicher Farbe. Ihre hellblonden Haare waren akkurat frisiert, und sie trug einen dezenten Lip-penstift, der ihre blauen Augen betonte.

»Mutter, darf ich dich stören?« Margas blasses Gesicht erschien im Türrahmen.

»Aber natürlich, Liebes, was hast du auf dem Her-zen? Setz dich her zu mir.« Sie klopfte neben sich auf das cremefarbene Sofa aus samtigem Stoff, als riefe sie ihren Hund herbei. Der lag jedoch zusammengerollt vor dem Kaminfeuer und wärmte sich das plüschige Fell.

Marga fühlte sich unbehaglich, wusste nicht, wohin mit ihren Händen. Erst jetzt wurde ihr bewusst, dass sie neben ihrer eleganten Mutter einen ungepflegten Ein-druck machte. Ihr Kleid war zerknittert und sie hatte ihre Haare seit Stunden nicht mehr gekämmt. Zudem hatte sie keine Schminke aufgetragen.

»Was ist los?«, fragte Regine besorgt. »Hat Anne dich so gehen lassen? Oder hat sie heute ihren freien Tag?« Sie schob die Blumenvase mit dem Nelkenstrauß zur Seite, die vor ihr auf dem Glastisch stand.

»Ich habe ihr freigegeben. Aber wenn das deine einzige Sorge ist …«

Regine tätschelte ihre kalte Hand. »Entschuldige, Liebes, natürlich nicht. Was kann ich für dich tun?«

Margas Augen füllten sich mit Tränen, obwohl sie sich fest vorgenommen hatte, nicht zu weinen. »Wo ist Thies? Weißt du etwas? Ich habe Papa schon mehrmals gefragt, aber er wird jedes Mal ungehaltener und bittet mich, mit der unsäglichen Geschichte abzuschließen. Er will nichts davon hören. Er sagt, mein Reitunfall habe ihm einen gehörigen Schrecken eingejagt. Mit Erich kann ich auch nicht darüber reden. Er sieht mich jedes Mal so wütend an, dass ich keinen einzigen Satz herausbekomme und keinen Versuch mehr unternehme, das Thema anzuschneiden.« Sie verzieh sich diese kleine Notlüge. Natürlich hatte sie nicht mit Erich gesprochen. Da er über ihren Seitensprung Bescheid wusste, hatte er sie in der Hand. Niemals durften ihre Eltern davon erfahren. »Mama, sagst du mir bitte, wo Thies ist? Ich habe ihm schon drei Briefe an seine Adresse in Leer geschickt, aber sie bleiben unbeantwortet. Ein Telefon hat er nicht. Ich habe den Eindruck, er wohnt gar nicht mehr da.«

Regine nickte. »Ach, deswegen kommst du zu mir. Nein, Liebes, ich weiß wirklich nicht, wo er sich aufhält. Ich kann mir vorstellen, dass er zu seiner Familie nach Hamburg zurückgekehrt ist.«

»Ich verstehe das nicht. Er hatte es hier doch gut. Die alte Dame, bei der er ein Zimmer hatte, war auch sehr nett zu ihm. Er konnte sogar die Miete sparen, musste nur ab und zu bei ihr Unkraut zupfen.«

»Wir alle waren nett zu ihm. Du besonders«, fügte sie mit einem Seitenblick auf ihre Tochter hinzu. »Hattest du etwas mit ihm?«

Marga wurde rot. »Nein, natürlich nicht. Aber er war mein bester Freund, Mama, ein Freund, wie Ilse zum Beispiel, kein Liebhaber. Das weißt du doch!«

»Nun gut, ich glaube dir, mein Schatz.«

»Ihr müsst doch die Adresse seiner Eltern haben.«

»Nein, leider, Margarethe, ich kann dir nicht helfen. Wir hatten keinen Vertrag mit Thies. Er wurde stundenweise bezahlt. Du weißt doch, wenn er nicht da war, kam Benno von gegenüber und hat die Pferde versorgt.«

»Und die alte Dame, bei der er bisher gewohnt hat? Die muss doch seine aktuelle Adresse haben!«

»Gewiss hat sie die. Sie wird die Briefe weitergeleitet haben. Du wirst sicher bald von ihm hören.«

Marga drehte verzweifelt an ihrem Ehering. »Ich wüsste so gerne, wo er ist«, sagte sie.

»Wo er jetzt ist, weiß ich nicht. Seine Adresse in Hamburg kenne ich nicht. Erich hat ihn entlassen und ihn gebeten, nicht auf unser Anwesen zurückzukehren. Er fand, dass es keinen Grund mehr gab, ihn weiterzubeschäftigen, nachdem die Pferde nicht mehr da sind.«

»Das wäre meine nächste Frage gewesen. Wo sind sie?« Marga sah ihrer Mutter fest in die Augen.

Die senkte den Blick. »Auch dazu kann ich dir keine Antwort geben.«

»Das glaube ich dir nicht!«

Regine zuckte mit den Schultern. »Ich weiß es wirklich nicht! Erich und Ludwig haben es mir nicht gesagt.« Sie legte ihre schlanke, sehnige Hand auf Margas Unterarm. »Liebes, lass es doch gut sein. Es nützt ja nichts. Schau, du bist verheiratet, ziehst bald in dein neues Heim, machst es dir da so gemütlich wie möglich. Es wird bestimmt wunderschön. Bald wirst du anderes zu tun haben und die Pferde vergessen. Bald ist auch Thies vergessen. Alles wandelt sich, und das ist auch gut so. Nichts bleibt, wie es ist, weder das Gute noch das Schlechte. Richte dich so behaglich wie möglich in deinem neuen Leben ein. Schau nach vorne! Wir könnten ja mal wieder zusammen nach Leer oder Emden fahren und ein paar Dinge für die neue Villa einkaufen, was meinst du? Hübsche Kerzenleuchter, Bilder oder Ziergegenstände fehlen doch sicher noch. Wir könnten auch Modegeschäfte besuchen, einen Termin beim Friseur und im Schönheitssalon ausmachen und uns ein bisschen verwöhnen lassen. Anschließend gehen wir fein essen. Es wäre mal wieder an der Zeit, uns einen richtig schönen Tag zu machen. Die Rechnungen bezahle selbstverständlich ich. Es soll ein Geschenk für dich sein. Würde dir so ein Tag mit mir Freude bereiten?«

Marga wand sich. »Mama, es ist sicher gut gemeint, aber ich will das alles nicht. Es interessiert mich im Augenblick nicht. Ich war auch schon lange nicht mehr in der neuen Villa. Erich kümmert sich jetzt um die Handwerker. Seitdem geht es schneller, denn er macht ihnen fürchterlich Druck. Er will unbedingt, dass wir vor Weihnachten einziehen. Ich habe es nicht so eilig. Im Gegenteil, ich möchte Weihnachten lieber mit euch zusammen feiern.«

Regine musterte sie konsterniert. »Was willst du damit ausdrücken?«

Marga rieb ihre Handflächen aneinander. »Das, was ich gesagt habe. Ich möchte lieber mit euch, Anne und Johanna Weihnachten feiern und das neue Jahr begrüßen. Vor allem möchte ich mich von Grit bekochen lassen.«

Regine lachte hell auf. »Margalein, du bist und bleibst unser Nesthäkchen. Du willst einfach nicht erwachsen werden, sondern am liebsten immer und ewig Kind bleiben und dich von uns und deiner Anne verwöhnen lassen. Du kannst sie doch mitnehmen! Was hältst du davon? Anne ist für dich eingestellt worden, als du noch ein kleines Kind warst, und wird an deiner Seite bleiben, solange du willst.« Dann verschleierte sich ihr Blick. Sie verstummte für einen Moment, bevor sie weitersprach. »Oder liegt es daran, dass du deinen Mann nicht mehr liebst? Das will ich nicht hoffen!«

Marga atmete tief durch, als müsse sie sich von einer Last befreien. »Ich weiß es nicht, ehrlich gesagt. Er behandelt mich nicht gut.«

Regine wich erschrocken zurück und starrte ihre Tochter entsetzt an. »Ich hoffe, du weißt, was du gerade gesagt hast.«

Margas Herz klopfte zum Zerspringen. Sollte sie ihrer Mutter die Wahrheit beichten? Nun war die Gelegenheit gekommen, wenn sie es jetzt nicht tat, dann nie mehr. Sie schluckte. Sekunden verstrichen, ehe sie den Mut fasste. »Mutter, ich muss dir etwas sagen über ihn. Er … er …« Sie geriet ins Stocken und spielte mit ihrem Ehering. Am liebsten hätte sie ihn abgezogen und ins Feuer geworfen. Sehnsüchtig blickte sie in den offenen Kamin, in dem nur noch eine winzige Flamme züngelte.

»Margarethe, Liebes«, begann Regine. In ihrer Stimme schwang Ungeduld mit. »Ich bitte dich als deine Mutter, die dich sehr liebt und es immer gut mit dir meint, nichts Schlechtes über deinen Ehemann zu sagen. Was einmal ausgesprochen ist, kann nicht mehr zurückgenommen werden. Auch dein Vater liebt dich von ganzem Herzen und will nur dein Bestes. Streng dich an und sei deinem Mann eine gute Ehefrau! Ich weiß, du kannst sehr launisch sein. Das warst du schon als kleines Kind. Wenn du nicht bekommen hast, was du wolltest, konntest du richtig zornig werden. Dann hatte ich größte Mühe, dich wieder zur Räson zu bringen. Manchmal hat es nur Anne geschafft, mein ungezogenes Mädchen mit ihrer ruhigen, besonnenen Art zur Vernunft zu bringen. Nimm dich bitte zusammen und gib dir Mühe! Ich weiß, du schaffst es, wenn du es dir fest vornimmst. Es ist manchmal schwierig in der Ehe, das kenne ich aus eigener Erfahrung. Jeder hat mal Sorgen und ist mit Problemen beschäftigt, von denen der andere vielleicht nichts ahnt. In solchen Momenten wird man schon mal ungerecht und wirft dem Partner Dinge an den Kopf, für die er nichts kann und die man später bereut. Hab ein Nachsehen mit Erich und sei nicht so streng mit ihm! Dadurch wird er es auch mit dir nicht mehr sein. Mit Humor und Liebe lässt sich vieles besser ertragen. Glaub mir, wenn du erst ein Kind unter dem Herzen trägst, wird es besser. Dann hast du ein kleines Wesen, für das du sorgst, für das du verantwortlich bist, und alles andere ist nicht mehr so wichtig. Ein Baby würde dir guttun, Liebes, so ein schutzbedürftiges kleines Wesen würde dich ausfüllen und erblühen lassen. Es würde dich auf andere Gedanken bringen. Dann hättest du keine Zeit mehr, Trübsal zu blasen. Und es bringt so viel Freude in ein Haus! Du glaubst nicht, wie sehr ich mir ein Enkelkind wünsche. Ich würde es genauso verhätscheln wie dich.«

»Mama, ich will kein Baby. Dafür fühle ich mich viel zu jung. Was ich will, ist, in den Betrieb einzusteigen. Alles zu lernen, von der Pike auf.«

»Margarethe, das kann nicht dein Ernst sein! Das ist eine Männerwelt, die nicht zu dir passt. Und eine Fabrikarbeiterin willst du ja kaum werden.«

»Zur Not auch das. Warum nicht? Ich kann nur Arbeiterinnen beaufsichtigen und anlernen, wenn ich selbst etwas von dem Handwerk verstehe.«

»Hirngespinste. Und nun geh und zieh dich zum Abendessen um! Komm wieder mit etwas Rouge auf den Wangen, mit frisch gebürsteten Haaren, einer hübschen Halskette, einem Hauch von Parfüm, und du wirst dich gleich besser fühlen. Auch dein Mann wird dich wieder mit anderen Augen betrachten.« Sie lächelte ihrer Tochter aufmunternd zu und begleitete sie zur Tür. »Wenn du Johanna siehst, trag ihr bitte auf, sie möge noch einmal Holzscheite im Kamin auffüllen, das Feuer ist fast erloschen. Für heute Abend erwarten wir Gäste.«

»Ach, wir sind nicht allein?« Marga erstarrte.

»Nun schau nicht so, die Konversation wird dir guttun.«

»Kenne ich sie?«

»Natürlich kennst du die Winters, Liebes. Magdalena

Winter ist meine Bridgefreundin. Ihr Mann geht ab und zu mit Ludwig auf die Jagd. Und auch die Heilmanns dürften dir bekannt sein, vor allem Ursula Heilmann. Mit ihr bist du früher zusammen zur Schule gegangen. Wohlhabende Leute, Margarethe. Dein Vater und ich hoffen, dass sich Richard an Weihnachten mit ihr verlobt und dann endlich auf dem richtigen Dampfer sein wird. Im wahrsten Sinne des Wortes«, fügte sie augenzwinkernd hinzu.

✻

Nach dem Essen zogen sich die Männer ins Herrenzimmer zurück, um ungestört ihre Zigarren rauchen zu können. Die Damen gingen nach nebenan in den Salon, um sich am prasselnden Kaminfeuer zu wärmen und einen Cognac zu trinken. Regine Deimann hatte dafür gesorgt, dass Richard und Ursula im Esszimmer zurückblieben und weiterhin von Anne und Johanna mit Kleinigkeiten und Getränken versorgt wurden. Sie selbst fand Gelegenheit, Erich zu sich heranzuwinken und mit ihm im Wintergarten unter vier Augen zu sprechen. Sie steckte eine schmale »Peer King Size« in eine Zigarettenspitze aus Elfenbein. Erich gab ihr Feuer.

»Alles in Ordnung zwischen euch, Erich?«, versuchte sie das schwierige Gespräch zu beginnen.

»Warum fragst du?«, wollte er wissen. »Hat Marga etwas verlauten lassen?«

»Sie hat etwas angedeutet.«

»Was genau?«

Sie sah ihm prüfend ins Gesicht und blies den Rauch in seine Richtung. »Schlägst du sie?«

»Nein.« Vehement schüttelte er den Kopf. »Hat sie das etwa behauptet?« Er konnte nicht verhindern, dass er blass wurde.

»Das nicht, es ist nur eine Vermutung.«

»Dann vergiss sie ganz schnell wieder. Marga ist zurzeit sehr nervös wegen der Bauarbeiten und schiebt mir die Schuld dafür in die Schuhe.«

Regine zog nachdenklich an ihrer Zigarette. »Vielleicht war es ein Fehler, sie mit dir zu verheiraten.«

Er zog überrascht die Augenbrauen hoch. »Ach! Nun ja, vielleicht war es ein Fehler, hier wieder aufzukreuzen. Aber ich hatte Sehnsucht nach dir.«

»Lass die alten Geschichten, Erich. Es ist lange her.«

»Nicht lange genug, um dich zu vergessen.« Er griff nach ihrer kalten Hand. »Wir hatten eine wundervolle Zeit miteinander, weißt du das nicht mehr? Du warst die erste Frau, die mir etwas bedeutet hat.«

»Natürlich weiß ich das noch.« Sie lachte nervös.

»Weiß Ludwig eigentlich davon?«, fragte er leise.

»Natürlich nicht.«

»Du könntest mich immer noch haben, wenn du willst.« Er starrte auf ihren Busen, der sich unter ihrem feinen Kleid abzeichnete.

»Das ist nicht dein Ernst. Du bist mit meiner Tochter verheiratet.«

»Sie muss ja nichts davon wissen. Wir könnten uns im Hotel treffen, was meinst du? Im Weinberge.«

»Natürlich. Und alle Welt erfährt am nächsten Tag davon.« Sie betrachtete ironisch lächelnd seinen schmalen Mund, seinen schlanken Hals, an dem der Adamsapfel deutlich hervortrat.

»Wir müssten natürlich vorsichtig sein. Wir könnten auch für ein Wochenende wegfahren, nach Borkum zum Beispiel, und uns dort in einem netten Hotel einmieten.« Er ließ ihre Hand los, rückte näher an sie heran und griff beherzt nach ihren Hüften.

Mit ihrer freien Hand schob sie seine Hände weg. »Erich, bleib auf dem Teppich! Ich würde nie meine Tochter bewusst unglücklich machen. Sie ist es auch so. Mir wäre es lieber, du versuchst, ihre Leidenschaft zu wecken statt meine.« Sie drückte ihre Zigarette im Aschenbecher aus. »Vergiss nicht, dass auch ich verheiratet bin und eine gute Ehe führe.«

»Ich sehe es in deinen Augen, Regine. Da ist noch Glut. Du willst es doch auch. Gib mir ein Zeichen, wenn du so weit bist. Ich warte auf dich. Ich werde immer auf dich warten.«

»Lass uns uns zu den anderen gesellen, Erich.«

Sie betrat vor ihm den Speiseraum, ein Durchgangszimmer. Im Vorbeigehen nickte sie Richard und Ursula zu, aber die jungen Leute beachteten sie nicht.

Regine wünschte sich inständig, dass sich Richard in Ursula verlieben würde. Dann hätte sie auch dieses Problem gelöst. Sie fröstelte und war froh, sich wieder unter die anderen Damen im Kaminzimmer mischen zu können.

Richard und Ursula waren wieder allein.

»Meine Mutter hat gesagt, du hättest noch keine Lust, deinen Vater in der Firma zu unterstützen. Wann gedenkst du, das zu tun?«, fragte Ursula und griff nach einem Russischen Ei. Mit einem Silberlöffel schälte sie den Kaviar heraus.

»Ehrlich gesagt gar nicht«, antwortete Richard wahrheitsgemäß.

»Ach«, sagte Ursula und sah ehrlich erstaunt aus. »Mein Vater ist der Überzeugung, du würdest die Firmengeschicke bald in die Hand nehmen.«

»Nein, das werde ich mit Sicherheit nicht tun«, sagte Richard gelassen und drehte am Stiel seines Cognacglases.

»Warum nicht?«

»Weil ich Künstler bin.«

»Ach – du bist Künstler? Das habe ich ja gar nicht gewusst! Was kannst du denn besonders gut? Musizieren? Schauspielern? Singen? Tanzen?«

»Ich male.«

Sie runzelte die Stirn. »So siehst du gar nicht aus! Was malst du denn?«

»Wie muss ein Maler denn deiner Meinung nach aussehen?«, fragte er spöttisch.

»Verwegen. Unnahbar. Längere, verstrubbelte Haare, ungepflegter Vollbart, zerlumpte Kleidung, Brille.«

Er lachte. »Es tut mir leid, dass ich nicht deinem Klischee entspreche.«

»Das beantwortet nicht meine Frage.«

»Nun, ich male alles, was mich anspricht. Landschaft, Stillleben, Menschen.«

»Du malst Menschen? Wie denn? Porträts oder im Ganzen? Würdest du auch mich malen?«

Er betrachtete sie mit den Augen eines Künstlers, studierte ihr Profil, musterte ihre Figur. Ursula war weder hübsch noch hässlich. Sie war mittelgroß, weder schlank noch füllig. Ihre Haare waren weder blond noch brünett. Ihre Augen hatten eine undefinierbare Farbe. Ihr Gesicht hatte keinen Wiedererkennungswert. Sollte er sie erst in einem halben Jahr das nächste Mal sehen, würde er vermutlich an ihr vorbeilaufen. Es gab nichts an ihr, woran sich sein Auge hätte festhalten können. Ursula war ein völlig durchschnittlicher Frauentyp. Und das mochte er als Künstler nicht. Er räusperte sich. »Ich glaube eher nicht«, sagte er vorsichtig und nippte an seinem Getränk.

»Warum sagst du das? Bin ich dir nicht hübsch genug? Ich habe mich heute extra dezent geschminkt, weil meine Mutter das so wollte. Ich kann auch anders.« In ihrem Gesicht spiegelte sich Enttäuschung.

»Das glaube ich dir gerne. Aber ich fürchte, deine Eltern wollen nichts mit dem zu tun haben, was ich mache.«

»Was denn?«, wollte sie wissen.

Er fuhr sich mit den Händen durch die welligen, dunkelblonden Haare. »Ich liebe es, Frauen nackt abzubilden.«

Sie schürzte die Lippen und sah ihn mit großen Augen an. »Vollkommen nackt?«

»Ich bin gerade dabei, mich auf Aktmalerei zu spezialisieren. Das liegt mir. Es sind die besten Bilder, die ich je gemalt habe.«

»Puh! Das ist ja mal etwas ganz anderes!« Ihre Wangen glühten. »Ich habe so etwas zwar noch nie gemacht, aber ich würde das für dich tun, wenn du willst. Warum nicht? Gefalle ich dir überhaupt?«

Er wollte sie nicht verletzen. »Natürlich, Ursula. Ich finde dich nett und charmant. Es ist schön, sich mit dir zu unterhalten. Aber ich muss mich auch um die anderen Gäste kümmern. Bist du damit einverstanden, dass wir uns zu den anderen ins Kaminzimmer gesellen?«

Sie nickte enttäuscht.

Als Richard die Bestürzung in Ursulas Gesicht las, versuchte er einzulenken. »Ja, du gefällst mir«, sagte er und fühlte sich erbärmlich.

Noch am selben Abend wurde von Ludwig und Regine Deimann die Verlobung von Richard und Ursula bekannt gegeben. Sie sollte am zweiten Weihnachtsfeiertag vollzogen werden.

DREIUNDZWANZIG

November 1952 – einige Tage später

Leni arbeitete nun schon den dritten Tag mit ihrer Schwester an der Wickelmaschine. Sie empfand die Arbeit als stumpfsinnig und eintönig und beneidete ihre Kolleginnen, die nach wie vor Zigarren per Hand wickeln durften. Aber leider hatte Erich Kruskopp ausgerechnet sie und Rieke für diese anspruchslose Tätigkeit auserkoren, obwohl Rieke die derzeit schnellste Zigarrenmacherin war. Sie mussten nun stundenlang stehen und die immer gleichen Handgriffe verrichten. Auch das Plaudern und Singen, das ihnen an manchen Tagen die Arbeit versüßt hatte, wenn der Werkmeister kurzzeitig außer Haus war, war nun nicht mehr möglich, da die Arbeit wegen der rotierenden messerscharfen Schneidblätter gefährlich war und ihre volle Aufmerksamkeit erforderte.

Erich Kruskopp hatte seinen stündlichen Rundgang durch die Werkshallen beinahe beendet und war bei ihnen angekommen. »Sehr gut, meine Damen«, lobte er, »ich wusste, warum ich ausgerechnet Sie für diese verantwortungsvolle Aufgabe ausgewählt habe! Und tatsächlich enttäuschen Sie mich nicht. Die fertigen Zigarillos sehen einwandfrei aus!« Er nahm einen von ihnen aus dem Formbrett und beschnupperte ihn. »Herrlich, dieser Duft! Köstlich, einzigartig!« Er schnüffelte übertrieben. »Die Zigarillos sind ein Meisterwerk! Sie leisten hervorragende Arbeit, meine Damen! Ja, die Harmsen-Schwestern sind schon ein ganz besonderes Gespann!« Er zwinkerte ihnen zu und störte sich nicht daran, dass Leni und Rieke ihn gar nicht beachteten, sondern still weiterarbeiteten. Er stellte sich dicht neben Leni und zwickte sie in den Po.

Erschrocken wich sie zur Seite, ohne jedoch ihre Arbeit zu unterbrechen.

»Knackig«, raunte er in ihr Ohr. »Lecker, absolut vielversprechend. Ich habe dir deinen Fehltritt verziehen, meine Süße. Ich schiebe es auf dein ungestümes Temperament und dein jugendliches Alter. Du sollst eine neue Chance bekommen. Noch einmal wirst du dich nicht wehren, sonst kannst du dir ausrechnen, was dir blüht. Wann bist du denn mal wieder in der Villa? Der Junior scheint enttäuscht zu sein, weil du dich so lange nicht hast sehen lassen. Er schaut nur noch miesepeterig drein. Seine schlechte Laune ist kaum auszuhalten. Und dabei müsste er vor lauter Glück nur so strahlen, sollte man meinen, hat er sich doch gerade erst verlobt!«

Leni schoss die Röte ins Gesicht. Sie drosselte nun doch das Tempo der Maschine, stellte sie auf die langsamste Stufe, weil sie befürchtete, sich nicht länger konzentrieren zu können. Ihre Schwester sah irritiert zu ihr hin. »Seine Bilder müssen noch trocknen«, murmelte Leni.

»Soso, die Bilder müssen trocknen. Wann bekomme ich sie denn endlich zu sehen? Da ich weiß, dass mein Schwager mit Vorliebe unbekleidete junge Damen in eindeutigen Positionen auf die Leinwand bannt und sich ganz und gar nicht zimperlich dabei anstellt, vermute ich mal, ich bekomme das zu sehen, auf das ich so schrecklich neugierig bin. Habe ich recht, Fräulein Leni? Ich würde gern eins davon käuflich erwerben, für meine neue Villa, die ich demnächst mit meiner entzückenden Frau beziehen werde. Ein Bild der nackten, kleinen Leni, das ich von meinem Bettchen aus sehen kann, würde mir sehr gefallen.«

»Ich glaube, die Bilder sind nicht zu verkaufen.«

»Du redest Unsinn! Natürlich sind sie das, schließlich will mein nichtsnutziger Schwager sich und aller Welt beweisen, dass er es auch ohne Zigarren Deimann zu etwas bringen kann, habe ich nicht recht? Ich werde ihm geben, was er verlangt – ohne zu verhandeln. Die Firma wirft ja schließlich genug für mich ab. Eine nackte Leni Harmsen ist mir das wert. Ich kann übrigens auch gut malen«, sagte er und fuhr sich mit der Zunge über den trockenen Mund. »Würdest du mir auch mal Modell stehen?«

Leni antwortete nicht. Sie verfluchte die Maschine, die den Takt angab und sie zu dieser entwürdigenden, monotonen Arbeit zwang. Nicht nur ihr Kopf glühte, sondern ihr ganzer Körper fühlte sich an, als ob er in Flammen stünde. Binnen Sekunden brach ihr der Schweiß aus allen Poren. Richard hatte sich verlobt! Es war kaum zu glauben! Warum wusste sie nichts davon?

»Du hältst es nicht für nötig, mir zu antworten?«

Leni biss sich auf die Lippen. Sie wischte die schweißnassen Hände an ihrer Schürze ab. Es war verdammt schwer, Erich Kruskopp zu ignorieren.

»Mit wem hat er sich verlobt?«, brach es aus ihr heraus.

Einige Sekunden lang ließ er sie zappeln. »Mit einer jungen, reichen Dame aus gutem Hause«, sagte er und genoss es, wie sie erstarrte. Er gab ihr einen Klaps auf den Hintern.

Er hatte nicht wehgetan, aber Leni war vor Schreck und Scham zusammengezuckt.

An Rieke gewandt sagte er mit lauter Stimme: »Bei dem langsamen Arbeitstempo wird am Ende des Tages nicht viel für Sie herausspringen, Fräulein Harmsen. Legen Sie noch eine Schippe drauf, sonst kommen Sie nie und nimmer auf Ihren gewohnten Monatslohn von mindestens 200 Mark! Ihre Eltern werden enttäuscht sein!« Damit wandte er sich ab und ging weiter. An einem Tisch blieb er stehen und riss einem jungen Mädchen mit streng nach hinten geflochtenen Zöpfen, das gebückt über einem ausgebreiteten Tabakblatt saß, den angefangenen Wickel aus der Hand. Er zerrupfte ihn in der Luft. Tabakbrösel fielen zu Boden. Dann ließ er die Reste einfach hinter sich fallen.

Leni beobachtete, wie er mit dem Mädchen schimpfte. Wegen des Maschinenlärms konnte sie kein Wort verstehen, aber das war ihr auch lieber so. Dann sah sie etwas, was sie verstörte. Erich Kruskopp nahm die Hand des Mädchens, strich mit seinen langen Fingern einmal zärtlich darüber, als täte es ihm leid, was er gerade getan hatte, als wolle er es wiedergutmachen, und als das Mädchen ängstlich zu ihm aufblickte, schlug er ihm zweimal kräftig auf die Hand. Das Mädchen begann zu weinen. Seine Schultern bebten. Erich Kruskopp ging einfach weiter.

Leni war völlig durcheinander. Sie wollte einschreiten, wusste aber nicht, wie. Sie hasste ihn von Tag zu Tag mehr und hätte ihrem Hass am liebsten ein Ventil gegeben. Sie ärgerte sich über die Maschine und wollte nicht, dass ihre Schwester wegen der Langsamkeit Lohneinbüßen in Kauf nehmen musste. Aufgebracht drehte sie am Geschwindigkeitsregler, stellte ihn mit einem Ruck auf die höchste Stufe.

Was unmittelbar darauf folgte, war ein markerschütternder Schrei, der die Stille des Fabrikgebäudes zerriss. Ein greller Schrei, der Leni in die Glieder fuhr und sie für Sekunden lähmte.

Sie sah Blut fließen. Viel Blut. Ein kalkweißes Gesicht. Riekes Mund stand offen, aber sie hatte aufgehört zu schreien. Das Blut strömte aus ihr heraus. Und nun sah Leni, wo es herkam. Riekes Hand steckte noch immer in der Maschine. Einige Frauen kreischten.

»Maschine aus!«, jammerte Rieke mit letzter Kraft, und erst da reagierte Leni und drückte mit zittrigen Fingern den Ausschalter.

»Hilfe!«, krächzte Leni mit kraftloser Stimme, »Hilfe, Hilfe!« Sie hatte nicht mitbekommen, dass sie bereits umringt waren von besorgten Kolleginnen, die gleich bei Riekes erstem Schrei herbeigelaufen waren. Nur Erich Kruskopp stand mit verschränkten Armen regungslos vor seinem Pult.

»Ein Krankenwagen!«, schrie Bärbel, die sonst nie vor anderen den Mund aufbekam. »Machen Sie schon, Herr Kruskopp, rufen Sie einen Krankenwagen!«

Erich Kruskopp schlug mit der Hand auf den Tisch. »Nun beruhigen Sie sich doch, meine Damen. In diesem Tumult kann ja keiner klar denken.« Seelenruhig kam er angeschlendert und registrierte das Unglück. Blut tropfte auf den dunklen Steinboden.

»Nun tun Sie doch was!«, schrien mehrere Frauen durcheinander. »Sie haben doch ein Telefon!«

Erich schaltete die Maschine wieder an und stellte den Regler auf rückwärts. Die Frauen schrien vor Schreck auf. Als die Walze zurückfuhr, fing Rieke wieder an zu schreien und sackte in sich zusammen. Sie wurde von hinten von ihren Kolleginnen aufgefangen, die alle kreidebleich im Gesicht waren. Aber nun war Riekes Hand wenigstens frei. Sie hing an ihrem Arm wie ein blutdurchtränkter Fetzen Fleisch, als gehöre sie nicht zu ihrem Körper.

»Sie muss ins Krankenhaus!«, schrie Leni verzweifelt.

»Langsam, junge Dame«, sagte Erich. »Ich sehe mir die Hand erst einmal an. Oft wirkt es auf den ersten Blick viel schlimmer, als es tatsächlich ist, besonders wenn es stark blutet. Das dürfte Ihnen aus eigener Erfahrung bekannt sein.«

»Sie verblutet!«, schrie Leni und stampfte erregt mit dem Fuß auf.

»Nein, so schnell geht das nicht.« Erich Kruskopp kam nun doch in Fahrt und verließ im Laufschritt den Saal. Die Frauen starrten ihm misstrauisch hinterher. Wenig später tauchte er wieder auf, mit einem Kasten unter dem Arm. Die Frauen hatten Rieke unterdessen auf einen notdürftig gesäuberten Tisch gelegt und sprachen ihr Mut zu.

»Kennt sich jemand aus mit Krankenpflege?«, fragte Erich hektisch in die Runde.

Eine Frau mittleren Alters trat hervor. »Ich habe fünf Jungs«, sagte sie resolut. »Einer hat immer was. Lassen Sie mich nur machen.«

Erich Kruskopp nickte. Er war sichtlich erleichtert, nicht selbst Hand anlegen zu müssen.

Routiniert versorgte die Frau namens Roswitha die klaffende Wunde. Mit leiser Stimme sprach sie beruhigend auf Rieke ein. Es war still geworden im Saal. Die Maschinen waren ausgeschaltet. Niemand sprach ein Wort. Der Schock saß allen in den Gliedern.

»Wir sollten sie ins Krankenhaus bringen«, äußerte Roswitha, nachdem sie Riekes Hand mit einem dicken Verband versorgt hatte. »Wäre besser, ein Arzt schaut sich das an.«

»Ich fahre sie«, sagte Erich resolut. »Kann sein, dass ich etwas länger brauche.«

Er erntete abschätzige Blicke der Frauen. Erich Kruskopp war erst zwei Tage zuvor gesehen worden, als er aus dem Puff am Hafen herausgekommen war.

*

Familie Harmsen saß bei gebratenem Graubrot mit Eiern, Kräutern und Speck zusammen, als Leni in die Küche platzte.

»Ihr habt doch sicher gehört, was passiert ist. Seid ihr schon im Krankenhaus gewesen?«, fragte sie atemlos.

Frida kam auf sie zu und umarmte sie fest. »Du musst einen gehörigen Schrecken bekommen haben«, sagte sie mitfühlend und strich Leni mit beiden Händen übers

Haar. »Zum Glück ist es ja nur halb so schlimm. Alles wird wieder gut.«

Auch Gerda drückte sie. »Arme Leni. Das muss ein Schock für dich gewesen sein. Nun setz dich und iss erst mal. Eine Stärkung wird dir guttun!« Sie ging zum Herd und schaufelte ihr eine ordentliche Portion Arme Ritter auf den Teller. »Reden können wir nachher.«

»Ich will erst wissen, wie es Rieke geht!«, sagte Leni und strich sich die verschwitzten Haarsträhnen aus dem Gesicht.

»Gut. Mach dir keine Sorgen.« Gerda setzte sich zu ihr.

Nachdem Leni mit wenig Appetit gegessen und eine Tasse Tee getrunken hatte, sagte ihre Mutter seelenruhig: »Deine Schwester ist nicht im Krankenhaus. Herr Kruskopp hat sie hergefahren. Er war der Meinung, es handle sich nur um eine harmlose Verletzung, dafür brauche man keinen Arzt. Er meint, die Wunde sei versorgt worden und mit ein bisschen Ruhe soll unsere Rieke bald wieder auf dem Damm sein. Herr Kruskopp sagt, in ein paar Tagen könne sie wieder arbeiten.«

»Was?«, fragte sie und verschluckte sich an dem Tee. »Herr Kruskopp sagt, Herr Kruskopp sagt ... Ich höre wohl nicht richtig«, brachte sie unter Husten hervor. »Rieke ist hier? Herr Kruskopp hat versprochen, sie ins Krankenhaus zu bringen. Er ist mit ihr losgefahren, er hat uns felsenfest ...«

»Beruhige dich doch, Leni«, fiel Gerda ihrer Tochter ins Wort und legte ihre von der vielen Arbeit schwielige Hand auf deren Unterarm. »Herr Kruskopp weiß bestimmt, was er tut. Er ist euer Chef und verantwortlich für euch. Unsere Rieke hat einen ordentlichen, sauberen Verband bekommen, liegt oben in ihrem Bett und schläft. Drei Tage, hat er gesagt, drei Tage dauert es, bis die Wunde verheilt ist. Länger nicht.«

»Es sah ganz schlimm aus, Mama, du hast es nicht gesehen. Als ich mich an der Küchenmaschine bei den Deimanns geschnitten habe, hat mich Richard auch sofort ins Krankenhaus gebracht. Und das war nur ein Kratzer im Vergleich zu Riekes Wunde. Aber selbst bei mir musste genäht werden! Wie soll so eine große Verletzung denn von selbst heilen?«

»Jede Wunde heilt, Leni. Die körperlichen wie die seelischen. Das braucht alles einfach nur Zeit. Herr Kruskopp war ja dabei und wird wissen, was er tut. Gut, dass der Chef einen Stellvertreter hat. Der Herr Deimann zieht sich ja mehr und mehr zurück, steuert seine Geschäfte nur noch von zu Hause aus. Er soll krank sein, wird gemunkelt. Ein Lungenleiden, was weiß ich.«

»Mutter hat recht.« Gustav Harmsen faltete seine Stoffserviette, legte sie neben den Teller und stand auf. »Tut, was Kruskopp sagt. Damit könnt ihr nichts verkehrt machen. Rieke wird bald wieder auf dem Damm sein. Ich gehe jetzt in den Stall!«

»Gibt's was Neues?«, fragte Knuth mit seinem fast zahnlosen Mund und zog seinen Beutel mit Kautabak hervor.

»Nein!«, sagten Leni und Gerda gleichzeitig und mussten darüber ein wenig lachen.

»Ist ja schon gut«, knurrte Knuth Harmsen und wandte sich eingeschnappt ab.

»Komm, Knuth«, meinte Frida liebevoll und legte ihren Arm um ihn. »Wir zwei machen es uns jetzt in der guten Stube gemütlich. Wir trinken ein Gläschen von unserem selbstgebrannten Holunderschnaps, und du gönnst dir eine ordentliche Zigarre und nicht den billigen Kautabak. In einer gerechteren Welt würde ich dafür sorgen, dass die Arbeiterinnen wenigstens ein paar von den Zigarren, die sie im Schweiße ihres Angesichts gerollt haben, behalten dürfen. Aber wir bekommen ja nicht einmal was von der zweiten Wahl ab. Ich will nichts geschenkt, aber wenigstens billiger könnten sie sie für uns machen.«

»Mutter, nicht vor den Kindern!«, sagte Gerda beschwichtigend.

»Ist doch wahr! Ich habe auch mein ganzes Leben lang für die oberen Herren da geschuftet, tue es immer noch hin und wieder, und durfte nie auch nur eine einzige Zigarre behalten. Hätte ich gewagt, eine Havanna in meiner Rocktasche verschwinden zu lassen, wäre ich gefeuert worden!«

»Ist doch nicht so wichtig«, schwächte Gerda ab. »Ob Rauchen so gesund ist, wie sie uns immer weismachen wollen, wird sich noch herausstellen. Unsere beiden Männer würden nicht so viel husten, wenn es so wäre. Und hört euch nur mal den Herrn Deimann an. Der röchelt sich noch mal die Seele aus dem Leib. Bestimmt kommt der olle Husten vom Rauchen, auch wenn Doktor Clausen immer etwas anderes behauptet!«

»Papperlapapp! Frauengewäsch!« Knuth, der nur die letzten Worte verstanden hatte, trottete seiner Frau hinterher.

»Und ihr zwei helft mir jetzt beim Spülen«, bestimmte Gerda resolut und deutete auf Leni und Irma.

»Immer ich«, maulte Irma, die lieber noch mit ihren jüngeren Geschwistern gespielt hätte.

»Immer ich, das könnte ich auch sagen«, erwiderte Gerda lächelnd und drückte ihrer achtjährigen Tochter ein Geschirrtuch in die Hand. »Wenn wir uns ranhalten, haben wir alle gleich noch etwas freie Zeit, bevor wir zu Bett gehen. Meinetwegen spielen wir noch eine Partie Rommé.«

»Mama«, begann Leni vorsichtig, »darf ich vielleicht nach dem Spülen noch kurz raus? Für ein Stündchen vielleicht?«

»Wo willst du denn hin?«

»Zu Bärbel«, sagte Leni schnell. »Wir wollen noch ein bisschen quasseln, heute bei der Arbeit kamen wir nicht dazu.«

Ihre Mutter warf ihr einen genervten Blick zu.

»Bitte, Mama, erlaub es mir, Rieke schläft ja sowieso und heute war so ein schlimmer Tag!«

Gerda warf einen Blick auf die Küchenuhr, die über dem Herd hing. »Aber höchstens für eine Stunde«, sagte sie seufzend. »Ich will heute mal früher zu Bett gehen und nicht auf dich warten müssen.«

»Versprochen, Mama!«

Als ihre Mutter gedankenverloren nickte, schnappte sich Leni die Spülbürste.

Sie dachte an Richard, an seine schönen Hände, seinen Mund, seine Wangengrübchen, die besonders zum Vorschein kamen, wenn er lachte, seine blauen Augen, seine warme dunkle Stimme, sein welliges Haar. Sie sehnte sich danach, von ihm berührt zu werden. Sie stellte sich vor, wie es wäre, wenn er einen Schritt weitergehen würde, sie in seine Arme nehmen, vielleicht sogar küssen würde. Sie stellte sich vor, seine Hände auf ihrem Körper zu spüren, wie sie ihn zu erforschen begannen. Sie presste ihre Lippen aufeinander und malte sich aus, wie es wäre, wenn Richard sie küsste. Seine weichen Lippen auf ihren. Für eine Weile gab sie sich diesem Tagtraum hin, während ihre kleine Schwester das Geschirr abtrocknete.

Sie erwachte daraus, als sie sich Kruskopps Worte ins Gedächtnis rief. Richard müsse vor lauter Glück strahlen, habe er sich doch gerade erst verlobt. Ein Kälteschauer streifte ihren Rücken. Wenn es stimmte, was Kruskopp sagte, würde Richard bald eine andere umarmen. Wenn er es nicht längst tat. Tränen traten ihr in die Augen, die sie verstohlen wegwischte.

»Was hast du?«, fragte Irma mit ihrer mitfühlenden Kinderstimme. »Bist du jetzt auch krank?«

Leni schüttelte den Kopf. »Krank nicht, nur traurig«, sagte sie und fügte hinzu: »Aber das ist fast das Gleiche.«

VIERUNDZWANZIG

Am nächsten Morgen

Marga lenkte Richards Ford Taunus stadtauswärts in Richtung Leer. Da sie kein eigenes Auto besaß, obwohl sie es sich schon lange wünschte, war sie darauf angewiesen, dass ihr jemand sein Auto lieh. Erich brauchte sie nicht zu fragen, er würde sie am liebsten zu Hause festketten. Wenn es nach ihm ginge, dürfte sie nicht einmal für die täglichen Besorgungen das Haus verlassen.

Ihr einziger Gedanke galt Thies. Seit er plötzlich aus ihrem Leben verschwunden war, konnte sie an nichts anderes mehr denken als an ihn. Warum meldete er sich nicht? Es musste einen Grund geben, weshalb er ihre Briefe nicht beantwortete. Sie ohne ein Wort des Abschieds zu verlassen, passte nicht zu ihm.

Marga merkte, wie unkonzentriert sie war, und drosselte die Geschwindigkeit. Zum Glück waren nur wenige Verkehrsteilnehmer unterwegs. Kaum ein Auto begegnete ihr, dafür einige Radfahrer und Pferdegespanne. Für die Landschaft mit ihren windschiefen Bäumen, den Kanälen und Mooren, Windmühlen, Schaf- und Rinderherden hatte sie heute keinen Blick.

In Leer musste sie zweimal anhalten und nach dem Weg fragen. Dann hatte sie endlich die Mühlenstraße gefunden, in der Thies zuletzt zur Untermiete gewohnt hatte. Sie stellt das Auto vor dem dunkelroten Backsteinhaus mit der Hausnummer 16 ab. Im Vorgarten, der von einem niedrigen weißgestrichenen Zaun eingegrenzt war, tummelten sich Gartenzwerge. Marga erkannte im Vorbeigehen Schneewittchen und die sieben Zwerge, Aschenputtel, Dornröschen und andere Märchenfiguren.

Eine weißhaarige Dame öffnete auf ihr Klingeln und bat sie herein. Als sie den Namen Thies hörte, bot sie ihr Tee und Plätzchen an.

»Ich war selbst überrascht, als er auf einmal sein Zimmer kündigte«, sagte Edith Koppinga und schenkte Marga Tee ein.

»Hat er einen Grund für seine plötzliche Kündigung genannt?«

»Nein. Er hat nur gesagt, er müsse gehen, aus dringenden persönlichen Gründen. Es täte ihm sehr leid.«

Marga seufzte. »Hat er von mir gesprochen?«

Edith Koppinga sah auf. »Nein, leider. Aber ich habe mir schon gedacht, dass eine Frau im Spiel ist. Er hat auf mich einen sehr unglücklichen Eindruck gemacht in den Tagen vor seinem Auszug. Schwermütig und bekümmert, so kannte ich ihn gar nicht.« Sie betrachtete Marga mit mitfühlendem Blick. »Aber wenn ich Sie mir so ansehe, dann kann ich verstehen, wie ihm zumute war. Sie sind ein schönes junges Fräulein, wenn ich das so sagen darf. Ein Bild von einem jungen Mädchen. Sie müssen ihm sehr den Kopf verdreht haben.«

»Ich bin kein Fräulein mehr«, sagte Marga niedergeschlagen.

»Ach«, sagte Edith Koppinga und senkte den Blick. Röte schoss ihr in die Wangen.

Schweigend tranken die beiden Frauen ihren Tee.

»Es ist alles so kompliziert«, durchbrach Marga schließlich die Stille.

»Wenn Sie aber doch verheiratet sind«, begann Edith vorsichtig, »dann wäre es vielleicht besser, Sie lassen von ihm ab. So etwas bringt nur Unglück, glauben Sie mir.«

»Unglücklicher als jetzt kann ich nicht mehr werden«, sagte Marga leise.

»Das glaube ich Ihnen sogar, aber da ist ja noch ein anderer Mensch im Spiel, auf den Sie Rücksicht nehmen müssen. Besser gesagt, zwei andere Menschen, die Sie ins Unglück stürzen werden. Oder sind sogar noch Kinder da?«, fragte sie und riss angstvoll die Augen auf.

Marga schüttelte den Kopf. »Nein, zum Glück nicht. Bitte, Frau Koppinga, bitte geben Sie mir seine Adresse in Hamburg!«, flehte sie.

Edith Koppinga betrachtete eingehend ihre rissigen Hände. Es war ihr anzusehen, wie es in ihr arbeitete, wie schwer ihr die Entscheidung fiel. Sie atmete tief durch, bevor sie weitersprach. »Das kann ich nicht tun. Thies ist so ein netter junger Mann. Mir liegt sein Glück am Herzen.« Sie schüttelte verzweifelt den Kopf. »Es tut mir so leid, Marga, aber Ehebruch kann ich beim besten Willen nicht unterstützen. Sind Sie nicht religiös? Sie haben bei Ihrer Heirat vor Gott geschworen: Bis dass der Tod uns scheidet. Erinnern Sie sich nicht an diese Worte? Fahren Sie heim zu Ihrem Mann und bitten ihn um Verzeihung. Sie werden darüber hinwegkommen, glauben Sie mir. Es wird schmerzhaft sein, vielleicht sogar unerträglich, aber eines Tages werden Sie mir dankbar sein. Wenn man sich für einen Mann entschieden hat, dann sollte man dabei bleiben. Ehebruch ist eine Sünde. Gehen Sie mal wieder in die Kirche und beten Sie. Oder halten Sie nichts davon?«

»Doch«, sagte Marga kleinlaut.

»Na, sehen Sie. Sünden werden vergeben, aber bitte, belassen Sie es dabei, was Sie bereits angerichtet haben, und begehen Sie nicht noch mehr Sünden. Machen Sie einen Schnitt, bevor es zu spät ist. Thies ist noch jung. Ihm liegt die Welt zu Füßen. Er sollte ein lediges Mädel finden, das er heiraten und mit dem er eine Familie gründen kann, und nicht seine Zeit mit einer verheirateten Frau verschwenden.«

»Bitte, Frau Koppinga«, bat Marga kläglich. »Sie sind meine einzige Hoffnung! Wenn Sie mir nicht helfen, dann kann es keiner! Dann werde ich Thies nie wiedersehen!«

Edith Koppinga erhob sich. »So ist es sicherlich besser, Marga, glauben Sie mir.«

*

Leni stand schon eine ganze Weile vor der Villa Deimann und traute sich nicht zu klingeln. Sie fürchtete sich davor, abgewiesen zu werden. Es war ihr ein unerträglicher Gedanke, dass Richard sie wegschicken würde. Aber vielleicht wäre es noch unerträglicher, wenn sie unverrichteter Dinge nach Hause radeln würde, nur weil sie sich nicht getraut hatte, über ihren Schatten zu springen.

Mit klopfendem Herzen streckte sie den Finger

immer wieder nach dem Klingelknopf aus, um ihn dann doch zurückzuziehen. Als Passanten neugierig zu ihr hinüberblickten, fasste sie sich ein Herz und läutete.

Sofort hörte sie Geräusche von innen – Schritte auf dem Fliesenboden, ein Riegel wurde zurückgeschoben.

Eine Hausangestellte mit gestärkter Haube und Schürze öffnete und fragte, ob Richard sie erwarte. Als Leni verneinte, wollte die junge Frau die Tür wieder schließen.

»Warten Sie«, rief Leni. »Er will mich bestimmt sehen, bitte richten Sie ihm aus, dass ich da bin.«

Das Mädchen musterte Leni mit kritischem Blick.

»Bitte!«, sagte Leni eindringlich.

Die Angestellte fragte nach ihrem Namen und versprach, Richard über das Haustelefon zu informieren. Sie wirkte geschäftig und nüchtern. Es war ihr nicht anzusehen, was sie davon hielt, dass ein junges Mädchen aus einfachem Elternhaus vor der Tür stand und Einlass begehrte. Das Hausmädchen ließ sie draußen warten.

Es folgte eine minutenlange Stille, dann öffnete sich die schwere Eichentür erneut.

Vor ihr stand Richard.

»Guten Tag, Leni«, sagte Richard sanft.

»Ist Ihnen das auch recht?«, fragte Waltraud, die anstelle der erkrankten Johanna ihren Dienst verrichtete, und machte einen Knicks. »Sie ließ sich nicht abwimmeln.«

Richard fuhr sich nervös durch die dichten Haare.

»Ja, natürlich. Haben Sie vielen Dank, Waltraud!«

Das Hausmädchen knickste noch einmal, drehte sich auf dem Absatz um und verschwand.

Richard führte Leni die vielen Stufen hoch ins Atelier. »Schön, dass du da bist, dann können wir gleich weiterarbeiten.«

»Meine Schwester hat heute einen Unfall gehabt«, sagte Leni unvermittelt, kaum dass er die Tür hinter sich zugezogen hatte.

Er sah sie entsetzt an. »Rieke? Was für einen Unfall?«

»In der Fabrik, sie hat sich an einer der neuen Wickelmaschinen verletzt.«

»Verdammt«, sagte er und kratzte sich am Kopf. »Setz dich doch bitte, Leni. Wie konnte das passieren?«

»Es hat am Geschwindigkeitsregler gelegen. Ich hatte aus Versehen die Stufe zu hoch gestellt. Ihre Hand ist unter die Schneidblätter gerutscht. Sie bekam sie nicht mehr heraus. Dann kam Herr Kruskopp und hat die Maschine rückwärts laufen lassen. Riekes Hand kam frei, aber … sie ist stark verletzt … Alles war voller Blut.«

»Wo ist sie jetzt? Im Krankenhaus?«

»Nein, Herr Kruskopp hat gesagt, dass das nicht nötig sei. Sie ist zu Hause.«

»Nicht nötig? Das konnte er beurteilen, ja?«, fragte Richard aufgebracht.

Leni schluckte. »Zumindest hat er das wohl gedacht.«

Er stemmte die Hände in die Hüften. »Kruskopp ist der Letzte, der so eine Situation einschätzen kann. Dafür fehlt ihm die nötige Erfahrung. Weiß mein Vater davon?«

Unsicher zuckte Leni mit den Schultern.

Richard schüttelte den Kopf. »Ich werde auf jeden Fall mit meinem Vater sprechen. Er soll dafür sorgen, dass Rieke in ein Krankenhaus kommt. Ich will, dass sie dort richtig versorgt wird.«

»Danke, Richard.«

»Ich schäme mich.«

»Du kannst doch nichts dafür!«

»Indirekt schon. Ich gehöre diesem Clan nun einmal an!«

»Du brauchst dich nicht schuldig zu fühlen. Rieke wird es sicher bald wieder gutgehen!«

»Das hoffe ich auch. Süß von dir, dass du mich tröstest.« Er ließ sich neben ihr auf dem riesigen Sofa nieder und legte einen Arm um sie. »Und nun?«, fragte er sanft.

Verlegen musterte sie ihre Hände. »Weiß nicht. Wie geht es Marga?«

»Viel besser. Es waren zum Glück nur äußerliche Blessuren. Sie hat ihren Reitunfall gut überstanden.«

»Dann ist es ja gut«, sagte sie erleichtert.

Er strich ihr eine Haarsträhne aus dem Gesicht, die sich aus den Zöpfen gelöst hatte. »Ich möchte dich gerne noch einmal mit offenen Haaren sehen«, sagte er.

Sie tat ihm den Gefallen und begann, ihre Zöpfe zu lösen.

Fasziniert beobachtete er sie dabei. »Du bist wunderschön!«

»Ich möchte sie gerne abschneiden«, sagte sie. »Solange ich denken kann, habe ich schon diese Zöpfe. Ich hasse sie. Mir gefallen die Mannequins und Schauspielerinnen mit kurzgeschnittenen Haaren. So wie Audrey Hepburn hätte ich meine Haare gerne!«

»So kurz? Das kann ich mir bei dir ehrlich gesagt nicht vorstellen«, sagte er mit warmer Stimme und ließ seine Finger durch ihre Haare gleiten. »Lass sie so, wie sie sind. Du bist zauberhaft! Darf ich dich malen?«

»So wie Mimi?«

»Das habe ich doch schon«, sagte er. »Du hast das fertige Bild nur noch nicht gesehen.«

»Ich will es erst sehen, wenn du mich genauso malst wie sie.«

»Wie habe ich sie denn gemalt?«

»Jedenfalls ohne Höschen«, sagte sie schnell und wurde rot.

Er lachte. »Nun gut, dann male ich dich auch so. Obwohl du mir in deinem Liebestöter ausgesprochen gut gefallen hast.«

»Mach dich nur lustig über mich«, schmollte sie.

»Dann sag mir wenigstens, warum du so darauf bestehst, nackt gemalt zu werden.«

Verlegen zupfte sie sich einen Fussel vom Rock. »Ich möchte so sein wie sie.«

»Aber warum denn, Leni?«, fragte er amüsiert.

Sie wand sich, wagte nicht, ihn anzusehen. »Sie ist eine richtige Frau. Und du findest sie bestimmt ungeheuer anziehend.«

Er überlegte und sagte nach einer Weile: »Frauen wie Mimi interessieren mich nicht. Ich glaube, ich habe es dir schon mal gesagt. Sie sehen nur mit Hilfsmitteln gut aus. Ohne Mode, Kosmetik und hohe Absätze würde ich auf der Straße an ihnen vorbeigehen. Du jedoch würdest unter Tausenden von Frauen herausstechen. Dafür brauchst du nichts zu tun. Du bist einzigartig. Du hast ein Leuchten und einen Ausdruck in deinen Augen, der dich zu etwas ganz Besonderem macht!«

»Meinst du das ernst?«

Er nickte. »Es kommt mir aber nicht nur auf den Körper an. Er muss nicht perfekt sein. Was ich suche, ist das Einzigartige, das Besondere, und das hast du. Wenn ich Glück habe und gut bin, dann gelingt es mir, nicht nur den Körper, sondern auch die Persönlichkeit meines Modells einzufangen, seine Seele zu zeigen. Dann wird der ganze Mensch auf dem Papier sichtbar.«

»Das klingt spannend«, sagte sie und sah bewundernd zu ihm auf.

Er griff nach ihren Händen. Sie schauten sich tief in die Augen. Da zog er sie endlich in die Arme. Er hielt sie fest und streichelte ihren Rücken, ihre langen Haare, ihr Gesicht. Die Berührung jagte ihr einen Schauer nach dem anderen durch den Körper. Sie war noch nie einem Mann so nahe gewesen. Er roch nach Rasierwasser und ganz leicht nach Schweiß. Sie liebte seinen Geruch. Wellen des Glücks durchströmten sie. Die Umgebung löste sich auf. Sie fühlte, wie sie mit ihm wegschwebte, das Atelier, das Haus, das Hier und Jetzt verließ. Sie fühlte nur ihn. Sie spürte seine Bartstoppeln an ihrem Gesicht, die Wärme seiner Haut. Er drückte seine Lippen auf ihre. Seine Augen waren geschlossen. Seine Hände suchten ihre Taille und blieben dort liegen. Sein Mund fand ihren. Sein Atem vermischte sich mit ihrem. Er schmeckte warm und feucht, nach Kaffee, Cognac und süßen Butterplätzchen. Seine Hände durchwühlten ihr Haar, sein Mund küsste ihren Hals, ihre Schultern, den Ansatz ihrer Brust.

Nach einer Weile hielt sie es nicht mehr aus. »Ich möchte von dir so gemalt werden wie Mimi«, flüsterte sie in sein Ohr.

Er seufzte. »Bist du sicher?«

Sie nickte, löste sich von ihm und begann, sich auszuziehen. Ohne Scheu knöpfte sie ihre Bluse auf und öffnete den Reißverschluss ihres Rockes.

Plötzlich drehte er sich von ihr weg, als hätte er noch nie erlebt, dass sich eine Frau vor ihm auszog. Er räusperte sich nervös und trat vor seine Staffelei. Dort begann er, Bleistifte zu spitzen und die Stifte zu sortieren, die er gleich brauchen würde. Er tat so, als sei er ungeheuer beschäftigt und beachtete sie nicht weiter.

»Ich bin so weit«, rief sie mit ihrer hellen Stimme.

Langsam schaute er auf. Sie lag tatsächlich nackt auf dem Diwan. Selbst den verwaschenen Wollschlüpfer hatte sie ausgezogen.

»Mutig, Leni«, sagte er und atmete tief durch. »Also gut, wenn du es wirklich willst.« Er schüttelte den Kopf, wirkte unschlüssig. »Ich weiß nicht, was mit mir los ist. Verdammt, ich habe schon so viele Frauen nackt gesehen.«

»Dann los«, munterte sie ihn auf. »Worauf wartest du noch?«

»Nun gut.« Er nahm den Zeichenstift in die Hand. »Leg dich so hin, als würdest du mich erwarten«, sagte er schnell. »Stell dir vor, dass ich gleich zu dir komme, dich berühre, dir nahe bin und dich verwöhne. Tu so, als wolltest du von mir geliebt werden!«

Das verstand sie, sie kannte dieses Gefühl. Sie rief sich seine letzten Worte in Erinnerung und fand eine Position, in der sie sich wohlfühlte. Sie musste nicht schauspielern; sie empfand es wirklich.

»Sehr gut, Leni, so kannst du bleiben«, sagte er mit rauer Stimme. »Mein Gott, es fällt mir heute so schwer. Was machst du nur mit mir!«

Als er die ersten Striche aufs Papier gebannt hatte und endlich lockerer wurde, versteifte sie sich plötzlich innerlich und zog einen Arm näher zu sich.

Er bemerkte die Veränderung sofort. »Was ist los?«, fragte er besorgt.

»Du hast dich verlobt?«, stieß sie hervor und sah ihn mit großen Augen an. Sie hatte das nicht fragen wollen, aber nun war es zu spät. »Ist das wahr?«

Er hielt in seiner Bewegung inne und blickte sie unter langen Wimpern an. »Wer hat das gesagt?«

»Herr Kruskopp. Er schien sich richtig zu freuen, mir die Neuigkeit auf die Nase zu binden. Ist das wahr?«

Er kam zu ihr und setzte sich auf die Sofakante. »Noch nicht, Leni, aber es ist angedacht. Meinen Eltern liegt viel an der Zigarrenfabrik. Sie würden ihr Leben dafür geben. Mein Vater hat sie von seinem Vater übernommen und ihm am Sterbebett versprochen, sie in seinem Sinne weiterzuführen. Und nun muss er mit ansehen, wie es mit dem Unternehmen bergab geht. Der Absatz ist stetig zurückgegangen, und der Zoll macht Schwierigkeiten. So oft wie der uns in letzter Zeit auf die Pelle gerückt ist, kann etwas nicht stimmen. Mein Vater begreift nicht, woran das liegen könnte, und ist völlig verzweifelt. Seine Gesundheit macht ihm zurzeit ohnehin zu schaffen. Er hat Husten, Druck auf der Lunge und ist kurzatmig. Der Arzt schiebt die Beschwerden auf seine Rastlosigkeit. Auch wenn Vater nicht mehr so viel arbeitet, so macht er sich doch immerzu Gedanken um die Fabrik. Die Sorgen zehren an seiner Gesundheit. Er braucht Ruhe, aber er sieht das nicht so. Er glaubt, das Einzige, was er brauche, sei ein neuer Kredit bei der Bank. Die Maschinen waren teuer, und er möchte in weitere investieren. Das ist der Grund, warum ich mich mit der Tochter des Bankiers verloben soll. Der einzige Grund«, schloss er trübsinnig und suchte ihren Blick.

Leni setzte sich auf. »Du liebst sie gar nicht?«, fragte sie ungläubig. »Du darfst dich doch nicht mit einer Frau verloben, die du nicht liebst! Das ist unmoralisch!«

»Du hast recht, aber in unseren Kreisen ist das so üblich. Die Geschäfte haben Vorrang. Immer. Aber glaub mir, bis Weihnachten kann noch viel passieren. Ich hoffe, mir fällt noch etwas ein, um die Verlobung abzuwenden. Wenn nicht – eine Verlobung ist noch lange keine Heirat.« Er ließ sich etwas Zeit, bevor er weitersprach. »Seit ich dich kenne, habe ich keine andere Frau mehr angeschaut. Ich kann mir nicht vorstellen, dass ich jemals eine andere lieben werde.« Sein Blick wurde weich.

»Du liebst mich? Wirklich?« Sie lächelte ungläubig.

»Ich habe noch nie für eine Frau so viel empfunden. Dieses Herzklopfen, wenn du bei mir bist, wenn ich an dich denke, das Verlangen, dich zu berühren, mit dir zusammen zu sein, Tag und Nacht, dich zu lieben, dich nicht mehr loszulassen, das Gefühl der Verlassenheit, der Sinnlosigkeit und Leere, wenn du nicht in meiner Nähe bist – was soll das sonst sein?«

Sie schlang beide Arme um ihn. Er hielt sie fest und drückte sein Gesicht an ihre Wange.

Sein Rasierwasser strömte in ihre Nase. Er roch so gut. Ein warmes Gefühl durchflutete sie, als sie flüsterte: »Dann zeig es mir!«

»Was meinst du?«

»Lieb mich, Richard. So wie du Mimi geliebt hast«, murmelte sie.

»Du möchtest, dass ich mit dir schlafe?«, fragte er verzückt.

Sie nickte.

Er sah sie lange an. Dann seufzte er. »Das kann ich nicht, Leni.«

Sie rückte etwas von ihm ab und starrte ihn verblüfft an. »Warum nicht?«

Er zögerte, wägte seine Worte ab. »Du bist noch zu jung. Ich möchte dir nicht wehtun. Lass uns noch etwas warten. Ich will nicht, dass du enttäuscht wirst und ich dich deswegen verliere.«

»Bestimmt nicht! Wie lange soll ich warten? Bis ich erwachsen bin? Weißt du, wie lange es noch dauert, bis ich 21 bin?«

»Wenn du 21 bist, brauchst du keine Zustimmung mehr zum Heiraten.«

»Wir müssen doch nicht verheiratet sein, um miteinander zu schlafen.«

»Nicht? Bei einem Mädchen wie du sollte das aber so sein. Du bist nicht wie Mimi, das habe ich dir bereits gesagt. Du bist mir einfach zu schade, Leni, zu wertvoll.« Seine Stimme klang leise und völlig ruhig.

»So wertvoll will ich auch wieder nicht sein!«

Er lachte.

»Ich will nicht so lange warten«, sagte sie ernst.

Er streichelte ihr über die Schultern und Oberarme, seufzte und zog dann seine Hände zurück. »Ich bin nicht der Verführer, als den du mich siehst. Ich habe zwar Erfahrungen mit Frauen, aber es waren ausschließlich Frauen, die mir nichts bedeuteten. Und es waren definitiv keine Jungfrauen mehr.«

»Kann ich etwas dafür, dass ich noch Jungfrau bin? Nur du kannst das ändern!«

Er sah sie traurig an, stand langsam auf und ging zu seiner Staffelei. Eine Weile stand er unschlüssig davor, als wusste er nicht, was er tun sollte. Schließlich zuckte er traurig mit den Achseln und ließ die Schultern fallen. Dann nahm er einen Stift zur Hand und setzte mit einem tiefen Seufzer seine Arbeit fort.

»Und ich dachte wirklich, du liebst mich.« Sie klang enttäuscht.

»Eben«, bemerkte er, während er hingebungsvoll die Konturen ihres Körpers auf dem Papier nachzeichnete. »Gerade deshalb, Leni.«

Mit zusammengezogenen Augenbrauen und ernstem Blick, der sich unentwegt zwischen Leni und der Leinwand hin und her bewegte, war er schon wieder in seiner eigenen Welt angekommen.

*

Leni radelte durch die nächtliche Kälte nach Hause. Sie fühlte sich entzaubert und tief gekränkt. Immer wieder durchlebte sie den schrecklichen Moment, als Richard

sich von ihr abgewandt hatte, um an seinem Bild weiter-
zumalen. Dabei hatte sie sich weit hervorgewagt, als sie
ihn ermuntert hatte, mit ihr zu schlafen. Und das nur,
weil sie plötzlich das Gefühl gehabt hatte, ihn nur so
halten, ihn auf diese Weise an sich binden zu können.
Es hatte nicht funktioniert. Sie hatte etwas gewagt und
alles verspielt. Nun bereute sie ihr Vorpreschen bitter.
Es war vorbei. Sie hatte ihn für immer verloren. In seinen Augen war sie nicht besser als Mimi und die anderen Frauen. Außerdem stand seine Verlobung an. Schon
bald würde er eine andere heiraten, eine aus seinen Kreisen, gegen die sie keine Chance hatte. Es würde nicht
lange dauern und er hätte sie vergessen.

Sie seufzte tief. Die wenigen Straßenlaternen warfen
ihren spärlichen, trüben Schein auf das Kopfsteinpflaster. In fast allen Häusern brannte noch Licht. Vorhänge
gab es in den unteren Stockwerken kaum. Die meisten
Hausbewohner beschränkten sich, wenn überhaupt, auf
durchscheinende Häkelgardinen – ein Brauch, den sie
aus dem nahe gelegenen Holland übernommen hatten.
Überdies waren sie erleichtert, die schreckliche Zeit der
Verdunklungspflicht während des Krieges hinter sich
gelassen zu haben. Nun konnte das Licht von draußen
wieder ungehindert Einlass finden und ihnen das Gefühl
geben, Teil eines großen, lebendigen Ganzen zu sein.

Die Häuser wurden nun hauptsächlich von Frauen
und Kindern bewohnt, weil die Männer gefallen, vermisst oder in Gefangenschaft waren. Sie saßen zu später Stunde beim warmen Schein der Tischlampen beisammen, um zu lesen, zu handarbeiten, Radio zu hören
oder sich etwas zu erzählen. Hier und da brannten Ker-

zen oder Petroleumlampen auf den Fensterbänken und Kommoden.

Aber heute konnte Leni der Heimeligkeit ihres Viertels nichts abgewinnen. Das kurze Glück, das sie mit Richard geteilt hatte, gehörte der Vergangenheit an. Er hatte sie zum Abschied nur noch flüchtig umarmt, ohne Innigkeit und Hingabe.

Es war vorbei.

Bei ihr zu Hause brannte ebenfalls noch Licht. Leni sah von draußen ihre Eltern und Großeltern im Wohnzimmer beisammensitzen. Sie schob ihr Fahrrad hinter das Haus und brachte es in den Schuppen. Von dort aus gelangte sie direkt durch die Küchentür in die Wohnung.

»Guten Abend«, rief Leni von der Türschwelle aus. »Wie geht es Rieke?«

Ihre Mutter sah von der Heimarbeit auf und blickte auf die Wanduhr. »Das war aber mehr als eine Stunde«, sagte sie kopfschüttelnd.

»Entschuldige, wir haben die Zeit vertrödelt.«

Gerda Harmsen lächelte verständnisvoll. Bei sieben Kindern hatte sie es sich abgewöhnt, es mit der Erziehung allzu genau zu nehmen. Damit kam sie weitaus besser und entspannter durchs Leben. Sie hatte die Erfahrung gemacht, dass sich Probleme oft von allein lösten, wenn man nicht dagegen ankämpfte. »Das wächst sich noch aus«, war ihr Leitspruch, den sie von ihrer Mutter übernommen hatte. Bisher hatte sie mit dieser Gelassenheit immer recht behalten. »Sie hat geschlafen wie ein Murmeltier, und als sie aufwachte, hatte sie einen Bärenhunger. Geh ruhig und schau nach ihr. Jetzt ist sie sicher wach!«

»Nimm ein Buch mit«, schlug Oma Frida vor. »Ich hatte eigentlich vor, ihr etwas vorzulesen.«

Ohne lange zu überlegen, zog Leni ein Märchenbuch von den Brüdern Grimm aus dem Regal – eines der wenigen Bücher, die die Familie Harmsen besaß.

Opa Knuth saß im Schaukelstuhl, las die Rheiderland Zeitung, die er sich einmal in der Woche leistete, und schmauchte dabei seine Pfeife. Er seufzte und stieß gedankenverloren hervor: »Hmjaja. Hmjaja. War alles schon mal besser.«

Keiner achtete auf ihn, aber das war er gewohnt.

Leni stieg die steile, geschwungene Holztreppe mit den knarrenden Stufen zur oberen Etage empor. Die Tür zum gemeinsamen Schlafzimmer mit Rieke war angelehnt.

Ihre Schwester lag mit geschlossenen Augen in ihrem Bett. Ihr schmales, blasses Gesicht wurde von einer Nachttischlampe beschienen.

»Wie geht es dir?«, flüsterte Leni und setzte sich vorsichtig neben sie. Durch das Fenster mit den durchscheinenden Vorhängen fiel schwach das Licht der Straßenlaterne und der beleuchteten Schiffe am Hafen.

»Gut«, flüsterte Rieke und schlug die Augen auf.

»Habe ich dich geweckt?«

»Nein, hast du nicht. Ich war wach, habe nur ein bisschen gedöst. Es tut schon fast nicht mehr weh. Opa hat mir reichlich von seinem selbstgebrannten Pflaumenschnaps eingeflößt und danach habe ich, kleines Säuferlein, geschlafen wie ein Stein. Das reimt sich sogar«, sagte sie schmunzelnd. »Opa ist der Meinung, dass Pflaumenschnaps das beste Hausmittel aller Zeiten ist.«

Leni lachte. »Typisch Opa! Und Oma wundert sich immer, warum die Flasche so schnell leer ist.« Dann wurde sie wieder ernst. »Du, ich bin so froh, dass es dir besser geht! Ich dachte schon, ich müsste zu Schmidts rübergehen und einen Krankenwagen bestellen.« Schmidts waren die einzigen Nachbarn, die einen Telefonanschluss besaßen. Sie hatten nichts dagegen, dass die Familie Harmsen das Telefon bei Bedarf mitbenutzte. Dafür revanchierte diese sich gelegentlich mit Naturalien: Kartoffeln, Äpfeln oder einem geschlachteten Kaninchen.

»Wofür denn das?«

»Richard möchte, dass du in ein Krankenhaus kommst.« Leni streichelte Riekes Hand.

»Pah! Was soll ich denn da? Da kann ich auch nur liegen und an die Decke kieken! Und so eine gute Hühnersuppe wie von Oma bekomme ich da gewiss nicht. Nein, bestell ihm einen schönen Gruß und richte ihm aus, dass ich das nicht will, nur über meine Leiche!«

»Die brauchen sie da nicht mehr, Rieke. Aber Spaß beiseite, ich versteh dich ja. Ich habe dir nur ausgerichtet, was er gesagt hat. Aber wenn es dir schon wieder besser geht, brauchst du ja nicht ins Krankenhaus.«

»Eben, sag ich doch. Und nun lies mir vor. Rieke will Märchen hören«, sagte sie mit ihrer Kleinmädchenstimme und schloss die Augen.

FÜNFUNDZWANZIG

Am nächsten Tag

Leni brach der Schweiß aus. Ein Mädchen hatte ihr gerade ausgerichtet, dass Kruskopp sie in seinem Büro erwartete. Mit kalkweißem Gesicht und wackligen Knien ging sie zu ihm.

Er bedeutete ihr, sich zu setzen, und kam ohne Umschweife zur Sache. »Herr Deimann hat mit mir eine Unterredung geführt«, sagte er gestelzt und zündete sich eine Havanna an. »Sein Sohn Richard hat ihm von Riekes Malheur erzählt. Er besteht darauf, dass Ihre Schwester in ein Krankenhaus eingewiesen wird. Wer ihn wohl auf diesen Gedanken gebracht hat?« Er nahm einen tiefen Zug, während er Leni mit starrem Blick fixierte. »Ich stand da wie ein Schuljunge. Musste mich rechtfertigen. Er wollte eine Erklärung von mir. Ich habe mein Gesicht verloren, musste ihm in die Hand versprechen, dass ich mich darum kümmere. Ich habe ihm versichert, dass sich Rieke selbstverständlich jederzeit auf unsere Kosten behandeln lassen kann. Und nun verraten Sie mir, Fräulein Harmsen, woher, bitte schön, weiß er davon?« Er zog fahrig an seiner Zigarre. Seine Hand zitterte.

»Wer? Richard?« Leni rutschte nervös auf ihrem Stuhl hin und her.

»Ach, Sie sind schon miteinander per Du«, sagte er

sarkastisch. »Das hat sich so ergeben. Er hat mir das Du angeboten, weil wir doch in einem Alter sind.«

»Nun, soweit mir bekannt ist, ist er etliche Jahre älter als du. Über 20. Und du bist noch ein halbes Kind. Aber das beantwortet nicht meine Frage.« Dass er sie auf einmal wieder duzte, verhieß nichts Gutes.

Leni wurde rot. »Ich weiß es offen gestanden nicht«, sagte sie matt. »Aber das ist nicht mehr nötig. Meiner Schwester geht es besser.«

Er hatte ihre kleine Lüge bemerkt. »Mir ist nicht verborgen geblieben«, sagte er und legte den Kopf in den Nacken, um den Rauch auszublasen, »dass du ein Verhältnis mit Richard hast.«

»Das ist nicht wahr!«, platzte Leni heraus.

»Nicht? Das soll ich dir glauben? Eben hast du mich schon mal angelogen. Du hast behauptet, dem Junior nichts von Riekes Missgeschick erzählt zu haben!«

»Es war kein Missgeschick! Es war ein Unfall, den Sie verschuldet haben!« Sie presste die Lippen aufeinander, um nicht noch mehr zu sagen.

Er erhob sich und blickte düster auf Leni nieder. »Was hast du gerade gesagt?«

Leni stand ebenfalls auf. Sie bedauerte, nicht mit ihm auf Augenhöhe zu sein. Kruskopp war mindestens zwei Köpfe größer als sie. Sie konnte seinem Blick nicht standhalten und schlug die Augen nieder. Er schlich um sie herum und blieb hinter ihr stehen. Leni konnte ihn riechen, ein Gemisch aus Alkohol, Rasierwasser, Tabak und Schweiß. Sie kannte diesen Geruch, würde ihn ihr Leben lang nicht mehr vergessen. Er ekelte sie bis ins Mark.

Er machte sich ungeschickt am Reißverschluss ihres Kleides zu schaffen. Seine kalten, feuchten Hände schoben den Kragen auseinander und glitten in ihren Ausschnitt, bahnten sich einen Weg unter ihr Unterhemd. Stocksteif stand sie da, während seine Finger tiefer glitten. Sie schloss die Augen, wagte nicht zu atmen. Er umkreiste und erkundete ihre Brüste, griff schließlich zu, drückte und knetete die zarte Haut. Leni fühlte, wie ihr Kleid hochgeschoben wurde und sich seine Hand zwischen ihre Beine drückte.

Nicht noch einmal, dachte Leni. Nie wieder! Eine rasende Wut stieg in ihr hoch.

»Lassen Sie das, Sie tun mir weh!«, presste sie hervor. »Lassen Sie mich auf der Stelle los!«

Er packte sie an den Schultern und wirbelte sie herum, sodass sie direkt vor ihm stand und gezwungen war, ihn anzusehen. Ärgerlich blickte er auf sie herab und hob drohend die Hand.

Sie wich ihm geschickt aus. »Wollen Sie mich schlagen?«, brach es aus ihr hervor. »Wie Ihre Frau? Ich weiß alles. Sie schlagen sie grün und blau, und die Ärmste behauptet hinterher, sie habe einen Unfall gehabt. Sie schützt Sie auch noch, anstatt Sie anzuzeigen! Sie verdienen eine Frau wie Marga überhaupt nicht!«

Sie hatte sich in Rage geredet. Ihr Denken setzte aus. Instinktiv tat sie etwas, das sie als kleines Kind auf den Straßen Weeners gelernt hatte. Sie sammelte Spucke in ihrem Mund, fixierte ihr Ziel und spie ihm mitten ins Gesicht.

Er starrte sie konsterniert an und wischte mit dem Handrücken ihren Speichel weg.

Da erst begriff sie, was sie getan hatte. Ihr wurde eiskalt. Schwindel erfasste sie. Sie sah Sternchen und fürchtete, die Besinnung zu verlieren.

In Armeslänge stand er vor ihr. In seinem nun dunkelroten Gesicht brannte jäher Zorn. An seinem Hals traten dicke, pulsierende Adern hervor. Nie zuvor hatte sie in derart kalte, hasserfüllte Augen geblickt. Sie fühlte schon den drohenden Schlag und hielt schützend die Arme über den Kopf.

Da passierte etwas Seltsames. Erich Kruskopp machte auf dem Absatz kehrt, durchquerte mit zackigen Schritten den Raum und schloss hinter sich die Tür. Er ließ sie einfach stehen.

Leni hielt sich an seinem Schreibtisch fest, zittrig und schwindlig vor Angst. Sie hätte ebenfalls gehen können, aber sie traute sich nicht, sein Büro zu verlassen. Sie wusste nicht, was er vorhatte. Würde er ihr auflauern und sich an ihr rächen? Hatte er vielleicht sogar vor, sie zu töten? Angstvoll hielt sie den Atem an und achtete auf jedes Geräusch. Schließlich kauerte sie sich auf seinen Bürostuhl, von dem aus sie die Tür im Blick hatte.

Sie wusste nicht, wie lange sie da gesessen hatte, als endlich die Tür geöffnet wurde und Bärbel erschien. »Ich soll nach dir sehen«, sagte sie.

Leni hätte sie vor Erleichterung am liebsten umarmt, hatte aber nicht die Kraft dazu. »Wo ist er? Was macht er?«, fragte sie matt.

»Wen meinst du? Herrn Kruskopp? Der ist nach Hause gegangen. Hat sich entschuldigt, er habe auf einmal starke Kopfschmerzen und fort war er. Bevor er ging, hat er mir noch aufgetragen, nach dir zu schauen und dir auszurichten, du mögest bitte weiterarbeiten.«

Verschämt bemerkte Leni, dass der Reißverschluss ihres Kleides noch geöffnet war. Hastig zog sie ihn zu und folgte Bärbel auf wackeligen Beinen. Sie war froh, nach dem Unfall nicht mehr an der Wickelmaschine arbeiten zu müssen. Stattdessen hatte sie ihren Platz neben Bärbel einnehmen dürfen, um in alter Manier Zigarren mit der Hand zu wickeln.

»Wenn du mich fragst, ich glaube, der hat gar keine Kopfschmerzen«, flüsterte Bärbel. »Dem sitzt die Steuerfahndung im Nacken. Leute vom Zollamt waren eben da und haben auf ihn eingeredet. Er ist mit ihnen ins Lager gegangen und als er allein wieder herauskam, hatte er plötzlich rasende Kopfschmerzen. Seltsam, oder?«

Leni nickte. »Ja, seltsam«, sagte sie geistesabwesend.

SECHSUNDZWANZIG

Fünf Tage später

Rieke ging es von Tag zu Tag besser. Sie hielt es nicht länger im Bett aus, stand morgens zeitig auf und bestand darauf, ihrer Mutter und Großmutter zu helfen. Die eine oder andere leichte Tätigkeit konnte sie schon übernehmen. Sie war froh darüber, endlich wieder am Familienleben teilnehmen zu können.

Eines Tages stand Marga vor der Tür. Sie brachte Rieke Pralinen und ein Buch mit, von Graham Greene: »Das Ende einer Affäre«.

»Kennst du es?«, fragte Marga.

Rieke schüttelte den Kopf und betrachtete den Buchumschlag ausgiebig.

»Ich habe es schon gelesen«, sagte Marga. »Es hat mich berührt, weil es viel mit meinem Leben und mir selbst zu tun hat.«

»Das Ende einer Affäre?«

Marga nickte. »Viel mehr als das. Das Ende einer Liebe. Das Ende von allem«, sagte sie traurig. »Aber nun zu dir. Wie geht es dir?«

»Viel, viel besser. Danke, dass du mich jeden Tag besucht hast.«

»Gern geschehen. Mein Bruder hätte dich allerdings lieber in einem Krankenhaus gesehen.«

Rieke lachte. »Ich und Krankenhaus? Das passt nicht

zusammen. Da müsstest du mich schon unter Andro-hung von Gewalt hinbringen. Für so etwas bin ich viel zu lebendig. Ich will immer in Bewegung sein. Da bin ich wie meine Mutter. Die würde durchdrehen, wenn sie nur einen Tag lang nichts zu tun hätte.«

»Ich soll dich von meinem Vater grüßen. Der macht sich große Sorgen um dich und fühlt sich verantwort-lich für das, was passiert ist.«

»Das muss er nicht. Es war nicht seine Schuld. Außer-dem geht es mir wieder gut. Unser lieber Hausarzt Dr. Clausen hat nach mir gesehen, den Verband erneuert und Verbandszeug dagelassen, das ich alle zwei Tage wechseln soll. Es ist alles in bester Ordnung.«

»Gut, ich werde es ihm ausrichten.«

»Was sagt eigentlich dein Mann dazu?«, fragte Rieke beiläufig.

Marga drehte ihr Gesicht zur Seite. Unter einer dicken Schicht Make-up zeichnete sich eine Schwel-lung ab. Sie schwieg.

Rieke wurde kalt. Sie führte Marga in die Küche, wo ihre Großmutter gerade Labskaus zubereitete. Es roch verführerisch nach Pökelfleisch, zerstampften Kartof-feln und fangfrischen Matjes.

»Wie schön, wir haben wieder einen Gast«, rief Oma Frida erfreut. »Das Essen ist gleich fertig. Fräulein Marga ist selbstverständlich eingeladen!«

»Vielen Dank«, sagte Marga lächelnd und setzte sich mit Rieke auf das Küchensofa. »Mein Mann spricht eine andere Sprache«, sagte sie leise an Rieke gewandt.

»Er schlägt dich, oder?«, fragte Rieke mit gepress-ter Stimme.

Marga schlug die Augen nieder.

»Männer, die Frauen schlagen, sollen sich was schämen«, rief Oma Frida, die das Gespräch verfolgt hatte. »Was sagen denn deine Eltern dazu, Matje? Warum schmeißen sie den Kerl nicht raus?« Sie reichte Marga ein großes Taschentuch.

»Sie bekommen es nicht mit. Seit Papa nicht mehr so viel arbeitet, sind sie viel unterwegs, auf Reisen, Galas und Empfängen. Nur einmal hat Mama ihre Meinung dazu gesagt. Ich solle zusehen, dass ich ein Kind empfange, dann würde es schon aufhören. Als wäre ich schuld an der Misere.« Sie schnäuzte sich. »Danke für den Kosenamen Matje. So hat mich Anne genannt, als ich klein war. Matje – das kleine Mädchen. Wie schön war das!« Sie lächelte traurig.

»Und ich hatte schon Angst, ich wäre zu vertraulich! Aber lass dir bloß kein Balg andrehen. Ein Spross von dem Lump? Das hat noch gefehlt! Dann hat er dich endgültig in der Hand! Lauf ihm weg! Oder noch besser: Die schöne Villa gehört doch dir und deinen Eltern, oder? Schmeiß ihn raus! Setz ihn vor die Tür und verpass ihm einen anständigen Fußtritt dazu!«

»Oma!«, rief Rieke. »Sieh dir Marga nur mal an, die ist doch mit den Nerven am Ende, sie kann das nicht! Woher soll sie die Kraft nehmen? Du kennst Herrn Kruskopp nicht, alle haben Angst vor ihm!«

»So, haben sie das? Ich stehe zwar nicht auf seiner Lohnliste, aber ich werde mal Tacheles mit dem reden! Der soll mich kennenlernen! Mich und meinen Kochlöffel!«, sagte sie resolut und schwang drohend den Holzlöffel durch die Luft.

Die Mädchen kicherten leise.

»Na, seht ihr, gemeinsam machen wir ihn fertig! So, und nun iss dich mal tüchtig satt, Matje, damit du stark genug bist, dich zur Wehr zu setzen!« Sie füllte Marga eine beachtliche Portion Labskaus auf den Teller und gab ein Spiegelei und einen Rollmops obendrauf.

»Wo sind eigentlich die Kleinen?«, fragte Rieke. »Sonst sind sie doch immer als Erste da, wenn sie dein gutes Essen riechen.«

»Deine Mutter hat sie mitgenommen, um Besorgungen zu machen. Später wollen sie noch einmal im Armenhaus vorbeischauen und den alten Leuten weiches Brot vorbeibringen. Die harten Krusten, die sie dort bekommen, können sie nicht kauen. Die haben ja kaum noch Zähne im Mund!« Damit wandte sie sich energisch ihrem Labskaus zu und briet ein weiteres Spiegelei für Rieke.

Rieke schenkte ihrer Freundin Tee ein. »Du hast vorhin von dem Ende einer Liebe gesprochen«, sagte sie. »Meinst du deinen Mann damit?«

Marga schüttelte den Kopf. »Den habe ich nie geliebt. Insofern kann es bei ihm nicht um das Ende einer Liebe gehen. Nein, ich meine jemand anderen damit.« Sie stockte und warf einen flüchtigen Blick auf Oma Frida. Sie war sich nicht sicher, wie Frida zu ihrer Affäre stehen würde, wenn sie auch durchaus moderne Ansichten zu vertreten schien. »Er heißt Thies.«

»Was ist mit ihm?«

Marga atmete tief durch. »Er ist verschwunden. Thies war der Pferdepfleger von Richards und meinem Pferd. Erich hat die Pferde verkauft und Thies entlassen.«

»Du meine Güte!«, sagte Rieke.

»Ich suche überall. Die Pferde sind unauffindbar. Ich war in jedem Reitstall der Umgebung, habe überall nach ihnen gefragt. Keiner wollte oder konnte mir helfen. Die Pferde sind wie vom Erdboden verschluckt. Genau wie Thies. Als ob es ihn nie gegeben hätte. Die Wirtin, bei der Thies in Leer gewohnt hat, gibt mir nicht seine Adresse, weil sie Ehebruch nicht unterstützen will.« Sie sah ängstlich zu Frida hin.

»Hat er Eltern, Matje?«, wollte Frida wissen.

»Ja, die leben in Hamburg. Ich habe aber ihre Adresse nicht.«

Die Frauen schwiegen betreten. Nach einer Weile sagte Rieke: »Du hast doch Geld. Hast du schon einmal darüber nachgedacht, einen Detektiv einzuschalten?«

»Daran gedacht schon. Aber … wenn Erich davon erfährt … Nein, das werde ich nicht tun!«

Später kam auch Leni von der Arbeit und gesellte sich hinzu. Sie hatte zu Fridas Enttäuschung kaum Appetit. Als sie erzählte, was in der Fabrik vorgefallen war, wurde Marga blass.

»Die Zollfahndung war da? Schon wieder? Ich gehe jetzt besser«, sagte Marga und stand auf. »Er wird seine schlechte Laune in Alkohol ertränkt haben. Wenn er gleich nach Hause kommt und sieht, dass ich nicht da bin, lässt er seine Wut an mir aus.«

»Leni, du begleitest sie!«, bestimmte Oma Frida.

»Kommt nicht infrage!« Marga war gerade im Begriff, sich ihren Mantel anzuziehen. »Ich bin mit dem Auto da. Mir wird nichts passieren. Wenn ich Glück habe, ist er bereits zu Bett gegangen oder betrinkt sich immer noch in der Wirtschaft. Dann habe ich genug Zeit, mich in meinem Zimmer zu verbarrikadieren. Bisher hat er die Tür noch nie eingetreten. Es würde ja Geld kosten, sie wieder zu richten!«

SIEBENUNDZWANZIG

Ende November 1952

Der Winter hielt mit aller Macht Einzug in Ostfriesland. Die Tage wurden kürzer und spürbar kälter; der Nebel lag schwer über der Geest- und Moorlandschaft. In den Nächten gab es Frost. Frühmorgens waren die Straßen, Bäume und Büsche von glitzerndem Raureif überzogen.

Leni war seit Wochen nicht mehr bei Richard gewesen. Das Bild von ihr war fast fertig – Richard benötigte nur noch eine Sitzung, um es zu vollenden –, aber sie suchte immer wieder nach Ausreden, um ihm nicht gegenübersitzen zu müssen. Das würde sie nicht verkraften. Seine bevorstehende Verlobung lag ihr wie Blei auf dem Herzen, und sie schämte sich dafür, dass sie sich ihm angeboten hatte. Nun sah er sicher nicht mehr das Besondere in ihr, sondern etwas Gewöhnliches, das er an jeder Straßenecke haben konnte.

Beim Aufstehen wurde Rieke plötzlich schwindlig. Es war der Tag, an dem sie eigentlich wieder zur Arbeit gehen wollte. Betrübt saß sie auf der Bettkante und starrte ins Leere.

»Was ist los?«, fragte Leni, die sich gerade ihre Zöpfe flocht.

»Ich weiß nicht, alles dreht sich um mich herum. Als säße ich in einem Karussell.«

»Soll ich Mama holen?«

Rieke zuckte mit den Schultern. »Was soll die denn machen?«

»Dr. Clausen?«

Rieke schüttelte den Kopf und ließ sich rückwärts auf ihr großes Federkissen fallen. »Ich glaube, es geht nicht. Sag bitte Herrn Kruskopp Bescheid, dass ich es noch nicht schaffe.«

»Gut, dann mache ich das. Gute Besserung«, murmelte Leni und warf ihrer Schwester einen besorgten Blick zu.

Im Winter wurde der Arbeitsbeginn um eine Stunde nach hinten verschoben. Lenis Tag begann nun um 8 statt um 7 Uhr und dauerte bis 19 Uhr. Ihr Vater war bereits außer Haus, ihre Mutter mit den Kleinkindern im Stall, um die Tiere zu versorgen, ihr Großvater schlief noch und ihre Großmutter war für zwei Tage zu ihrer Schwester nach Leer gefahren, die mit einer Grippe im Bett lag. So sah niemand, dass Leni allein das Haus verließ.

Als sie abends zurückkam, stieß ihre Frage nach Rieke daher auf große Verwunderung.

»Wieso fragst du? Ist sie nicht mit dir in der Fabrik gewesen?« Gerda Harmsen war gerade dabei, das Geschirr vom Abendessen abzuwaschen.

»Nein! Sie ist doch krank!« Leni wurde rot und schlug sich gegen die Stirn. »Ihr konntet es nicht wissen! Rieke hat heute Morgen über Schwindel geklagt und ist deshalb im Bett geblieben.«

»Sie ist nicht mit dir gegangen?« Ihre Mutter hetzte an ihr vorbei und stürmte die Treppe hinauf.

»Rieke«, rief sie atemlos, als sie das Schlafzimmer der beiden älteren Mädchen betrat. Gerda erkannte auf einen Blick, dass Rieke Fieber hatte. Sie legte ihr die Hand auf die Stirn, die glühend heiß war. »Rieke«, wiederholte sie sanfter und setzte sich zu ihr aufs Bett, »warum hast du uns nicht gerufen? Ich konnte nicht wissen, was mit dir los ist.«

Rieke bekam kaum die Augen auf. Ihre Haare klebten ihr verschwitzt am Kopf; Nachthemd, Bettdecke und Kopfkissen waren schweißgetränkt. Gerda drehte sich nach Leni um. »Leni«, sagte sie gehetzt, »geh rüber zu Schmidts und bitte sie, ihr Telefon benutzen zu dürfen. Ruf Dr. Clausen an, er möge sofort herkommen!«

Leni hatte die letzten Worte nicht mehr mitbekommen, so schnell war sie die Treppe hinuntergestürzt.

Wenig später war Dr. Clausen da und untersuchte die Patientin. Schon beim Abhören mit dem Stethoskop war sein Blick besorgt. Er nahm ihre Hand, die seit einigen Tagen nicht mehr verbunden war, und betrachtete sie. Dann schob er den Ärmel ihres Nachthemdes hoch. »Oh je«, sagte er leise, »oh je.«

»Was ist los, Herr Doktor?«, fragte Gerda Harmsen aufgeregt.

Er blickte sie über seine runde Brille hinweg ernst an. »Hat sie diese Rötung schon länger?«

Gerdas Blick fiel auf Riekes Arm, auf dem sich ein roter Strich abzeichnete, der bis zu ihren Schultern reichte. Sie schüttelte stumm den Kopf.

»Sieht nach einer Sepsis aus«, sagte Dr. Clausen, »einer Blutvergiftung. Dafür sprechen auch das hohe Fieber, die Überwärmung des Armes und die kalten

Hände und Füße. Der Kreislauf hat bereits schlappgemacht. Ihre Tochter ist kaum ansprechbar.«

»Was bedeutet das: Blutvergiftung? Kann sie daran sterben?«

»Wir müssen sie so schnell wie möglich in die Klinik bringen. Die Wunde ist wieder aufgebrochen und hat sich infiziert. Die Erreger breiten sich blitzschnell über die Blutbahn aus. Wenn wir Pech haben, erfolgt eine Kettenreaktion innerhalb weniger Stunden und die Infektion greift auf sämtliche Organe über. Aber wir wollen den Teufel nicht an die Wand malen. Das muss nicht passieren. Kann ich hier telefonieren?«

»Leni, lauf schnell noch mal zu Schmidts rüber und ruf einen Krankenwagen. Schnell!«, rief Gerda.

Leni flitzte die Treppe runter. Unten schlug die Haustür zu.

*

Am folgenden Tag tauchte Frida Harmsen in der Zigarrenfabrik auf und ließ sich das Büro von Erich Kruskopp zeigen. Ohne anzuklopfen, platzte sie hinein. Kruskopp war gerade dabei, eine Tabelle auszufüllen und blickte überrascht von seiner Arbeit auf.

»Was wollen Sie? Ich habe keine Zeit«, sagte er ungehalten.

»Was ist das für ein Benehmen, junger Mann?«, gab Frida zurück. Sie kam auf ihn zu und blieb vor seinem Schreibtisch stehen – gestützt auf den Krückstock ihres Mannes. Eigentlich war sie noch gut zu Fuß, aber der Stock verlieh ihr Sicherheit.

»Guten Tag erst einmal, Herr Kruskopp!«, stieß sie mit barscher Stimme hervor.

»Guten Tag, Frau …«

»Na also, geht doch. Harmsen ist mein Name! Ich bin die Großmutter von Rieke und Leni.« Ihr Gesicht zeigte alle Strenge und Verbissenheit, zu der sie fähig war.

»Frau Harmsen, womit kann ich Ihnen dienen?«, fragte Kruskopp geschäftig. »Ich habe eigentlich keine Zeit, aber ich gebe Ihnen zwei Minuten.«

Sie baute sich vor ihm auf. Er war im Sitzen genauso groß wie sie im Stehen, aber Frida ließ sich davon nicht beeindrucken. »Ich wünschte, Ihr Gehirn wäre mit dem Rest mitgewachsen, Herr Kruskopp. Leider ist das nicht der Fall. Da hat wohl jemand da oben geschlafen«, sagte Frida Harmsen mit schneidender Stimme. »Sie benehmen sich jetzt gefälligst so, wie man sich einer Dame gegenüber zu benehmen hat! Sie rücken mir den Stuhl zurecht, auf den ich mich setzen soll. Und ich hätte gern ein Kissen für meinen Allerwertesten. Ich kann nicht denken, wenn mein Popo nicht gut gepolstert ist.«

Er erhob sich widerstrebend, reichte ihr das Kissen, das seinem langen Rücken Halt geben sollte, und rückte ihren Stuhl zurecht. Genugtuung spiegelte sich auf ihrem Gesicht, als sie sich setzte.

»Gut so, junger Mann, warum nicht gleich? Und jetzt hören Sie mir zu. Meine Enkelin liegt im Krankenhaus. Sie ringt um ihr Leben. Das Fieber steigt und steigt. Ich fürchte, sie schafft es nicht. Und das alles haben wir Ihnen zu verdanken, wertester Herr … Kruskopp!« Seinen Namen donnerte sie heraus, sodass er erschrocken zusammenfuhr.

»Können Sie mir sagen, was Sie von mir wollen? Soweit ich weiß, hat Rieke ihren Unfall gut überstanden und sie war auf dem Weg der Genesung. Ich habe mich fortlaufend bei Leni erkundigt.«

Erbost starrte sie ihn an und zählte still bis fünf. Dann donnerte sie ihren Stock auf seinen Schreibtisch, dass sämtliche darauf befindlichen Gegenstände vibrierten, seine Kaffeetasse umfiel und der Rest des kalten Kaffees sich auf seine Unterlagen ergoss.

»Es geht ihr schlecht, Herr Kruskopp! Es geht ihr sogar so schlecht, dass sie vielleicht sterben wird. Sie hat eine Blutvergiftung, die eindeutig von dem Unfall kommt! Es ist Ihre Schuld, verdammt noch mal! Unter Ihrer Vorgängerin Beeke Gerstema wäre das nicht passiert!« Sie erschrak fast vor ihrer eigenen Stimme. Noch nie war sie so schneidend gewesen. Ihre Worte verfehlten die gewünschte Wirkung nicht.

Erich Kruskopp fiel in sich zusammen. Dem groß gewachsenen Mann mit den harten Gesichtszügen fiel die Kinnlade herunter. Die Farbe wich aus seinem Gesicht.

»Sie sind ein verdammter Idiot, Erich Kruskopp! Ein Mistkerl, wie mir noch keiner im Leben begegnet ist, und hinter mir liegt ein langes Leben, bei Gott! Sie können von Glück sagen, dass meine Tochter keine Zeit hat, Ihnen ihre Aufwartung zu machen. Sie hat Besseres zu tun, sie muss sich nämlich um ihre todkranke Tochter kümmern. Wenn sie hier wäre, würde sie von meinem Stock richtig Gebrauch machen, darauf können Sie Gift nehmen. Meine Tochter hätte nicht wenig Lust, Sie nach Strich und Faden zu verprügeln!

Sie können froh sein, dass Sie es mit einer alten Frau zu tun haben, die weise genug ist, ihren Zorn im Zaum zu halten. Ach, habe ich gerade prügeln gesagt? Das dürfte kein Fremdwort für Sie sein, nicht wahr, Herr Kruskopp?«

Erich Kruskopp sah sie betreten an.

»Schämen Sie sich nicht, Sie widerlicher Mensch? Ist es Ihnen nicht ausgesprochen peinlich, eine wehrlose Frau zu verdreschen?«

Er sah sie weiterhin konsterniert an und schwieg.

Erneut zählte sie still bis zehn und knallte ihren Stock auf seinen Tisch, bevor sie weitersprach: »Sie versprechen mir jetzt eins, so wahr ich Frida Harmsen heiße: Sie werden Ihre Frau nie mehr schlagen, Sie werden sie überhaupt nicht mehr anrühren, sondern für den Rest ihres Lebens in Ruhe lassen! Und nicht nur das: Sie werden in Zukunft Ihre Mitarbeiterinnen mit Respekt und Anstand behandeln. Haben Sie mich verstanden?« Sie verbiss sich ein Grinsen, weil sie sich selbst noch nie so kraftvoll und dominant erlebt hatte. Zum Glück hatte er es nicht bemerkt.

Beim Anblick des Stockes flatterten seine Augen nervös. Er musste unwillkürlich an seinen Vater denken, der ihn in seiner Kindheit nur allzu oft damit bestraft hatte. Bedrohliche Bilder aus seiner Vergangenheit kamen in ihm hoch. »Ja, Frau Harmsen, natürlich, Sie haben ja laut genug gesprochen!«, sagte er mit brüchiger Stimme.

»Na also, geht doch. Noch etwas: Ich verlange Schmerzensgeld von Ihnen für das, was Sie meiner Enkelin angetan haben.«

Er verschränkte die Arme vor der Brust. »Ich habe Ihrer Enkelin nichts angetan. Ich habe sie nie angerührt. Sie hat einen Unfall erlitten, für den ich nichts kann. Am besten, Sie gehen jetzt.«

Noch einmal schlug sie mit ihrem Stock auf seinen Schreibtisch und genoss seinen entgleisenden Gesichtsausdruck. »Ich kann es auch anders formulieren, Herr Kruskopp. Ich habe etwas gegen Sie in der Hand. Wenn Sie nicht möchten, dass ich zur Polizei gehe und mich an den Redakteur der Rheiderland Zeitung wende, tun Sie besser, was ich von Ihnen verlange.«

Seine Augen blitzten auf. »Und wenn ich mich weigere?«

»Sie werden zahlen, mein Lieber. Denn sonst berichte ich dem liebenswerten Herrn Redakteur von der Rheiderland Zeitung und dem netten Schutzmann, was Sie Übles im Schilde führen, zum Beispiel, wie Sie es schaffen, stolze Sümmchen an der Steuer vorbei zu wirtschaften. Ein Vermögen müsste das mittlerweile sein.«

»Was reden Sie da? Was wissen Sie?«

»Nun, Sie gehen in Kneipen ein und aus und machen auch vor dem Puff nicht Halt. Man kennt Sie hier inzwischen, Herr Kruskopp. Sie schnacken, wenn Sie blau sind. Und auch die Weeneraner schnacken gern. Sie sorgen für viel Gesprächsstoff in unserer kleinen Stadt.«

Er sah sie verblüfft an. »Ich weiß nicht, wovon Sie reden.«

»Nun, eine alte Frau wie ich hört nicht mehr so gut, aber wenn es darauf ankommt, sind ihre Ohren scharf und gespitzt wie die eines Wachhundes. Ich interessiere mich brennend für spannende Geschichten. Und diese

Geschichten sind mir nun einmal zu Ohren gekommen.«

Erich Kruskopp erhob sich und schlenderte zum Fenster. Er stierte in den Hof hinunter, auf dem Arbeiter gerade einen Lastwagen mit Holzkisten beluden.

»Also gut, wie viel wollen Sie?«, fragte er mit brüchiger Stimme, ohne sie anzusehen. Seine Hände steckten in den Hosentaschen.

»5.000 Mark«, sagte Frida Harmsen, ohne zu zögern.

Abrupt drehte er sich zu ihr um und lachte höhnisch auf. »Das ist nicht Ihr Ernst! So viel habe ich nicht. Ich biete Ihnen die Hälfte.«

»Ich sehe das Gespräch als beendet an. Auf dem Rückweg werde ich zunächst einmal dem Herrn Redakteur einen Besuch abstatten. Ich hoffe, er hat eine Tasse Tee für mich.«

»Was wollen Sie eigentlich mit so viel Geld?«, fragte er gereizt, nahm mit ungelenken Bewegungen an seinem Schreibtisch Platz und zückte sein Scheckheft. Sein Schnurrbart vibrierte, während er seinen Füllfederhalter ins Tintenfass tauchte.

»Es ist nicht für mich, mehr werde ich nicht dazu sagen. Das muss Sie auch nicht interessieren, Herr Kruskopp.« Sie wandte sich zum Gehen. »Halt, bleiben Sie! Bleiben Sie doch! Sie bekommen Ihr Geld!«

»Es sind jetzt 7.000«, sagte sie spitz. »Die kleine Diskussion hat mich angestrengt. Mein Herz ist aus dem Takt geraten. Auch mir müssen Sie nun Schmerzensgeld zahlen.«

»Sie sind nicht ganz dicht!«

»Damit dürften Sie allerdings recht haben«, presste

sie hervor. »Aber ich weiß mir zu helfen. Die Gebrechen des Alters, wissen Sie. Es gibt Schlimmeres.« Mit ihrem Stock in der Hand schlenderte sie Richtung Schreibtisch und sah Kruskopp mit stolzer Miene zu, wie er in krakeliger Schrift den Scheck ausstellte. Kurz hielt sie die Luft an, als er beim Ausfüllen des Zahlenfelds stockte. Als er dann tatsächlich die schier unbegreifliche Summe von 7.000 Mark hineinschrieb, machte ihr Herz einen Satz. Sie hatte ihr Ziel erreicht. Mit dieser Summe könnte sie jedem ihrer Enkel die Ausbildung bezahlen – 1.000 Mark für jedes Kind. Keines der Harmsen-Kinder sähe sich mehr gezwungen, bei Zigarren Deimann zu schuften. Leni könnte endlich ihren Traum von einer Friseurlehre in der nächsten Stadt verwirklichen, Leer war ja nicht wirklich weit, und Rieke könnte vielleicht auf die Hauswirtschaftsschule gehen. Vorher musste sie aber erst einmal ihren schweren Kampf gewinnen. Auch die Jüngeren hätten von Anfang an eine bessere Perspektive.

»Wo steckt eigentlich Leni?«, fragte Kruskopp schmallippig. »Sie ist heute nicht zur Arbeit erschienen!«

»Na, wo wird sie schon sein?«, sagte Frida lapidar und nahm den Scheck entgegen. »Jemand muss sich doch um die Kleinen kümmern, wenn Mutter und Großmutter Wichtiges zu erledigen haben, oder?«

»Sie bekommt keinen Pfennig für diesen Tag«, schnaubte Kruskopp.

»Sie wird es verschmerzen können«, sagte Frida schmunzelnd, wedelte mit dem Scheck und verließ das Büro ohne Gruß.

ACHTUNDZWANZIG

Dezember 1952

Regine Deimann saß mit ihrer Handarbeit am Fenster. Sie stickte an einem Kissen mit Hundemotiv, das sie ihrer heiß geliebten Pudeldame Daisy zu Weihnachten ins Körbchen legen wollte. Ihr gegenüber saß Ludwig in einem tiefen Sessel und las in einer Zeitung.

»Liebling, lass uns über die Verlobung sprechen. Es sind nur noch wenige Wochen bis Weihnachten. Die Zeit rennt uns davon, und die Gästeliste steht noch nicht fest.«

Ludwig Deimann legte seine Zigarre im Aschenbecher ab. »Wie du meinst, Regine«, sagte er wenig interessiert und nahm sich ein Karamellbonbon aus der Bonbonniere. Er hätte lieber dem Radiosprecher weiter zugehört. Es ging um die Wirtschaftsprognose für das kommende Jahr.

Regine Deimann setzte ihre Lesebrille ab. »Ich möchte das Fest in einem überschaubaren Rahmen halten. 50 bis 60 Gäste sollten genügen, meinst du nicht? Schließlich ist das noch nicht die Hochzeit. Und ich habe ein wunderbares Verlobungsgeschenk organisiert!« Sie war gespannt auf seine Reaktion. Als er nicht nachfragte, sagte sie voller Stolz: »Einen Fernsehapparat.«

Zu ihrer Enttäuschung sah er sie fragend an.

»Das ist ein Gerät, das ähnlich funktioniert wie die

Leinwand im Lichtspielhaus. Du kannst dir das Filmvergnügen damit nach Hause holen, nur in einer kleineren Dimension.«

»Ich weiß, was ein Fernsehapparat ist«, schnaubte er, »ich lese schließlich die Illustrierten.«

»Und, wie findest du die Idee? Glaubst du, die jungen Leute werden sich darüber freuen? Ist das nicht ein außergewöhnliches Verlobungsgeschenk?«

Gedankenverloren lutschte er an seinem Bonbon, das den quälenden Hustenreiz lindern sollte.

»Ich finde diese modernen Zeiten sehr aufregend. Und wir sind mittendrin und erleben das alles hautnah mit! Soll ich dir etwas verraten, Ludwig? Ich habe bei unserem lieben Joko zwei Apparate bestellt. Ich kann es nämlich selbst kaum erwarten!«

Ludwig betrachtete seine Frau voller Bewunderung und Wertschätzung. Auch wenn sie ihm manchmal auf die Nerven ging, wusste er, dass sie zu den modernsten und elegantesten Frauen Weeners gehörte. Die Mittvierzigerin war weit davon entfernt, wie andere Frauen ihres Alters allmählich unsichtbar zu werden. Sie trug die hellblonden Haare wohlfrisiert und war dezent geschminkt. Das hellgraue Bouclé-Wollkleid mit dem Hahnentrittmuster stand ihr ausgezeichnet. Der Bindegürtel betonte ihre immer noch schlanke Taille. Regine Deimann trug außerhalb ihres Schlafzimmers stets elegante Pumps mit mittelhohem Absatz. Schließlich wollte sie ihrem Dienstpersonal ein Vorbild sein und keine Anweisungen in Puschen erteilen. Ja, er fand, dass sie durchaus noch eine attraktive Frau war. Nur bei genauem Hinsehen fielen ihm erste Spuren auf, die die

Zeit hinterlassen hatte: Linien, die sich durch ihr fein geschnittenes Gesicht zogen, und leichte Schwellungen unter ihren Augen. Unschöne Flecken in ihrem Gesicht und an den Händen, die sie vergeblich zu überschminken versuchte, verrieten ihr wahres Alter. Das Leben war auch an Regine nicht spurlos vorübergegangen.

»Ich weiß«, setzte er an und suchte nach den passenden Worten, »du meinst es gut. Du meinst es immer gut mit uns. Wir hatten beide die Idee mit der Verlobung. Wir hatten auch beide die Idee mit Margas Hochzeit. Nun, was meinst du, Regine«, er räusperte sich, »war das eine gute Entscheidung?« Das Räuspern ging in einen Hustenanfall über, der ihn das Bonbon ausspucken ließ. Es landete neben der Blumenvase mit den weißen Nelken.

»Verzeihung«, sagte er leise.

»Was willst du damit sagen?«, fragte sie, starrte angewidert auf das Bonbon und legte ihr Stickzeug beiseite.

»Du lebst in deiner Welt mit deinen Freundinnen. Reisen, Verabredungen zum Tennis, Golf und Bridge, Termine beim Friseur und bei der Schneiderin bestimmen deinen Zeitplan. Hast du dir deine Tochter in der letzten Zeit mal genauer angeschaut? Hast du ihren Gesichtsausdruck bemerkt, der früher immer so fröhlich war? Hast du mitbekommen, wie sehr sie sich verändert hat? Dass sie unglücklich ist? Hast du überhaupt in den letzten Wochen mal mehr als drei Sätze mit ihr gesprochen?« Seine Stimme, sonst kraftvoll und warm, klang dünn und heiser.

Entrüstet starrte sie ihn an. »Ludwig, hör mir bitte zu, ich bin kein Unmensch. Natürlich habe ich das mitbekommen. Ich habe Gespräche mit ihr geführt, mehr als einmal. Ich habe an ihre Vernunft appelliert, dass eine verheiratete Frau eine gewisse Verantwortung und eine Aufgabe hat. Sie muss ihrem Mann folgen, ihm eine gute, treusorgende Gattin sein, ihm zur Seite stehen und den Rücken freihalten. Dann wird er sich auch für sie interessieren und sie auf Händen tragen.«

»Was sollte sie denn sonst noch tun?«, fragte er amüsiert.

Sie überlegte. »Eine erstklassige Gastgeberin sollte sie sein und eine Mutter, die ihn umsorgt und an schlechten Tagen aufmuntert. Außerdem sollte sie …«

»So wie du?«, fiel er ihr ins Wort und lachte.

»Warum lachst du, Ludwig? Es ist nicht von Belang, dass ich den Haushalt nicht selbst führe, aber ich bin gut darin, die Arbeiten zu beaufsichtigen und anzuleiten. Jeder Morgen beginnt für mich mit einer Besprechung mit der Köchin und dem Dienstpersonal. Es ist mir wichtig, eine gute Gastgeberin zu sein, und das bin ich, oder hast du einen anderen Eindruck?«

Er wehrte ab. »Nein, du machst das ganz wunderbar, Regine!« Seine letzten Worte gingen wieder in einen Hustenanfall über.

Besorgt musterte Regine ihn. »Alles in Ordnung mit dir, Liebling?«

»Natürlich«, krächzte er.

»Du siehst schlecht aus«, bemerkte sie. »Blasse, graue Haut hast du bekommen, und es scheint mir, als hättest du an Gewicht verloren. Ist das so?«

»Das mag sein. Aber es schadet mir nicht. Ich war sowieso viel zu dick.«

»Da hast du recht. Trotzdem solltest du mal Doktor Frisenius einen Besuch abstatten.«

»Ach was. Mach dir keine Sorgen, es ist alles in Ordnung.«

»Ich werde Grit bitten, dir mal wieder deine Leibgerichte zu kochen, Nudeln mit Rindfleisch und Linseneintopf mit Speck.«

»Gut, gut, aber wolltest du mir nicht noch etwas sagen, Liebling?«, krächzte er.

Sie überlegte. »Nun ja, ich habe Marga darin bestärkt, dass sie etwas Kleines bekommen sollte. Ein Säugling verändert eine Frau zum Positiven. Wenn sie erst einmal Mutter ist, hat sie andere Dinge zu tun, als ihre Melancholie zu pflegen. Sie trägt Verantwortung für ihr Kind, auch wenn sie eine Gouvernante an ihrer Seite hat. Ich denke, Anne würde sich auch freuen. Dann hätte sie mal wieder eine Aufgabe und mehr zu tun, als Marga die Haare zu frisieren.«

»Du glaubst, es läge nur daran, dass Marga bisher nicht guter Hoffnung ist?«

»Das glaube ich, ja. Deshalb ist sie so unzufrieden. Ihre beste Freundin Ilse ist in anderen Umständen, und die arme Marga muss mit ansehen, wie sie das Säuglingszimmer plant und die niedlichen Anziehsachen herrichtet.«

Ludwig Deimann nahm wieder seine Zigarre auf und paffte ein paarmal, bevor er weitersprach. »Was hältst du von deinem Schwiegersohn?« Seine Stimme klang ungewohnt hoch.

»Erich? Er ist ein guter Geschäftsmann, elegant und weltgewandt.«

»Das meinte ich nicht. Hast du den Eindruck, dass er Marga gut behandelt?«

»Davon gehe ich aus. Aber ich kenne auch unsere Margarethe. Sie kann ein wahrer Trotzkopf sein. Und ein Mann wie Erich lässt sich nun einmal nichts gefallen, sonst hätte er es beruflich nicht so weit gebracht. Er ist dominant, nun ja. Aber ich nehme an, dass Marga auch keinen Waschlappen will als Mann. Sie sollte lernen, nachzugeben und sich anzupassen, das ist meine Meinung. Das würde ihr sicherlich guttun. Aber wir schweifen ab. Wollten wir nicht über Richards Verlobung reden?«

Ludwig Deimann seufzte. »Alles, was ich sagen will, ist, dass ich die Kinder glücklich sehen möchte. Wenn sie heiraten, sollte Liebe im Spiel sein. Sonst ist eine Ehe nichts wert.«

»Genau meine Rede, Ludwig. Aber eine Liebe kann wachsen und gedeihen, wenn man ihr nur Raum dafür gibt. So war es zumindest bei mir. Meine Liebe zu dir ist im Laufe der Zeit immer größer geworden. Bei uns war es anfangs auch keine Liebesheirat, falls du dich erinnerst. Deine und meine Eltern haben uns auf einem Ball miteinander bekannt gemacht. Sie wollten uns zusammenbringen, und das ist ihnen ja auch gelungen. Sie haben unsere Ehe arrangiert. Und? Was meinst du, haben sie sich geirrt?«

Verzweifelt schüttelte er den Kopf. Er wusste nicht, was er seiner Frau hätte entgegensetzen können.

»Eine Liebesheirat ist oft zum Scheitern verurteilt. Wie oft habe ich bei anderen Paaren miterleben müssen, dass sie sich nach kurzer Zeit entfremdet und sich sogar getrennt haben«, fuhr Regine unbeirrt fort. »Nämlich dann, wenn die Eheleute nicht zusammenpassen, weil sie aus verschiedenen Ständen stammen oder die Elternhäuser zu unterschiedlich sind. Romantische Gefühle verblassen mit der Zeit. Es führt zu Enttäuschungen, weil jeder in dem anderen etwas gesehen hat, was er in Wirklichkeit nicht ist. Weil er zu lange mit einer rosaroten Brille herumgelaufen ist und die Wirklichkeit nicht wahrhaben wollte. Wer sich erst später verliebt, im Laufe einer Ehe, kann nicht so leicht enttäuscht werden. Eine Ehe, die auf sicherem Fundament gebaut ist, ist fest und solide wie ein Haus aus Stein und hält ewig.«

»Ja«, sagte Ludwig erschöpft. »Mein Magen knurrt. Darf ich nach Johanna läuten?«

»Natürlich, Liebling. Gleich. Was ich noch sagen wollte: Ich gebe die Hoffnung nicht auf, dass sich auch unsere Marga noch in ihren Mann verliebt. Es braucht vielleicht etwas mehr Zeit. Mir ist eben ein Einfall gekommen. Was meinst du, sollten wir den beiden nicht zu Weihnachten eine verspätete Hochzeitsreise nach Italien schenken? Jeder will da hin, das ist zurzeit sehr *en vogue*. Das blaue Meer, die Sonne, Orangen- und Zitronenbäume, ein hübscher Strand oder Swimmingpool, italienisches Essen unter einer Pergola mit wildem Wein … Du siehst, ich träume. Ich suche ein schönes Hotel für sie aus, das macht mir Freude, im Mai, wenn es dort am schönsten ist, mit Blick auf den Lago Maggiore, was hältst du davon?«

»Mach, was du willst«, sagte er resigniert. Ein neuer Hustenanfall kündigte sich an. Er presste sein Taschentuch vor den Mund.

»Sie haben es sich verdient. Sich für drei Wochen in einem Grandhotel verwöhnen lassen, mit eigenem Butler, tagsüber am Swimmingpool liegen und abends ein Fünfgangmenü genießen, das muss herrlich sein!« Sie schickte ihrem Mann einen sehnsüchtigen Blick in der Hoffnung, dass er den Wink mit dem Zaunpfahl verstanden hatte.

»Habe ich gerade etwas von Fünfgangmenü gehört?«, fragte er stattdessen und zwinkerte seiner Frau schelmisch zu.

Sie seufzte. »Unverbesserlich, du! Na gut, es gibt Gulasch mit Knödeln, so wie du es dir gewünscht hast. Als Vorspeise eine klare Rinderkraftbrühe und als Nachtisch Schokoladenpudding mit Vanillesoße. Ich hoffe, du bist auch mit drei Gängen zufrieden!« Sie beobachtete gespannt seine Reaktion. Liebe geht nun einmal durch den Magen, dachte sie, daran wird sich nie etwas ändern.

Ludwig nickte und nahm noch einmal einen tiefen Zug von seiner Havanna. Er sah gerade sehr zufrieden aus.

*

»Sie hat eben zum ersten Mal etwas gegessen«, sagte die Krankenschwester und schob einen Stuhl heran. »Auf einmal hatte sie Appetit auf Suppe, und ich habe dafür gesorgt, dass sie eine gute Hühnerbouillon bekommt. Ich denke, das Schlimmste ist überstanden. Der Doktor spricht von einer Krise am dritten Tag. Wenn die erreicht ist und es nicht schlimmer wird, kann eigentlich nichts mehr passieren.«

»Ach, wäre das schön!«, sagte Leni und bemühte sich um ein Lächeln. Aber noch war sie zu angespannt. Die ganze Familie hatte unter Riekes schwerer Erkrankung gelitten. Keiner hatte in den letzten Tagen richtig geschlafen, wenn, dann nur kurz und unruhig, immer in dem Bewusstsein, es könne gleich etwas passieren, gegen das man gewappnet sein musste.

»Hallo, Schwesterherz«, flüsterte sie und nahm Riekes Hand. »Ich habe gerade gehört, dass es dir besser geht!«

Rieke schlug die Augen auf. »Leni!«, sagte sie matt. »Wie schön, dass du da bist. Morgen darf ich vielleicht aufstehen und ein bisschen im Gang herumlaufen. Aber nur, wenn eine Schwester Zeit hat, mich zu stützen.«

»Können wir das nicht machen?«

»Nein, der Doktor will, dass beim ersten Mal eine Krankenschwester dabei ist. Er hat Angst, ich könnte umfallen und mir das Genick brechen, dann wäre alle Mühe umsonst gewesen«, sagte sie schmunzelnd. Sie wollte wissen, wie es zu Hause lief und was die Arbeit machte.

»In den ersten Tagen, als es dir so schlecht ging, bin ich nicht in die Fabrik gegangen«, gestand Leni. »Mama hat stundenlang hier an deinem Bett gesessen, deine Stirn gekühlt und dir Wadenwickel gemacht. Deshalb haben Oma und ich zu Hause die Stellung gehalten. Seit gestern arbeite ich wieder. Kruskopp hat mich wie Luft behandelt. Hat er dich eigentlich mal besucht?«

Rieke zuckte mit den Achseln. »Ich habe so viel geschlafen, dass ich nicht sagen könnte, wer da war.

Aber ich denke, nein. Die Schwestern hätten ihn bestimmt nicht zu mir hereingelassen.«

»Ein Blödmann ist das«, stellte Leni klar. »Jeder wartet auf seine Entschuldigung. Aber vielleicht besser so. Er hätte dich nur aufgeregt. Vermisst du die Arbeit?«

»Stell dir vor: dummerweise ja! Ich vermisse euch alle, eure Scherze, eure Lieder, die verbotenen Modeheftchen unter den Tischen. Ich freue mich darauf, zurückzukommen. Hoffentlich ist mein Platz noch frei!«

»Das ist er. Oma ist da gewesen und hat Tacheles mit Kruskopp geredet.«

Rieke stützte sich mühsam auf den Ellenbogen auf. »Sie hat was?«

Leni nickte. »Du kennst ja Oma. Die nimmt kein Blatt vor den Mund.«

»Was hat sie gesagt?« Riekes Gesicht nahm etwas Farbe an.

»Das weiß ich nicht. Oma wollte nicht darüber reden. Sie hat nur einen einzigen Satz gesagt: Keine Sorge, er wird euch in Zukunft in Ruhe lassen!«

Rieke grinste und ließ sich zurückfallen. »Oma ist die Beste.«

»Ja, das ist sie. Möchtest du etwas trinken?«

Als Rieke nickte, reichte Leni ihr eine Schnabeltasse mit abgekühltem Pfefferminztee.

»Wie geht es eigentlich Richard?«, fragte Rieke, nachdem sie ein paar Schlucke getrunken hatte.

»Ich nehme an, gut«, erwiderte Leni ausweichend.

»Was soll das heißen, du nimmst an?«

»Na ja, ich habe ihn länger nicht gesehen. Er ist einmal in der Zigarrenfabrik aufgetaucht und hat mir einen Brief in die Kittelschürze gesteckt.«

»Was stand drin?«

»Er hat mich gebeten, nicht länger böse zu sein wegen der Verlobung. Er will Ursula gar nicht heiraten, und das weiß sie auch. Er liebt sie nicht und sie liebt ihn auch nicht. Sobald sein Vater den Kredit für neue Maschinen hat, will er die Verlobung auflösen. Ursula darf dafür ihren Verlobungsring behalten. Großzügig, oder? Mit einem echten Brillanten, sagt Richard.«

»Lächerlich. Die spinnen ja, die Deimanns!«

»Finde ich auch. Deshalb habe ich den Kontakt zu ihm abgebrochen. Ich kann es nicht ertragen, wie er sich verhält, und gehe ihm aus dem Weg.«

»Leni?«

Leni blickte auf.

»In deinen Augen lese ich etwas ganz anderes.«

»Und was?«

»Dass du ihn nicht gehen lassen willst.«

Leni sah an ihr vorbei zum Fenster hinaus. Die kahlen Äste einer Trauerweide wiegten sich im Wind. »Wenn ich nur wüsste, wie es weitergeht«, sagte sie deprimiert.

»Na siehst du. Hauptsache, du willst, dass es überhaupt weitergeht.«

»Wie kann er mich lieben? Ich bin nichts, ich habe nichts und ich werde nie etwas anderes sein als einfach nur Leni Harmsen.«

»Vielleicht gerade deshalb. Das ist mehr als genug, liebe Leni.«

NEUNUNDZWANZIG

Adventszeit 1952

Weihnachten rückte näher. Die kleine Stadt an der Ems bereitete sich auf die Festtage vor. Hell erleuchtete Schaufenster waren an langen, dunklen Dezembernachmittagen eine besondere Attraktion.

Die Kleinen drückten sich bei Katenkamp die Nase am Schaufenster platt und träumten von Schildkröt- und Käthe-Kruse-Puppen, Steiff-Nachziehtieren, Puppenhäusern und Puppenküchen, elektrischen Spielzeugeisenbahnen oder Modellautos.

Die Älteren interessierten sich mehr für die Auslagen bei Feinkost Nützmann. Dort standen die herrlichsten Picknickkörbe im Fenster, prall gefüllt mit Delikatessen aus aller Welt: französischer Cognac, italienischer Wein, schottischer Whiskey, Büchsen mit Sardinen, Kaviar, Muscheln oder Oliven, Geschenkpackungen mit belgischen Pralinen, englischen Scones und Plumpudding, feiner Konfitüre und gutem, deutschem Bohnenkaffee.

Direkt daneben machte das Haushaltswarengeschäft Janssen mit feinstem Porzellan, Kaffeemaschinen in zarten Farben oder Silberbestecken mit eingravierten Monogrammen auf sich aufmerksam.

Ein paar Meter weiter befand sich das Modegeschäft Jan Ernst mit der neuesten Mode. Gertenschlanke

Schaufensterpuppen mit kurzen, toupierten Haaren präsentierten vor golden drapierten Vorhängen festliche Kleider, Röcke und Blusen. Die grazilen Füße steckten in zierlichen Pumps. Leni stand mit ihrer Mutter einige Male davor und bewunderte die eleganten Kleider und Stoffe. Wie gerne hätte sie in einem dieser Kleider Weihnachten gefeiert!

Nach dem Schaufensterbummel machten sie es sich zu Hause bei Bratäpfeln und heißer Schokolade am warmen Ofen gemütlich.

Anschließend las Frida der ganzen Familie ein Märchen der Gebrüder Grimm vor. Alle saßen am gescheuerten Kieferntisch mit dem selbstgebundenen Adventskranz, der mit Kerzen, schrumpeligen roten Äpfeln und Strohsternen geschmückt war. Nachdem sie das dicke Buch zugeklappt hatte, zog sie sich mit Knuth in die Stube zurück, wo er das Radio anstellte, seinen Tabakbeutel hervorzog und sie selbst bis in die späten Abendstunden Weihnachtsgeschenke für die Familie strickte: Wollmützen, Schals, Handschuhe und Strümpfe, die rechtzeitig vor dem Fest fertig werden mussten. Sogar in den mageren Kriegs- und Nachkriegsjahren hatten es die Frauen fertiggebracht, für jeden im Haus ein passendes Geschenk zu finden. Die eigenen Schafe lieferten Wolle zum Spinnen. Die Wolle wurde gewaschen und tagelang in Büschen zum Trocknen aufgehängt. Aus alten Stoffen, Leinen- oder Zuckersäcken wurden Schürzen genäht und mit bunter Litze, mit Stickerei oder farbigen Stoffresten verziert. Aus Schlachtabfällen kochten die Frauen Seife mithilfe von Seifenstein, den es in der Apotheke zu kaufen gab. Die Seife wurde mit Pflanzenfarben bunt gefärbt, in Form gepresst und war ebenfalls ein beliebtes Geschenk.

Gerda Harmsen wickelte in der Küche Zigarren und wurde ausnahmsweise von ihrem Mann unterstützt, weil in der kleinen Landwirtschaft hinterm Haus kaum noch etwas zu tun war.

Am Nikolaustag wurde Rieke entlassen. Die Freude war groß, als sie wieder zu Hause war. Die Kleinen hingen an ihr, als hätten sie sie monatelang nicht gesehen. Sie wichen den ganzen Tag nicht mehr von ihrer Seite. Am frühen Abend, als es bereits dunkel war, klopfte der Nikolaus an die Tür und verteilte Nüsse, Apfelsinen und Schokolade an die kleinen Kinder, die nicht erkannten, dass sich unter der Verkleidung aus alten Kartoffelsäcken Opa Knuth verbarg. Für die größeren fiel anschließend auch etwas ab.

*

In der Villa Deimann ging es wesentlich hektischer zu. Die untere Etage wurde festlich geschmückt. Von Gärtnern gefertigte Tannengirlanden wurden um das Treppengeländer bis zum ersten Stock gewickelt. Ein imposanter Adventskranz mit viel Glitter und cremeweißen Kerzen hing an einem Deckenbalken im Eingangsbereich. Im Salon wurde die große, holzgeschnitzte Weihnachtskrippe aufgestellt. Regine Deimann ließ es sich nicht nehmen, Kommoden und Sideboards mit ihren Sammlungen aus Hummelfiguren und handbemalten Holzengeln zu schmücken.

Sie schickte ihre Dienstboten mit langen Einkaufslisten los und gab erste Anweisungen für die Festmenüs zu den Feiertagen.

Am Abend des 7. Dezembers meldete Johanna einen Besucher an. Hoffnungsvoll sprang Richard vom Abendessen auf, das er gerade mit seiner Familie zusammen einnahm. »Bitte um Entschuldigung«, murmelte er und verließ in aufrechter Haltung den Raum.

Er erblickte im holzgetäfelten Eingangsbereich Leni, die gerade eines der Ölgemälde betrachtete.

Entgegen aller Vernunft zog er sie in seine Arme. »Du!«, sagte er atemlos. »Endlich!«

Sie machte sich von ihm frei. »Ich bin nur gekommen, weil ich mit dir etwas klären wollte. Hast du ein paar Minuten Zeit?«

Sie gingen in sein Atelier. Sofort wollte er sie erneut an sich drücken.

»Nein, nicht!«, sagte sie. »Lass uns reden.«

Er schenkte ihr und sich Cognac ein. Diesmal lehnte sie nicht ab.

»Bitte, Leni, glaub mir doch, dass ich Ursula nicht liebe«, sagte er und setzte sich mit ihr auf den Diwan. »Die Verlobung ist eine Farce. Ursula liebt auch jemand anders, aber das dürfen ihre Eltern nicht wissen. Bitte hab Geduld, Leni, bald, bald dürfen wir uns zueinander bekennen. Wenn du 16 bist. Vielleicht können wir dann sogar heiraten. Wenn du das Einverständnis deiner Eltern bekommst.« Sie hatte ihm in der Zwischenzeit ihr wahres Alter gestanden.

»Und wenn nicht? Volljährig bin ich erst mit 21, dann müssten wir noch weitere fünf Jahre warten. Bis dahin liebst du längst eine andere.«

»Unsinn. Das wird niemals passieren!«

Sie zwirbelte einen ihrer Zöpfe. »Du musst mir etwas versprechen, Richard.«

»Alles, was du willst.«

»Marga war bei uns. Sie sucht verzweifelt nach Thies und ihren Pferden. Weißt du wirklich nichts?«

»Hm. Sie hat mir erzählt, dass sie bei Benno war und ihn ausgefragt hat. Benno war früher unser Stallknecht. Wir haben uns freundschaftlich von ihm getrennt, weil er sich zu oft einen während der Arbeit genehmigt hat. Jetzt arbeitet er in der Nachbarschaft. »Und Benno konnte auch nicht weiterhelfen?«

»Nein. Er hat immerhin versprochen, sich umzuhören.«

»Es war doch auch dein Pferd. Das hast du dir so einfach wegnehmen lassen?«

Richard stöhnte. »Stimmt, du hast recht. Reiten war in den letzten Jahren nicht mehr so mein Ding, musst du wissen. Andere Interessen sind hinzugekommen und haben sich in den Vordergrund gedrängt. Ich war froh, dass Thies sich so rührend um die Pferde gekümmert hat und mein Pferd Lazar regelmäßig ausgeritten hat. Damit war ich aus der Verantwortung.«

»Hast du nicht mit deinem Vater darüber gesprochen? Zumindest Marga zuliebe?«

»Doch, habe ich. Er hat gesagt, er habe Erich den Verkauf der Pferde überlassen. Erich wollte sich um alles kümmern und Contesse und Lazar in gute Hände vermitteln. Meine Eltern haben seit Margas Reitunfall ein großes Interesse daran, dass sie nicht mehr reitet. Mein Vater hat mich gebeten, nicht weiter nachzubohren und die Sache auf sich beruhen zu lassen. Er hat große Angst um Marga.«

»Und Angst, dass sie unglücklich werden könnte, hat er nicht? Was ist mit Thies? Sie vermisst ihn noch mehr als die Pferde und sucht verzweifelt nach ihm.«

»Meine Eltern sind froh, dass er ihr keine Flausen mehr in den Kopf setzen kann. Falls es eine Adresse gibt, so rücken sie sie nicht heraus. Ich weiß nicht, was ich in der Sache tun kann, ob ich mich da überhaupt einmischen soll. Ich meine, Marga tut mir leid, aber vielleicht haben meine Eltern mit ihrer Sichtweise recht. Was will sie noch von Thies? Wenn sie ihn wiederfindet, macht es die Sache nur noch schlimmer. Sie wird darüber hinwegkommen, das glaube ich auch.«

»Das glaube ich nicht.«

Er sah sie konsterniert an. »Was erwartest du von mir?«

Energisch stemmte Leni die Hände in die Hüften. »Marga sagt, Kruskopps Arbeitszimmer sei immer abgeschlossen. Hast du den Schlüssel?«

»Zu seinem Arbeitszimmer hier im Haus?«

»Ja.«

»Und du glaubst, da findest du die Lösung?« Zweifel spiegelten sich in seinem Gesicht.

»Vielleicht steht etwas in seinen Unterlagen.«

Richard faltete die Hände hinter seinem Kopf und dachte angestrengt nach. »Wir handeln uns größten Ärger ein, Leni. Willst du das?«

»Das ist mir egal. Mehr Ärger kann ich mit Kruskopp gar nicht bekommen. Ich will nur Marga helfen!«

»Also gut. In Margas Wohnung putzt ein neues Mädchen«, sagte er nach einer Weile. »Es ist erst seit zwei Wochen da. Gesa heißt die junge Dame. Sie bekommt die Zweitschlüssel von Grit. Sie reinigt erst mein Atelier und geht dann hinüber in die Wohnung meiner Schwester und meines Schwagers. Ich könnte sie abpassen und mir den Schlüssel aushändigen lassen.«

»Um welche Uhrzeit ist das ungefähr?«

»Jeden zweiten Tag um 9 Uhr etwa.«

»Morgen auch?«

»Ja.«

»Und wenn sie dich verrät?«

»Dann werde ich sie persönlich feuern, und das soll sie auch wissen.«

»Darf ich morgen wiederkommen und bei dir warten?«

Er lächelte. »Das würdest du tun? Und einen Rüffel von deinem Chef kassieren?«

»Das wäre es mir wert.«

Überrascht musterte er sie. »Du kleines, süßes Ding. Du schreckst wohl vor nichts zurück, was? Abgemacht. Unter einer Bedingung.«

»Die wäre?«

»Ein Kuss.«

Sie zögerte zwei Sekunden lang und drückte ihm dann einen Kuss auf die Wange.

Er schüttelte den Kopf. »Nein, nicht so einen. Ich will einen echten ...« Er tippte mit dem Zeigefinger auf seinen Mund. »Hierhin. Lang, mit Liebe und Leidenschaft.«

Sie wand sich. »Na gut. Du bekommst einen, wenn du herausfindest, wo sich Thies und die Pferde befinden.«

Er zwickte sie sanft in die Wange. »Erpresserin! Nun gut, ich werde sehen, was ich tun kann.«

Sie plauderten noch eine Weile über dies und das, dann zeigte Richard ihr seine neuesten Gemälde und Entwürfe. Leni war fassungslos, sich selbst auf den Bildern wiederzuerkennen, nicht nur ihr Gesicht und ihren Körper, sondern auch ihr Innerstes, das sich in den teils trotzigen, teils weichen Gesichtszügen widerspiegelte. »So schön bin ich doch gar nicht«, stammelte sie, dachte aber etwas anderes: Auf einem der letzten Bilder hatte sie eindeutig den verklärten Ausdruck eines verliebten Mädchens. Es war ihr anzusehen, wie sehr sie ihn wollte. Das Mädchen auf dem Bild wäre so leicht zu erobern. Leni schämte sich dafür. Ihr Herz begann wild zu klopfen und sie wandte sich ab. Das hellblaue, fast durchsichtige Spitzenunterkleid war ihr inzwischen peinlich. Es war einfach zu gewagt.

»Das weißt du nicht«, sagte er. »Du siehst dich höchstens für einen kleinen Moment im Spiegel. Ich blicke jedoch in dein Herz und deine Seele.«

Sie verlor sich in seinem Blick. So etwas Gewaltiges hatte noch niemand zu ihr gesagt. Nach einigen Sekunden erwiderte sie: »Du hast mal gemeint, ein Bild wäre dann gelungen, wenn die Persönlichkeit eines Menschen durchscheint. Ich glaube, ich weiß jetzt, was du meinst«, sagte sie gerührt. Tränen schwammen in ihren Augen.

»Dann hast du es also auch gesehen.«

Sie nickte.

»Danke, Leni«, sagte er.

»Wofür?«

»Dafür, dass du meine Arbeit verstehst. Und danke dafür, dass es dich gibt.«

*

Am nächsten Morgen fand Leni sich wie verabredet in der Villa Deimann ein. Sie hatten vereinbart, dass Richard sie zum Hintereingang hereinließ. Er öffnete ihr selbst die Tür, noch ehe sie sich bemerkbar gemacht hatte. Förmlich gab er ihr die Hand, wirkte nervös.

Leni schaute mit großen Augen zu ihm auf. »Ist Herr Kruskopp da?«

»Nein, natürlich nicht. Die Arbeit ist ihm viel zu wichtig. Er kommt als Erster und geht als Letzter. Ist dir das noch nie aufgefallen?«

Leni sah kein bisschen beruhigt aus.

»Mach dir keine Sorgen, ich helfe dir. Ich werde meinen Charme spielen lassen.«

»Gerade deswegen mache ich mir ja Sorgen!«

»Du Kindskopf!« Er küsste sie zärtlich auf die Stirn. »Geh ruhig voran ins Atelier, die Tür ist offen. Und ich sehe mal nach, wo sich unsere gute Gesa gerade aufhält.«

Mit klammem Gefühl stieg Leni die Treppen hinauf. Sie hoffte inständig, Kruskopp nicht über den Weg zu laufen. Man konnte nie wissen … vielleicht war er zurückgekommen, weil er etwas vergessen hatte.

Im Treppenhaus hing der Mief alter Häuser. Er erinnerte an die trocken-staubige Luft in Bibliotheken, alten Buchhandlungen oder Museen. Die ausgetretenen, mit

Orientteppich belegten Treppenstufen knarrten; trotz ihres geringen Gewichts hatte sie Mühe, kein Geräusch zu verursachen.

Als sie in der zweiten Etage angekommen war, hörte sie Laute von oben. Jemand polterte die Treppe herunter. Schnell verschwand sie in der kleinen Toilette auf dem Treppenabsatz, die für das Dienstpersonal vorgesehen war, und verharrte dort so lange, bis alles um sie herum still war. Dann traute sie sich wieder heraus und sah sich vorsichtig um.

Es war gut gegangen. Sie beeilte sich, Richards Atelier im Dachgeschoss zu erreichen, und als sie es geschafft hatte, zog sie erleichtert die Tür hinter sich zu. Eine Weile stand sie noch regungslos und lauschte auf jedes Geräusch. Dann setzte sie sich auf den Diwan und wartete.

Einige Minuten später erschien Richard und hielt triumphierend einen Schlüssel in die Höhe.

»Du hast ihn?«, rief Leni begeistert, und als er sie anstrahlte, warf sie sich in seine Arme.

»Es kann losgehen«, sagte er.

»Wo ist das Dienstmädchen?«

»Gesa? Ich habe sie mit kleinen Aufträgen außer Haus geschickt. Sie soll meine Schuhe vom Schuster abholen und beim Postamt nachfragen, ob ein Paket für mich angekommen ist. In Wahrheit erwarte ich keins. Schuster und Postamt liegen weit auseinander. Sie wird mindestens eine halbe Stunde außer Haus sein. Die Zeit muss reichen.«

»Und Marga?«, fragte sie leise.

»Marga ist vorhin aus dem Haus gestürmt. Sie wollte zu ihrer Freundin Ilse. Sie sah nicht gut aus.«

»Das tut sie nie«, sagte Leni und verschluckte sich fast. »Ich meine, früher sah sie besser aus, gesunder und fröhlicher.« Also war es Marga gewesen, dachte sie voller Sorge, die vorhin an ihr vorbeigerannt war, während sie sich auf der Toilette versteckt hatte. Den Schritten nach zu urteilen, ging es ihr wieder schlecht. Sie waren schnell und ausholend gewesen, als habe sie es sehr eilig gehabt, aus dem Haus zu kommen.

»Da magst du recht haben«, sagte Richard nachdenklich.

Er ging vor in den Seitenflügel, in dem sich die nicht abgeschlossene Wohnung des jungen Ehepaares befand. Im Flur standen Umzugskisten bereit. Gleich nach Weihnachten sollte der Einzug in das neue Haus stattfinden.

Das Arbeitszimmer befand sich am Ende des Ganges. Richard zog den Schlüssel aus seiner Hosentasche und schloss ohne zu zögern auf. Erich hatte den größten Raum der Wohnung für sich beansprucht. Die Ausdünstung von Zigarrenqualm, Whisky und Erichs Rasierwasser lag in der Luft. »Am liebsten würde ich ein Fenster aufreißen«, sagte Richard grimmig, »aber dann merkt er was.«

»Er könnte ja denken, dass das Hausmädchen gelüftet hat«, sagte Leni und öffnete einen Fensterflügel.

Sofort schloss Richard ihn. »Er könnte uns sehen«, raunte er und machte eine Kopfbewegung in Richtung Fabrik, die nur durch einen rechteckigen Hof von der Unternehmervilla getrennt war. »Ich weiß nicht, ob Gesa den Auftrag hat zu lüften, also lassen wir es lieber.«

Sie öffneten eine Schublade nach der anderen. »Was versprichst du dir davon?«, fragte Richard. »Glaubst du, er lässt hier irgendwelche Zettel mit Namen und Adressen liegen?«

»Gib nicht so schnell auf«, sagte Leni und suchte weiter.

Kataloge auf dem Schreibtisch hatten Richards Aufmerksamkeit geweckt. »Sieh einer an!«, sagte er und nahm einen davon in die Hand. »Fernsehapparate. Damit liebäugelt der Herr Geschäftsführer also.«

»Was ist das?«, fragte Leni wenig interessiert.

»Kleines Kino für zu Hause«, erklärte er versonnen. »Das wird die ganz große Zukunft! Bald werden die Lichtspielhäuser wie leergefegt sein, weil jeder so ein kleines, neckisches Ding im heimischen Wohnzimmer stehen hat.«

»Glaube ich nicht«, sagte sie und warf einen flüchtigen Blick auf die Abbildung.

»Wirst schon sehen! Der Fernsehapparat wird sich durchsetzen wie das Automobil. Als es eingeführt wurde, hat jeder nach der Kutsche geschrien. Kaum einer wollte diese Entwicklung mitmachen, viele hatten Angst vor der Geschwindigkeit und vor Unfällen. Nur ganz wenige haben sich getraut und hatten überhaupt das Geld für diesen teuren Spaß.«

»Mein Papa kann sich das bis heute nicht leisten.«

Er warf ihr einen mitleidigen Blick zu. »Aber bald«, sagte er sanft. »Die Preise fallen bereits und die Produktion steigt. In absehbarer Zeit wird ein Auto kein Statussymbol mehr sein. In zehn Jahren wird der Volkswagen für jeden Werktätigen erschwinglich sein.« Er legte den Katalog zurück. »Ich habe übrigens auch so einen Apparat bestellt«, sagte er nicht ohne Stolz. »Noch vor Weihnachten wird er geliefert.«

Sie reagierte nicht, sondern wühlte sich unverdrossen durch die Schubladen, wo sie aber nur auf sauber abgeheftete Scheckbücher, Leitzordner und Quittungsbögen, auf Geschäftspapier und Stempel stieß. »Fehlanzeige«, stellte sie seufzend fest und sah enttäuscht zu ihm auf.

Richard saß auf Erichs Schreibtisch und blätterte einen Aktenordner durch. »Eins muss man ihm lassen«, sagte er. »Penibel ist der Herr Oberaufseher. Hier gibt es keine Zettelwirtschaft; alles ist fein säuberlich abgeheftet und ordnungsgemäß abgelegt.«

»Und nun?«, fragte sie resigniert.

»Habt ihr überhaupt schon die Bauern gefragt, ob sie etwas wissen? Das wäre vielleicht der einfachste Weg!«

»Mein Vater klopft jeden Freitagabend Skat mit seinen Kameraden. Hier kennt jeder jeden. Die meisten sind nebenberuflich Bauern wie er. Aber keiner will etwas wissen. Die Pferde sind wie vom Erdboden verschluckt. Und niemand scheint Thies zu kennen.«

Richard zuckte mit den Schultern, rutschte vom Schreibtisch und machte sich halbherzig daran, eine Kommode zu durchsuchen.

»Wie viel Zeit haben wir noch?«, fragte Leni verzweifelt.

Er schaute auf seine Armbanduhr. »Zehn Minuten.«

Wie besessen durchforstete sie Erichs Bücherregal, nahm einige der Bücher heraus und schüttelte sie.

Richard half ihr dabei. Hier und da flog ein Lesezeichen heraus.

»Gib auf«, sagte er nach einer Weile und nahm erneut einen der Kataloge zur Hand. »Es hat keinen Zweck. Erich ist ein Ordnungsfanatiker. Er wird nichts herumliegen lassen, was wir ohne Weiteres finden können. So doof ist er nicht. Ich halte das hier für reine Zeitverschwendung.« Er blätterte in dem Katalog, legte ihn zurück und nahm einen zweiten, um ihn ebenfalls aufzuschlagen. »Möchtest du den Fernsehapparat mal sehen, den ich bestellt habe?«, fragte er zögerlich.

»Wie kannst du es wagen, jetzt von diesen dummen Apparaten zu sprechen?«, zischte sie. »Wie kannst du so kaltherzig sein? Marga ist unglücklich mit Kruskopp, das wissen wir alle. Wir müssen ihr helfen! Wenn nicht wir, wer dann?«

»Schade«, sagte er achselzuckend. »Ich hätte ihn dir wirklich gerne gezeigt.«

Leni warf ihm einen vernichtenden Blick zu und machte mit ihrer Suche weiter. Sie bekam nicht mit, wie etwas raschelnd aus dem Katalog fiel, in dem Richard gerade geblättert hatte. Erst als er sagte: »Ach, sieh mal einer an!«, wurde sie hellhörig und trat näher.

»Was ist das?«

»Briefe«, sagte er tonlos. »Briefe … und Dokumente.«

»Etwas über Thies?«

»Auch«, sagte er knapp und nahm sie an sich. »Lass uns von hier verschwinden!« Sorgfältig legte er die Kataloge zurück. »Schließ die Schubladen und sorg dafür, dass alle Bücher, die du rausgenommen hast, wieder in Reih und Glied stehen!«

Plötzlich vernahm er ein Hüsteln. Richard fuhr herum und entdeckte Gesa an der Türschwelle.

»Wie lange stehen Sie schon hier herum?«, fragte Richard und starrte sie mit offenem Mund an.

»Nicht lange«, erwiderte Gesa mit keckem Blick.

»Lange genug, um … was verstanden zu haben?«

Gesa zuckte die Schultern. »Nichts, Herr Deimann.«

»Wirklich nichts? Sind Sie sicher?«

Sie sah ihn kokett an. »So gut wie.«

Er steckte ihr einen 20-Mark-Schein zu. »Und jetzt?«

Sie nahm den Schein und knickste. »Ich bin mir absolut sicher, nichts gehört zu haben, Herr Deimann«, sagte sie vergnügt.

DREISSIG

Weihnachten 1952

Nach dem Kirchgang an Heiligabend wurden im Hause Harmsen die Bienenwachskerzen an dem kleinen Weihnachtsbaum angezündet. Er stand auf einem Beistelltisch in der Ecke der Wohnstube. Gerda und Frida hatten ihn mit Strohsternen und Äpfeln geschmückt. Die Größeren sangen Weihnachtslieder, während sie von den Kleinen mit offenen Mündern bestaunt wurden.

Als das dritte Weihnachtslied verklungen war, versammelten sich alle um Knuth herum, der mit seiner sanften, etwas heiseren Stimme die Weihnachtsgeschichte aus der Bibel vortrug. Es war still geworden in der Stube, als seine vertraute Stimme ertönte. Knuth, des Lesens und Schreibens nicht allzu mächtig, war stolz darauf, die Weihnachtsgeschichte fast auswendig zu kennen. Es kam nur einmal im Jahr vor, dass er überhaupt ein Buch in die Hand nahm und die große Kinderschar mit flüssigem Vorlesen beeindruckte.

Dann kam der Höhepunkt des Abends, den vor allem die Kinder herbeigesehnt hatten. Für jeden gab es etwas Selbstgestricktes, eingepackt in einem handgenähten Wäschesack: Mützen, Schals, Strümpfe oder Handschuhe, dazu Mandarinen, Nüsse und ein paar Süßigkeiten. Die kleinen Mädchen bekamen außerdem selbstgenähte Stoffpuppen und die kleinen Jungs Murmeln und Kartenspiele.

Nachdem sich jeder eine Weile mit seinen Geschenken beschäftigt hatte, bat Frida in der angrenzenden Küche zu Tisch. Aus dampfenden Schüsseln strömten verführerische Düfte. Es roch nach Leber mit Äpfeln, Zwiebeln, Rotkohl und Bratkartoffeln. Zur Feier des Tages wurde Rotwein aus einem Tonkrug gereicht. Die Kinder tranken selbstgemachte Zitronenlimonade. Aus dem Radio ertönten Weihnachtslieder und Glockengeläut. Selbst die Kleinsten ließen die feierliche Stimmung auf sich wirken und lauschten andächtig. Während des Essens wurde nicht viel geredet.

Zum Nachtisch gab es für jeden einen Bratapfel mit Rosinen und Mandeln. Danach saß die Großfamilie noch lange in der Stube am warmen Kachelofen zusammen, hörte leise Musik aus dem Radio, spielte Gesellschaftsspiele und erzählte sich Geschichten, bis die Kleinen vor Müdigkeit auf dem Fußboden einschliefen und nacheinander ins Bett getragen wurden.

Als es auf Mitternacht zuging, hatten Gerda und Frida noch eine Überraschung parat. Unbemerkt waren sie für eine Weile verschwunden und kamen jetzt mit zwei rostigen Milchkannen wieder zur Tür herein. Ihre Gesichter leuchteten, als sie die Kannen schwenkten: »Wollt ihr wissen, was da drin ist?«

Leni, Rieke, Knuth und Gustav sahen gespannt zu ihnen hin.

Als Erstes öffnete Gerda ihre Kanne. Was sie zutage förderte, versetzte jeden in Erstaunen: angelaufene Silberlöffel, -messer und -gabeln, feine Kuchengabeln,

Tortenheber und verzierte Serviettenhalter. Leni und Rieke erkannten das Rosendekor, das sie als Kinder so geliebt hatten. Lange war das Besteck verschwunden gewesen, und sie hatten nicht danach gefragt.

Dann war Frida an der Reihe. Langsam öffnete sie den Deckel der Kanne, griff hinein und zog eine Perlenkette heraus. Lächelnd legte sie sie auf einem Tischchen ab. Nacheinander fischte sie weitere Ketten, Ringe, Armbänder, Broschen und Ohrringe heraus.

Sie überreichte Leni und Rieke jeweils ein Silberbesteck, eine Kette und einen Goldring mit einem Schmucksteinchen. Lenis Stein schimmerte hellgrün, während Riekes Stein rubinrot war.

»Für eure Aussteuer«, sagte Frida. »Der Rest wird irgendwann später verteilt.«

»Wo kommt das auf einmal her?«, fragte Leni mit großen Augen.

»Aus dem Kohlgarten«, antwortete Frida verschmitzt. »Wir hatten das Zeug da vergraben, als die Besatzer am Kriegsende unsere kleine Stadt stürmten. Es hatte sich wie ein Lauffeuer herumgesprochen, dass sie im Anmarsch waren. Jeder versuchte zu retten, was er konnte. Der Garten war sicherer als das Haus, denn fast jedes Haus in Weener wurde von den Soldaten auf den Kopf gestellt und nach Wertsachen durchsucht. Jeder war froh, wenn er noch einen stabilen Spaten hatte. Auch die Nachbarn gruben, was das Zeug hielt. Alles Mögliche haben wir im Garten verbuddelt – hölzerne Eierkisten mit leckeren Speckseiten und Würsten, die den Besatzern nicht in die Hände fallen sollten. Leider sind die alle vermodert,

denn wir haben vergessen, sie rechtzeitig wieder aus-
zubuddeln. Auch die guten alten Wehrmachtsmän-
tel und -decken haben die Jahre unter der Erde nicht
überstanden. Mäuse und Ratten haben sie angefressen.
Die Schäden sind zu groß, um sie zu flicken. Schade
um die guten Sachen. Wir haben sie zur Abdeckung
der Rosen in die Beete gelegt. Nur dem Silberzeug hat
die dunkle Erde nichts anhaben können. Ein bisschen
angelaufen ist es, aber ihr könnt es ja blankputzen in
den nächsten Tagen.«

»Habt ihr noch etwas gefunden?«, fragte Leni, die
am liebsten mit auf Schatzsuche gegangen wäre.

»Selbstgebrannten Schnaps, Weinflaschen und Essig.
Und das hier«, sagte Gerda und hielt für die Dauer einer
Sekunde eine zerrissene Hakenkreuzfahne in die Höhe,
bevor sie sie in den Kachelofen beförderte. »Aber das
wollen wir nie wieder sehen. Nie wieder!«

*

Am Nachmittag des ersten Weihnachtstages klopfte
Richard an die Tür des kleinen Backsteinhauses am
Hafen. Er trug einen langen Wollmantel, einen Hut,
feine Lederhandschuhe und einen Schal, denn es war
bitterkalt. Seit einigen Tagen war die Ems zugefroren
und die Schifffahrt nur noch bedingt möglich.

»Ich möchte dich noch einmal sehen«, sagte er atemlos, nachdem Leni ihm geöffnet hatte, drängte sich an
ihr vorbei ins Haus und überreichte ihr ein sperriges,
in Zeitungspapier eingeschlagenes Geschenk. Immerhin zierte es eine riesige Goldschleife.

»Bevor du …?« Sie sprach es nicht aus.

Er zog sie in den dunklen Hausflur und versuchte sie zu umarmen und zu küssen. Sie machte sich von ihm frei und schob ihn sachte von sich. »So, wie du dich anfühlst, muss es draußen eiskalt sein«, sagte sie verlegen. »Die rote Nase steht dir übrigens nicht.«

Er schmunzelte. »Ich kann sie ja überschminken, wenn sie dir nicht gefällt.«

»Danke übrigens für das Geschenk. Du bringst mich in Verlegenheit, denn ich habe keins für dich. Vielleicht …«, sie dachte krampfhaft nach, »kann ich dir nachher eingepökeltes Fleisch mitgeben oder eine Dose selbstgemachte Quittenbonbons?«

»Das wären zweifelsohne Delikatessen, die es im Hause Deimann nicht gibt. Aber mach dir keine Umstände, mir reicht es, in deiner Nähe zu sein, und wenn es nur für eine Stunde ist.«

»Wenn du nichts dagegen hast, mache ich dein Geschenk später auf. Ich will es mir in Ruhe ansehen, wenn ich allein bin.«

»Können wir irgendwo miteinander reden?«, wollte er wissen.

»Nicht hier, lass uns ein bisschen spazieren gehen.«

»Wer ist es denn?«, rief Opa Knuth durch die angelehnte Küchentür.

»Jemand von der Fabrik«, rief Leni. »Ich muss kurz mal weg, bin aber bald zurück!«

Opa Knuth war längst wieder in seine Zeitung vertieft.

Sie brachte das Geschenk in ihr Zimmer und versteckte es hinter der Kommode. Dann zog sie ihren grauen Wollmantel an und die neue Strickmütze, die Oma Frida ihr zu Weihnachten geschenkt hatte.

Sie spazierten am Fluss entlang in Richtung Deich. Die ersten Kinder vergnügten sich mit ihren Gleit- und Schlittschuhen auf der zugefrorenen Ems, obwohl sie offiziell noch nicht für das Eislaufvergnügen freigegeben war. Aber das hielt sie nicht davon ab. In den ersten Eistagen brachen immer ein paar Kinder an dünnen Stellen ein, wenn sie zu nah an die Fahrrinne des Eisbrechers gerieten, doch in den meisten Fällen ging es glimpflich aus und sie konnten gerettet werden.

»Hast du Marga die Briefe übergeben?«, fragte Leni und steckte fröstelnd ihre Hände in die Manteltaschen. Sie hatte ihre Handschuhe vergessen.

Er legte einen Arm um sie. »Ja, habe ich.«

»Und wie hat sie es aufgefasst? Weißt du, was drinstand?«

»Ja. Sie hat es mir erzählt, jedenfalls zum Teil.«

Sie erreichten den Deich, auf dem im Sommer Schafe grasten und im Herbst Kinder ihre selbstgebauten Drachen steigen ließen. Jetzt glitzerte er mit Raureif überzogen in der fahl werdenden Nachmittagssonne.

»Marga kannte keinen einzigen der fünf Briefe. Kruskopp, der Mistkerl, hat dem Hausmädchen Johanna befohlen, jeden Brief abzufangen und ihm persönlich auszuhändigen. Johanna hat sich von ihm einschüchtern lassen. Es war ein leichtes Spiel für Kruskopp, der es offenbar genießt, andere Menschen zu manipulieren. Besonders bei jungen Mädchen scheint sein Plan aufzugehen.«

»Bei mir nicht.«

Er lächelte und fuhr mit seiner Hand ihre Taille auf und ab. »Das weiß ich, kleine, starke Leni.«

Ihr wurde warm ums Herz. »Wo ist Thies jetzt?«

»Er ist über Hamburg nach London weitergereist. Dort lebt er zur Untermiete bei einer verwitweten Tante und setzt sein Jurastudium fort. Da er schon als Kind immer wieder für mehrere Wochen bei Verwandten in England war, spricht er fließend Englisch, so wie Marga und ich auch. Seinem letzten Brief nach zu urteilen, wird er in London bleiben. Er fühlt sich dort wohl.«

»Hat er eine neue Freundin?«, wollte sie wissen.

»Das war den Briefen nicht zu entnehmen.«

»Und die Pferde?«

Richard atmete tief durch und machte eine kleine Pause. »Thies wusste, dass Kruskopp sie an einen Abdecker verkauft hat«, sagte er seufzend. »Nach Holland, gleich hinter der Grenze.«

»Oh nein!« Leni schlug sich geschockt die Hand vor den Mund.

»Leider ja. Ich weiß nicht, wie Marga damit umgeht. Besonders Contesse war ihr Ein und Alles. Aber ich konnte ihr die Wahrheit nicht ersparen. Sie hätte sonst unermüdlich weitergesucht.«

»Hoffentlich zerbricht sie nicht daran. Ich würde mich von dem Kerl scheiden lassen.«

»Das ist nicht so einfach. Als Geschiedene würde sie ihren Status in der Gesellschaft verlieren. Sie wäre geächtet und müsste vermutlich ihr weiteres Leben einsam und allein fristen. Sie muss sich gut überlegen, ob sie bereit ist, diesen Preis zu zahlen.«

»Sie kann sich doch neu verlieben und wieder heiraten.«

»Wie denn? Keiner würde sie mehr einladen. Gerade in der heutigen Zeit und in unseren Kreisen ist das schwer. Es gibt nur noch wenige ledige Männer, die altersmäßig zu ihr passen würden. Mindestens zehn Jahre älter sollten die Anwärter schon sein, um von meinen Eltern akzeptiert zu werden. Und gerade die sind im Krieg geblieben oder noch in Gefangenschaft.«

»Und wenn sie zu Thies fährt?«

»Dann würden meine Eltern sie enterben. Er ist Student, das ist nichts im Hause Deimann. Aber ich muss dir noch etwas erzählen. Es gibt Dokumente, die beweisen, dass Kruskopp richtig Dreck am Stecken hat: Schwarzgeldkonten, Briefe an den Bürgermeister, dessen Bruder zufällig beim Zoll arbeitet.« Er berichtete ihr von Bestechungsbriefen an Zoll- und Hafenmitarbeiter und seinem schon lange bestehenden Verdacht, dass Kruskopp krummen Geschäften nachging und an der Steuer vorbeiwirtschaftete, indem er Tabak schmuggelte. »Die Beweise mehren sich«, sagte er. »Lange kann er so nicht weitermachen. Ich werde demnächst öfter in der Fabrik aufkreuzen, ihn beobachten und ihn dann ins Messer laufen lassen.«

Richard fasste sie am Arm. »Gehen wir bis zur Eisenbahnbrücke?«, fragte er. »Oder willst du lieber umkehren?«

»Nein, gehen wir noch ein Stück«, sagte sie mit brüchiger Stimme. »Die eisige Luft tut gut.«

Als sie den Hafen wieder erreichten, war es dunkel. Leni spürte ihre Beine und Hände nicht mehr. Sie hatte Richards Handschuhe an, die allerdings nicht dafür gedacht waren, stundenlang durch eisige Kälte zu laufen. Ein heißer Tee mit Schuss wäre jetzt das Richtige.

Richard schien ihre Gedanken erraten zu haben. »Wenn ich dich bitten würde, noch zu einem Grog mit mir zu kommen, würdest du dann ja sagen?«, fragte er und sah sie innig an.

Leni zögerte. »Morgen ist deine Verlobung«, sagte sie. »Ich möchte nicht dazwischenstehen.«

Er zog sie in seine Arme. »Das tust du doch längst, Leni. Habe ich es dir nicht schon gesagt? Die Verlobung ist abgesagt. In gegenseitigem Einvernehmen. Ursula hat es sogar mit Erleichterung aufgefasst. Es war eben keine Liebe, nicht einmal der Anflug davon. Das war uns beiden klar. Meine Eltern reden seit Tagen nur das Nötigste mit mir. Sie können sich nicht damit abfinden, dass ich nichts anderes sein will als ein Maler, der irgendwann einigermaßen von seinen Bildern leben kann. Immerhin kamen sie gestern an Heiligabend nicht umhin, mir ihr Geschenk zu überreichen. Möchtest du es sehen?«

Leni sah ihn zweifelnd an.

»Komm«, sagte er und nahm sie bei der Hand. »Nur auf einen Grog. Dann bringe ich dich nach Hause.«

Sie zuckte ratlos mit den Schultern.

»Es ist doch nur ein Drink«, sagte er lächelnd. »Zum Aufwärmen! Er wird uns guttun. Bitte, Leni!« Er legte seine Hand um ihre Taille. Zart zuerst, beinahe vorsichtig fanden sich ihre Lippen.

Sie waren beim dritten Grog angekommen. Das Weihnachtsgeschenk stand auf einer Anrichte in Richards Schlafzimmer in der zweiten Etage der Villa Deimann und wartete auf seinen Einsatz. Um 20 Uhr sollte der NWDR seine erste Sendung ausstrahlen.

»Hast du also endlich deinen heißersehnten Fernsehapparat«, sagte Leni spöttisch und nahm sich ein paar Salzstangen. »Nun bin ich gespannt, ob er auch hält, was er verspricht.«

»Ich auch.« Richard schaltete das Gerät ein und drehte an zwei Knöpfen. Es rauschte und flimmerte. Er zog die Antenne heraus und verstellte sie mehrmals, bis ein Ansager sichtbar und der Ton einigermaßen verständlich wurde. Dennoch blieb das Bild grobkörnig und war weiterhin von einem Flimmern durchzogen.

»Der NWDR-Intendant Dr. Werner Pleister«, sagte Richard würdevoll, als er es geschafft hatte, durch das Flimmern hindurch den eingeblendeten Untertitel zu entziffern.

Sie hockten sich so nahe wie möglich vor den Apparat. Richard griff neben sich zum Beistelltisch und zog eine Zigarre aus einem Holzkästchen. »Möchtest du auch eine?«, fragte er lächelnd.

Leni zog die Stirn kraus. »Du rauchst?«

»Eigentlich nicht. Aber bei so einer historischen Gelegenheit ...«

»Dann will ich auch«, sagte sie und ließ sich von Richard Feuer geben.

Der Sprecher blickte mit versteinerter Miene in die Kamera: »... uns eine Ehre«, schnarrte er. »Das Fernsehen schlägt eine Brücke von Mensch zu Mensch, von Völkern zu Völkern.«

»Ist das nicht großartig?«, flüsterte Richard und berührte Lenis Knie.

»Wir versprechen Ihnen, uns zu bemühen, das neue, geheimnisvolle Fenster in die Welt mit dem zu erfüllen, was Sie interessiert, Sie erfreut und Ihr Leben schöner macht.«

»Kino in den eigenen vier Wänden, ich fasse es nicht«, sagte Richard gerührt. »Hättest du gedacht, dass das mal Wirklichkeit wird?«

Statt einer Antwort bekam Leni einen Hustenanfall. »Ist die scharf«, stieß sie unter Tränen hervor.

»Du sollst ja auch nicht inhalieren, nur paffen«, sagte er lachend.

»Sch«, machte Leni und blickte gebannt nach vorn. Der Sprecher kündigte eine Sendung über die Entstehungsgeschichte des Weihnachtsliedes »Stille Nacht, heilige Nacht« an.

»Für mich das schönste Weihnachtslied überhaupt«, sagte sie ergriffen. »Ich bekomme eine Gänsehaut, wenn wir es in der Kirche singen.«

»Mir ist jetzt richtig warm geworden, dir auch?«, sagte Richard, zog seine Strickjacke aus und warf sie aufs Bett.

Leni schüttelte den Kopf und starrte weiterhin fasziniert auf den Bildschirm.

»Schau mal her«, sagte Richard und blies den Rauch in kleinen Wölkchen aus.

»Die sehen aus wie lauter kleine Herzchen«, sagte Leni.

Zufrieden grinste Richard. »Dann ist es mir ja geglückt«, sagte er. »Ich habe lange geübt, weißt du.«

Eine halbe Stunde später kündigte die junge Fernsehansagerin Irene Koss das Tanzspiel »Max und Moritz« von Wilhelm Busch an. Leni und Richard ließen sich von den bewegten Bildern und der Tanzmusik mitreißen. Sie hatten das Gefühl, als spiele die Musik nur für sie, als tanzten die Darsteller nur für sie beide.

Als Leni zufällig auf die Uhr sah, war es 20.45 Uhr und somit längst Zeit für sie, nach Hause zu gehen. Aber sie konnte sich nicht vom Bildschirm lösen. Wie gebannt saß sie davor und wurde Zeugin, wie Grüße von Fernsehsendern aus aller Welt ausgestrahlt wurden. Es war sehr feierlich. Der Krieg war vorbei, gehörte endgültig der Vergangenheit an. Die anderen Nationen schienen das ebenso zu sehen. Sie waren bereit, Deutschland zu verzeihen und erneut mit einzubeziehen. Deutschland stellte wieder etwas dar und wurde von der Welt beachtet. Leni und Richard hielten sich andächtig an den Händen.

Um 21.58 Uhr meldete sich der Intendant nochmals zu Wort: »Morgen sehen Sie erstmals die Tagesschau mit Cay Dietrich Voss. Er berichtet vom Tagesgeschehen und von der Lage der Welt. Von nun an werden wir täglich zwischen 20 und 22 Uhr auf Sendung sein. Guten Abend, verehrtes Publikum!«

»Das war's«, sagte Richard tief bewegt und schaltete den Fernseher erst aus, als das Flimmern und Rauschen zunahm.

»Das war unsere allererste Fernsehsendung, Leni! Die werden wir nie vergessen! Du wirst eines Tages noch deinen Kindern und Enkelkindern davon erzählen! Es ist ein großartiges Ereignis, das wir gemeinsam erleben durften! Eigentlich schade um die vielen Jahre, die wir ohne Fernsehen zubringen mussten«, sagte er wehmütig. »Nun bin ich auf die Tagesschau morgen Abend gespannt. Mal sehen, was sie uns aus aller Welt Interessantes berichten werden. Vielleicht bekommen wir sogar Einblicke, wie es in anderen Ländern aussieht. Und das mit aktuellen Bildern, als gäbe es keine Grenzen mehr. Wenn du magst, kannst du morgen gerne wieder kommen. Ich hoffe, dass der Empfang besser wird, dann können wir vielleicht gemütlich vom Bett aus zusehen, was meinst du?«

»Schade, dass das Fernsehen immer so spät gesendet wird. Ich bekomme sicher noch Ärger mit meiner Familie!«

»Das weiß ich. Ich bringe dich jetzt nach Hause, nicht, dass sich deine Eltern Sorgen um dich machen müssen.«

Später am Abend öffnete Leni ihr Geschenk. Es war das Bild, das Richard als Letztes von ihr gemalt hatte und sie mit Margas hellblauem Spitzenunterkleid zeigte. Lange betrachtete sie es, studierte jedes Detail. Am unteren Bildrand hatte er seine Initialen vermerkt: R. D. – für Richard Deimann. Auf der Rückseite hatte er mit Kohle den Titel des Bildes notiert: »Frau auf rosa Diwan«. Sie war gerührt. Er sah in ihr eine Frau, kein Mädchen mehr. Als sie sich wieder ihres weichen, sensiblen Blickes gewahr wurde, den nur Verliebte haben, hüllte sie es in das Leinentuch, mit dem das Bild unter dem Zei-

tungspapier eingeschlagen gewesen war, und brachte
es auf den Speicher, um es zwischen dem Gerümpel zu
verstecken.

EINUNDDREISSIG

4. Januar 1953

Das neue Jahr begann, ohne dass sich Leni und Richard wiedergesehen hätten. Er hatte versprochen, sie am nächsten Tag zu einem Spaziergang abzuholen, hatte aber sein Versprechen nicht gehalten. Außerdem hatte er mit ihr Silvester feiern wollen, meldete sich jedoch nicht mehr.

Wahrscheinlich bin ich zu jung für ihn, dachte Leni traurig. Zu unerfahren, arm und langweilig. Eine andere Erklärung für sein Verhalten konnte sie sich nicht vorstellen.

An diesem bitterkalten Sonntag sah die kleine Stadt nahe der holländischen Grenze aus, als sei sie von einer dünnen Puderzuckerschicht überzogen. Eiszapfen hingen von den Hausdächern und Giebelvorsprüngen. Die Kinder machten sich einen Spaß daraus, sie abzureißen und sich damit zu bewerfen, obwohl sie wussten, dass es verboten war.

Die größte Freude bereitete ihnen aber das Schlittschuhlaufen auf der Ems. Die Eisschicht war inzwischen so dick, dass die Schifffahrt eingestellt und der zugefrorene Fluss zum Schlittschuhlaufen freigegeben wurde. Auch Lenis Geschwister vergnügten sich auf der Eisfläche. Schon kurz nach dem Aufstehen hatten sie gebettelt: »Dürfen wir schofeln? Vielleicht ist es morgen schon vorbei!« Und Gerda hatte ein Einsehen gehabt und sie ziehen lassen. Auf dem Eis traf sich die ganze Jugend Weeners. Es war geradezu ein Fest – einer der Höhepunkte des Jahres. Erwachsene auf Schlittschuhen zogen Schlitten mit kleinen Kindern hinter sich her. Die Jugendlichen schofelten meist zu zweit mit den Armen überkreuzt. Sie liefen nicht, sie tanzten fast – wie auf einem Ball. So manche Freundschaften und Liebschaften fanden sich auf dem Eis. Leni, sonst eine begeisterte Schlittschuhläuferin, hatte keine Lust, mitzukommen. Sie konnte sich seit Tagen zu nichts aufraffen, hatte keinen Appetit und schlief unruhig.

Langsam wandelte sich ihre Ungeduld in Wut. Wie konnte Richard sie nur vergessen! Sie hatte fest damit gerechnet, den Silvesterabend mit ihm zu verbringen. Es wäre so schön gewesen, gemeinsam das neue Jahr zu begrüßen. Sie hatte geglaubt, dass er es ernst mit ihr meinte! Schließlich hatte er es ihr immer wieder gesagt!

Ein ungutes Gefühl keimte plötzlich in ihr: Was, wenn ihm etwas zugestoßen war? Vielleicht hatte er einen Unfall gehabt und konnte sich deswegen nicht melden. Er hatte einen etwas waghalsigen Fahrstil, das wusste sie, nachdem sie als Beifahrerin öfter mit ihm unterwegs gewesen war. Mit den Verkehrsregeln nahm er es nicht immer genau. Ein Stopp- oder Vorfahrt-gewähren-Schild übersah er schon mal und nahm sich die Freiheit heraus, selbst beurteilen zu können, ob er gefahrlos passieren konnte.

Die Fabrik war über die Feiertage geschlossen gewesen, öffnete erst am nächsten Tag ihre Pforte wieder. So war es nicht möglich, über die Kolleginnen etwas herauszubekommen. Ein Unfall in der Unternehmerfamilie Deimann hätte sich sonst sofort herumgesprochen.

Leni hätte gern im Krankenhaus angerufen, um ihren schrecklichen Verdacht auszuräumen, aber ihre Familie besaß ja kein Telefon. Und deswegen zu den Nachbarn hinüberzulaufen wollte sie nicht. Sie wäre ihnen eine Erklärung schuldig, und das wollte sie vermeiden.

Auch die Idee, ihn in seinem Hause aufzusuchen, verwarf sie. Zu oft schon hatte sie sich blamiert, hatte das Gefühl gehabt, sich ihm aufzudrängen.

Tief verletzt und mutlos zog sie ihr Sonntagskleid aus, um sich bequemere Sachen anzuziehen.

Als sie gerade in ihren gemütlichen Pullover schlüpfte, hämmerte jemand an die Tür. Leni schrak zusammen. Richard? Der würde zaghaft klopfen, nicht hämmern. Ihr wurde heiß und kalt. Ihre Geschwister waren alle auf dem Eis ... Jemand war gekommen, um Hilfe zu holen. Sicher war eines der Kleinen an einer dünnen Stelle eingebrochen. Wie gelähmt öffnete sie die Tür.

»Marga ... du?«, fragte sie und prallte erstaunt zurück.

Marga drängte sich an ihr vorbei. Sie trug einen grauen Persianer, eine große Sonnenbrille und hatte ein Wolltuch um den Kopf geschlungen. Verzweifelt sah sie Leni an. »Ich habe etwas für dich.« Sie klang gehetzt. »Können wir irgendwo in Ruhe reden?«

»Komm mit in die Küche, dort ist es bequemer. Wir sind allein. Die ganze Familie ist zum Schlittschuhlaufen auf der Ems«, stieß Leni atemlos hervor. Ihr Herz klopfte immer noch heftig. Sie war vollkommen durcheinander.

»Die ganze Familie? Auch die Oma?«

»Nein, die nicht. Oma hat sich hingelegt. Sie hat nach dem Essen zwei Kräuterschnäpse auf Ex gekippt und steht bestimmt so schnell nicht wieder auf. Es gab Grünkohl mit Pinkel, und der liegt ihr immer schwer im Magen.«

Marga schnupperte. »Hm – darauf hätte ich auch getippt. Ich liebe diesen Geruch. Bei uns richtet sich alles nach meinem Vater und der mag keinen Kohl.«

In der Küche war es warm und gemütlich. Der Ofen brannte leise knisternd vor sich hin und verströmte eine angenehme Wärme. Sie ließen sich auf der Eckbank nieder.

»Möchtest du Tee?«, fragte Leni.

Marga schüttelte den Kopf. Zögerlich schob sie Leni einen Brief zu. »Der ist von Richard«, sagte sie mit spröder Stimme. »Ich sollte ihn dir gleich am nächsten Tag geben, nachdem er abgereist war, aber ich konnte nicht. Erich hat mich eingesperrt.«

Leni starrte sie erschrocken an. »Was sagst du da?«

Marga nickte. »Meine Eltern sind nach Hamburg gefahren und haben nichts mitbekommen. Mein Vater hat vor einigen Tagen bei einem Hustenanfall viel Blut gespuckt und liegt jetzt in einem Hamburger Krankenhaus. Dort soll er gründlich untersucht werden. Meine Mutter ist bei ihm geblieben. Irgendetwas fehlt ihm, ich hoffe, nichts Ernstes.«

»Das tut mir leid«, sagte Leni stockend. Sie starrte auf den Brief von Richard, den sie sehnlichst erwartet hatte und nun zu gern geöffnet hätte, doch die Sorge um Marga, in deren Blick sich Verzweiflung und Angst spiegelte, war im Augenblick größer. »Wie konnte das passieren, dass Kruskopp dich eingesperrt hat? Wieso hat dich keiner befreit?«

»Er hat dem Personal freigegeben.«

»Er hat ... was?«, fragte Leni entsetzt.

Erneut nickte Marga.

Erst jetzt fiel Leni die geschwollene, bläulich schimmernde Stelle unter Margas linkem Auge auf. »Sag bloß, er hat dich wieder geschlagen!«

Marga senkte den Blick. Sie wischte einen Krümel vom Wachstischtuch. »Ist halb so schlimm, tut fast nicht mehr weh«, stammelte sie. »Das Einsperren war schlimmer.«

»Meine Oma hat gesagt, er hätte ihr in die Hand versprochen, dich nie mehr anzurühren.«

»Das hat er auch lange nicht. Er hat versprochen, er wolle es nicht mehr tun. Aber ich hätte ihn provoziert, sagte er. Da hatte er keine andere Wahl.«

»Verdammt, er darf dich nicht schlagen!«

»Er darf. Er ist mein Mann und kann mit mir machen, was er will. Ich gehöre ihm. Manchmal versuche ich mich zu wehren, aber es ist zwecklos. Ich würde so gern einen Beruf erlernen wie du, aber er hat es mir verboten. Auch in einem anderen Betrieb kann ich nicht arbeiten. Er würde niemals meinen Arbeitsvertrag unterschreiben, und ohne seine Unterschrift finde ich nirgendwo eine Stelle.«

»Hat er dich hungern lassen?«

»Nein, er hat mir dreimal am Tag etwas zu essen gebracht. Dinge, die ich nicht mag. Das weiß er eigentlich, aber es war ihm egal. Ich habe davon gegessen, weil ich Hunger hatte. Trotzdem habe ich an Gewicht verloren. Meine Röcke passen mir nicht mehr.«

»Hast du die Toilette benutzen dürfen?«

»Nein. Nicht einmal das. Er hat mir einen Eimer hingestellt und Zeitungspapier. Ich habe mich fürchterlich geschämt. Es war so erniedrigend. Waschen durfte ich mich über einer Waschschüssel. Das Schlimmste war das Gefühl, ihm vollkommen ausgeliefert zu sein. Ich wusste nie, wann er kommt, ob er überhaupt wiederkommt und wenn ja, in welcher Verfassung. Er war so oft sturzbetrunken in der letzten Zeit. Ich hatte manchmal Todesangst.«

»Hast du nicht gleich an Flucht gedacht?«

»Wie denn? Er ist viel stärker als ich und die Wohnung liegt im vierten Stock, wie du weißt. Da kann ich nicht einfach aus dem Fenster springen. Das hätte ich vermutlich nicht überlebt.«

»Und wie bist du rausgekommen? Hat er dich plötzlich freigelassen?«

»Nein. Er hat etwas aus der Wohnung geholt und danach vergessen abzuschließen. Ich habe die Gelegenheit genutzt und bin geflohen. Er hat es nicht mitbekommen. Ich wollte dir nur den Brief geben, damit du weißt, was mit Richard ist, und muss gleich wieder gehen. Wenn Erich etwas merkt, dann …«

Weiter sprach sie nicht. Ihre Augen füllten sich mit Tränen.

Seufzend öffnete Leni den Brief.

»Liebe Leni«, las sie. *»Wenn du diesen Brief liest, bin ich wahrscheinlich schon in London. Meine Tante ist*

am 2. Weihnachtstag ganz plötzlich an einem Schlag-
anfall gestorben. Du musst wissen, dass meine Tante
und mein Onkel jahrelang so etwas wie eine Ersatzfa-
milie für mich waren. Ich habe mich bei ihnen wohler
und geborgener gefühlt als bei meinen Eltern. Sie hat-
ten immer Verständnis für mich und mich in meinem
Vorhaben bestärkt, zu malen und mein Talent auszu-
bauen. Sie waren die besten Ersatzeltern, die ich mir
hätte wünschen können. Seit meiner Kindheit habe ich
regelmäßig den Sommer bei ihnen verbracht. So habe
ich keine Sekunde gezögert, als mein Onkel mich bat
zu kommen und ihm in der ersten Zeit beizustehen. Ich
hätte es dir gerne persönlich gesagt, hätte dann aber erst
zwei Tage später fliegen können. So habe ich den letz-
ten Platz in einer Maschine von Hamburg nach London
ergattert. Ich hoffe, du verstehst mich und verzeihst mir.
Sobald ich zurück in Weener bin, holen wir unsere Sil-
vesterfeier nach und noch viel, viel mehr, versprochen.
In Liebe, dein Richard.«

Leni steckte den Brief schweigend in den Umschlag
zurück.

»Er war sehr darum bemüht, dass du den Brief rechtzeitig bekommst«, sagte Marga. »Er wollte nicht, dass
du auf ihn wartest. Und er wollte ganz sicher nicht, dass
du dir Sorgen machst. Es tut mir leid, Leni, dass du es
jetzt erst erfährst!«

»Es ist ja nicht eure Schuld«, sagte Leni betreten.
»Nun kenne ich wenigstens den Grund. Hoffentlich
kommt er gesund zurück.«

»Ganz sicher.«

»Und du? Thies ist doch auch in London, oder nicht? Was hält dich dann noch hier?«

Marga seufzte. »Darüber wollte ich mit dir reden. Ich habe über unsere Verwandten seine Adresse herausgefunden und ihm ein Telegramm geschickt. Er bittet mich zu kommen.«

»Und wie wirst du dich entscheiden?« Leni fühlte sich innerlich zerrissen. Sie gönnte Marga wie keinem anderen Menschen diese Chance. Gleichzeitig beneidete sie ihre Freundin glühend um die Möglichkeiten, die sie selbst nicht hatte. Leni könnte nicht die finanziellen Mittel aufbringen, um Richard nachzureisen. Außerdem war sie viel zu jung; ihre Eltern hätten es ihr niemals erlaubt. Gedankenverloren spielte sie mit ihrer Halskette, während sie auf Margas Antwort wartete.

Dabei wurde sie immer unruhiger. Wenn Marga nun tatsächlich nach London reiste und einen wütenden und tobenden Ehemann zurückließ, der seine Launen an den Zigarrenarbeiterinnen ausließ, was kam da auf sie zu? Die Zukunft war düster, so viel war sicher.

Sie beobachtete Marga, sah ihr zerfurchtes, sorgenvolles Gesicht und schämte sich plötzlich für ihre selbstsüchtigen Gedanken. Sie musste Marga loslassen. Marga hatte viel Schlimmeres durchgemacht als sie selbst. Sie hatte ein Recht darauf, glücklich zu werden.

»Du musst hinfliegen, Marga! Du musst! Das ist deine einzige Chance, von deinem Mann wegzukommen, bitte, tu es!«

Marga zerrte an ihrem Ehering. »Ich kann es nicht ohne seine Erlaubnis. Nur er kann den Flugschein für mich buchen. Ich kann gar nichts ohne ihn. Weder arbeiten, mich mit Freundinnen treffen noch irgendwohin fahren. Ich habe keinen Zugriff auf die Konten. Er ist der alleinige Kontoinhaber. Obwohl ich viel mehr Geld habe als er, zahlt er mir nur ein kleines Taschengeld aus. Wenn ich meine Mutter nicht hätte, die mir manchmal etwas zusteckt und mit mir zum Einkaufen fährt und alles bezahlt, könnte ich mir meinen Lebensstil längst nicht mehr leisten. Erich wird so wütend, wenn ich etwas tue, ohne ihn gefragt zu haben. Er bläut mir immer wieder ein, dass ich ihm gehöre, sein Besitz bin. Ich bin an ihn und ans Haus gefesselt, selbst wenn er nicht hinter mir den Schlüssel umdreht.«

»Marga, das kann doch nicht so weitergehen! Du musst dich von ihm trennen! Ich flehe dich an, geh zu Thies! Thies liebt dich und wartet auf dich! Du brauchst kein Flugticket, es gibt Züge und das Schiff! Wo ein Wille ist, ist auch ein Weg. Was kann dir schon passieren? Die Zukunft steht dir offen. Auf dich wartet ein neues, schönes Leben! Alles wird bald vergessen sein.«

»Gar nichts wartet auf mich«, sagte Marga deprimiert. »Nur Erich. Zu Hause in unserer Wohnung.«

In dem Moment ertönte ein Motorengeräusch. Ein Auto fuhr vor und hielt direkt vor dem Haus. Eine Wagentür knallte.

Marga fuhr hoch und warf einen Blick aus dem Küchenfenster. »Da ist er!«, keuchte sie und duckte sich. Zitternd und völlig verstört kauerte sie hinter der Küchenbank. »Er wird gleich hier sein!«

Leni spähte ebenfalls hinaus. Mit einem tiefen Seufzer setzte sie sich wieder und sah Marga ratlos an.

»Was sollen wir bloß tun?«, fragte Marga mit erstickter Stimme.

»Nicht aufmachen«, schlug Leni vor. »Wir machen einfach nicht auf! Er wird glauben, dass niemand da ist und wieder abziehen.«

»Und dann? Wie stellst du dir das vor? Was glaubst du, was er mit mir macht, wenn ich nach Hause komme?«

Leni schlug mit der flachen Hand auf den Tisch. »Gut, dann öffne ich. Oma ist ja auch da und kann zur Not eingreifen. Er hat Respekt vor ihr, sagt sie. Er wird dir schon nichts tun, Marga. Versteck dich erst mal!«

»Was soll das bringen?«

»Nun mach schon, versteck dich!«, herrschte Leni sie an, die mit der Situation völlig überfordert war und nicht zugeben wollte, dass sie selbst fürchterliche Angst hatte. Sie zuckte zusammen, als der Türklopfer gegen das Holz donnerte. So dröhnend hatte sie ihn noch nie zuvor wahrgenommen.

Mit zittrigen Knien schlich sie über den dunklen Flur, verharrte für Sekunden vor der Tür und öffnete sie dann langsam.

Erich Kruskopp drängte sich ohne Gruß an ihr vorbei. Er verströmte einen unangenehmen Geruch nach Alkohol, altem Schweiß und Tabak. Sie kannte seinen Geruch, aber so stechend und abstoßend hatte sie ihn noch nie wahrgenommen. Er musste sich seit Tagen nicht mehr gewaschen haben. Unwillkürlich wich sie zurück und atmete flach.

»Wo ist sie?«, rief er barsch. »Wo ist meine Frau?«

»Sie ist nicht hier«, antwortete Leni eingeschüchtert. »Ich habe sie seit Tagen nicht mehr gesehen.«

»Du lügst!«, schrie er. »Ich kenne doch ihren Duft, ihr teures Parfüm, das ich ihr selbst geschenkt habe. Du kannst mir nichts vormachen. Das liegt hier in der Luft.« Er schnupperte und verzog sein Gesicht zu einem verächtlichen Grinsen. »Ich rieche sie regelrecht, ich rieche dieses erbärmliche Luder. Marga! Verdammt, wo steckst du? Komm her!« Mit der rechten Faust schlug er immer wieder in seine geöffnete Hand. Er riss die Küchentür auf, stürmte hinein und öffnete eine weitere Tür, die zum Wohnzimmer führte. Dort brüllte er, und seine Stimme überschlug sich dabei: »Marga, du gottverdammtes Weibsstück, du kommst augenblicklich her zu mir oder du wirst es bereuen! Du wirst Prügel beziehen wie noch nie zuvor, das schwöre ich dir! Du wirst lernen, dass du nicht das Haus verlassen darfst, ohne meine Erlaubnis, du wirst lernen, dass du nicht vor deinem Ehemann davonlaufen darfst und dass du überhaupt nichts tun darfst, ohne mich zu fragen! Meine Geduld ist zu Ende.« Er öffnete seinen Ledergürtel und zerrte ihn mit Wucht aus den Schlaufen. Mit dem wedelnden Gürtel in der Hand brüllte er: »Komm aus deinem Versteck, Marga! Ich weiß, dass du hier bist! Ich spüre es, du bist hier, ganz in meiner Nähe. Hast du vergessen, dass du meine Frau bist und mir zu gehorchen hast? Zum letzten Mal befehle ich dir, zu mir zu kommen, und zwar auf Knien!« Sein Gesicht war zornesrot.

Marga tauchte hinter der schweren Brandtruhe auf. Sie wusste, dass sie keine Chance hatte. Wie angewurzelt blieb sie neben dem Eichenmöbel stehen, das Gesicht kreidebleich, die Arme schlaff herunterhängend, die Augen starr geweitet vor Angst.

»Marga, nicht!«, schrie Leni, die die Szene mit Entsetzen beobachtet hatte. »Bleib, wo du bist!« Sie kam einen Schritt auf Kruskopp zu und flehte ihn mit zusammengepressten Händen an: »Tun Sie ihr nichts, Herr Kruskopp, bitte, tun Sie ihr nichts!«

Kruskopp stieß sie grob zur Seite, ohne sie anzusehen. »Na also, Frau Kruskopp, klappt doch«, dröhnte er. »Näher, Weib! Komm näher! Ich will dich ansehen!« Er fixierte sie wie ein Raubtier. Seine Halsschlagader pochte sichtbar.

Marga setzte vorsichtig einen Fuß vor den anderen.

Leni wollte sie davon abhalten, wusste aber nicht, was sie tun sollte.

»Oma!«, schrie sie voller Verzweiflung und rannte in den Flur. »Hilfe! Oma, Oma, komm schnell!« Ihre Worte hallten im Treppenhaus wider.

Kruskopp kam hinter ihr her. »Halt's Maul, du Flittchen, sonst knallt's!« Als er mit seinem Gürtel ausholte, duckte Leni sich geschickt. Die Schnalle des Gürtels schmetterte gegen die Ecke der Flurkommode und schlug eine Kerbe hinein. Holz splitterte. Leni floh ins obere Stockwerk, um kurz darauf wieder herunterzupoltern. Schon auf der Treppe vernahm sie Kruskopps schnarrende Stimme.

»Wird's bald, du Schnecke, auf die Knie, habe ich gesagt!«

Sie waren im Wohnzimmer.

Kruskopp hielt den Gürtel in seiner linken Hand. Mit einem Satz war er bei ihr und griff nach ihren Haaren, um sie daran hochzuziehen. Marga schrie auf, während er höhnisch lachte. »So, habe ich dich. Und nun erzählst du mir, was du dir dabei gedacht hast, deinen Hausarrest eigenmächtig abzubrechen.«

Marga schloss die Augen. Tränen rannen ihr über die Wangen. »Das tut weh«, presste sie hervor.

»Das soll es auch«, sagte er genüsslich und griff noch fester zu. »Du gestehst ausführlich, was du getan hast und warum. Ich höre dir zu. Dann entscheide ich, wie ich dich bestrafe.«

Sekunden vergingen, in denen nur das Ticken der Wanduhr und das leise Wimmern von Marga zu hören waren sowie leise Schritte im Hausflur.

In dem Moment, als Kruskopp Luft holte, um seine Frau weiter zu demütigen, wurde ihm ein harter Schlag gegen den Hinterkopf versetzt. Er taumelte und fiel. In seiner geöffneten Hand lag ein Büschel blonder Haare.

Marga nutzte ihre Chance und floh in Richtung Küche. Mit wutverzerrtem Gesicht drehte Kruskopp sich um und starrte geradewegs auf die Klinge eines Metzgermessers. Er hob den Blick und erkannte die ältere Frau wieder, die ihn neulich in seinem Büro aufgesucht hatte. Frida Harmsen hielt in der einen Hand das Messer und in der anderen Hand eine riesige, gusseiserne Bratpfanne, mit der sie ihn soeben schachmatt gesetzt hatte. Ein Lächeln umspielte ihre Lippen.

»Gar nichts wirst du mehr, mein Freund«, sagte sie seelenruhig, stellte die Pfanne ab und wechselte das Messer in die rechte Hand. »Du hast mir ein Versprechen gegeben und es nicht gehalten. Das mag ich gar nicht. Und ich dulde auch keine stinkenden Kerle in meinem Haus. Jetzt bleibt mir nur noch, dir zu wünschen, dass du trotzdem in den Himmel kommst und dort oben genug Zeit hast, über deine Schandtaten nachzudenken. Ja, schau nur her. Ich habe das Messer heute Morgen am Wetzstahl geschärft. Eigentlich sollte eins unserer Kaninchen dran glauben. Aber das hat Zeit. Jetzt bist du erst mal dran.« Ihre Stimme klang fest und ruhig.

»Was denn, was denn«, lallte er mit einer abwehrenden Handbewegung, »Frau Harmsen, machen Sie keinen Unfug, legen Sie das Messer weg! So was gehört nicht in Frauenhände!« Er würde sich doch von einem alten Weibsbild nicht erniedrigen lassen! An der Truhe aufgestützt wollte er sich hochrappeln und sich auf die kleine Frau stürzen. Doch er hatte nicht mit Leni gerechnet, die in diesem Moment nach der Bratpfanne griff, von der Seite auf ihn zutrat und mit aller Kraft zuschlug. Noch ehe er zur Abwehr einen Arm heben konnte, hatte sie ihn an der linken Schläfe getroffen. Blut troff auf sein verschwitztes Oberhemd. Kruskopp schwankte, drehte sich und taumelte. Es gab einen dumpfen Schlag, als er ungebremst mit dem Hinterkopf gegen die Kante der Brandtruhe prallte. Dann fiel er zu Boden und blieb liegen. Kruskopp riss die Augen auf und sah Marga vor sich stehen. Er wunderte sich über ihren gleichmütigen Gesichtsausdruck, mit dem sie sich über ihn beugte. Noch mehr wunderte er sich über den brennenden, vernichtenden Schmerz, der plötzlich seinen Oberkörper durchbohrte. Erstaunt schaute er sie an, als könne er nicht begreifen, was mit ihm geschah. Er fasste sich ans Herz, berührte das kalte Material des Griffes, dann das warme Blut, das in Strömen aus ihm herausfloss, und starrte auf seine blutverschmierte Hand, bis ihn die Kräfte verließen.

Noch einmal schnappte er nach Luft, dann entglitten ihm seine Gesichtszüge. Seine Augen blickten starr ins Leere. Sein Mund stand offen, als wolle er noch etwas sagen. Kruskopp bewegte sich nicht mehr. Ein Schwall Blut ergoss sich aus seinem Mund und seiner Nase und tropfte auf den rotgemusterten Teppich.

»Oma!«, schrie Leni, »Oma, was haben wir getan?«

Frida warf einen prüfenden Blick auf Erichs wachsbleiches Gesicht. Sie hielt für einige Sekunden ihre Hand an seine Halsschlagader. »Nur, was nötig war«, sagte sie ruhig, riss Kruskopp das Messer aus dem Leib und legte es seufzend auf der Truhe ab. »Der wird niemandem mehr was tun. Das Problem hat sich von selbst erledigt.«

»Oma, wir haben ihn umgebracht!«

»Nein. Der Schietkerl hat sich selbst umgebracht«, sagte Frida, zog ihn beherzt an seinen Beinen von der Truhe weg und drückte ihm die Augen zu. »Aber ich hätte es auch allein getan! Ich hätte es weiß Gott getan.«

Sie sah Marga auf dem Sofa kauern, kam zu ihr und setzte sich neben sie. »Es ist vorbei«, sagte sie in ihrer spröden Art.

»Ich wollte ihn nicht töten!«, schluchzte Marga. »Bitte, glauben Sie mir, Frau Harmsen! Ich wollte ihn nicht töten! Ich weiß auch nicht, was plötzlich in mich gefahren ist und warum ich Ihnen das Messer abgenommen habe. Aber ich wollte nicht, dass Sie es tun.«

Frida nahm ihre Hand und tätschelte sie. Sie fühlte sich feucht und eiskalt an. »Das hast du nicht allein getan. Sein Sturz gegen die Brandtruhe hätte schon ausgereicht. Der war bestimmt tödlich. Es war eigentlich ein Unfall. Wir haben uns nur gegen ihn gewehrt, Marga. Wer weiß, was er dir sonst angetan hätte.«

»Es tut mir so leid«, klagte Marga.

»Ich glaube, wir können jetzt einen Korn gebrauchen, was meint ihr?« Sehnsüchtig blickte Frida zu der Buddelei über der Kommode, eine Glasvitrine, in der die Hausbar untergebracht war.

»Oma, du kannst doch jetzt nicht in aller Seelenruhe einen Korn trinken, während hier eine Leiche liegt«, rief Leni. »Die anderen kommen gleich vom Schlittschuhlaufen. Willst du, dass die Kinder ihn sehen? Was wirst du ihnen sagen?« Leni stand vor ihr, die Hände in die Hüften gestemmt.

Frida seufzte. »Du gönnst mir auch gar nichts. Also gut, dann werden wir ihn erst mal wegschaffen. Den Dornkaat gibt's hinterher.«

»Du musst den Doktor holen!«

Frida hob ihre Augenbrauen. »Wozu? Ich fürchte, der Doktor wird nichts mehr ausrichten können.«

»Dann eben gleich die Totengräber, was weiß ich. Er kann jedenfalls nicht hierbleiben. Jemand muss kommen und ihn abholen!«

»Und die Polizei gleich mitbringen? Nichts da! Darum müssen wir uns wohl selbst kümmern. Wir werden ihn von hier wegschaffen.«

»Oma, wohin mit ihm? Es ist noch nicht mal dunkel draußen.« Leni zitterte und klapperte mit den Zähnen. »Jeder kann uns sehen!«

»Da hast du auch wieder recht! Ich schlage vor, wir schaffen ihn erst mal in die Küche und von da aus in den Hühnerstall. Der ist von der Straße aus nicht einsehbar.«

»Und dann? Willst du nicht lieber den Schutzmann holen? Es ist besser, wir sagen gleich, was passiert ist, dann tut er uns sicher nichts. Es war Notwehr, er hat uns bedroht, vor allem Marga! Er hätte sie wieder verprügelt! Aber wenn wir nichts sagen und die Polizei erst viel später hier auftaucht, dann kommen wir alle ins Gefängnis, Oma, und das will ich nicht!«

»Unsinn, Kind, keiner von uns kommt ins Gefängnis!«

»Man wird Kruskopp vermissen!«, rief Leni aufgelöst. »Du kannst ihn nicht einfach so verschwinden lassen!«

»Ach wo, den vermisst keiner!«, sagte Frida ungerührt. »Oder, Matje?« Sie drückte Margas Hand. Die schüttelte stumm den Kopf.

Leni beschäftigte vor allem eine Frage: »Wohin jetzt mit ihm, Oma?«

»Wenn sich jemand nach ihm erkundigt, sagen wir, wir wissen nichts. Das kommt schon mal vor, dass sich ein Mannsbild aus dem Staub macht. Vielleicht wird er gesucht, wahrscheinlicher ist aber eher, dass sich niemand um ihn schert. Ein Kerl, der sich regelmäßig besäuft, zu Huren geht und seine Frau versohlt, was kann man von dem schon erwarten? Die Polizei hat anderes zu tun, als sich um so einen zu kümmern.«

»Sein Auto steht hier«, sagte Marga tonlos.

»Kannst du fahren?«, fragte Frida.

Marga nickte.

»Dann schaff es weg. So weit wie möglich. Stell es irgendwo ab und fahr es später nach Hause. Den Schlüssel müsste der Schietbüdel bei sich haben.«

Frida durchwühlte Kruskopps Jackentaschen und

förderte diverse Gegenstände zutage wie ein Taschentuch, ein Klappmesser, eine Geldbörse mit mehreren Scheinen und den Autoschlüssel.

»Kommt in die Puschen, Deerns. Lasst uns die Sache zu Ende bringen.« Sie drückte Marga den Autoschlüssel in die Hand. Die erhob sich stumm und trottete mit gesenktem Kopf zur Tür hinaus.

Frida nahm das Tatwerkzeug, um es in der Küche gründlich zu säubern. »Schade eigentlich«, sagte sie und betrachtete fast zärtlich das scharfe Metzgermesser in ihrer Hand. »Ich hätte es mir nicht abnehmen lassen sollen. Viel lieber hätte ich es selbst getan. Marga ist viel zu empfindlich. Sie wird an ihrer Tat zerbrechen.«

Zwei Minuten später kam sie zurück. »Sobald Marga wieder da ist, schaffen wir den Burschen in den Hühnerstall! Wir lassen ihn am besten auf dem Teppich liegen, dann können wir ihn leichter hinausziehen und er versudelt mir nicht die guten Holzdielen.«

*

»Wie erklärst du es Mama, dass der Teppich verschwunden ist?«, fragte Leni, nachdem sie Erich Kruskopp mit vereinten Kräften in den Hühnerstall gezogen hatten. Danach hatten sie alle Spuren beseitigt, die Blutflecken auf der Truhe und Kommode weggewischt und den Holzboden gescheuert. Frida hatte endlich den Dornkaat aus der Buddelei geholt und schenkte sich und den Mädchen ein.

»Ich sage, ich hätte den Teppich ins Armenhaus gebracht, damit die alten Leutchen da endlich auch einmal warme Füße haben. Er hat Mama sowieso nicht gefallen.«

»Man darf nicht lügen, Oma.«

»Das fällt alles unter Notlüge. Die ist erlaubt«, konterte Frida und prostete den Mädchen zu.

Marga saß stumm dabei und folgte dem Gespräch mit ängstlicher Miene.

»Was geschieht nun? Wie lange willst du ihn im Hühnerstall lassen?«, fragte Leni. »Spätestens morgen früh wird Mama das Federvieh füttern.«

Frida rieb sich die Nase und überlegte. »Er muss noch in dieser Nacht verschwinden, das ist klar.«

»Willst du ihn in der Ems versenken?«

Frida schmunzelte. »Das war meine erste Idee, ja. Am besten gleich hier im Hafenbecken, direkt vor der Haustür, dann haben wir es nicht weit. Aber bisher ist jeder wieder aufgetaucht. Das hat keinen Zweck. Wenn überhaupt, müssten wir ihn beschweren, aber mir fällt beim besten Willen nicht ein, womit.«

Leni sah sich suchend um. »Mit irgendwelchen Vasen oder Kübeln? Mit Mamas Tontöpfen? Vielleicht mit Papas Werkzeug aus dem Holzschuppen?«

Frida schüttelte den Kopf. »Das gibt nur noch mehr Ärger«, sagte sie nachdenklich und stützte ihr Kinn auf den Fäusten auf.

»Wir könnten ihn vergraben«, schlug Leni vor.

»Und wo?«, fragte Frida mit trübem Blick.

»Im Moor!« Der Gedanke war ihr in diesem Augenblick gekommen. Leni fand die Idee plötzlich sehr aufregend, Erich Kruskopp bei Nacht und Nebel im Moor zu versenken.

»Im Moor«, wiederholte Frida lakonisch und versuchte sich die Begräbniszeremonie bildlich vorzustellen. »Kruskopp als Moorleiche. Na gut, vielleicht nicht die schlechteste Idee; Moor haben wir hier ja schließlich mehr als genug. Er wird nicht der Einzige sein, der da verbuddelt liegt. Dann ist er wenigstens in feiner Gesellschaft und muss sich in den langen, eisigen Winternächten nicht langweilen.«

»Soll ich schon mal die Spaten holen? Wenn wir zu dritt schaufeln, sind wir schnell fertig. Wir könnten die Gaslaterne mitnehmen.«

»Nun mal langsam, Kind. Ich weiß nicht … da streichen immer irgendwelche Leute rum und stechen heimlich Torf, kaum, dass es duster ist. Wenn die uns mit Spaten sehen … Die verstehen keinen Spaß, die wollen keine Konkurrenz. Mit Torf lässt sich nun mal gut und billig heizen. Das weiß jedes Kind.«

Marga schien auf einmal aus ihrer Lethargie zu erwachen. »Mir ist gerade eine andere Idee gekommen«, sagte sie und nahm Haltung an. »Vielleicht eine bessere.«

Leni und Frida sahen gespannt zu ihr hin.

Marga verschränkte die Hände vor ihrem Bauch. »Die Zollfahndung war bei uns. Mehr als einmal. Erich hat das vor mir verheimlicht, aber Papa nicht. Es wurden große Mengen Tabak beschlagnahmt, den Erich am Zoll vorbeischmuggeln wollte. Ich habe schon lange vermutet, dass er krumme Dinger gedreht hat. Die Steuerbanderolen, die er am Tabak befestigt hat, waren gefälscht. Er hatte Helfer, die er mit Geld und Tabak geschmiert hat. Deshalb weiß ich auch, dass morgen mehrere große

Ballen mit Tabak vom Zoll verbrannt werden sollen. Sie lagern auf Paletten in der Halle. Es sind mindestens 20 Stück.«

Frida starrte sie an.

»Und was willst du uns damit sagen?«, fragte Leni ahnungslos. »Was ist die Idee?«

»Ich glaube, ich weiß, worauf sie hinauswill«, bemerkte Frida und zwinkerte Marga verschwörerisch zu. »Kruskopp könnte man im weitesten Sinne auch als beschlagnahmte Ware bezeichnen, habe ich recht?«

Marga nickte. »Die Idee von der beschlagnahmten Ware gefällt mir.« Ihre Wangen nahmen etwas Farbe an.

»Soll ich dir was sagen?«, fragte Frida. »Lass uns auf deine großartige Idee anstoßen! Darauf wäre ein Kerl nie gekommen!«. Begeistert stand sie auf und klatschte in die Hände. »Die Idee ist saugut. Sie könnte direkt von mir sein!«

Marga sah hoffnungsvoll zu ihr auf.

»Welche Idee denn nun?«, fragte Leni, die immer noch nicht verstanden hatte.

Sie erstarrten, als sie von draußen Stimmengewirr und lautes Kinderlachen vernahmen. Die Schlittschuhläufer kamen zurück. Auf die Schnelle verabredeten sie, dass Marga gehen und um 23 Uhr, wenn alle schliefen, mit einem Lieferwagen von Zigarren Deimann zurückkommen sollte.

*

Es war alles vorbereitet, als sie um 23.15 Uhr den Hof der Zigarrenfabrik erreichten. Sie stellten den Lieferwagen direkt vor der Werkshalle ab, in der Marga bereits einen leeren Jutesack mit dem goldenen Aufdruck »Deimann Cigars – Finest Sumatra Quality« bereitgelegt hatte. Frida Harmsen hatte ihren Nähkasten mitgebracht. Im spärlichen Schein der Gaslaterne begutachteten sie die Örtlichkeit. Marga hatte recht behalten. Die Tabakballen, die am nächsten Tag verbrannt werden sollten, waren bereits auf einer Palette gestapelt worden.

»Fällt das nicht auf, wenn einer davon eine völlig andere Form hat?«, flüsterte Leni, bei der endlich der Groschen gefallen war.

»Ach, woher denn«, sagte Frida resolut. »Wir stopfen den Ballen hinterher ordentlich mit Tabak aus, dann sieht er aus wie alle anderen auch. Das merkt kein Mensch, oder, Marga?«

Marga schüttelte den Kopf. »Die werden mit Gabelstaplern zur Verbrennungsstelle im Hof gefahren. Ich glaube kaum, dass vorher noch jemand an ihnen herumdrückt.«

Sie nahmen sich einen der herumstehenden Handkarren, liefen zurück zum Lieferwagen, überzeugten sich nochmals, dass sich niemand sonst im Hof aufhielt, und zerrten den Körper von der Ladefläche. Zu dritt zogen sie den Karren in die Lagerhalle und schlossen die schwere Eisentür hinter sich.

Dann ging alles sehr schnell. Sie arbeiteten schweigsam Hand in Hand. Jede schien zu wissen, was sie zu tun hatte. Gemeinsam stülpten sie der Leiche den Jutesack über. Aus einem Container schaufelten sie Tabak-

377

blätter in einen Bottich, um sie anschließend in den Jutesack zu stopfen, bis er prall gefüllt war. Dann nähten Leni und Frida ihn mit dickem Zwirn zu.

Erschöpft sahen sie sich an. Frida wischte sich mit dem Handrücken über die Stirn. »Er darf nicht obenauf liegen«, sagte sie atemlos. »Sonst fällt das auf. Ganz quadratisch ist der Ballen nicht geworden. Wir müssen ihn unter den anderen verstecken. Ein bisschen Arbeit wartet schon noch auf uns.«

»Das wird nie was«, bemerkte Leni ermattet. »Das kommt raus, ich schwöre es euch, alles kommt raus und dann stecken sie uns ins Gefängnis.«

»Papperlapapp« fuhr ihr Frida energisch über den Mund. »Jammere nicht, du lebst! Blick nach vorne, da geht's lang. Nur die Zukunft interessiert. Es geht immer weiter, das ist das Einzige, worauf wir uns im Leben verlassen können!«

Leni sah sie hoffnungsvoll an. Sie war noch nie so dankbar gewesen für ihre kleine, resolute Oma wie in diesem Moment.

»Und immer dran denken, min Deern«, fügte Frida hinzu. »Schön die Nerven behalten, denn die meisten Probleme lösen sich von allein.«

Leni und Marga betrachteten die kleine Frau, schüttelten den Kopf und lächelten. Wenn Frida Harmsen etwas sagte, dann fühlte sich die Welt gleich leichter an, unbeschwerter und heiterer.

Sie mussten noch einmal viel Kraft aufbringen, um die obersten drei Säcke vom Stapel zu wuchten und damit Platz zu schaffen für Erich Kruskopps sterbliche Überreste. Die Ballen waren schwerer, als sie ver mutet hatten. Die Frauen feuerten sich gegenseitig an und skandierten dreimal hintereinander einen Spruch, den sie den Ruderern auf der Ems abgeschaut hatten: »Eins-zwei-drei-hipp-hipp-hurra!«

Schließlich hatten sie es geschafft. Der Sack mit der eingenähten Leiche lag inmitten der anderen Ballen auf der Palette – fertig zum Abtransport.

*

Am nächsten Tag wurden die Arbeiterinnen Zeugen, wie auf dem Hof der Zigarrenfabrik Deimann die vom Zoll beschlagnahmte Ware den Flammen übergeben wurde. Der Rauch, der von diesem Scheiterhaufen aufstieg, war in ganz Weener zu sehen. Noch Stunden später loderte die Glut und wurde von einer Feuerwache in Schach gehalten.

Der Körper von Erich Kruskopp ging im blauen Dunst auf.

ZWEIUNDDREISSIG

August 2012

»Und das ist bis heute nicht herausgekommen?«

Leni schüttelte den Kopf. Sie trank einen Schluck von dem inzwischen kalten Tee und stellte die zarte Tasse vorsichtig ab. »Tage später ist die Polizei bei uns aufgetaucht. Zwei nette Schutzmänner von der Auricher Polizeiinspektion. Der eine hieß Harm Brinkema, den kannten wir alle in Weener, wie der andere hieß, weiß ich nicht mehr. Brinkema hat uns ein bisschen in die Zange genommen. Oma und ich haben bange Minuten ausgestanden, während Mama den Polizisten nichtsahnend Tee serviert hat. Brinkema wollte wissen, wann wir Kruskopp das letzte Mal gesehen hatten. Nachbarn erinnerten sich an sein Auto vor unserer Tür. Ich weiß nicht, ob Brinkema mitbekommen hat, wie nervös wir waren, wie meine Hand gezittert hat und wie blass Oma wurde. Oma hatte dann die rettende Idee. Sie hat ihm erzählt, seine Frau sei bei uns zum Tee gewesen. Sie sei mit seinem Wagen gekommen. Als moderne Frau hätte sie einen Führerschein. Sie sei verzweifelt gewesen, weil ihr Mann verschwunden war. Wir hätten ihr den Rat gegeben, eine Vermisstenanzeige bei der Polizei zu erstatten.«

»Stimmte das denn?«

»Ja, das hat sie tatsächlich getan. An dem Abend des 4. Januar hat sie Kruskopps Wagen zurück zur Villa gefahren. Das hat zum Glück niemand mitbekommen. Gleich am nächsten Tag ist sie zur Polizeistation gegangen und hat Kruskopp als vermisst gemeldet. Sie hat dem Polizisten weisgemacht, ihr Mann habe sich mit Auswanderungsplänen beschäftigt. Seit er begeistert von einer Geschäftsreise nach Brasilien zurückgekehrt sei, habe in ihm der Wunsch gebrodelt, dorthin auszuwandern. Und nun, als die Steuerfahndung hinter ihm her war, habe er seinen Plan wohl in die Tat umgesetzt.«

»Und die Polizei hat das geglaubt?«

»Nun, der Brinkema war ein gutmütiger Zeitgenosse. Er wollte unserer Familie keinen Ärger machen, kam selbst aus bescheidenen Verhältnissen. Sein Opa war der Großcousin meiner Oma. Also Verwandtschaft über ein paar Ecken. Er hat sich ein bisschen in Weener und in der Zigarrenfabrik umgehört und schnell herausgefunden, dass Kruskopp bei allen sehr unbeliebt war und gerne mal krumme Geschäfte gedreht hatte. Wenn irgendwo für ihn etwas heraussprang, war er guter Dinge. Das waren die Tage, an denen er seine Frau und seine Mitarbeiter in Ruhe ließ und abends in der Hafenklause, dem Klöntje oder im Puff gesehen wurde, wo er den großen Macker gab. Wenn es aber nicht so lief, wie er es sich vorstellte, konnte er sehr ungemütlich werden. Das wusste jeder in Weener, der etwas mit ihm zu tun gehabt hatte. Nun denn, Brinkema und sein Kollege waren natürlich auch bei den alten Deimanns und haben sie nach ihrem Schwiegersohn befragt. Die haben die Aussage ihrer Tochter bekräftigt. Regine Deimann war sehr enttäuscht von ihm und wollte nichts mehr von ihm wissen. Deshalb hat sie auf Nachforschungen verzichtet. Sie hatte überdies andere Sorgen. Ihr Mann war schwerkrank. Anfang März ist er gestorben. Er hatte Lungenkrebs.« Sie machte eine Pause, trank einen Schluck und fuhr dann fort: »Die Polizisten waren auch am Hafen und haben Arbeiter und Kapitäne befragt. Zwei Personen wollen Kruskopp unabhängig voneinander gesehen haben, wie er am 5. oder 6. Januar 1953 mit einem Seesack an Bord eines Frachters gegangen ist. Sie haben einen langen, dürren Mann mit dunklen Haaren und Schnurrbart beschrieben, und damit haben sich die Beamten zufrieden gegeben, denn wir haben nie wieder etwas gehört.«

Kirstin fröstelte und zog sich ihren Blazer über. »Mama, kannst du bitte noch einmal Tee aufsetzen? Ich könnte einen gebrauchen. Mit einem ordentlichen Schuss.«

»Du kannst den Schuss auch ohne Tee haben«, sagte Leni. »Ich habe Hunger. Wie sieht's mit dir aus?«

Unschlüssig zuckte Kirstin die Schultern. »Ein bisschen vielleicht.«

»Ich habe heute Morgen frische Heringe geliefert bekommen. Lust auf Heringsstipp mit Pellkartoffeln? Grünkohl mit Pinkel ist auch noch da. Kann ich aufwärmen.«

»Dann lieber Hering.«

Während Leni aufstand, um den Rum zu holen und das Essen vorzubereiten, hing Kirstin ihren Gedanken nach.

Leni war in einer Zeit aufgewachsen, in der die Nachwehen des Krieges noch deutlich spürbar gewesen waren. Hunger, Entbehrung, Angst, Scham, Trauer und Ohnmacht hatten den Menschen noch in den Knochen gesteckt, auch wenn das Schlimmste überstanden gewesen war. Dagegen hatte es nur ein probates Mittel gegeben: nach vorn zu schauen und die Ärmel hochzukrempeln. Die Vergangenheit mit ihren Gräueln wurde verdrängt; ihre Bewältigung hätte zu viel Kraft gekostet.

Das harte, entbehrungsreiche Leben, das Leni kennengelernt hatte, hatte sie zu dem gemacht, wer sie heute war. Als fleißige Hausfrau fühlte sie sich sicher und geborgen. Ihre kleine Welt schützte sie. Sie lebte für ihre Familie und für die Anerkennung durch ihre Nachbarn.

Leni hatte es offensichtlich gutgetan, ihre Geschichte zu erzählen. Sie hatte in den letzten Minuten wesentlich gelöster gewirkt. Ihr Gang war wieder leichter, ihre Gesichtsfarbe rosiger, ihre Miene lebendiger und ihre Sprache heiterer geworden. Sie sah deutlich jünger aus als noch vor zwei Stunden. Kirstin gelang es nun, in ihr das Bild der jungen Frau zu sehen, die sie damals gewesen war.

»Wie ist es dir danach ergangen? Bist du in der Zigarrenfabrik geblieben?«, fragte sie, als Leni sich wieder zu ihr setzte.

»Erstaunlicherweise habe ich auch gerade darüber nachgedacht. Weißt du was? Als die Polizisten abgezogen waren, bin ich als Erstes zum Friseur gegangen und habe mir die Haare abschneiden lassen«, sagte Leni hochzufrieden.

Kirstin lachte kurz auf. »Du bist zum Friseur gegangen? Du hattest nach so einem Drama nichts anderes zu tun, als zum Friseur zu gehen?«

»Du verstehst es vielleicht nicht, aber es musste sein. Es war wie ein Befreiungsschlag. Die alten Zöpfe mussten ab. Weg damit! Ich musste mich von ihnen trennen. Das hat mir gutgetan. Es war wie ein Abschnitt von etwas Altem und der Beginn eines neuen Lebens. Und es war mir in dem Moment schietegal, was meine Mutter dazu sagte. Die Kurzhaarfrisur hat zu mir gepasst. Das ist bis heute so geblieben.« Wie zur Bestätigung zupfte sie an ihren kurzen, silbergrauen Haaren.

»Okay, das leuchtet mir ein. Es wird ja oft gesagt, ein neuer Haarschnitt spiegelt eine Veränderung wider – innerlich wie äußerlich.«

»So war das wohl. Sobald Kruskopp tot war, setzte bei mir diese Veränderung ein. Ich wollte nicht mehr so weitermachen wie bisher. Mit dem neuen Haarschnitt wollte ich zeigen, dass ich endlich erwachsen geworden war und mir nichts mehr sagen lassen wollte. Zum ersten Mal habe ich etwas getan, ohne um Erlaubnis zu fragen. Ich bin zum Friseur gegangen, weil ich immer schon kurze Haare haben wollte und fand, dass es der richtige Zeitpunkt dafür war. Einen Tag später hat es mir Rieke übrigens gleichgetan. Wir waren beide sehr glücklich über diesen Schritt. Dass es tatsächlich der Start in ein neues Leben sein sollte, war mir zu dem Moment gar nicht bewusst.«

»Was haben deine Eltern dazu gesagt?«

»Ich weiß es nicht mehr. Das war mir alles nach dieser Geschichte nicht mehr wichtig. Ich fühlte mich plötzlich erwachsen, obwohl ich es ja laut Gesetz erst mit 21 war. Ich glaube aber, sie haben sich mit mir gefreut, denn ich kam nicht nur mit kürzeren Haaren nach Hause. Dieser Friseurbesuch hat für mich die Weichen gestellt. Ich habe dem Meister anvertraut, dass es mein sehnlichster Wunsch sei, Friseuse zu werden, und er hat mich nach dem Haarschnitt in sein Wohnzimmer gebeten, das direkt über dem Salon lag. Dort hat er mir Tee angeboten und ein Stück Apfelkuchen, den seine Frau gebacken hatte. Ich habe nie wieder einen so herrlichen Apfelkuchen gegessen. Als ich mich verabschieden wollte, hat er einen Ausbildungsvertrag aus der Schreibtischschublade gezogen und ihn mir mit nach Hause gegeben. So einfach war das. Meine Eltern haben ihn unterschrieben, denn das Lehrlingsgehalt war wirklich üppig für die damalige Zeit, und im August konnte ich anfangen. Bis dahin bin ich noch in der Zigarrenfabrik geblieben, um Geld zu verdienen. Erich Kruskopp war ja nun weg, dafür kam ein neuer Werkmeister, ein ganz netter Mann. Ludwig Deimann wollte ursprünglich Beeke Gerstema für diesen Posten wieder einstellen, aber die hatte inzwischen in Leer eine bessere Stelle gefunden.«

»Darf ich raten, wer der neue Werkmeister war?«

»Ja«, sagte Leni mit leuchtenden Augen.

»Papa!«

Leni schmunzelte. »Klaas Tamminga hat mir von der ersten Sekunde an gefallen. Er war ein fröhlicher Kerl, ein hübscher Bursche, der ein bisschen so aussah wie James Dean, falls dir der Name etwas sagt. Er kam mit seinem knatternden Moped zur Arbeit und hat gleich ein Auge auf mich geworfen. Am dritten Tag hat er mich in die Milchbar Klocker eingeladen, und von da an waren wir ein Paar. Er hat mich kurz darauf zur Rollerin befördert. Unter den Kolleginnen gab es keinen Neid. Sie fanden alle, dass ich mir die Beförderung verdient hatte. Vor allem waren sie froh darüber, dass Kruskopp endlich weg war. Niemand hatte nachgefragt. Wie Oma schon vermutet hatte, interessierten sie sich nicht für den Grund. Die Arbeit als Rollerin hat mir mehr Spaß gemacht und die Bezahlung war auch besser. Ich hätte bleiben können, aber ich wollte immer noch unbedingt Friseuse werden. So hatte ich noch ein paar schöne Monate in der Zigarrenfabrik, bis dann endlich mein Traum wahr wurde und ich in den Friseursalon überwechseln durfte.«

»Wann habt ihr geheiratet?«

»Zwei Tage nach meinem 21. Geburtstag, am 19. September 1958. Zu meinem Geburtstag hat mir Oma übrigens das wahnsinnige Geschenk überreicht, das sie Kruskopp abgeluchst hat.«

»Die 1.000 Mark«, sagte Kirstin grinsend.

Leni nickte. »Eigentlich waren die für meine Ausbildung bestimmt, sagte Oma. Aber weil ich dort Lehrgeld bekommen habe, hat sie das Geld für mich aufgehoben. Es hat gereicht, um unsere erste eigene Wohnung einzurichten. Wir hatten alles von Anfang an komplett und wunderschön.«

»Dann wart ihr eine lange Zeit kinderlos. War das so geplant? Schließlich bin ich erst 14 Jahre später auf die Welt gekommen.«

»Das stimmt. Ich war sehr ehrgeizig, wollte eine gute Friseuse werden, die beste. Ich habe noch den Meister gemacht und die Meisterprüfung mit Auszeichnung bestanden. Als ich dann endlich bereit war zum Kinderkriegen, hat es nicht gleich geklappt. Wir haben jahrelang probiert und sogar einen Doktor in Hamburg zu Rate gezogen. Aber dann hast du dich schließlich doch angekündigt, und ich war sehr glücklich. Ich war so froh als Hausfrau und Mutter, dass ich nichts anderes mehr sein wollte. Vom Tag deiner Geburt an bin ich zu Hause geblieben.«

»Und Richard? Hast du ihn je wiedergesehen?«

Leni ließ einige Sekunden verstreichen, ehe sie antwortete. »Nein, nie. Anfangs hat er mir Briefe geschrieben. Er wollte, dass ich zu ihm nach London komme und mit ihm dort lebe. Es war ein ewiges Hin und Her, mit vielen Versprechungen, Andeutungen und Missverständnissen. Aber dann habe ich mich in Klaas verliebt und wollte mit ihm in Weener leben. Ich bin eine ostfriesische Deern und gehöre nun mal hierher. Darum habe ich aufgehört, Richard zu schreiben, auch wenn es mir schwergefallen ist. Aber Klaas war sehr eifersüchtig. Es wäre nicht länger gutgegangen.«

»Ich dachte, Richard wäre deine große Liebe gewesen.«

Leni schlug die Augen nieder. »War er auch. Ich habe es verdrängt. Sicher habe ich ihn noch geliebt. Ich habe ihn nie vergessen.«

»Ist es dir nicht schwergefallen, nicht mehr auf seine Briefe zu antworten?«

»Sogar sehr. Aber ich habe meinem Mann das Eheversprechen gegeben. Ich wollte meine Liebe zu ihm nicht gefährden. Ich wollte ihm treu sein, das habe ich ihm versprochen.«

»Und Marga? Was ist aus ihr geworden?«

»Marga ist gleich, nachdem es passiert ist, zu ihrem Bruder geflogen und dort geblieben. Sie hat nicht einmal mehr die Beerdigung ihres Vaters miterlebt. Dafür hatte sie wohl keine Kraft mehr. Bevor sie abreiste, hat sie uns Lebewohl gesagt und uns den Fernseher geschenkt, den sie von ihrem Bruder übernommen hatte. Sie brauche ihn nicht mehr, hat sie gesagt.«

»Hast du dich nie gefragt, ob sie noch einmal glücklich geworden ist in ihrem Leben?«

»Doch, sicher. Meine Gedanken waren oft bei ihr. Ich habe mir sehnlichst gewünscht, dass auch sie ihr Glück gefunden hat. Aber damals war ich zu feige. Wenn ich ihr geschrieben hätte, wäre ich auch mit Richard wieder in Kontakt gekommen, und das wollte ich nicht. Davor hatte ich Angst.«

»Du kannst ihn fragen.«

Leni sah überrascht auf. »Wie meinst du das?«

»Frag ihn doch einfach. Morgen habe ich wieder einen Termin mit ihm.«

»Mit Richard?« Leni versteifte sich innerlich und schaute aus dem Fenster. Sie schien weit weg zu sein.

Kirstin wartete ab.

»Ich soll mitkommen?«, brach Leni schließlich das Schweigen.

»Natürlich, warum denn nicht?«

»Du sagst das so, es ist aber nicht einfach für mich. Inzwischen sind 60 Jahre vergangen. Er wird sich stark verändert haben. Auch ich habe mich verändert. Er wird mich nicht wiedererkennen. Wahrscheinlich trägt er immer noch das Bild von damals in sich, ganz bestimmt sogar, denn er hat mich ja gemalt! Er hat mich für immer auf die Leinwand gebannt. Ich könnte es nicht ertragen zu sehen, wie enttäuscht er ist.«

»Ich hätte es wissen müssen!«, rief Kirstin aus.

»Was meinst du?«, fragte Leni erschrocken.

»Das Bild«, sagte Kirstin und deutete auf das Frauenbildnis über dem Kamin. »Das bist du! Das ist das Bild, von dem du in deiner Geschichte gesprochen hast. Warum bin ich nicht gleich darauf gekommen?« Sie sah zwischen ihrer Mutter und dem Bild hin und her. »Du warst ja unglaublich hübsch! Ich habe dich noch nie mit offenen langen Haaren gesehen. Auf alten Fotos hast du immer stramm geflochtene Zöpfe. So hast du dich malen lassen! Ich hätte das nie von dir gedacht! Das Bild ist richtig gut! Es ist wundervoll.« Sie stand auf und trat dicht vor das Gemälde. »Jetzt erkenne ich auch die Initialen des Künstlers. R. D. – für Richard Deimann.« Sie schlug sich mit der Hand vor die Stirn.

»Danke für die Blumen, aber so schön war ich nicht. Er hat mich nur so gesehen.«

»Dann hat er dich geliebt. Dann hat er dich wirklich geliebt!« Sie setzte sich wieder zu ihrer Mutter und nahm ergriffen ihre Hand.

»Es ist so lange her. Manchmal frage ich mich, ob ich das alles nur geträumt habe.«

»Ich hätte nicht gedacht, dass du so eine Vergangenheit hast.«

Eine Weile schwiegen sie. Dann unterbrach Kirstin die Stille. »Habe ich dir schon erzählt, dass sein Sohn Ole Deimann Galerist ist? Er betreibt in der Osnabrücker Altstadt eine Galerie, in der er Bilder seines Vaters verkauft.«

Leni zog die Augenbrauen hoch. »Hoffentlich sind

keine Bilder von mir dabei. Ich will nicht, dass mich alle ansehen.«

Kirstin drückte ihre Hand. »Warum denn nicht? Du siehst so hinreißend aus auf dem Gemälde! Das sollten alle sehen! Du hast gesagt, er hätte dich öfter gemalt.«

Leni schmunzelte. »Mehr als einmal. Und dieses hier ist fast noch das harmloseste.«

»Ich glaube, ich lerne dich gerade ganz neu kennen«, sagte Kirstin mit einem bewundernden Ausdruck im Gesicht. »Ich hatte auch ein Bild von dir – in mir drin. Das muss ich gerade korrigieren.« Sie machte eine Pause und fuhr dann mit ernsterer Stimme fort: »Du hast nur diese eine Chance, Mama. Wenn du wissen willst, was aus den anderen Gemälden geworden ist, musst du mitkommen und ihn fragen.«

Lenis Herz klopfte auf einmal gewaltig. Während das Wasser für die Pellkartoffeln zu köcheln begann, stand sie langsam auf und ging mit steifen Beinen in die Küche. Es war ihr anzumerken, wie es in ihr arbeitete.

»Ich habe es mir überlegt«, rief sie nach unendlich langen Sekunden aus der Küche heraus.

Kirstin sah erwartungsvoll zu ihr hin.

Leni erschien auf der Türschwelle. Ihre Wangen waren gerötet. »Ich komme mit!«, sagte sie.

*

Um zwei Uhr nachts fanden sie sich in der Wohnküche wieder.

»Kannst du auch nicht schlafen?«, fragte Kirstin und schenkte sich ein Glas Wasser ein.

Leni saß in ihrem alten Nachthemd mit Streublumen darauf am Küchentisch und umklammerte einen Becher. Ihre Haare waren zerzaust und ihre Wangen glühten. »Ich bin völlig durcheinander, habe mir eben einen Kräutertee aufgebrüht, weil ich nicht zur Ruhe komme. Meine Gedanken kreisen in einem fort und mein Herz klopft zum Zerspringen. Meine Güte, was ist nur los mit mir? Magst du auch einen Tee?«

»Nein, danke«, sagte Kirstin und setzte sich zu ihr. Sie trug den himmelblauen Morgenmantel ihrer Mutter, den sie im Bad gefunden hatte. »Ach, Mama«, sagte sie, »bist du so aufgeregt wegen morgen? Weil du ihn wiedersiehst?« Sie schmunzelte.

»Es ist 60 Jahre her«, sagte Leni verlegen. »Ich habe Angst, Kirstin!«

Kirstin streichelte ihre Hand. »Du bist süß, hast ganz rote Wangen! Dass du in …. Dass du so aufgeregt bist!«

»In meinem Alter wolltest du sagen, nicht? Als ob man in meinem Alter innerlich abgestorben wäre. Nein, Kirstin, da muss ich dich enttäuschen. Auch mit Falten im Gesicht und grauen Haaren können die Gefühle verrücktspielen.« Sie schüttelte ungläubig den Kopf und lächelte. »Mein Herz rast, ich habe Stiche in der Brust, bin gar nicht mehr Herrin meiner Sinne. Ich fühle mich gerade wie ein liebeskranker Teenager.« Sie seufzte tief.

»Das ist doch schön«, sagte Kirstin und trank einen Schluck Wasser. »Genieß das, Mama, Verliebtsein ist das schönste aller Gefühle! Es ist ein Geschenk!«

»Vielleicht sehe ich das morgen anders – wenn er sich enttäuscht von mir abwendet oder mich gar nicht erst erkennt. Ich könnte das nicht ertragen! Allein der Gedanke macht mich völlig fertig.«

»Das wird nicht passieren. Er wird sich genauso freuen, dich wiederzusehen, wie du dich auf ihn freust.« Leni trank versonnen von ihrem Tee. »Weißt du was? Ich habe das Gefühl, ich beginne gerade wieder zu leben!« Ihre Augen leuchteten.

»Das freut mich richtig für dich. Morgen wird bestimmt ein schöner Tag.« Kirstin nickte ihrer Mutter aufmunternd zu. »Ich mache uns eine Flasche Wein auf. Dann können wir hinterher gut schlafen.«

Sie wartete Lenis Antwort gar nicht erst ab, sondern holte zwei Weingläser aus der Vitrine und eine Flasche halbtrockenen Rotwein aus der Speisekammer. Kirstin schenkte ein und sie stießen auf das gemütliche Zusammensein an. Die Küchenlampe verströmte ein heimeliges Licht, während sie beieinandersaßen, vom nächsten Tag sprachen, plauderten und lachten.

»Komm, Mama, es ist spät, lass uns schlafen gehen«, sagte Kirstin schließlich und stellte das benutzte Geschirr in die Spüle.

DREIUNDDREISSIG

Ein neuer Tag

Kirstin hockte in der kleinen Badewanne unter der Dachschräge und spülte sich das Shampoo aus den Haaren. Der nasse Duschvorhang klatschte gegen ihren Körper. Das Wasser wechselte im Sekundentakt zwischen kalt und heiß. Sie schrie bei jedem Temperaturwechsel kurz auf. In diesem Moment nahm sie sich vor, das nächste Mal in ein Hotel zu gehen, wenn sie ihre Mutter besuchte. Ein bisschen Komfort brauchte sie schon, um gut in den Tag starten zu können.

Als sie aus der Wanne stieg, merkte sie, dass der Duschvorhang seiner Funktion nicht gerecht geworden war. Sie tapste in eine Pfütze und stöhnte genervt.

Kirstin trocknete sich ab, cremte sich ein, schlang ein Handtuch um ihren Kopf und schlüpfte in Lenis Morgenmantel. Dann ging sie die Treppe hinunter, um nach Putzzeug zu suchen.

Sie fand die Küche leer vor. Das Geschirr stand immer noch genau so in der Spüle, wie sie es dort abgestellt hatte. Das passte nicht zu Leni, die stets früh auf den Beinen war. Meistens hatte sie schon gefrühstückt, bevor ihre Tochter in die Küche kam.

Kirstin entdeckte das Putzzeug in einem Wandschrank und ging wieder ins Bad, um den Boden aufzuwischen.

Fünf Minuten später klopfte sie an Lenis Tür.

»Mama?«, fragte sie zaghaft. »Du, Mama, das Bad ist jetzt frei.« Nebenan im Gästezimmer klingelte ihr Handy.

Sie eilte hin und bemerkte auf dem Display eine unbekannte Mobilfunknummer.

»Tamminga«, sagte sie geschäftsmäßig.

»Hier ist Ole Deimann, entschuldigen Sie, dass ich Sie so früh überfalle, wir haben gleich einen Termin in unserem Haus. Ich soll Ihnen von meinem Vater ausrichten, dass er etwas später kommt. Er kann erst um 8 Uhr eine Mitarbeiterin in seiner Galerie in London erreichen. Dort liegen die Unterlagen für das Gebäude, Grundrisse und alte Pläne. Leider hat er versäumt, sie mitzunehmen. Die Angestellte soll sie ihm zufaxen. Haben Sie ein Faxgerät? Dann könnten Sie vorab einen Blick darauf werfen.«

»Nein, leider nicht. Ich bin hier bei meiner Mutter. Sie hat keine modernen Kommunikationsmittel.«

»Kein Problem, wir kümmern uns darum. Dann soll die Angestellte die Unterlagen ins Hotel faxen. Mein Vater holt sie dort ab. Ich kann ihn übrigens sehen. Er steht im Garten vor der Laube und telefoniert, weil er hier kein Netz hat. Der Termin wird sich um etwa eine halbe Stunde verzögern. Ich hoffe, das bringt Ihre Pläne nicht völlig durcheinander.«

»Nein, das ist überhaupt kein Problem. Wir sind auch noch nicht ganz fertig, also meine Mutter und ich. Sie begleitet mich, wenn es Ihnen recht ist. Sie hat eine gewisse Verbindung zu dem Haus, ist früher oft dort ein und aus gegangen. Und sie kennt Ihren Vater.«

»Sie kennt meinen Vater? Das überrascht mich! Von früher? Wie heißt sie, wenn ich fragen darf?«

»Leni, eine geborene Harmsen. Heute heißt sie mit Nachnamen Tamminga.«

»Das ist interessant, ich werde es meinem Vater ausrichten. Leni Harmsen, ist das richtig?«

»Genau«, sagte Kirstin und schmunzelte.

Er räusperte sich. »Sind Sie noch länger in Weener? Also, bleiben Sie noch eine Weile?« Er hatte eine sympathische Stimme mit einem vollen, warmen Klang.

»Ich wollte heute eigentlich wieder fahren, aber ich habe es mir gerade anders überlegt. Ich denke, ich könnte noch einen Tag bleiben.«

»Wo sind Sie zu Hause?«

»In Osnabrück.«

»Na, da haben Sie es ja nicht allzu weit.« Er machte eine kurze Pause, bevor er weitersprach. »Könnten Sie sich vorstellen, heute Abend mit mir etwas essen zu gehen? Ich würde Sie gerne einladen.«

Kirstin zögerte einen Moment. Seine Stimme gefiel ihr. Sie musste zugeben, dass sie ihm gerne noch länger zuhören würde. »Einverstanden«, sagte sie. Ihr Herz schlug eine Spur schneller.

»Ich würde Sie um 19.30 Uhr abholen, wenn es Ihnen recht ist. Ich reserviere schon mal einen Tisch im Hotel-Restaurant zum Weinberge, ist das in Ordnung?«

»Sehr gerne«, erwiderte Kirstin mit einem Lächeln. »Wir sehen uns nachher!« Aus dem Lächeln wurde ein Strahlen, als sie das Gespräch beendete. Aber das konnte er zum Glück nicht sehen.

Sie zog sich an – dunkler Hosenanzug und weiße Bluse – und schminkte sich vor dem Spiegel, als erneut ihr Handy klingelte.

»Verzeihung, ich bin's noch mal, Ole Deimann.«

»Ja?« Blut schoss ihr in die Wangen und sie spürte ihr Herz bis zum Hals klopfen.

»Ich habe gerade mit meinem Vater gesprochen. Natürlich erinnert er sich an Leni Harmsen. Er ist rot geworden, als ich ihren Namen erwähnte, auf seine alten Tage! Er freut sich wie verrückt, hat mich sogar gefragt, wie er aussieht, ob sein Hemd nicht allzu zerknittert ist und ob seine Frisur so in Ordnung ist. Und ob er gut riecht, wollte er wissen, stellen Sie sich das vor! Na, das wird ja eine spannende Begegnung!« Sein Lachen war ebenso sympathisch wie seine Stimme, wie seine gesamte Erscheinung. Schon tags zuvor beim Besichtigungstermin in der Deimann-Villa hatte er ihr gefallen.

»Ich fürchte auch«, sagte Kirstin fröhlich. »Bis später!«

»Ja, bis später! Ich freue mich! Und ich soll von meinem Vater beste Grüße an Ihre Mutter ausrichten! Er ist aufgeregt wie ein Kind und kann es kaum erwarten, sie wiederzusehen.«

»Ihr geht es genauso. Bis dann!« Schmunzelnd legte Kirstin auf. Es kribbelte, als sie daran dachte, ihn gleich zu sehen. Wie musste sich erst Leni fühlen, die ihrer großen Liebe nach 60 Jahren wiederbegegnen würde?

Sie stand wieder vor der Schlafzimmertür ihrer Mutter und klopfte. Keine Antwort. »Mama?«, rief sie und klopfte ein zweites Mal. Noch immer keine Antwort.

Kirstin drückte die Klinke runter und trat ein. Sie sah ihre Mutter in ihrem geblümten Nachthemd im Bett liegen, zugedeckt bis zur Brust. Ihre Arme ruhten auf der Decke. Leni lag ganz ruhig da, ihren Kopf auf einem dicken Federkissen gebettet. Ihr Gesicht war schneeweiß, ihre Augen standen halboffen, ein Lächeln lag auf ihren Lippen. Sie sah vollkommen friedlich aus und glücklich. Eins mit sich.

Aber sie bewegte sich nicht. Es war ungewöhnlich still im Raum.

»Mama?«, flüsterte Kirstin beklommen. Ihr Herz raste. Ihre Knie wurden weich. Ihre Augen begannen zu brennen. Sie hatte einen Kloß im Hals. »Mama!«, brachte sie mit tränenerstickter Stimme hervor. Sie hatte das Gefühl, dass ihr der Boden unter den Füßen weggerissen wurde. Kirstin taumelte, schwankte, hielt sich am Türrahmen fest. Sie wagte nicht, zu Leni zu gehen und sie zu berühren. Der Raum verschwamm vor ihren Augen. Sie begann, am ganzen Körper zu zittern.

»Mama!«, stieß sie hervor. »Mama!« Sie konnte nicht begreifen, was offensichtlich war, blieb wie angewurzelt stehen und drückte sich gegen den Türrahmen, um nicht den Halt zu verlieren. Sekundenlang verharrte sie in dieser Position, wagte nicht, sich zu bewegen.

Blind vor Tränen ging sie schließlich auf Leni zu, zögerte wieder einen Moment, bevor sie vorsichtig die Hand ausstreckte, um ihre Stirn zu fühlen. Sie war eiskalt. Sie berührte Lenis Wange, tastete ihre Halsschlagader, die nicht mehr pochte, streichelte ihre durchscheinende, wächserne Hand, die einen Gegenstand fest umklammerte. Kirstin wischte sich die Tränen weg. An dem vergilbten dünnen Papier sah sie, dass es ein alter Brief war, den ihre Mutter in der Hand hielt. Eine feine, gestochene Handschrift, blaue, verblasste Tinte. Sie erkannte den Namen »Richard«.

Kirstin setzte sich ans Fußende des Bettes und weinte still. Auf Lenis Nachttisch befand sich eine Packung Taschentücher. Kirstin nahm sie an sich, zog eins heraus und besah sich die anderen Dinge: ein Heft mit Kreuzworträtseln, ein Kugelschreiber, eine Lesebrille, ein Glas Wasser, zur Hälfte gefüllt, und zwei Tablettenschachteln. Ein hölzernes Zigarrenkistchen mit dem verblichenen Schriftzug »Zigarren Deimann«. Kirstin öffnete es und warf einen Blick hinein. Darin lagen Briefe. Briefe von Richard.

Irgendwann später stand Kirstin auf und ging zum Fenster. Sie zog die Vorhänge zurück und sah hinaus.

Der Hafen lag in der Morgensonne, die sich auf dem Wasser spiegelte.

Ein Hausboot mit einer jungen Familie. Die Eltern saßen auf Klappstühlen auf dem Achterdeck und frühstückten. Zwei kleine Kinder spielten zu ihren Füßen.

Der Mann auf dem Nachbarboot war dabei, einen Mast mit blauer Farbe zu streichen.

Kirstin öffnete das Fenster. Ein frischer, noch kühler Luftzug strömte herein. Gesprächsfetzen und Kinderlachen drangen zu ihr herüber. Zwei Möwen zogen kreischend ihre Kreise über den Schiffen.

Kirstin atmete tief durch und schloss die Vorhänge.

ENDE

OMA FRIDAS
LIEBLINGSREZEPTE

Labskaus

Zubereitungszeit: 30 Minuten
Für 4 Personen

Zutaten:
  800 g Pökelfleisch
  1 kg Kartoffeln
  4 Matjesfilets
  4 Rollmöpse
  4 Gewürzgurken
  500 g Zwiebeln
  4 Spiegeleier
  300 g rote Beete
  Salz nach Bedarf

Das Fleisch ca. eine Stunde lang weich kochen. Die Kartoffeln kochen lassen, dann pellen und heiß durch eine Kartoffelpresse drücken.

Die Matjes, Gurken und Rote Beete klein schneiden und mit den Kartoffeln und dem Fleisch vermischen. Die Zwiebeln schälen und grob hacken. Ebenfalls unter die Masse geben, mit Salz abschmecken. Wenn die Masse zu fest ist, Fleischbrühe darunter rüh-

ren. Labskaus mit je einem Spiegelei und einem Rollmops servieren.

*

Apfelpfannkuchen

Zubereitungszeit: 20 Minuten
Für 4 Personen

Zutaten:
  4 Äpfel
  400 ml Milch
  300 g Mehl
  4 Eier
  80 g Zucker
  1 EL Rosinen
  Zimt
  Butter
  Salz

Die Äpfel schälen und das Kerngehäuse mit einem
Apfelausstecher entfernen. (Ist keiner zur Hand,
geht es auch mit einem Messer.) Die Äpfel in Scheiben schneiden und mit den Rosinen, 60 g Zucker und
etwas Zimt bestreuen. Abgedeckt etwa 20 Minuten
ziehen lassen.

Die Eier trennen. Eigelb mit der Milch verquirlen,
das Mehl und 1 Prise Salz dazugeben und alles zu einem
glatten Pfannkuchenteig verrühren. Das Eiweiß steif
schlagen und locker unter den Teig heben.

Etwas Butter in einer Pfanne erhitzen, etwa ¼ der Apfelmischung vorsichtig in die Pfanne hineingeben, die Apfelscheiben sollen möglichst heil bleiben. Dann etwa ¼ des Pfannkuchenteiges darüber verteilen. Alles bei mittlerer Hitze von beiden Seiten etwa 4 Minuten zu einem goldbraunen Pfannkuchen braten.

Den Pfannkuchen auf einen Teller gleiten lassen, mit etwas Zimt und Zucker bestreuen und warm stellen. Die übrige Teigmasse und die gezuckerten Äpfel Stück für Stück ebenso verarbeiten. Die Pfannkuchen jeweils nach dem Backen mit Zimtzucker bestreuen und warm servieren.

*

Bratkartoffeln mit Schinkenspeck

Zubereitungszeit: 20 Minuten
Für 4 Personen

Zutaten:
  1 kg festkochende Kartoffeln
  100 g Schinkenspeck
  1 Zwiebel
  3 EL Öl
  2 EL frisch gehackter Dill
  Salz
  Pfeffer

Die Kartoffeln waschen und in der Schale in kochendem Salzwasser etwa 20 Minuten garen, dann abgießen. Dann die leicht abgekühlten Kartoffeln pellen und nochmals abkühlen lassen. Anschließend in Scheiben schneiden.

Den Schinkenspeck in kleine Würfel schneiden. Die Zwiebel schälen und fein hacken. Das Öl in einer gusseisernen Pfanne sehr heiß werden lassen und die Kartoffelscheiben hineingeben. Auf der Unterseite bräunen, dann durch Schwenken der Pfanne die Kartoffeln wenden.

Speck und Zwiebel zu den Kartoffeln geben und mitschmoren lassen.

Die Kartoffeln goldbraun braten, mit Salz und Pfeffer würzen. Mit Dill abschmecken und servieren.

*

Grünkohl mit Pinkel

Zubereitungszeit: 30 Minuten
Für 4 Personen

Zutaten:
  2 kg Grünkohl
  75 g Butterschmalz
  4 Pinkel (Grützwurst)
  4 Scheiben durchwachsener Speck
  2 Zwiebeln, gewürfelt
  2 EL Hafergrütze
  1 TL Zucker
  Salz
  Pfeffer

Die Grünkohlblätter gründlich waschen, abtropfen lassen und klein schneiden. Das Butterschmalz in einem Topf erhitzen und die Hälfte der Zwiebelwürfel darin andünsten.

Den Kohl hinzufügen und bei geringer Temperatur so lange kochen, bis er zusammengefallen ist. Dann die restlichen Zwiebeln zugeben und alles mit Salz, Pfeffer und Zucker kräftig abschmecken. Speck und Pinkel auf den Kohl legen und mit 750 ml Wasser übergießen. Alles im geschlossenen Topf etwa 45 Minuten köcheln lassen.

Pinkel und Speck herausnehmen und die Grütze über den Kohl streuen. Pinkel erneut auf den Kohl legen und alles noch einmal 30 Minuten köcheln lassen. Vor dem Servieren den Kohl erneut abschmecken.

*

Pellkartoffeln mit Quark und Leinöl

Zubereitungszeit: 15 Minuten
Für 4 Personen

Zutaten:
  1 kg Kartoffeln
  500 g Quark (20 % Fett i. Tr.)
  2 Zwiebeln
  2 EL Milch
  2 EL Sahne
  3 EL Leinöl

1 TL Kümmel
1 TL Salz
Pfeffer

Die Kartoffeln waschen und mit Salz und Kümmel in einem Topf mit kochendem Wasser 20 Minuten garen.

Die Zwiebeln schälen und klein hacken. Quark mit Milch und Sahne verrühren und mit Salz und Pfeffer abschmecken.

Die Zwiebeln unter den Quark mischen und das Leinöl darüber geben. Die Kartoffeln abgießen.

Die Kartoffeln etwas abkühlen lassen, dann pellen und mit Quark und Butter servieren.

*

Arme Ritter

Zubereitungszeit: 15 Minuten
Für 4 Personen

Zutaten:
  250 ml Milch
  4 Scheiben Weißbrot vom Vortag
  4 Eier
  eine Handvoll Speckwürfel
  60 g Butter
  4 EL Zucker
  Zimt

Die Milch mit Zucker und Zimt in einem Topf abkochen und abkühlen lassen. Die Weißbrotscheiben in die abgekühlte Milch legen und 5 Minuten einweichen. Die Eier in einem tiefen Teller verquirlen. Die Weißbrotscheiben aus der Milch nehmen und von beiden Seiten mit Eischaum bestreichen.

Die Butter in einer Pfanne zerlassen und die Speckwürfel anbraten. Dann die Weißbrotscheiben hinzugeben und von beiden Seiten goldbraun und knusprig braten.

ÜBER DIESES BUCH

Die Geschichte und Figuren dieses Romans sind meiner Fantasie entsprungen, doch die Örtlichkeiten, wie Geschäfte, Cafés, Bars und Hotels, sind authentisch. Im Jahre 1952 gab es in Weener das Klöntje, das Eiscafé Klocker, das Spielzeuggeschäft Katenkamp, den Bäcker Bruns, den Lebensmittelladen Nützmann, das Haushaltswarengeschäft Janssen, das Bekleidungsgeschäft Jan Ernst und das Hotel zum Weinberge – Letzteres existiert sogar heute noch.

Nur eine Zigarrenfabrik hat es in Weener nie gegeben.

In der Norderstraße in Weener gibt es fabrikähnliche Gebäude und Villen, die als Vorbild für die Zigarrenfabrik Deimann und die Familienvilla dienten.

Dieses Buch verbindet zwei wichtige Regionen in meinem Leben: Ostfriesland, die Heimat meiner Familie mütterlicherseits, und das Gießener Land, in dem ich zurzeit lebe, mit seiner bis in die 60er-Jahre bestehenden Zigarrenindustrie. Zeitweise fanden über 5.000 Frauen allein im Gießener Land Beschäftigung in den Zigarrenfabriken.

DANKE

Ich bedanke mich bei Steffen Rinn, der mich durch seine Zigarrenmanufaktur »Don Stefano« in Heuchelheim geführt, mir Einblick in die Herstellung von Zigarren und Zigarillos gegeben und mich zum Rauchen meiner ersten Zigarre verführt hat, sowie den ehemaligen Zigarrenmachern Anni Thomaschewski und Rudi Laucht. Es war ein wunderbarer Nachmittag bei Kaffee und Kuchen. Danke für die schönen Geschichten!

Ilse Reinholz-Hein vom Heimatlichen Arbeitskreis Buseck hat für mich Informationsmaterial über Zigarrenarbeiterinnen aus dem letzten Jahrhundert zusammengestellt. Ohne sie hätte ich keinen so genauen Einblick bekommen, wie hart das Leben einer Zigarrenmacherin Anfang der 50er-Jahre wirklich war. Selbst Lohnbücher und Interviews aus der Zeit waren noch vorhanden.

Danke meinen Probelesern Sonja Janowski, die in Weener aufgewachsen ist und mir viele Geschichten über die kleine Stadt in der Nachkriegszeit erzählt hat, und Thomas Leimbach. Es gab noch weitere Probeleser, die einzelne Kapitel gelesen und mir Rückmeldung gegeben haben. Eure Meinung ist mir viel wert!

Ein herzliches Dankeschön geht auch an die Ostfriesin Sophie Ohling. Dank ihrer persönlichen Erinnerungen an das Ostfriesland der 50er-Jahre habe ich mich gut in jene Zeit hineinversetzen können.

Besonderer Dank gilt meiner Lektorin Katja Ernst, die mir geholfen hat, meinem Buch durch ihre feinfühligen Hinweise und Kommentare den letzten Schliff zu geben, sowie dem gesamten Gmeiner-Team, das an der Herstellung und Veröffentlichung des Buches beteiligt war.

Kommissare Schöndorf und Brunner ermitteln:

1. Fall: Wintergruft
ISBN 978-3-8392-1201-1

2. Fall: Villenzauber
ISBN 978-3-8392-1376-6

3. Fall: Börsentöpfchen
ISBN 978-3-8392-1603-3

4. Fall: Deichkrone
ISBN 978-3-8392-2140-2

**5. Fall: Die Tote
von der Maiwoche**
ISBN 978-3-8392-2402-1

weitere:

**Kriminalkommissar
Johann Conradi ermittelt:
Tod unterm Nierentisch**
ISBN 978-3-8392-2140-2

Ostfriesenkind
ISBN 978-3-8392-2862-3

SPANNUNG

GMEINER

WWW.GMEINER-VERLAG.DE
Wir machen's spannend

DIE NEUEN
Lieblingsplätze